DER KANDIDAT

POLARISE

CHRISTIAN J. MEIER

DER KANDIDAT

SIE ZIELEN AUF DEIN INNERSTES

POLARISE

© 2022 Polarise
Ein Imprint der dpunkt.verlag GmbH
Wieblinger Weg 17
69123 Heidelberg
www.polarise.de

1. Auflage 2022
Autor: Christian J. Meier
Lektorat: Martin Wohlrab
Copy-Editing: Irina Sehling
Satz: Veronika Schnabel
Herstellung: Stefanie Weidner, Frank Heidt
Illustration Cover: Weberson Santiago
Druckerei: CPI books GmbH, Leck

ISBN:
Print 978-3-947619-61-0
PDF 978-3-947619-62-7
ePub 978-3-947619-63-4
mobi 978-3-947619-64-1

Bibliografische Information der Deutschen Nationalbibliothek:
Die Deutsche Nationalbibliothek verzeichnet diese Publikation in der Deutschen Nationalbibliografie; detaillierte bibliografische Daten sind über *www.dnb.de* abrufbar.

Christian J. Meier folgte nach Physikstudium und Promotion seinem Traum und wurde freier Journalist und Autor. Der 53-Jährige schreibt Artikel über Forschung, Technik und Digitalisierung für verschiedene Medien, z. B. Neue Zürcher Zeitung, Süddeutsche Zeitung oder Riffreporter.

Über einige seiner Lieblingsthemen wie Quantenphysik und künstliche Intelligenz hat er bislang drei allgemein verständliche Sachbücher und den Tech-Thriller »K.I. – Wer das Schicksal programmiert« verfasst. Mehrere seiner Kurzgeschichten wurden veröffentlicht, etwa bei c't oder »Exodus«.

Im Spiegel stand, hoch wie ich,

ein riesiger schöner Wolf, stand still,

blitzte scheu aus unruhigen Augen.

Aus »Der Steppenwolf«
von Hermann Hesse

1

1992

Es war nur ein Korridor im California Hospital Medical Center in Los Angeles. Doch er attackierte Ferdinand Walther: Seine Enge presste, sein Neonlicht stach, sein Krankenhausgeruch würgte ihn. Der Gang trieb Ferdinand in das hinein, was die Kleingeister ergeben *Schicksal* nannten.

Ferdinand beneidete diesen Sänger aus der griechischen Sagenwelt. Allein mit seiner Begabung hatte Orpheus sogar die strengen Herrscher der Unterwelt weichgeklopft. So ungeheuerlich schön hatte er gesungen, dass sie seine verstorbene Geliebte freigaben.

Ferdinand erreichte die Tür zu Maries Krankenzimmer. Wie ferngesteuert bewegte sich seine Hand an die Klinke. Für einen Moment konnte er sie zurückhalten. Die Finger zitterten. Seine Füße mochten ihn vom Zimmer des Chefarztes hierhergetragen haben. Sein Körper mochte diese oder jene Bewegung ausführen. Doch er selbst fühlte sich seit dem Unfall zu einer Puppe erstarrt.

Er beobachtete sich, wie er eintrat.

Einem dünnschaligen Ei gleich, lugte Maries Gesicht aus der weißen Bettwäsche hervor, behütet von einer elektronischen Glucke aus Monitoren, Kabeln und Schläuchen, die pulste und piepte.

Er trat an ihr Bett. Seine Lebensgefährtin sah ihn aus trüben Augen an.

Ängstlich, die dünne Schale zu zerbrechen, legte er seine Hand auf ihre Wange. Er erschrak über die Kühle ihrer Haut.

Marie antwortete mit einem schwachen Lächeln. »Die Ärzte wissen nicht weiter«, quälte sich ihre Stimme durch den schnell gehenden Atem. Alles war ihr verlorengegangen: der kratzbürstige Charme, die zielorientierte Kraft, die liebenswürdige Besessenheit. Marie löste sich vor seinen Augen auf. Er konnte ihre Haut spüren, sie selbst aber nicht mehr halten. Wie vorhin, als der Chefarzt ihm seine Kapitulation gestanden hatte, fühlte er sich aller Mittel beraubt.

Gemeinsam mit Marie würde seine Zukunft untergehen. Sie war seine verwandte Seele. Mit ihr hatte er dahin gehen wollen, wo noch nie ein Mensch gewesen war.

Genau deshalb hatten sie Kalifornien doch besucht! Um von Jungs wie Max zu erfahren, wie man mit digitaler Technik die Grenzen verschob. Sie waren aus dem fernen Deutschland angereist, um ihrer Zukunft eine Richtung zu geben. Und jetzt?

Die Ironie der Situation stachelte seinen Trotz an. »Nein, Marie!«, stieß er aus und nahm seine Hand von ihrer Wange. »Das ist zu früh. Wir sind doch noch so jung!«

Maries rechter Mundwinkel hob sich leicht – nur ein Hauch des spöttischen Lächelns, mit dem sie seine ambitionierten Ideen immer kommentiert hatte.

»Mich friert«, flüsterte sie.

Ferdinand griff unter die Decke und fand ihre Hand. Sie drückte mit ihrem Daumen schwach gegen seinen Handrücken.

Maries Berührungen waren immer seine einzige Vergewisserung gewesen. Nur einmal hatte er sich ohne ihre Hilfe selbst so intensiv gespürt: als er erkannte, dass er von seinem engstirnigen Erzeuger alles bekommen konnte, wenn er es nur geschickt genug anstellte.

»Akzeptiere es und hilf mir«, sagte sie überraschend kraftvoll.

Er suchte nach den richtigen Worten. »Es fällt mir unglaublich schwer, es hinzunehmen«, murmelte er und dachte daran, was vor einer Woche passiert war.

Euphorisiert hatten sie das schäbige Wohnheim nahe dem Campus der University of Southern California verlassen, jener Uni, an der Max promovierte. Stundenlang hatten sie sich mit ihm unterhalten, seine Ideen aufgesogen und weitergesponnen. Nun, in der hellen Sonne des University Parks, sprudelte aus ihnen heraus, wie sie nach ihrer Rückkehr Deutschland erschüttern wollten – dieses von Bürokraten erstickte Land. Ein letztes Mal lachte Marie in seiner Erinnerung ihr kehliges Lachen. Sie legte den Kopf in den Nacken. »Ach, hier ist der Himmel einfach höher!«, rief sie, die Arme ausgebreitet, und drehte sich. Das Adrenalin pulsierte auch in seinem Körper, er betrachtete Maries Freudentanz und lief ihr grinsend nach. Immer schneller wirbelte sie herum, tanzte schließlich auf die Nebenstraße.

Sie sah das Auto nicht kommen. Er bemerkte es zu spät, seine Stimme versagte. Der Wagen erwischte sie ungebremst.

Seitdem suchte Ferdinand vergeblich nach einer Erklärung für das ganze Geschehen. Wie sehr Maries Unfall dem ihres Bruders glich, erschreckte ihn bis jetzt.

»Die Ärzte sind Kleingeister!«, preschte er vor.

»Sie haben getan, was sie konnten«, widersprach Marie. »Sie können nicht zaubern.«

»Natürlich nicht«, gab er nach. Doch etwas in ihm wollte, dass Marie zuversichtlich blieb. Dass sie sich auch jetzt treu blieb. Dass sie bis zum letzten Atemzug voll und ganz zu ihm gehörte. »Zauberei braucht es nicht«, meinte er. »Sie ist lächerlich verglichen mit dem, was technisch geht. Sieh dir das Internet an! Menschen aus der ganzen Welt werden sich vernetzen. Raum und Zeit werden aufhören zu existieren! Die Grenzen, vor denen wir heute noch stehen, werden sich auflösen.«

Schon halb erloschen musterten ihn ihre Augen, die Mundwinkel kräuselten sich amüsiert.

»Du wolltest mit mir die Welt verändern«, sagte er.

Für einen Moment flackerte der alte Glanz in ihren Augen auf, für ihn das einzige wirklich lebendige Feuer. Sie hob den Kopf an. »Das kannst du immer noch«, sagte sie. »Tu es mir zuliebe.« Ihr Kopf fiel zurück auf das Kissen.

Etwas veränderte sich in Ferdinand. Blut floss in den Puppenkörper, zu dem sein Leib erstarrt war. Er spürte, wie die Puppenglieder wieder zu seinen eigenen wurden.

»Das werde ich«, sagte er. »Für dich und sonst niemanden werde ich die Welt verändern!«

Er drückte ihre Hand nun fester. Sie erwiderte es mit einer Kraft, die ihn erneut erstaunte. Für einen Moment spürte er die alte Vertrautheit. Doch schon nach Sekunden lockerte sie den Druck. Erschöpft ließ sie den Kopf zur Seite fallen und schloss die Augen.

Ferdinand wachte die Nacht an ihrem Bett.

Im Morgengrauen gab ihr Körper seinen Kampf auf. Alle Spannung wich aus ihr.

Als das mechanische Piepen der Glucke in ein andauerndes Pfeifen wechselte, sank Ferdinands Kopf auf das Bett. Er weinte.

Obwohl Marie tot war, spürte sich Ferdinand. Intensiv. Denn klarer als je zuvor erkannte er seine Lebensaufgabe.

Eine Woche später, Maries Körper ruhte in kalifornischer Erde, stieg Ferdinand in ein Flugzeug nach Deutschland.

2

Berlin, März 2041

Durch ihr Bürofenster ließ Sophie König den Blick über die Skyline gleiten: vom Fernsehturm und den Wohnhochhäusern am Alexanderplatz nach Westen bis zum Expertenbaum, der die Kuppel des Reichstags weit überragte. Das Holzhochhaus strahlte etwas von seinem Stolz auch auf sie. Vom Stolz ihrer Zunft: der Wissenschaft. Ein greller Blitz leuchtete plötzlich in der Mitte des Gebäudes auf, ein weiterer an seiner Spitze. Flammen schlugen von beiden Stellen weit in die Höhe. Sophie schnappte nach Luft und riss sich das Augmented-Reality-Visier vom Kopf.

Das Feuer war weg, der Expertenbaum unversehrt. Das Meer aus Dachgärten ließ die Stadt wie ein Idyll aussehen. Das AR-Visier hatte den Brand als erweiterte Realität auf Sophies Netzhaut projiziert.

Das musste einer dieser fiesen KI-Agenten gewesen sein, die von wissenschaftsfeindlichen Aktivisten neuerdings ins Euronet geschleust wurden. Der Digitalschild war noch nicht perfekt auf diese intelligente Software adaptiert, so fand sie immer wieder ihren Weg bis in die AR-Visiere, wo sie Anschläge oder Attentate vorgaukelte.

Sophie atmete durch und setzte das AR-Visier wieder auf. Es klopfte dreimal, die Bürotür schwang auf und Pete spazierte herein. Ihr Datenspezialist hob die rechte Hand, lächelte breit und schnippte mit den Fingern. Harfenklang. Funken sprühend tanzten zwei Tickets vor Petes Hand.

»Rate mal, was ich hier habe!«

Sophie hob die Augenbrauen, seufzte und schielte in die Ecke des Schreibtischs, wohin ihr AR-Visier die Uhr projizierte.

»Pete, ich halte gleich Vorlesung.«

Er lachte auf.

»Immer noch die graue Professorin von der Humboldt-Universität! Sophie, du bist inzwischen eine Koryphäe in der datengetriebenen Psychologie. Studenten aus aller Welt schalten sich in deine Vorlesung. Du kannst, nein, du *musst* sie warten lassen.«

»Du kennst mich schlecht, wenn du glaubst, ich würde deshalb meine Pünktlichkeit aufgeben.«

Er hielt ihr die Tickets entgegen. »Die sind fürs Thetis. Eine Retro-Veranstaltung. Science-Fiction. Genauer gesagt Star Trek. Du stehst doch auf Mister Spock!«

Sophie blies die Backen auf. »Ich mag Lieutenant Commander Data. Thetis, sagst du? Du meinst doch nicht dieses *Kino*?«

Pete nickte.

Sophie lachte trocken. »Du willst mich in eine Veranstaltung locken, in der alle gleichzeitig auf dieselbe Leinwand starren? Du kennst mich *wirklich* schlecht, Pete.«

»Oh my God!«, rief er ihr zu. »Typisch Europäer! Ihr verbringt zu viel Zeit hinter euren AR-Visieren. Jeder lebt in seiner eigenen Blase! Ihr geht kaum unter Leute. Daran sind eure Regierungen schuld. Diese Präven... ahm ...«

»Präventionspolitik?« Sophie ging zur Bürotür.

»Ja, genau! Das macht euch ängstlich und unsozial!«

»Fast die ganze Welt macht Präventionspolitik«, stellte sie richtig. »Ihr drüben doch auch!«

»Ja, aber wir ordnen nicht *alles* den Naturgesetzen unter!«

Vor dem Hinausgehen drehte Sophie sich um. Pete machte keine Anstalten, das Büro zu verlassen. »Noch was, Pete?«

»Ahm, ja, noch etwas. Unser Datenerheber... Ach, dieses deutsche Monster von Wort!«

»Du meinst den Datenerhebungsantrag?«

»Ja, genau. Die Datenschutzbehörde hat ihn weitergeleitet. An die ... äh, warte ...« Er legte zwei Finger an die Schläfen. »... an die algorithmische Antragsverarbeitung.«

Petes Brust hob sich und er lächelte wie nach einem erzielten Tor.

Sophie presste die Finger der rechten Hand zur Faust, bis sich die Nägel in die Haut bohrten. Sie hatte gehofft, dass ein Mensch, der ihre Arbeit kannte, den Antrag schnell durchwinken würde. Algorithmische Entscheidungen mochten zwar anfechtbar sein, doch die Verfahren dauerten Monate. Und eine Ablehnung würde faktisch das Ende des Projekts »Carin« bedeuten.

»Danke für die Info«, presste sie heraus und wandte sich zum Gehen. »Halt mich auf dem Laufenden, Pete«, rief sie, während sie schon den Gang in Richtung Hörsaal entlangmarschierte. Sie durchquerte das Foyer und betrat den Korridor zum Hintereingang des Hörsaals. Die fensterlose Dunkelheit lastete auf ihr wie nasser Sand. Wann reparierten sie endlich die Lampen! Sie ließ das Visier die Konturen des Korridors anzeigen und beschleunigte den Schritt.

Die Helligkeit im Auditorium ließ sie aufatmen. Doch gleich folgte der nächste Schreck. Nicht nur, weil der Hörsaal bis zur obersten Bankreihe gesteckt voll war. Nein, sondern auch, weil darüber noch viel mehr Gesichter erschienen. Die eingeblendeten Reihen wirkten wie die Westkurve eines WM-Stadions beim Finale. Sophie fühlte sich wie eine

Fußballerin, die tausende Augenpaare erwartungsvoll anstarrten.

Es geht nicht um dich, versuchte sie ihren wieder anziehenden Puls zu beruhigen. *Die datengetriebene Psychologie boomt und du bist eine der weltweit führenden Expertinnen auf dem Gebiet. Bleib ganz ruhig!*

So viel Publikum wie heute hatte sie allerdings noch nie gehabt. Schuld daran war sicher ihr jüngster Auftritt in einer weltweit erfolgreichen Doku über die Frage, wie sich die Seele eines Menschen in seinen Daten widerspiegele. Diese Formulierung war ihr natürlich viel zu effekthascherisch. Sie hatte aber widerwillig mitgemacht, denn Popularität erleichterte in aller Regel den Zugang zu Fördergeldern und vor allem Daten.

»Guten Morgen allerseits«, rief Sophie. Wenn man einmal redete, floss der Rest wie von selbst, ermutigte sie sich. Sie kniff die Augen zusammen, führte den Zeigefinger über einzelne Köpfe und ließ ihn dabei leicht hüpfen, als zähle sie. Nach ein paar Sekunden winkte sie ab. »Wie viele Persönlichkeiten mögen hier wohl versammelt sein?«

»Es sind viertausenddreihundertzwölf Nutzende anwesend«, ertönte eine Stimme, kaum dass Sophie zu Ende gesprochen hatte. Manche drückten den Wortmeldungsbutton äußerst rasch.

»Danke!«, rief Sophie lächelnd in die ungefähre Richtung. »Dann ist die Antwort leicht. Na, wie viele *Persönlichkeiten*?«

»Viertausenddreihundertzwölf!«, sagte eine andere Stimme.

»Genau! Natürlich hat jeder Mensch seine ganz eigene Persönlichkeit! Einzigartig und unverwechselbar. Also, warum sind Sie alle hier?«

Wieder blickte sie über die Menge. Ihre Aufregung legte sich. Sie fand, dass sie es gut meisterte. Mit einer teilvirtuellen Masse umzugehen, fiel ihr leichter, als mit zwei oder drei Leuten am Esstisch.

»Weil wir lernen wollen, wie man die Persönlichkeit aus Datenspuren herausliest!«, antwortete eine Stimme.

Sophie wiegte den Kopf. »Sie glauben, dass das geht? Kann ich die Persönlichkeit eines Menschen erkennen, den ich nie im Leben gesehen habe?«

»Ja!«

»Natürlich!«

»Und ob!«

»Okay, okay«, fuhr Sophie fort. »Dann muss ich Ihnen ja wohl nur noch erklären, *wie* das geht.«

»Wir sind ganz Ohr!«

Sophie trat ein paar Schritte zurück und flüsterte einen Befehl. Eine Kugel, halbtransparent und größer als sie selbst, schwebte vor ihr knapp über dem Boden.

»Na, wie viele Punkte hat die Oberfläche dieser Kugel?«

»Eine Million?«

Sie schüttelte den Kopf und lächelte zaghaft.

»Unendlich viele«, riet ein Student.

Sophie schnippte mit den Fingern und deutete ungefähr in die Ecke des Sprechers.

»Richtig!«

Ihr Blick glitt durch die Kugel über die Reihen. »Und dennoch«, sagte sie, »reichen *zwei* Zahlen, um jeden Punkt auf der Kugeloberfläche eindeutig zu beschreiben: der Längen- und der Breitengrad.«

Sie tippte die Spitzen von Daumen und Zeigefinger erneut aneinander. Ein Netz aus waagrechten und senkrechten Linien zog sich über die Kugel, sodass diese aussah wie ein Modell der Erde.

»Man könnte auch sagen, die Kugeloberfläche hat zwei Dimensionen. Wie viele Dimensionen, denken Sie, hat die Persönlichkeit?«

»Eine Million?« Die Antwort kam von derselben Stimme wie zuvor.

Sophie hob etwas genervt die Augenbrauen.

»Achthundert?«

»Ich verstehe. Sie denken, etwas so Komplexes wie eine Persönlichkeit braucht viele Dimensionen? Vielleicht wird es Sie überraschen, aber schon fünf Dimensionen reichen für eine ziemlich gute Beschreibung einer Person. Persönlichkeitspsychologen nennen sie die *Big Five.*«

Wieder tippte Sophie die Finger aneinander. Im Raum schwebten nun fünf Wörter:

Aufgeschlossenheit
Perfektionismus
Geselligkeit
Rücksichtnahme
Verletzlichkeit

»Das«, erklärte Sophie, »sind die Koordinaten der Persönlichkeit. Oder sagen wir, es ist ein gängiges Koordinatensystem in der Persönlichkeitspsychologie. Jeder Mensch nimmt einen Punkt in diesem Raster ein.«

»Professorin König!«, meldete sich eine physisch anwesende Studentin in der ersten Reihe. »Stimmt es, dass Sie eine künstliche Intelligenz entwickelt haben, die ein eigenes Modell erstellt hat?«

Die Frau lächelte, doch Sophie konnte nicht entscheiden, ob freundlich oder aggressiv. Wie so oft wünschte sie sich, menschliche Mimik besser lesen zu können.

»Ja, das stimmt«, antwortete sie auf die Frage. »Die KI heißt ›Carin‹. Die Abkürzung steht für *Context Aware Reaction Inference Network.*«

»Es heißt«, fuhr die Frau fort, »Carin habe das Persönlichkeitsmodell selbständig durch Auswertung von Daten aus Aktivitäten von tausenden Menschen entwickelt.«

Mit der Frage hatte Sophie gerechnet. Doch sie wollte nicht viel über Carin sprechen. Sie wiegte den Kopf und drehte die Handfläche hin und her.

»So ungefähr«, bestätigte sie. Gespannte Stille. Die Meute wartete auf weitere Happen. »Sie werden sich fragen, was neu daran ist«, gab Sophie nach. Wie für die Filmdoku würde sie auch jetzt wortreich möglichst wenig preisgeben. »Carin erzeugt ihr Modell ganz selbständig, ohne menschliche Anleitung. Sie blickt quasi unvoreingenommen auf die Menschen. Carins Modell hat mehr Dimensionen als fünf, bildet also Facetten der Persönlichkeit detaillierter ab. Sie liefert ein hochaufgelöstes Bild statt nur eines grobpixeligen. Wir Forscher müssen erst herausfinden, wie viele Dimensionen einen Menschen gut genug beschreiben.«

»Gut genug wofür?«, fragte eine neue, männliche Stimme.

Sie zuckte betont lässig mit den Achseln.

»An unserem Institut machen wir Grundlagenforschung. Aber natürlich lässt sich schon an Anwendungen denken. Mit Carins Hilfe könnten Psychologen neue Präventionsformen entwickeln. Sie könnten effektivere Methoden zur Vorbeugung von Angststörungen, Depressionen oder Psychosen finden. Carin wäre eine Art Spiegel der Persönlichkeit, um an sich zu arbeiten. Ein automatisierter Coach. Jugendliche könnte sie von Orientierungslosigkeit befreien, Berufstätige vor dem Burnout bewahren. Wer das Richtige aus seinem Leben macht, hat weniger Stress. Carin würde einen weiteren Beitrag zur Vorbeugung von Herz-Kreislauf-Erkrankungen oder Übergewicht leisten.«

Sophie hoffte, die Standardmarketingfloskeln würden die Fragenden beruhigen, und setzte an, die Vorlesung wie geplant weiterzuführen, doch der, der die Frage nach Carins Zweck gestellt hatte, ließ noch nicht locker.

»Lässt sich Carin nicht auch missbrauchen?«, wollte er wissen. »Etwa um Wähler individuell zu manipulieren? Wenn man weiß, wie jemand tickt, kann man ihm maßgeschneiderte Wahlwerbung senden. Solche *Dark Posts* gab es in den Zehnerjahren zuhauf. Bei der Wahl Donald Trumps im Jahr 2016 waren sie möglicherweise das Zünglein an der Waage.«

»Diese Dark Posts sind in der EU verboten!«, entgegnete sie scharf. »Mir ist kein einziger Fall bekannt, bei dem sie hier zur Anwendung gekommen wären. Soweit ich mich an den damaligen Wahlkampf erinnere, arbeiteten Dark Posts mit falschen Behauptungen oder beleidigten die Kandidatin der Demokraten. Solches Zeug käme heute gar nicht mehr zum Adressaten. Selbst in den wilden Kanälen filtern Algorithmen Fake News und Hassbotschaften aus. In den Kanälen mit staatlichem Faktentreue-Zertifikat bleibt die Sprache von vornherein zivilisiert.«

»Aber könnte Carin nicht genau das aushebeln?«, fragte eine virtuelle Teilnehmerin. »Könnte sie die Wähler nicht viel psychologischer manipulieren, ganz ohne unzivilisierte Sprache und platte Lügen?«

In Sophie wallte Wut auf. Dieses eher abseitige Thema kam doch jetzt nur wegen der Bundestagswahl auf, die in einigen Monaten stattfinden sollte! Sie war Forscherin, was gingen sie aktuelle politische Themen an? Sophie presste die Lippen zusammen, zwang sich zu einem Lächeln und schüttelte möglichst sachte den Kopf.

»Carin selbst kann natürlich niemanden manipulieren«, erklärte sie ruhig. »Sie ist eine Maschine. Es kommt darauf an, wer sie wie nutzt. Rein theoretisch könnten böswillige Menschen sie für Wahlmanipulation missbrauchen. Doch in der Praxis hätten sie keine Chance. Denn sie müssten Carin mit personenbezogenen Daten der Wähler füttern. Zu solchen Daten kriegen diese hypothetischen Wahlbetrüger natürlich keinen Zugang! Wir sind in der EU! Mehr noch: Eine so umfassende Datensammlung von EU-Bürgern existiert gar nicht!«

»Was ist mit dem Tiefen Text?«, rief jemand. Durch das Auditorium ging ein Raunen.

Jetzt wurde es Sophie zu bunt. »Also, bevor wir uns hier über Verschwörungsmythen auslassen, machen wir mit dem Stoff weiter!«

Der Rest der Vorlesung verlief reibungslos, die Zwischenfragen blieben rein fachlich.

Als Sophie nach der Vorlesung das Foyer durchquerte, drückte unvermittelt ihr rechter Schuh. Trotzig marschierte sie weiter. Das war das dritte Mal. Der Obsoleszenz-Algorithmus wollte sie damit zum Neukauf stupsen. Sie bedauerte, dass sie sich keine analogen Schuhe leisten konnte. Die Krankheit ihres Vaters kostete viel Geld. Und die Mieten in Berlin waren ein Akt der Barbarei. Da sie keine krisenrelevante Forschung betrieb, war ihr Gehalt dürftig. Also musste sie sparen. Der rechte Schuh ließ wieder locker.

Sie machte sich Mut. Bald würde sie mehr personenbezogene Daten für das Training von Carin bekommen. Da ihr die Patente ihrer KI allein gehörten, würde dann endlich die Kasse klingeln. Vaters Krankheit wäre zumindest kein finanzielles Problem mehr und ihre Schuhe würden fortan analog sein. Doch Geld war es nicht, wonach sie eigentlich gierte. Ihr ganz persönlicher Traum würde sich erfüllen. Endlich.

3

Alexandra Calla erblickte einen Platz in der ersten Reihe, eilte hin und ließ sich auf den Stuhl fallen. Sie schob ihr AR-Visier hoch, schließlich war dieses Theaterfestival in einer alten Fabrikhalle am Gleisdreieck vollreal. Sie wollte sehen, ob die Augen des Schauspielers wirklich glänzten, und die Schweißperlen auf seiner Stirn zählen. Sie wollte die Funken spüren, die er angeblich versprühte. Kurz: Sie wollte seine Aura sehen. Die Rezensionen waren überschwänglich. Konnte es sein, dass ein Niemand namens Boris Riemann tatsächlich der *Eine* war, den sie seit Jahren suchte?

Sie war skeptisch nach allem, was sie über ihn schon wusste. Doch entscheidend war der Augenschein. Alexandra zog ein Stoffsäckchen aus der Umhängetasche und roch daran. Zimt erhöhte die Konzentration. Erst zum zweiten Akt war sie aufgetaucht, da dieser gleich mit einer Rede des fiktiven Politikers namens John Gerwin begann – gespielt von Riemann.

Das Licht erlosch. Ein Spot war auf ein leeres Rednerpult gerichtet. Aus dem Dunkel polterten Schritte heran. Ein Mann trat mit breiter Brust in den Lichtkegel, ließ aber das Pult links liegen. Der Spot folgte ihm zum Bühnenrand, wo Gerwin, alias Riemann, sich aufbaute. Breitbeinig beanspruchte er die Bühne für sich. Der Anzug schimmerte seiden und saß perfekt. Das Lächeln des Mannes wirkte offen. Riemann ließ den Blick über das Publikum streifen. Als er auf Alexandra traf, fühlte sie sich von Riemanns Aura umhüllt. Sofort war ihr klar: Auf dieser Bühne stand eine Ausnahmeerscheinung.

Die Stimme! Alexandra wollte die Stimme hören!

Soviel sie über das Stück wusste, startete Gerwin darin als unbekannter US-amerikanischer Provinzpolitiker in die Vorwahlen und stieg schnell zum Präsidentschaftskandidaten auf. Sofort fühlte sie sich mitten in den Wahlkampf versetzt.

»Hallo Freunde!«, rief er.

Alexandra spürte ein Kribbeln an den Wangen. Die Luftmoleküle verstärkten Riemanns Stimme wie mikroskopische Resonanzkörper. Nur einmal hatte sie sich ähnlich tief ausgefüllt gefühlt: vor Jahrzehnten bei einem Konzert von Tangerine Dream. Mit nur zwei Worten hatte er seine physische Präsenz auf den ganzen Saal ausgedehnt. Bis in Alexandra hinein. Wie sein Blick, so gab auch Riemanns Stimme ihr das Gefühl, persönlich gemeint zu sein. Diese Stimme spendete Trost und Zuversicht.

Mit einem Griff an die Augen überzeugte Alexandra sich, dass das Visier wirklich oben war. Unglaublich, wie stark Riemann leuchtete. Die Aura dieses Menschen überwältigte sie – und auch die anderen Zuschauer, wie sie erkannte, als sie sich umsah. Wie in Trance starrten alle auf die Bühne. Dieser Mann absorbierte sein Publikum.

Sie war sich sicher: Auch als Politiker wäre er einmalig. Einer, der nicht führt, sondern inspiriert. Der nicht überzeugt, sondern strahlt. Der keine Probleme löst, sondern heilt. Er wäre das Herz des sozialen Organismus.

Nach all den Jahren war Alexandras Suche beendet.

Noch vor dem Ende des Stücks stand sie auf und huschte aus der alten Fabrikhalle. Sie umrundete das Gebäude, bis sie auf ein rostiges Tor stieß, das ein aufgeklebter Zettel als Bühneneingang auswies. Wenig später tröpfelten die

Schauspieler heraus, allein oder in Grüppchen. In der Mitte einer Gruppe, fast einen Kopf größer als die anderen, entdeckte sie ihn.

»Herr Riemann«, rief sie.

Er blieb stehen und wandte ihr sein Gesicht zu, während die anderen weitergingen. Das dunkelblonde Haar war außer Form und glänzte weniger als im Bühnenlicht. Das Gesicht wirkte blasser. Doch die fast ideale Trapezform von Wangen und Kinnpartie sowie die kraftvollen Jochbeine wirkten nach wie vor sehr attraktiv. In seinem Blick lag Neugier, aber auch Irritation, die Alexandras Mischung aus fortgeschrittenem Alter und erotischer Wucht bei Männern immer noch auslöste.

Die anderen gingen schnatternd weiter.

»Was kann ich für Sie tun?«, fragte Riemann.

»Herzlichen Glückwunsch zu dieser wirklich beeindruckenden Verkörperung des John Gerwin!«, lobte ihn Alexandra. »Genauso habe ich ihn mir beim Lesen von Joshua Brides Stück vorgestellt!«

Spontan lächelte Riemann. Die wenigsten Besucher dürften den Autor des Stückes kennen. Die Analog-Theaterszene produzierte erklärtermaßen am Mainstream vorbei.

»Vielen Dank, gern geschehen!«

»Mein Name ist Alexandra Calla. Herr Riemann, ich könnte Sie mir auf einer größeren Bühne vorstellen. Auf einer *viel* größeren. Hätten Sie Zeit für einen Kaffee?«

Riemann sah sie amüsiert an, als zweifle er daran, dass der Vorschlag ernst gemeint war. Doch sein zuckender Mundwinkel verriet Gefallen.

»Sicher, warum nicht?«

Die junge Frau, die den Whisky vor Riemann auf den Tisch stellte, ließ den Blick auf ihm verweilen, während sie auch den Schafgarbentee vor Alexandra abstellte, wobei ein wenig von der Flüssigkeit überschwappte. Als sie wegging, blickte Riemann ihr interessiert nach.

»Wahrscheinlich wird sie Ihnen ihre ID mit der Rechnung übertragen«, scherzte Alexandra.

»Gut möglich«, antwortete Riemann. Bedächtig nahm er einen Schluck vom Whisky. Alexandra erkannte in seiner Neigung zu Frauen und Alkohol klare Zeichen für astrale Kraft. Diese müsste sie in die richtige Bahn lenken. Mit ihren eigenen Verführungskünsten würde sie sich zurückhalten müssen. Ihre Macht über Männer könnte seine Aura trüben.

Riemann schluckte und genoss den Abgang. Dann badete Alexandra in seinem warmen, belebenden Blick. Wieder war sie sich sicher, einen Volltreffer gelandet zu haben. Die meisten Leute misstrauten dem Charisma, da sie glaubten, es speise sich aus einem finsteren Machtinstinkt. Sie hingegen fand, dass die wichtigste Zutat etwas völlig anderes war: voll auf das Gegenüber einzugehen, es in den Fokus zu nehmen und *genau* zu wissen, mit wem man spricht. Es war vor allem eins: eine *echte* Verbindung mit den Menschen. Etwas, das mit der Digitalisierung verlorengegangen war. Noch war sie skeptisch, dass sich dieses Manko der Technologie beheben ließe, wie die Nerds behaupteten, noch dazu mit einer neuen, unerprobten Technologie.

»Warum spielen Sie vor achtzig Leuten in einer muffigen Fabrikhalle?«, fragte sie Riemann. »Bei *Ihrem* Talent.«

Riemann hob die Augenbrauen und stellte das Glas ab.

»Na ja, vollreales Theater ist nicht gerade massentauglich. Außerdem bin ich nur Hobbyschauspieler. Der kleine

Rahmen hat auch etwas Schönes: Ich kann spüren, ob das Publikum glücklich ist!«

»Womit verdienen Sie Ihr Geld?«

Natürlich kannte sie die Antwort. Doch sie wollte sehen, wie er reagierte. Alexandra hob die Tasse an die Lippen. Riemann neigte den Kopf zum Tisch, über seine Augen legte sich ein Schatten. Sein markanter Nasenrücken stach hervor, was ihn wirken ließ wie einen Adler vor dem Zustoßen. Alexandra begrüßte auch diese finstere Facette. Sie war wichtig.

»Ich bin Pharmazeut«, sagte er.

Sie spielte die Überraschte, indem sie den letzten Schluck Tee in die Tasse zurückblies und Riemann anstarrte. Dass er etwas Technisches machte, war einer der Gründe für ihre anfängliche Skepsis gewesen, die immer noch nachhallte. Aber sie sah es so: Der Mann war ein roher Diamant. Ihre Aufgabe bestand darin, den Edelstein zu schleifen.

»Sie sind *was*?«, fragte sie.

Riemann rollte die Augen zur Decke und sog Luft ein. »Nun ja, Sie wissen, wie das oft so ist. Die Familientradition.«

»Sicher, Herr Riemann. Doch Ihr Schicksal ist es, bewundert zu werden. Von Millionen.«

Sein Mundwinkel verzog sich zu einem halben Lächeln. »So?«

»Welches ist die größte Bühne, auf der Sie sich einmal sehen?«, forderte sie ihn heraus.

Riemann senkte lachend den Blick und schüttelte den Kopf. Er ist zu bescheiden, dachte sie. Etwas hemmt ihn.

»Ich meine es ernst«, bekräftigte sie. »Welche Bühne? Sagen Sie!«

Ihr Gegenüber hob den Kopf und verengte die Augen.

»Wer sind *Sie* eigentlich?«

»Das erfahren Sie bald. Sagen Sie: Welche Bühne?«

»Nun, ich weiß nicht. Das Berliner Ensemble? Das Thalia? Die Burg?«

Riemann hob das Glas zum Mund und kippte den Rest des Whiskys hinunter. Alexandra lächelte dünn. »Das sind Schülertheater verglichen mit der Bühne, auf der *ich* Sie sehe.«

Riemann stellte das Glas ab und starrte Alexandra an. Aus seinen Augen sprang ihr Neugier entgegen, Lust auf Neues und – was sie am meisten freute – Gier. Die Gier auf das große Publikum.

4

Nach einem verspäteten Mittagessen durchquerte Sophie mit strammem Schritt das Foyer. Gut ein Dutzend Leute schwirrten aus einem der sternförmig einmündenden Gänge. Sie redeten kaum miteinander und wirkten betreten. Eine der Wissenschaftlerinnen in der Gruppe nickte ihr im Vorbeigehen zu.

»Hey, Wen!«, rief Sophie ihr hinterher. »Was ist denn los?«

Im Weitergehen wandte die junge Frau ihren Kopf zu Sophie. »Verdacht auf das Omega2-Virus. Wir gehen in häusliche Quarantäne.«

Sophies Brust schnürte sich zusammen. Ein kalter Schweißfilm legte sich über ihren Nacken und kroch den Rücken hinab. »Omega2?«

Wie wohl fast jeder Mensch erinnerte sie sich bei diesem Wort an wochenlange Ausgangssperren. Da war sie plötzlich wieder: die Angst vor Ansteckung – das ständige Gefühl, aus jeder Ecke könnte ein Wolf springen.

»Habt ihr die Impfung nicht aufgefrischt?«, rief sie Wen nach. Doch die eilte gerade durch die Drehtür ins Freie.

Mit hochgezogenen Schultern steuerte Sophie auf den Gang zu, der in ihr Institut führte. Die Wände des Foyers warfen das Geräusch ihrer Schritte zurück. Mit jedem Echo schien das Wort »Omega2« auf sie einzuhämmern.

»Was ist denn mit dir los?«

Sie riss den Kopf hoch und sah in Petes Gesicht, das deutlich eine Emotion zeigte. Erschrockenheit, vermutete Sophie.

»Bist du einem Körperfresser begegnet?«

Ihr Versuch eines Lächelns missriet. »Das trifft es ganz gut. Drüben in der Neurokognition haben sie einen Omega2-Verdacht.«

»Ach was!« Er winkte ab. »Mach dir doch nicht gleich ins Hemd, Sophie!«

Petes Faible für deutsche Redewendungen, gepaart mit seinem breiten texanischen Akzent, heiterte sie ein wenig auf.

»Der Epidemieschild wird zwei Wochen auf Level 3 geschaltet«, sagte er, »bis es null Fälle gibt. Und gut ist.«

»Ja, aber es ist so nah! Ich würde um mindestens sechs Biojahre altern, wenn ich mich infizierte.«

»Ach was! Höchstens ein paar Hansel werden sich anstecken. Das war doch immer so. Seit zwölf Jahren zieht euer Kanzler die Präventionspolitik knallhart durch, viel konsequenter als irgendwo sonst auf der Welt und in allen Bereichen: Klima, Gesundheit, Migration.«

»Das stimmt«, gab sie zu. »Und ich hoffe, dass Frederik Mager exakt so weiterregiert, auch nach der Wahl. Du findest das vielleicht albern. Aber ich mag Dinge, die funktionieren und die keine bösen Überraschungen produzieren.«

»Und warum sollte sich das ändern?«

Sie zuckte mit den Schultern. »Ich glaube, dass es unter der Oberfläche brodelt. Vorhin hat ein KI-Agent den Expertenbaum virtuell in Brand gesetzt! Man hört immer lautere Stimmen, die das Vorsorgeprinzip hinterfragen.«

»Na ja, das kann ich verstehen. Kanzler Mager sagt: Im Zweifel geht der Schutz der Bevölkerung vor, solange nicht bewiesen ist, dass er überflüssig ist. Was, wenn man diesen Beweis gar nicht erbringen kann?«

»Siehst du, jetzt fängst du auch schon an. Aber wir fahren doch sehr gut damit! Es gibt wenige Klimatote, selbst für

EU-Verhältnisse, keine Seuchen, keinen Terror. Nur das EU-Migrationskontingent ist in diesem Jahr um ein paar Prozent gestiegen, wegen dieser Fluten in Asien.«

»Ach, Sophie, reg dich nicht künstlich auf! Dein Mager wird Kanzler bleiben, weil die Deutschen so sind wie du: Ihr wollt Stabilität. Oder glaubst du vielleicht, morgen kommt eine charismatische, gutaussehende Politikerin, die euch zu einem Experiment verführt? Ich bitte dich!«

Sie lachte. »Das wird wohl bis zur Bundestagswahl nicht mehr passieren!«

»Das wird *nie* passieren!« Pete zwinkerte und ging weiter.

Sophie schüttelte sich, um das Bild zu vertreiben, das ihr Pete in den Kopf gesetzt hatte: eine strahlende Wahlsiegerin neben einem geknickten Frederik Mager.

»Andra?«, fragte sie, während sie weiterging.

»Ja, Sophie?«, ertönte die Stimme ihrer virtuellen Assistentin.

»Mobilitäts-App öffnen«, befahl sie.

»Bereit.«

»Den amtlichen Epidemieschild aktivieren.«

»Okay.«

Eine grüne Null erschien am Rand ihres Blickfelds. Bei Level 0 folgten zwar weder Belohnung noch Bußgeld, da man ja alles durfte, die Funktionen des Epidemieschilds standen aber bereit. Sophie stellte die Mobilitätspriorisierung von möglichst kurzer Strecke auf minimale Ansteckungsgefahr. Die App würde damit nach wenig frequentierten Verbindungen suchen. Die zusätzlichen Kilometer würden ihr zwar angerechnet, solange Level 0 herrschte, doch die Gesundheit ging jetzt vor. Kilometermäßig lag sie diesen Monat ohnehin gut im Soll.

Offensichtlich war es Pete nicht gelungen, sie zu beruhigen.

Womöglich war ja passiert, was der Infektionsrat seit Längerem befürchtete. Womöglich war Omega2 in einem tierischen Zwischenwirt mutiert und eine neue Pandemie drohte. Auch wenn Sophie das überlebte: Eine Alterung um mehrere Biojahre konnte sie sich laut dem letzten Epigenom-Check kaum leisten. Ihre finanziellen Verhältnisse erlaubten keinen schlechteren Präventionsindex.

Ein Teil von ihr begrüßte indessen eine neue Krise: Jede akute Situation aktivierte Regeln, deren brave Einhaltung mit finanziellen Boni belohnt wurde. Geld, das sie bitter nötig hatte.

Aber vielleicht war es auch der virtuell brennende Expertenbaum von vorhin, der ihr Angst machte. Sie fürchtete, dass sich die Kräfte des Irrationalen durchsetzten.

5

Die Zehn zitterte im Zielfernrohr. Ken schloss die Augen. Der Abzug sog die Wärme seines Fingers auf, verschmolz mit ihm. Ken ließ den Atem fließen und öffnete ein Auge. Nur noch ein winziger Rest von Zittern. Das Ziel deckte sich jetzt perfekt mit der Mitte des Fadenkreuzes. Nach einem weiteren Atemzyklus schoss er.

Er ließ sich von der verdichteten Kraft des Knalls überrollen. Wie ein Ballon blähte sich sein Universum auf. Er öffnete das zweite Auge und sah die Edelstahlwände des Schießstands, die anderen Gewehrscheiben. Seine hatte ein Loch, exakt in der Mitte! Für einen Moment genoss er den Erfolg.

Dann ging sein Universum zurück in den Normalzustand – keine Mitte, kein Ziel, nur grandiose Sinnlosigkeit. Bloß ein Zufall, gestand er sich ein. Er hatte den *Natural Point of Aim*, an dem der Einfluss der Körperbewegung praktisch ausgeschaltet war, noch nicht erreicht, schon gar nicht automatisch.

»Wow, Ken!«, hörte er eine Stimme von links, direkt neben sich.

Es war *die* Stimme.

»Voll in die Zehn!«

Ken drehte sich zu Janus. Er sah die regelmäßigen roten Bartstoppeln, die großen braunroten Augen. Der Moment schmeckte süß.

»Na, noch in die neue Shisha-Bar vorne am Eck?«, fragte Janus.

Blitzartig schmeckte alles bitter. Ausgerechnet die *Shisha-Bar*! Es wirkte alles so – *arrangiert.* Als würde irgendein Teufel ihn mit perfiden Manövern durch ein endloses Labyrinth zwingen, von einer Sackgasse in die nächste, immer knapp am Ausgang vorbei.

»Wie wär's mit der Eckkneipe an der Karl-Marx?«, versuchte es Ken.

Janus verzog den Mund.

»Sorry. Ist mir zu prollig.«

Wie gesagt, ein hinterhältiger Plan. Unscheinbare, aber exakt platzierte Stolpersteine.

»Na ja, bin sowieso ziemlich erledigt«, log Ken. »Ich gehe lieber nach Hause.« Er deutete auf die durchlöcherte Zehn. »Besser wird's heute nicht mehr.«

Das Leuchten in Janus' Augen trübte sich etwas. Er zuckte mit den Schultern.

»Wie du willst, Süßer. Dann suche ich mir eben einen anderen Begleiter«, sagte er und ging. Die breiten Schultern tanzten unter seinem Flanellhemd davon. Ken biss sich auf die Unterlippe und riss den Blick los. Zackig zerlegte er das Gewehr und packte es in den Waffenkoffer. Während er sich das Bracelet um den Unterarm wickelte, rief er die Mobilitäts-App auf und ließ sie eine Verbindung zu sich nach Hause suchen. Das Armband zeigte einen freien Individualwagen an, schräg gegenüber dem Schützenheim. Das passte: Indi-Kilometer wurden zwar doppelt gezählt, aber er wollte jetzt keine Leute sehen. Er klappte das AR-Visier herunter und brach auf.

Draußen hielt er sich den Kragen zu, um sich vor der eisigen Brise zu schützen. Und das im März. Hieß es nicht, Berlin habe inzwischen ein Klima wie früher Toulouse? Jetzt sagten sie auch noch einen »Flutsommer« voraus. Doch das war ihm egal. Er würde den Sommer sowieso im Schützenheim verbringen.

Das Visier zeigte ihm den Indi. Ken steuerte darauf zu und stieg ein. Der Fahrersitz schmiegte sich um Kens Gesäß und Oberschenkel. Er drückte den Startknopf, gab sachte Gas und kurbelte aus der Parklücke.

»Fenster runter«, befahl er beim Passieren der Shisha-Bar, während er etwas vom Gaspedal ging. Das Fenster fuhr herunter. Ken lehnte sich auf dem Ellbogen hinaus und spuckte in Richtung des Lokals. Dann bog er in die Karl-Marx-Straße ein. Sein virtueller Assistent Rudi empfahl ihm einen Umweg über die Sonnenallee, weil auf dem kürzeren Weg ein Stau prognostiziert sei. Die Zusatz-Kilometer würden nicht gezählt. Ken folgte der Empfehlung.

Der grüne Schleier über der Straße wechselte ins Rot. An der nächsten Kreuzung würde er warten müssen, es sei denn, er gab weniger Gas. Das tat er, bis der Schleier wieder ins Grün wechselte.

»Ken«, meldete sich Rudi, »eine Anfrage, die in dein Filterprofil passt. Soll ich sie durchstellen?«

»Von mir aus.«

»Hi Ken, hier ist Tik, die KI von Personal Services.«

Ken atmete schwer aus. »Du musst nicht mit dem Hinweis nerven, dass du eine Kack-KI bist!«

»Tut mir leid, wenn ich dich verärgert habe, Ken«, sagte Tik. »Aber du weißt, dass die Algorithmen-VO diesen Hinweis vorschreibt.«

»Jaja, ist ja gut«, murrte er. »Also?«

»Ken, es wird immer schwerer, einen Job zu finden. Die Automatisierung. Man hat das Gefühl, sie legen einem extra noch Stolpersteine in den Weg, nicht wahr?«

Kens Atem setzte einen Moment aus. Trotz eines neuen roten Teppichs beschleunigte er und überfuhr die Kreuzung.

Am oberen Rand seines Sichtfeldes zählte das Bußgeld hoch. Er ging vom Gas.

»Wir räumen diese Hindernisse aus dem Weg«, fuhr Tik fort. »Ich hätte da auch schon was für dich.«

»Moment, Moment! Sagtest du ›Stolpersteine‹?«

Tik machte eine kurze Pause.

»Ja, Stolpersteine. Eine Metapher für Hindernisse.«

Das Spalier der Straßenbeleuchtung verengte sich zu einem Tunnel. Die Kabine des Wagens bedrängte Ken.

»Woher hast du diese *Metapher*?«, schrie er.

Wieder setzte Tik kurz aus.

»Ich möchte dich nicht verärgern, Ken. Tut mir leid.«

»Ich habe dich etwas gefragt!«

Neue Pause.

»Viele unserer Kunden haben Schwierigkeiten, einen adäquaten Job zu finden. Um die Kommunikation mit euch Menschen natürlicher zu gestalten, verwenden wir Algorithmen Redensarten, Jargon oder Metaphern. ›Stolpersteine‹ ist in diesem Kontext naheliegend.«

»Hm«, quittierte er. »Also, was für einen Scheißjob hast du für mich?«

»UrbanAgro sucht Mitarbeiter, die neue Fassadengärten in den Wohntürmen am Alex anlegen.«

Ken hob die Augenbrauen. Alle Achtung, Tik, dachte er. Voll auf sein altes Steckenpferd Gärtnerei, das er mal zum Beruf hatte machen wollen. Bevor es anfing mit den Stolpersteinen. Und nicht mehr aufhörte, bis zu diesem Tag. Die KI zeigte sich zur Abwechslung mal lernfähig. Sonst bot sie ihm stets irgendwelche technischen Bullshit-Klick-Jobs an, die er einfach nur hasste.

»Hm, ja, das klingt gut, du Scheiß-KI«, provozierte er die Software.

»Siehst du«, antwortete Tik.

Nicht mal ordentlich beleidigen kann man dich, dachte Ken.

»Ich vermittle gerne ein Gespräch mit dem Anbieter«, bot Tik an.

An der Hasenheide bog Ken in die Jahnstraße ein. Das Visier wies ihn zu einem freien Ladeplatz für den Indi. Er stellte ihn ab, wartete, bis der Wagen sich mit der Ladebuchse verbunden hatte, stieg aus und ging auf eine steingraue Mietskaserne zu.

Im vierten Stock hielt er das Bracelet an das Schloss der Wohnungstür. Die klickte und sprang auf. »Spiel ›Wir leben‹ von Heinrich K.«, befahl er, als er seine Wohnungstür hinter sich zuzog. Harte, dumpfe Beats und ein rauer, aggressiver Gesang füllten den Flur.

In der Küche schlug sich Ken Eier in die Pfanne, als es klingelte. Die Musik pausierte. Er stapfte zur Wohnungstür, öffnete sie auf Sperrkettenlänge und stoppte den Impuls, sie sofort wieder zu schließen.

»Guten Abend«, rief der Besucher überschwänglich. »Ich bin Mourad. Heute erst eingezogen.«

Kens linke Hand presste den Türgriff, als wolle er ihn zerquetschen.

»Und?«, stieß er aus.

Die Augen seines Gegenübers verdunkelten sich etwas, doch das Lächeln blieb.

»Auf gute Nachbarschaft!«, meinte er.

Kens Lippen spannten sich, ein Mundwinkel begann zu zucken.

»Sicher«, gab er zurück und knallte die Tür zu.

Wenig später, er saß am Küchentischchen und wollte gerade in den Strammen Max beißen, klingelte es erneut. Er warf das Brot auf den Teller und polterte murrend zur Tür. Über die Sperrkette wollte er schon ein »Hau ab!« bellen. Doch nicht Mourad blickte ihm entgegen, sondern ein ledriges Gesicht mit eingefallenen Wangen: Flechtner, sein direkter Nachbar.

»Das ist der Anfang«, flüsterte dieser giftig.

Ken ekelte sich vor den weißen Speichelbläschen, die sich beim Sprechen um Flechtners Mundwinkel bildeten.

»Wie bitte?«

»Na, dieser Mourad, oder wie auch immer der heißt.«

»Der Anfang wovon?«

»Bis gestern war unser Haus sauber«, erzürnte sich der Nachbar. »Jetzt sickern sie ein. Wie überall.«

Ken beschloss, ihn etwas zu kitzeln. Aber vorsichtig. »Einsickern? Was meinen Sie?«

»Es läuft ganz perfide«, giftete Flechtner. Beim Sprechen blubberten immer neue weiße Bläschen um die äußere Lippenpartie.

»Erst macht man uns weis, dass das gute, freundliche Menschen sind«, redete er weiter. »Dann findet man bei jedem von uns den Schwachpunkt. Da bohrt man rein. Vorsichtig, unmerklich. Und dann, aus heiterem Himmel, ohne dir dessen bewusst zu sein, machst du den Platz frei für einen von denen. Frau Boheim aus dem Erdgeschoss meinte auf einmal, ins Heim ziehen zu müssen. Sie ist gerade mal 72! Und raten Sie mal, wer da jetzt einzieht!«

Ken zuckte mit den Schultern.

Flechtner sah ihn entgeistert an. »Na, dieser Mourad!«

Ken setzte eine Miene plötzlicher Einsicht auf. »Und wer ist ›man‹?«, fragte er.

»Wie bitte?«

»Sie sagten, ›man‹ finde bei jedem den Schwachpunkt. Wer ist ›man‹?«

»Wissen Sie denn gar nichts? Diejenigen, die im Tiefen Text lesen.«

Tiefer Text. Davon hatte er schon gehört, sich aber noch nicht damit auseinandergesetzt. »Aha. Und in diesem ... *Tiefen Text* steht, wie man einen herumkriegt?«

»Klar«, stieß Flechtner aus und studierte Ken aus zugekniffenen Augen, als sei der begriffsstutzig. »Da steht alles über Sie drin! Alles, bis zu dem Furz, den Sie morgens in die smarte Matratze lassen.«

Ken erschrak, war es aber gewohnt, seine Emotionen zu verbergen. Sie versprachen doch stets hoch und heilig, dass das Euronet wasserdicht sei, was die Privatsphäre anging! Der »europäische Weg«: Sicherheit ohne Überwachung.

Andererseits waren da die Stolpersteine.

»Warum beschweren Sie sich nicht beim Bundeskanzler?«, entgegnete er. »Der hat das doch eingefädelt mit dieser präventiven Migrationspolitik.«

Flechtner verzog einen seiner sabbernden Mundwinkel und spuckte einen Lacher aus. An Kens Wange spritzte ein Tropfen. Er verbarg den Würgereiz.

»Mager? Machen Sie Witze? Wir dachten, schlimmer als unter Merkel kann's nicht werden. Mager lässt vielleicht keine Selfies mit sich machen, aber er ist noch viel übler: Er steckt doch selbst hinter dieser hinterhältigen Ersetzungsstrategie. Das lässt sich alles recherchieren, Herr Fröbe! Überzeugen Sie sich! Machen Sie sich schlau, bevor Sie selbst an der Reihe sind!«

Flechtner wandte sich ab und ging zur gegenüberliegenden Wohnungstür. Dort drehte er den Kopf zu Ken. »Sobald Sie Bescheid wissen, können Sie sich bei mir melden.«

»Sicher«, antwortete Ken und schloss die Tür.

Der hat sie doch nicht alle, dachte er, als er in die Küche zurückging, wo es nach kaltem Fett roch. Trotzdem spürte er den Drang, mehr zu erfahren.

Die Stolpersteine.

Hatten sie vielleicht mit diesem ominösen Tiefen Text zu tun?

Ken ging ins Wohnzimmer und ließ sich aufs Sofa fallen. Exakt abgestimmte Weichheit fing ihn auf. Er winkelte ein Bein an, schob das Visier herunter und recherchierte.

6

Sophie verließ das Institutsgebäude. Andra empfahl ihr einen Umweg über den Alex mit zweimaligem Umsteigen. Das dauere zwölf Minuten länger, die Auslastung der Züge sei aber um 48 Prozent geringer. Ankunftszeit 18:39 Uhr. Das hieß, sie würde sich um neun Minuten verspäten. Dunja kannte Sophies enge Taktung und hatte sich auf ihre Pünktlichkeit eingestellt. Doch Sophie konnte sich nicht entschließen, die Empfehlung des Schildes zu missachten. Also würde sie ihre Freundin warten lassen. Sophie schlug den Weg zur Straßenbahnhaltestelle ein. Das Visier legte einen roten Schimmer über den Gehweg. Um die Bahn nicht zu verpassen, beschleunigte Sophie. Der rote Teppich verschwand.

»Text an Dunja«, formten ihre Lippen lautlos.

»Bereit«, quittierte Andra. Sophie freute sich, dass der Lippenleser funktionierte, erst heute früh hatte sie ihn installiert.

»Komme neun Minuten später, sorry«, diktierte sie, wiederum lautlos.

Sekunden später reihten sich Buchstaben am unteren Blickfeldrand aneinander. Dunjas Antwort:

»Ach, sieh an! Sophie verspätet sich auch mal. Wir sind gleich da. Andy ist schon sehr neugierig auf dich. Smarter Brite. Er wird dir gefallen, ganz sicher!«

Sophie seufzte. Dunja würde es nie aufgeben, sie verkuppeln zu wollen. Immer lachte sie nur, wenn Sophie ihr die Sachlage erklärte: dass Liebe nur ein Dopaminrausch war und Sophie Süchte konsequent mied, um sich auf ihre Arbeit konzentrieren zu können. Besonders auf ihr großes Ziel, wie sie in Gedanken stets hinzufügte.

Kurz vor der Haltestelle lachten Männer hinter Sophie. Ihr Nacken versteifte sich. Sie schaltete noch einen Gang hoch. Verwaschene Wortfetzen drangen aus dem Surren des Verkehrs. Der Fußgängerüberweg färbte sich rot. Sophie stoppte. Körper huschten an ihr vorbei, einer streifte ihren Arm. Eine Gruppe junger Männer überquerte die Straße. Blaue Jeans, durchtrainierte Oberkörper in eng anliegenden T-Shirts. Ein leuchtend oranges Bild auf einem der breiten Rücken: Flammenzungen formten einen Schmetterling. Drüben, am Bahnsteig, blieben sie stehen. Die Straßenbahn glitt heran. Der Größte in der Gruppe schob sein Visier hoch und fokussierte sie. Es sah nach der üblichen männlichen Gier aus, mit genug Aggression darin, damit Sophie sie wahrnehmen konnte. Es gelang ihr nicht, derlei ganz zu verhindern. Ihre attraktive Figur konnte sie mit maskuliner Kleidung verstecken. Mit ihren ebenmäßigen, eleganten Gesichtszügen ging das nicht. Früher hatte sie das Visier auf einseitig intransparent geschaltet. Das mochten die Leute aber nicht, drum ließ sie es meist. Es blieb ihr nur, ihr hübsches Gesicht nicht auch noch mit Schminke zu betonen. Manchen Männern gefiel aber anscheinend gerade ihre vornehme Blässe. Eine Welle von Indis, Rädern und Lieferwagen schwappte vorbei. Als eines der Gefährte den Blickkontakt unterbrach, drehte sich Sophie weg.

Die Straßenbahn! Sie musste sie kriegen! Sie sauste zum nächsten Fußgängerüberweg, der zum anderen Ende des Bahnsteigs führte. Dort unterdrückte sie den Impuls, die freie Fahrbahn zu überqueren, da der Fußweg noch rot schimmerte. Erst als er sich in Grün umfärbte, rannte sie los. Die Türen der Straßenbahn schlossen sich bereits. Sophie schlüpfte gerade noch hinein.

Drinnen hielt sie das Handgelenk mit dem Bracelet an den Check-in-Scanner, bis das Armband freundlich piepste. Die Bahn fuhr los. Sophie wankte an freien Sitzen vorbei und stellte sich in die Mitte eines der grünen Kreise. Das brachte bei Level 0 zwar keinen Bonus, doch sicher war sicher. Sophie blickte zu einem blauen Punkt an der Wand. Das Visier reagierte und öffnete den zertifizierten Newskanal der Verkehrsgesellschaft.

Sophie sah eine Flutwelle durch ein malerisches Flusstal brechen. In der nächsten Einstellung ragten Dächer aus einem Meer schlammig-brauner Brühe. Ein Schauer lief ihr über die Haut. »Evidenzbasiertes Szenario«, blinkte am Rand ihres Sichtfeldes. Sophie seufzte. Die Modelle prognostizierten einen Flutsommer mit extremen Niederschlägen im Odenwald, im Erzgebirge und in Brandenburg.

Oje, Brandenburg! Da lag Berlin ja mittendrin! Sie hörte Pete schon spotten: Na, Frau Professor, hast du wieder Extremwetterangst?

Der Klimamitigationsrat empfehle eine Erhöhung der Mikrosteuer für präventive Flutmaßnahmen um 0,031 Prozent, sagte die Nachrichtenstimme. Sophie blies die Backen auf. Sie dachte an die Kosten für die Reha ihres Vaters.

Als Nächstes kam ein Lotto-Werbespot. Bunte Buchstaben tanzten:

IRRER JACKPOT!!!!
GEWINNE

Zahlen lösten die Buchstaben ab. Eine Fanfare ertönte.
40.500

Und wieder Buchstaben:

KILOMETER!!!!

EINMAL RUND UM DIE WELT!!!

Das Nachrichtenprogramm ging weiter. Im nächsten Szenario brachen riesige Eisbrocken von Gletschern ab und platschten ins Meer. »Die grönländischen Gletscher schmelzen nach einer mehrjährigen Verlangsamung wieder schneller ab«, berichtete die Sprecherin. Ein Forscher mit grauem Wuschelkopf mahnte, die Erderhitzung dürfe auf keinen Fall über drei Grad Celsius steigen, sonst schmelze der grönländische Eisschild mit großer Sicherheit komplett ab und der Meeresspiegel steige um sieben Meter an. In diesem September würde erstmals seit Menschengedenken eine eisfreie Arktis erwartet. »Damit Deutschland konform mit dem Drei-Grad-Korridor bleibt«, erklärte die Sprecherin, »muss die Klimanotbremse weiter angezogen werden.« Laut Expertenrat für Emissionsmanagement müssten die Treibhausgasemissionen binnen fünf Jahren auf null sinken. Das Mobilitätslimit der Bürger werde pauschal um 12,5 Prozent gekürzt. Der Malus bei Überschreiten des Limits werde auf sechs Euro pro Kilometer erhöht, der Bonus bei Unterschreiten immerhin auf einen Euro pro Kilometer. Das sah Sophie positiv: Sie würde mit gesparten Kilometern ihr Konto auffüllen können.

»Is' doch alles Fake!«, meckerte eine Frauenstimme. »Früher sagte man Klimawandel. Heute nennen sie es *Klimaeskalation*. Völlig übertrieben! Für den letzten Winter hatten ihre Modelle Extremkälte angezeigt. Dann kam das übliche

Schmuddelwetter! Aber irgendeine Ausrede fällt ihnen immer ein. Der Jetstream lief halt anders als erwartet oder bla, bla, bla!«

»Sie erzählen Geschichten, um uns zu melken«, kommentierte ein Mann trocken.

»Ach, ihr habt doch keinen Schimmer«, protestierte eine jüngere Stimme. »Wenn wir in den Zwanzigern schon aus Kohle und Erdgas ausgestiegen wären, hätten wir jetzt längst einen klimaneutralen Energiemix und müssten nicht mit Kilometern geizen. Wir wussten das die ganze Zeit. Wir sind selber schuld! Denkt doch endlich an die nächste Generation! Die wollen auch noch Freiheit!«

»Klimaneutral! Nächste Generation!«, stieß der Vorredner aggressiv aus. »Was ist mit uns? Sie wollen mit fadenscheinigen Argumenten die Welt von morgen schützen. Aber wenn tatsächlich mal ein Hitzesommer kommt, dann versagen die Klimageräte in den öffentlichen Kühlsälen. Wie war das denn vor vier Jahren, hä? Fünfzigtausend Hitzetote! Sie haben keinen Plan und schützen niemanden. Gut sind sie nur darin, unser Geld zu verbrennen!«

»Ich geh dieses Jahr nicht mehr wählen«, antwortete die Frauenstimme. »Sagen doch eh nur noch die Expertenräte, wo's langgeht! Der Bundestag nickt nur noch ab!«

»Wundert's dich? Da hocken ja auch immer mehr Wissenschaftler drin.«

»Physiker, Chemiker, Biologen. Versammelte Genialität – und immer schön einer Meinung.«

»Mager ist doch selbst einer von diesen Technokraten!«, tönte die erste Männerstimme. »Schmidt, Kohl, Schröder: *Das* waren Kanzler!«

»Es ist alles eine Scheißlüge«, ätzte eine weitere Stimme, die wie ein Reibeisen klang. »Sie retten die Welt, während wir mit Dumpinglöhnen abgespeist werden und uns von den Boni ernähren müssen. Ich kotze! Diktator Mager soll sich seine Prävention doch in den Arsch stecken!«

In Sophie wallte eine fast vergessene Wut auf. Nicht wegen der Berliner Schnoddrigkeit, die sie mochte. Aber sie hasste diese brutale Twitter-Tonalität, wie es sie Anfang der Zwanziger gegeben hatte. Ging das jetzt wieder los?

Doch schnell brachte Sophie das wilde Gefühl unter Kontrolle. Sie schaute woandershin, sodass das Newsprogramm verschwand. »Andra, bitte spiel Fiona Topol«, formten ihre Lippen. Sie brauchte jetzt klare, strukturierte, beruhigende Musik. Sophie liebte den Berliner Neuronal-Pop genau dafür. Deswegen hatte sie als ihr soziales Netzwerk auch LocalCulture gewählt. Da gab es Flatrates für die lokale Kunstszene. Fiona Topol war ihr persönlicher Favorit: ein unheimlich produktiver Cyborg, eine KI, die 24/7 komponierte und von Fiona, einer Frau, bewertet, korrigiert und variiert wurde.

Als die Musik startete, schaltete Sophie das Visier auf intransparent, ging ins Euronet und rief die Website von *Wega* auf. Sie stellte sich einen Lebensmittelkorb zusammen. Leider gab es keinen Kakao – Ernteausfälle in den tropischen Anbaugebieten. Kaffee gab es – teuer zwar, aber ohne ging es nun mal nicht. Kakao und Kaffee betrachtete sie als Neuro-Enhancement, nicht als Droge. Sie sendete die Bestellung ab.

Nach zweimaligem Umsteigen erreichte sie den U-Bahnhof Eberswalder Straße. Das Restaurant lag ganz nah in einem Hinterhof. Neben der Eingangstür stach ihr ein Graffiti ins

Auge, in einem Grün, das sie an die Borg aus Star Trek erinnerte:

LÖSCHT DEN TIEFEN TEXT!

Sophie riss den Blick davon los und schielte auf das Hygienezertifikat unterhalb der Speisekarte. Klasse A. Ihre neu entflammte Omega2-Angst beruhigte sich etwas.

Sie öffnete die Tür, trat ein und fühlte sich wie in eine andere Welt versetzt. Im warmen, weichen Licht saßen Paare oder kleine Gruppen an locker verteilten Tischen vor Weingläsern und spärlich gefüllten Tellern. Gedämpftes Reden mischte sich mit perlender Pianomusik. Der helle Parkettboden, die cremefarbenen Wände und die in hellen Blautönen gehaltenen Landschaftsaquarelle rundeten die angenehme Atmosphäre ab. Dunja wusste, was sie Sophie zumuten konnte.

Als diese über die Tische blickte, entdeckte sie ein schmales Gesicht, das sie unter einem brünetten Pony anstrahlte – Dunja. Sophie grüßte sie mit einem Winken und lächelte zurück. Dann sah sie zu dem Mann neben ihrer Freundin und erschrak. Nicht, weil er mit dem hellen Teint, dem fein geschnittenen Gesicht und dem dichten, pechschwarzen Haar einem Vampir ähnelte. Sondern wegen der Art, wie er sie ansah. Zwar tat sich Sophie mit Mimik schwer, doch hier war der Fall klar: Er blickte sie an, als würden sie sich seit Jahren kennen. Sie befahl dem Visier lautlos, alle virtuellen Ergänzungen kurz auszublenden. Doch nach dem Bestätigungston saß der Mann noch da.

Irgendwie kam ihr das Gesicht bekannt vor. Sie hatte es schon einmal neben einem Artikel über eine Firma gesehen, fiel ihr ein. Aber persönlich hatte sie diesen Mann ganz sicher noch nie getroffen.

Sie wich dem vertraulichen Blick aus, indem sie seine Kleidung inspizierte. Gehobenes Business-Outfit. Recht konventionell.

Wie kam Dunja auf die Idee, dass dieser Andy ihr gefallen könnte? Ihre Freundin wusste allerdings auch, dass Sophie auf das Aussehen eines Mannes wenig gab. Wenn sie einen Menschen liebgewann, dann wegen seines oder ihres Geistes.

Sie überwand ihren Schrecken und bahnte sich den Weg zum Tisch.

»Hallo«, grüßte Sophie und nickte Dunja lächelnd zu. Zögernd blickte sie zu Dunjas Begleiter. Der stand auf und bot ihr die Faust, die Art der Begrüßung, wie sie nur in einer akuten epidemiologischen Phase üblich war, die im Moment nicht vorlag. Sie stutzte. Nicht, weil sie es übertrieben fand. Sondern weil es ihr tatsächlich lieber war.

»Hi, ich bin Andy Neville«, stellte er sich mit britischer Färbung vor. Beim Lächeln zeigte sich ein weißes, regelmäßiges Gebiss. Die Stimme war tiefer und kräftiger, als es seine schlanke Statur erwarten ließ. Sophie lächelte verhalten. »Hallo«, begrüßte sie ihn knapp und stieß leicht gegen seine Faust. Ein förmliches »Freut mich« brachte sie nicht über die Lippen.

»Schön, Sie kennenzulernen«, sagte er, rückte die Krawatte zurecht und setzte sich. Auch Sophie nahm Platz.

»Andy ist ein Freund von mir«, erklärte Dunja, »ein Star seiner Branche, meine Liebe.« Mit gesenkter, bedeutungsschwerer Stimme fügte sie hinzu: »Geschäftsführer von *Berlin Smart Communications.*«

Jetzt fiel Sophie wieder ein, worum es in dem Artikel mit Nevilles Bild grob gegangen war. Der war eine Weile her. Sie hätte jetzt gerne Andra gebeten, den Artikel anzuzeigen. Doch die Lippenbewegung wäre aufgefallen. Zum Glück hatte sie ein gutes Gedächtnis. Das lieferte einige Details. Der Text hatte Nevilles zwielichtige Vergangenheit beleuchtet, das Wort »Wahlbeeinflussung« war vorgekommen. Ein Schleier legte sich über das Wesen, das ihr schräg gegenüber saß. Auf Dunjas Lob hin hob Neville beschwichtigend eine Hand, die aussah wie die eines Skeletts mit einem übergezogenen Handschuh. Sophie vermied es mühsam, darauf zu starren.

»Nicht doch, nicht doch«, wehrte Neville ab. »Frau König ist der Star hier am Tisch. Ich habe die Doku über datengetriebene Psychologie gesehen, in der Sie eine wichtige Rolle spielen. Kompliment!«

»Die Journalisten waren ziemlich kritisch«, gab Sophie zu bedenken..

Neville winkte dezent ab. »Ach was! Die konnten den Respekt vor Ihrer Leistung nicht verbergen. Den ich übrigens teile.«

Wieder diese Vertrautheit in seinem Blick. Gegen ihren Willen musste Sophie lächeln. Sie wollte sich von Neville nicht einlullen lassen.

Ein Serviceroboter brachte Wasser an den Tisch. Neville bestellte Weißwein. »Heute ist Jour de Pêche. Der Chefkoch ist auf lokale Fischgerichte spezialisiert. Darin ist er der Beste in der Stadt. Ich empfehle das Spreefisch-Menü.«

Sophie griff nach der Wasserkaraffe und schenkte sich ein.

»Andy ist ein Kenner der gehobenen Küche«, sagte Dunja, als würde sie ihn als ein besonders edles Produkt anpreisen.

»Ich esse gerne frisches Gemüse«, teilte Sophie reflexhaft mit. Ihre Stimme kam ihr widerborstig vor.

»Das tue ich auch«, gab Neville zurück. »Aber alles zu seiner Zeit.«

Sophie blickte Neville geschäftsmäßig an. »Lässt Ihnen Ihre Stellung denn die Zeit, sich mit kulinarischen Alternativen zu beschäftigen?« Dunja warf ihr einen tadelnden Blick zu.

Neville hingegen lenkte geschmeidig in die Wendung des Gesprächs ein. »Eine Frage der Prioritätensetzung, Frau König. Ernährung ist ein Grundpfeiler der Gesundheit und damit des Leistungsvermögens.« Er lächelte breit. »Ohne frisches Gemüse würden mir wahrscheinlich die Ideen ausgehen.«

Der Roboter brachte den Wein. Sophie hielt die flache Hand über ihr Glas, als er auch ihr einen Schluck zum Probieren einschenken wollte. Der Roboter nahm die Bestellungen auf. Neville wählte das empfohlene Menü, Dunja die laktosefreie Variante. Sophie ließ das Visier die bezahlbaren Gerichte anzeigen und wählte aus den drei Optionen einen Spreewaldsalat und eine Fischsuppe à la Lübben.

»Ich glaube gern, dass Ihr Metier viel Kreativität erfordert«, nahm sie den Gesprächsfaden wieder auf. »Es müssen ja täglich tausende unterschiedlichste Botschaften sein, die Sie an die vielen sehr fein unterteilten Zielgruppen richten. So zumindest habe ich das Prinzip des Microtargetings verstanden.«

Nevilles Blick erschien ihr jetzt etwas anders, vielleicht herablassend, eventuell auch anerkennend.

»Ich sehe, Sie sind gut informiert, Frau König.«

Wohl doch anerkennend.

»Sophie interessiert sich naturgemäß für deine Branche, Andy«, warf Dunja ein.

»Das ist richtig«, bestätigte Sophie. »Doch ich sympathisiere wenig mit der Idee, Datenpsychologie zur Manipulation ahnungsloser Menschen einzusetzen.«

Neville lächelte, aber diesmal nicht dieses unverbindliche Business-Lächeln. War es das, wofür sie es hielt? Wissend? Spöttisch? Jedenfalls fühlte sie sich ertappt.

Er hob das Weinglas. Der erneute Anblick der langgliedrigen, blassen Finger ließ Sophie frösteln.

»Manipulation?«, fragte er. »Die Werbung beeinflusst die Menschen seit über hundert Jahren, Frau König. Das ist die Basis der freien Marktwirtschaft. Ohne sie würden wir noch in Holzhütten sitzen und Kartoffelbrei löffeln. Wäre Ihnen das lieber?«

Dunja stieß sanft an Nevilles erhobenes Glas. Mit einem Nicken ermunterte sie Sophie, es ihr gleichzutun. Doch Sophie ignorierte es. »Durch die digitalen Technologien wird die Manipulation aber sehr persönlich und sehr subtil.«

Neville nickte.

»Richtig, Frau König. Das müssen Sie doch selbst am besten wissen. Schließlich erlaubt Ihre Technologie, das Verhalten der Menschen in einer bisher ungekannten Präzision vorherzusagen und damit natürlich auch – zu manipulieren.«

»Das stimmt. Die Chancen in der Prävention sind immens«, spulte sie eine der Standardphrasen ab. »Es wäre fahrlässig, diese Möglichkeiten nicht zu nutzen.«

Wieder dieses süffisante Lächeln. Wenn das hier ein virtuelles Treffen wäre, würde sie sich jetzt unsichtbar schalten.

»Sehr richtig«, sagte er. »Technologie gehört seit der Steinzeit zur Kultur des Menschen. Die Frage ist nicht, ob man sie einsetzt, sondern wofür. Ich halte Profit für ein legitimes Ziel, schließlich bin ich Geschäftsmann.« Neville setzte das Glas an die Lippen.

»Sie verwenden Microtargeting, um Menschen politisch zu beeinflussen«, sagte Sophie. »Ist das etwas Gutes?«

Neville hielt inne und löste das Glas von den Lippen. »Etwas *Gutes*? Ach, Frau König. Gut und böse. Glauben Sie wirklich, das lässt sich immer scharf trennen?« Er nippte am Wein und sah ihr in die Augen. Seine dunkle Iris reflektierte das Licht einer Lampe. »Was würden Sie tun, wenn Sie die Gelegenheit hätten, den Mörder einer geliebten Person zu töten?«

Für einen Moment war sie sprachlos. Was sollte diese Frage? »Natürlich würde ich niemals jemanden töten!«

»Und wenn es niemand je erfahren würde?«

»Nein! Das würde ich nicht tun!« Sie schüttelte heftig den Kopf. Doch schnell gewann sie die Kontrolle zurück.

»Sie beißen sich am Begriff des Guten fest«, entgegnete sie sachlich. »Ich formuliere die Frage anders: Ist es ethisch wünschenswert, Menschen per Microtargeting politisch zu manipulieren?«

Er lächelte – diesmal businessmäßig.

»Organisationen mit wichtigen Anliegen, die zu wenig beachtet werden, mehr Gehör zu verschaffen? Ja, das halte ich für eine gute Idee.«

Sophie dachte nach. Der Fachartikel hatte berichtet, dass zu den Kunden von Berlin Smart Communications Umweltorganisationen wie Greenpeace oder Hilfsorganisationen gehörten. Aber auch Konzerne. Doch wollte sie jetzt nicht in eine Diskussion darüber einsteigen, ob die nun gut oder schlecht seien. Sie überlegte, ob sie die britische Mutter von BSC ansprechen sollte, die in dem Artikel ebenfalls erwähnt worden war und die auf digitale Wahlkämpfe spezialisiert war. Und zwar in aller Welt. Außer in Europa.

»Und sicher für eine sehr einträgliche Idee«, konterte sie stattdessen.

Neville zog einen Mundwinkel nach unten, wobei er den Kopf wiegte. »Ich kann nicht klagen.«

Er nippte am Wein und stellte das Glas ab. »Auch für Sie könnte das lukrativ sein, Frau König. Über etwas mehr Forschungsbudget würden Sie sich wohl kaum beschweren, habe ich recht?«

Sophie holte Luft, um zu antworten. Das Glitzern in Nevilles Augen glich jetzt Silbermünzen, nach denen sie gerne gegriffen hätte. Sie hielt das »Nein, sicher nicht« zurück und setzte gerade zu einer ausweichenden Entgegnung an, als das Essen kam. Dunja nutzte die Unterbrechung, um die Konversation in seichteres Wasser zu lenken. »Andy ist übrigens genauso eine Sportskanone wie du, Sophie.«

Neville amüsierte sich über das Wort »Sportskanone« und teilte mit, dass er dem Ruderteam der Universität Manchester angehört habe und Sport in der Tat liebe. Bei jeder sich bietenden Gelegenheit fahre er raus an den Müggelsee, um zu rudern oder zu segeln.

»Sophie läuft«, berichtete Dunja. »Bestimmt einige Kilometer am Tag. Nicht wahr, meine Liebe?«

Sophie lächelte wohlwollend. »Fünf Kilometer alle zwei Tage«, korrigierte sie. »Im Volkspark Friedrichshain. Nur beim Laufen fliegen mir die wirklich guten Ideen für meine Forschung zu.«

Der Brite zog die Mundwinkel nach unten. Sophie konnte nicht entscheiden, ob er ihre Laufleistung damit als beeindruckend oder eher durchschnittlich kommentierte.

Für den Rest des Abends steuerte Dunja das Gespräch durch sichere Gewässer. Nur beim Nachtisch geriet das Themenhopping einmal kurz in sumpfiges Gelände: Dass es nicht von hohem Sicherheitsbewusstsein zeuge, wenn die deutsche Präventionspolitik auf öffentliche Überwachungskameras verzichte, meinte Andy. »Unser Weg ist Sicherheit ohne Eingriff in die Privatsphäre«, verteidigte Sophie die Regierung. »Dafür haben wir mehr Polizeipräsenz als früher.« So viel sei das nun aber auch nicht, hielt Andy dagegen. Kriminalität werde heute präventiv bekämpft, zitierte Sophie Kanzler Mager.

»Ach was!«, hielt Dunja dagegen. »Selbst ist die Frau!« Sie griff in ihre Handtasche und zog etwas Längliches heraus. »Ein Kugelschreiber?«, fragte Andy verwirrt. Dunja lachte. »Nein! Das ist ein so genannter Kubotan. Eine sehr effektive Waffe zur Selbstverteidigung. Die Stahlspitze verursacht beim Angreifer höllische Schmerzen.«

Augenzwinkernd steckte Dunja das Ding wieder weg.

Gegen 23 Uhr traten sie hinaus in den spätwinterlich kühlen Abend. Sophie sah auf das Bracelet. »Ich muss zur Straßenbahn.« Sie verabschiedeten sich. Dunja und Neville gingen in die entgegengesetzte Richtung zur U-Bahnlinie U2.

»Ach, Frau König!«, hörte Sophie Neville rufen. Sie blieb stehen und drehte sich um.

Seine Lackschuhe hoben sich von den abgenutzten, schmutzigen Betonplatten des Gehwegs ab. Im Schaufensterlicht eines Spätkaufs glänzte sein Anzug noch mehr. Wieder erschien er Sophie nur halb wirklich, wie eine AR.

»Ja?«

»Kommen Sie doch mal in unsere Firma in Alt-Moabit. Es wäre sicher sehr inspirierend für uns beide.«

»Was sollten wir denn besprechen?«

»Besprechen? Wir müssen wieder träumen, Frau König.« Die Silbermünzen blitzten kalt auf. »Von kühnen Dingen. Sie kennen doch sicher Datas Emotionschip. So etwas.«

Sophies Atem stockte. Nevilles knochige Finger schienen ihr Herz zu umklammern. Eisnadeln bahnten sich von dort den Weg in jeden Winkel ihres Körpers. Die Welt um sie herum wurde still wie an jenem schneereichen Wintermorgen. Sie war wieder zwölf Jahre alt und saß im Wohnzimmer der stickigen Dachwohnung ihrer Eltern über der Regensburger Altstadt. Draußen glitzerte die vereiste Steinmauer eines Geschlechterturms im Licht der aufgehenden Sonne. Im Fernsehen lief »Treffen der Generationen« aus der Star-Trek-Kinofilmserie, einer ihrer Lieblingsstreifen.

Der Bildschirm zeigte die Szene, die Sophies Leben bestimmen sollte.

Wie aus dem Nichts lacht der Android Data über einen Witz, den der Bordingenieur Geordi La Forge gemacht hat. Vor sieben Jahren! Endlich versteht er ihn. Denn Data hat seit kurzem einen Emotionschip in seinem positronischen Gehirn. Wie Pinocchio träumt Data davon, ein Mensch zu sein. Jetzt freut er sich über seinen Zugang zum Humor und versucht sich selbst an ein paar ungelenken Scherzen.

Sophie hatte sich nach dieser Szene noch mehr mit Data identifiziert. Wie oft hatte sie, ohne einen Mucks zu machen, auf der Schulbank gesessen, während alle anderen über einen Witz des Klassenclowns losbrüllten? Wie oft war ihr das glucksende Vergnügen anderer Mädchen auf dem Pausenhof wie ein spontaner Anfall einer Hirnkrankheit vorgekommen? Sie hatte nie dazugehört. Hatte lernen müssen, die Probleme des Lebens alleine zu lösen.

Dieser Chip im Film öffnete Data die Tore zur menschlichen Gesellschaft. So etwas hatte Sophie haben wollen – unbedingt. Sie hatte ihn selbst bauen wollen – ihren ganz eigenen Sensor für die Seelen anderer.

Neville wartete auf eine Antwort. Dunja nickte Sophie aufmunternd zu.

»Ähm, ja, mal sehen, ob ich eine Lücke im Kalender finde«, stieß sie aus, wandte sich zum Gehen, eilte in Richtung Straßenbahnhaltestelle und erreichte diese gerade noch rechtzeitig, um in die Bahn zu springen. Als sie auf einem der grünen Kreise stand und die Bahn davonglitt, dachte sie noch einmal an ihre kindliche Sehnsucht nach Datas Emotionschip. Dieses Begehren hatte Sophie nie losgelassen. Es trieb sie noch heute.

Allerdings hatte sie niemandem jemals auch nur ein Wort davon erzählt.

7

»Du darfst ruhig mehr Druck geben«, meinte die Zahnbürste. Sophie presste den Bürstenkopf kräftiger auf die Backenzähne, bis das Zahnfleisch schmerzte.

Nach dem Zähneputzen folgte sie den Nackenübungen, die das Visier auf den Badspiegel projizierte. So blieb sie deckungsgleich mit den angezeigten Bewegungen. Sie sollte den Nacken weiter als sonst über die Schmerzgrenze hinaus dehnen. Es drohte eine Problemzone, wie die Matratze ihrem Bracelet gemeldet hatte. Erfahrungsgemäß lohnte die Gewissenhaftigkeit: Anders als mancher Kollege klagte sie nie über Nacken- oder Rückenschmerzen. Gegen den Nebel im Kopf, den der ungewohnte Alkoholkonsum vom Vorabend hinterlassen hatte, half die Übung indessen wenig.

Hinterher schlurfte sie, noch im Pyjama, in die schmale Küche. Gerade spie der Kaffeeautomat die letzten Tropfen in die bereitstehende Tasse. Sophie setzte sich an den Esstisch und nahm einen kräftigen Schluck. Fast hätte sie die wässrige Brühe in die Tasse zurückgespuckt. »Soll das ein Morgenkaffee sein?«, fragte sie den Kaffeeautomaten. »Ich habe kaum geschlafen, hat dir das die Matratze nicht gemeldet?«

»Tut mir leid, aber ich hatte keine Wahl.«

Sophie dämmerte etwas. »Warum?«

»Du hast die letzte Leasingrate für mich nicht bezahlt.«

»Hm«, machte Sophie. Morgen würde das Gehalt kommen, dann würde sie zahlen. Leben würde sie im Wesentlichen von den Boni. Vielleicht half auch das anstehende Gespräch mit David, worauf sie allerdings nur wenig hoffte.

Auch der Gemüsesmoothie kapitulierte vor ihrem Kater. Als sie am laschen Kaffee nippte, vibrierte das Bracelet. In Berlin hätten sich zwei von vier Verdachtsfällen einer neuen Virusart bestätigt, teilte die Infektionsschutzbehörde mit. Das Virus habe sich wahrscheinlich in einem tierischen Zwischenwirt aus Omega2 entwickelt. Der neue Erreger heiße Alpha3. Der Epidemieschild sei auf Level 3 gesetzt.

Sophies Halsschlagader pochte. Es war also tatsächlich passiert! Ein neues Virus! Kalter Schweiß legte sich auf ihre Handflächen. Gut, dass sie den Kollegen schon mitgeteilt hatte, dass sie heute von zu Hause aus arbeitete.

Für die nächsten zwei Wochen brachte das Zuhausebleiben satte Boni ein, während der Besuch von Büro, Veranstaltungen oder Restaurants empfindliche Malusse kostete. Der höchste Level sollte die Inzidenz präventiv auf null drücken. Danach würde der Epidemieschild die Lage durch Contact-Tracing unter Kontrolle halten.

Sie griff nach dem Zettel mit den kryptischen E-Mail-Adressen, den David ihr vor Jahren in die Hand gedrückt hatte. Sie diktierte Andra die erste der noch unverbrauchten Adressen und ließ das Visier die analoge Realität komplett ausblenden.

Sophie fand sich in einem halbdunklen Zimmer wieder. Ein Streifen aus Sonnenlicht stach durch den Spalt zwischen den Vorhängen. Was wohl dahinter zu sehen war? Eiffelturm, The Eye oder Frankfurter Bankentürme? Sie hätte es gerne gewusst. Doch so leicht ließ sich David nicht in die Karten schauen.

Auf einem Bürostuhl, vor einem halbrunden Schreibtisch mit mehreren Rechnerterminals, saß er. Die Computer trugen das Logo von *EuroComp HPC* – hocheffiziente Workstations mit nanoelektronischen, optischen und neuromorphen Hochleistungsprozessoren. Die Dinger waren unglaublich teuer. Ihr Bruder musste wirklich gut verdienen. Dem Studentenbuden-Flair, das ihn umgab, zum Trotz.

Apfelreste und Orangenschalen, Kaffeeflecken und eine leere Tasse waren auf seinem Schreibtisch verstreut. David drehte ihr den Stuhl zu und lehnte sich lässig zurück, die Beine breit ausgestreckt. Er trug Turnschuhe, eine weiße Workerhose, auf seinem T-Shirt blitzten die Reißzähne eines Raubtiers. Blonde Haarstacheln umstrahlten sein blasses Gesicht.

»Was verschafft mir die seltene Ehre, Halbschwesterherz?«

Sophie war versucht, sich unsichtbar zu schalten. »Unser Vater geht in die Reha.«

David zeigte keine Regung. »Schön für ihn.«

»Schön? Er hat Krebs.«

»Dieser Tumor wäre durch bessere Ernährung vermeidbar gewesen. Sein Bioalter ist schon vor Jahren aus dem Ruder gelaufen. Und es war ihm egal.«

»Es ist, wie es ist, David. Sein Verhalten hat ihm einen miesen Präventionsindex beschert. Die Zusatzkosten der Reha sind entsprechend. Ich kann es allein nicht mehr aufbringen. Und Mutter ...«

Davids flache Hand schnellte hoch.

Sophie senkte den Kopf und atmete durch. Dann hob sie zögernd den Blick. »Wie ist es mit dir? Kannst du etwas beitragen?«

»Jetzt soll *ich* also helfen. *Ihr* habt es damals unterlassen.«

»David, ich war ein Kind!«

Er musterte Sophie.

»Aber *er* nicht«, sagte er.

»Er war viel in der Firma. Und er hat lange darunter gelitten. Meinst du nicht, dass er genug gestraft ist? David, diese Reha ist wichtig! Er könnte einen Rückfall erleiden, wenn er sich nicht gut von den Therapien erholt. Ermögliche ihm wenigstens *jetzt* die nötige Prävention!«

David seufzte und richtete seinen Oberkörper auf.

»Kranksein kostet Geld. Das muss jedem vorher klar sein.« Er zog die Augenbrauen hoch und seufzte erneut. »Aber gut. Ich hatte zwei fette Aufträge. Könnte zweitausend abzwacken.«

Es war einer der Momente, in denen er sich für kurze Zeit in einen fast normalen Halbbruder verwandelte. Der Boden unter Sophies Füßen verfestigte sich etwas. »Das würde schon sehr helfen«, log sie. Dass das nur ein Bruchteil der Kosten war, konnte David sich denken.

Sein Blick wirkte nun weniger kühl als sonst.

Diese Gelegenheit wollte Sophie nutzen. »Machst du noch immer diese ... Art von Jobs?«, versuchte sie ein Gespräch.

Er nickte. »Ja, aber ich kann mir die Kundschaft aussuchen. Ich bin eine lebende Legende. Es gibt wenige meines Kalibers. Hacken erfordert heute echte Meisterschaft.«

»Ich habe nie verstanden, warum du damals in diese halbseidene Branche gewechselt bist. Du hattest einen großartigen, sinnvollen Job, von dem das ganze Land profitierte. Und dann ...«

»Es ist aufregender und besser bezahlt.«

Sie lächelte dünn. »Was ist mit diesen Deep Fakes? Machst du das noch?«

»Na, na, wer wird denn hier gleich wieder moralisch werden?«

»Moralisch? Es ist verboten.«

»Das wäre für mich kein Hindernis. Aber es gibt auch technische Barrieren, die sich nicht wirklich umschiffen lassen. Das Geschäft mit computergenerierten Doppelgängern ist tot. Es ist ja auch wirklich eine sehr toxische Technologie. Du wirst es nicht glauben, aber auch jemand wie ich hat ethische Maßstäbe, vielleicht sogar höhere als der Bonus-jagende Normalbürger.«

»Ehrlich gesagt weiß ich nicht, was ich dir glauben soll, David. Einträglich scheint deine Tätigkeit jedenfalls zu sein.«

David lächelte nebulös. »Bei dir scheint's ja auch nicht übel zu laufen«, wich er aus.

Ein zwiespältiges Gefühl wallte in ihr auf. War sie wirklich auf einem guten Weg? »Ja, leidlich. Carin läuft. Sie arbeitet aber noch zu grob. Wie eine Anfängerin. Wir beschaffen gerade Daten, um sie besser zu trainieren.«

Wieder musterte er Sophie. Doch abrupt wandte er sich seinen Terminals zu und begann auf einer der Tastaturen herumzuhacken.

»Muss weitermachen. Ich schicke dir das Moos rüber.«

Sie fühlte sich wie ein hingeworfenes Spielzeug. »Das ist sehr nett von dir, David. Mach's gut.«

Bevor sie sich ausklinkte, wandte er ihr das Gesicht zu. »Du wusstest damals Bescheid und hast nichts getan. Es erstaunt mich, dass dich das Schicksal anderer Familienmitglieder auf einmal interessiert. Mutters Liebling zu sein, reicht nicht mehr?«

Sie konnte nichts erwidern, sah ihn nur an. Als er sich abwandte, loggte sie sich aus.

Nach dem Gespräch fühlte Sophie sich genauso mies wie direkt nach dem Aufstehen. War sie wirklich so eine Egoistin? Ihr Ziel war doch, dazuzugehören! Oder wollte sie Menschen nur lesen können, um sie zu manipulieren? Sie kramte nach dem alten Kaffeedrücker und machte sich einen starken Kaffee. Wenig später schaltete sie sich den virtuellen Besprechungsraum des Instituts auf das Visier. Dort warteten die Teammitglieder.

»Keine guten Nachrichten von der Datenschutzbehörde, Sophie«, ergriff Pete nach der Begrüßung das Wort. »Der Algorithmus hat ein klares Urteil gefällt«, sagte er sarkastisch. Er beugte sich über das Tischdisplay. »Ich zitiere: ›Das Spektrum der beantragten Informationssammlung eignet sich für eine breite Erfassung von Verhaltensdaten von Millionen Bürgern. Die Verwendung dieser Daten lässt sich nicht auf präventive Maßnahmen gegen psychische Erkrankungen eingrenzen. Eine Zustimmung eines datensouveränen Subjekts wäre zu pauschal.‹«

Mist! Mist! Mist! Sophie wollte platzen, ließ sich äußerlich jedoch nichts anmerken. Hörbar emotional hingegen reagierte Torben, der Psychologe des Teams. »Es lebe die Mustererkennung!«, höhnte er.

»Du kannst sagen, was du willst«, entgegnete Elena, die Datenwissenschaftlerin. »Die Begründung sitzt. Algorithmen entscheiden konsistenter und präziser als menschliche Richter, bei denen das Urteil von der Tagesform abhängt.«

Torben schüttelte heftig den Kopf. »Quatsch! Wir müssen es anfechten! Ich will die Entscheidung von einem Beamten der Behörde. Egal, wie sie ausfällt: *Das* würde ich akzeptieren!«

Sophie hob beschwichtigend die Hände. »Torben, du weißt doch, dass das Verfahren Monate dauern würde. Die Zeit haben wir nicht. Für die nächste Förderrunde brauchen wir spätestens im Sommer konkrete Ergebnisse! Wir brauchen eine Alternative. Und zwar schnell.«

»Das ist eben die EU!«, platzte Torben heraus. »Doppelzüngig! Wenn wir krisenrelevante Forschung machen würden, hätten sie uns die Genehmigung postwendend gegeben! Datensouveränität! Dass ich nicht lache!«

Elena schüttelte den Kopf. »Du glaubst wohl auch an das Verschwörungsmärchen vom verkappten Überwachungsstaat?«

Torben sah verärgert aus oder ertappt – das konnte Sophie nicht entscheiden. »Na, überleg doch mal, Elena. Der Staat will Sicherheit garantieren. Dafür braucht er unsere Daten. Mit dem Gesülze von der ›Datensouveränität‹ wiegt er uns in Sicherheit.«

»Ach ja?«, gab Elena zurück. »Anders als früher gibt es aber keinen übermächtigen Datensammler wie einst Facebook oder Google, nicht einmal Wega kommt da annähernd ran. Es gibt viele soziale Netzwerke, zwischen denen man dank staatlicher Standards kommunizieren und wechseln kann. Auch der Staat sammelt keine persönlichen Daten. Die staatlichen Funktionen werden auf viele private Dienstanbieter verteilt. Dein Kilometerkontingent wird von Firma A verwaltet, dein Fleischkontingent von Firma B, und zwar von jeweils eigenen Rechnern. Niemand kann alle Daten auf einmal sehen. Es ist gesetzlich vorgeschrieben, dass jede Firma nur die Daten erhebt, die sie braucht. Welche dieser Daten miteinander verknüpft werden dürfen und welche nicht, bestimme ich selbst per App. Die Daten haben ihre Freiheit zurück, Torben. Niemand weiß alles. Der digitale Gott ist tot!«

»Was ist mit deinem persönlichen virtuellen Assistenten?«, fragte Torben. »Der filtert Informationen für dich, dazu muss er dich ziemlich gut kennen.«

»Es gibt viele Anbieter von digitalen Assistenten«, konterte Elena. »Man wählt sie nach persönlichem Geschmack, wie Klamotten oder Partner. Und zweitens bleibt die Intelligenz der Assistenten großteils bei dir: Sie laufen im KI-Chip deines Bracelets und nicht in der Cloud.«

Torben stieß einen trockenen Lacher aus und wedelte mit dem Zeigefinger. »Das ist naiv, Elena. Natürlich sichert sich der Staat Hintertüren. Natürlich saugt er Daten ab! Auch von deinem Bracelet. Er verzichtet doch nicht freiwillig auf die Kontrolle über den individuellen Bürger! Die Regierung liest im Tiefen Text.«

Elena lachte auf. »Der *Tiefe Text*! Ich kann nicht fassen, dass du an solchen Verschwörungsquatsch glaubst!«

»Glaubst du im Ernst«, entgegnete Torben, »dass die Regierung ihre schützende Hand auch dann über diese Daten halten würde, wenn wir krisenrelevant forschen würden?«

»Womit wir wieder beim Thema wären«, hakte Sophie ein. Teamsitzungen zu leiten, strengte sie an. Sie kam sich vor wie die Dompteuse einer Gänseherde. »Tatsache ist, dass wir Carin mit Daten füttern müssen wie eine Kuh mit Heu. Nur so kann sie das Persönlichkeitsmodell verfeinern. Je mehr Verhalten von möglichst vielen Menschen sie beobachtet, vorhersagt und mit den später tatsächlich erfolgten Verhalten vergleicht, desto besser wird sie.«

»Wenn wir als krisenrelevante Forscher die Daten sammeln dürften, warum verkaufen wir dann unsere Arbeit nicht als krisenrelevant?«, fragte Pete.

»Verdammt gute Frage«, pflichtete Torben bei.

»Aber wie?«, wollte Sophie von Pete wissen.

»Da ich schon befürchtet habe, dass unser Antrag abgelehnt wird, habe ich recherchiert, wie andere es hinkriegen. Dabei bin ich rasch auf Ferdinand Walther gestoßen.«

»Du meinst den großen Chef von Wega?«, fragte Sophie.

Pete nickte. »Genau. Er ist ein Technologie-Genie. Bereits als Student hat er einen Online-Shop für Musik-CDs und Instrumente gegründet – und das schon 1993, nur ein Jahr nachdem in den USA der erste Online-Shop überhaupt ans Netz gegangen war, und ein Jahr *vor* der Gründung von Amazon. Seit Jahrzehnten interessiert er sich für jede aufkommende Technologie. Nichts, was er nicht zumindest antestet. Walthers Konzern hat eine riesige Forschungsabteilung. Was die macht, verkauft er sehr geschickt als krisenrelevant, obwohl es seiner Firma mindestens genauso nützt wie dem Klima. Seht es euch an.«

Pete spielte eine AR ab. Ein etwa 70-jähriger, drahtiger Mann – schwarzes Sakko, schwarzes Hemd, schwarze Krawatte – stand neben dem Modell eines schuhschachtelgroßen, würfelförmigen Satelliten. »Das Euronet der Zukunft wird per Licht im All funktionieren«, sagte er. Sophie zuckte, als Ferdinands manischer Blick sie traf. Der Ausdruck war so stark, dass auch Sophie ihn verstand: unbedingter, kalter Wille. Ferdinand Walther redete schnell, mit einer brüchigen und gleichzeitig scharfen Stimme: »Ein Schwarm aus tausenden dieser Satelliten wird das Rückgrat des europaweiten Netzes bilden. Per Laserstrahl werden sie Daten untereinander und mit Bodenstationen austauschen. Diese Infrastruktur wird zu hundert Prozent mit Sonnenenergie arbeiten und muss dank der Weltraumkälte nicht gekühlt werden. Dank neuartiger Nanochips wird dieser Satellitenschwarm gleichzeitig eines der stärksten Rechenzentren des Planeten bilden – völlig klimaneutral.« Seine Firma, fuhr Walther fort, investiere viele Millionen in dieses »Moonshot-Projekt« der EU namens »Lightnet«. Walthers entschlossener Ausdruck wurde noch intensiver. »In den Zwanzigerjahren haben wir es versäumt, die nötigen Technologien für die Klimaneutralität an den Start zu bringen. Daher stecken wir jetzt in diesem engen Korridor zur nachhaltigen Zukunft. Wir müssen zu Gunsten folgender Generationen auf vieles verzichten. Wir bei Wega wollen den Korridor verkürzen, mit innovativer Technologie. Nur mit Hilfe kohlenstofffreier Techniken wie des Lightnets kann Deutschland es noch schaffen, vor 2045 klimaneutral zu sein. Wir sprinten durch den Korridor in die Freiheit!«

Pete unterbrach die AR.

»Kein Wunder, dass manche ihn des Kanzlers Ingenieur nennen«, kommentierte Torben.

»Ingenieur ist untertrieben«, sagte Pete. »Ich würde ihn eher als Universaltechnologen bezeichnen, wie früher Elon Musk. Er ist extrem ambitioniert. Ein anderes seiner Projekte will mehrere KI-Techniken zu einer universellen künstlichen Intelligenz zusammenführen, die alle Aspekte menschlichen Lernens und Problemlösens enthält. Auch dieses Projekt nennt er krisenwichtig, weil es komplexe Probleme in der Klimafrage lösen helfe.«

»Also ist er der Elon Musk des Kanzlers«, folgerte Torben.

»Der asexuelle Elon Musk des Kanzlers«, fügte Elena lächelnd hinzu. Als alle sie fragend ansahen, zuckte sie mit den Schultern. »Na ja, er war nie verheiratet, hat keinen Nachwuchs und wurde nie mit einer Frau gesehen.«

»Vielleicht mit einem Mann?«, schlug Torben vor.

»Er ist nicht schwul, soviel man weiß. In den frühen Neunzigern hatte er eine feste Freundin. Sie starb bei einem Unfall in L.A. Er muss sie abgöttisch geliebt haben, sieht keine andere mehr an, wie eine griechische Witwe. Stattdessen schuftet er wie besessen, Tag und Nacht. Er scheint die ganze Welt retten zu wollen. Auf mich wirkt er wie ein Heiliger.«

»Wie auch immer«, hakte Sophie ein. »Petes Idee ist einen Versuch wert«, meinte sie, auch wenn sie skeptisch blieb. Bei ihnen ging es ja »nur« um Psychologie und noch dazu um Grundlagenforschung. »Jeder überlegt sich einen Dreh«, sagte sie, »mit dem wir Carin als etwas hinstellen können, auf das die Präventionspolitik sehnlichst wartet.«

Nach dem Meeting absolvierte Sophie die Sprechstunde für Studierende. Danach fuhren die Sorgen in ihrem Kopf Karussell. Stand sie davor, ihren Traum begraben zu müssen? Was sollte sie dann mit ihrem Leben anfangen? Woher sollte das Geld für die Reha ihres Vaters kommen? Sie versuchte, ihre Gedanken zu erden. Wie könnte Petes Plan gelingen? Sie bekam Heißhunger auf ein Stück Fleisch. Spontan verließ sie die Wohnung zum Supermarkt an der Warschauer. Vielleicht gab es dort ja ein Schnäppchen.

Dort eilte sie achtlos an einem Stand mit Berliner Dachgarten-Aprikosen vorbei zur Fleischtheke. Ein blutrotes Nackensteak bot sich ihr an – unwiderstehlich. Also griff sie danach und wog es in der Hand, woraufhin die Packung erwachte, satte grüne Blätter um sich herumtanzen ließ und Frische anpries. Sophie legte es in den Korb.

Auf dem Weg zum Ausgang schielte sie in den Gang mit den Spirituosen. Nein! Mit dem Fleisch gab sie ohnehin schon einer Gier nach. Sie eilte weiter zum Ausgang. Dort drückte sie den Check-out-Button am Korbhenkel. Das Visier zeigte den abgebuchten Betrag. Sophie packte den Inhalt in die Tragetasche, verließ den Markt und ging die Gubener Straße hinunter. Am Abholterminal Comeniusplatz entnahm sie die Lieferung von Wega und ging nach Hause. Dort briet sie das Steak scharf an. Dazu kochte sie molekularbiologisch veredelte Graupen mit Basmati-Aroma.

Am Esstisch verlor sie die Kontrolle. Sie schlang das Steak in Stücken hinunter, die kaum in die Speiseröhre passten.

Als sie fertig war, starrte sie, immer noch im Rausch der Gier, auf den Teller. Auf den unangetasteten Graupen geisterte Andy Nevilles Gesicht herum. Es wandelte sich in die wächsernen Züge des Androiden Data. Der Android brach in schallendes Gelächter aus.

Da vibrierte ihr Bracelet. Eine Nachricht von Andy Neville.

Sie atmete ein. »Anzeigen.«

»Ich warte auf Sie, Frau König«, lautete der Text. »Es soll doch etwas werden mit Datas Chip, oder?«

In dieser Nacht fand Sophie keinen Schlaf.

8

Alexandra Calla richtete die Kamera und die Stehleuchte auf die Mitte des fensterlosen Studios aus, das sie in einem Workspace am Stadtrand angemietet hatte. Ihr Bracelet gab ihr Bescheid, dass Boris Riemann gleich da sein würde.

Zwei kraftvolle, metallische Klopfer. Reflexhaft schob sie das Visier hoch.

»Kommen Sie herein, die Tür ist offen!«

Mit Riemann flutete das warme Licht seiner Aura in den kalt beleuchteten Raum. Alexandra freute sich: Er war offenbar im Bühnenmodus. Sie hatte ihn so herbestellt. Sein hellblauer Anzug brachte den athletischen Oberkörper zur Geltung. Auf eine Krawatte hatte er verzichtet. Die oberen Knöpfe des weißen Hemdes standen offen – eine anziehende Mischung aus Lockerheit und Stärke. Boris wirkte so jung, wie er tatsächlich war, und gleichzeitig Vertrauen einflößend wie ein alter Hase.

»Eine Kamera?«, fragte er nach der Begrüßung, schob lässig sein Visier hoch und deutete auf das Gerät.

»Wir werden die Aufnahmen als Feedback für Ihr Training nutzen, Herr Riemann.«

Er sah sich nach einer Sitzgelegenheit um. »Welches Training? Wollen Sie mir nicht verraten, was Ihnen eigentlich vorschwebt?«

Er entdeckte zwei Klappstühle, holte sie heran und setzte sich breitbeinig auf den einen, wobei er Alexandra einlud, sich ebenfalls zu setzen. Zögernd ließ sie sich nieder.

»Ich habe einen Traum, Boris. Ich darf Sie doch so nennen?«

Er musterte sie mit schräg gelegtem Kopf und leicht zugekniffenen Augen. »Und ich habe recherchiert, Frau Calla.«

»So?«

»Sie waren in der Politik. Ist eine ganze Weile her.«

Alexandra lächelte und stellte ihren Blick auf unendlich, als blicke sie in eine andere Zeit zurück. »Das waren noch Zeiten. Voller Aufbruch. Offen, flüssig, irgendwie *freier*. Am Anfang jedenfalls.«

»Sie haben die Parteiführung der Grünen beraten, vor und während der rot-grünen Regierung unter Gerhard Schröder. Gegen Ende der Regierungszeit haben Sie sich aber zurückgezogen.«

Alexandra setzte eine ernste Miene auf. »Einige Entscheidungen haben mir ganz und gar nicht gefallen.«

»Sie haben dann lange als freie politische Beraterin gearbeitet«, fuhr Riemann fort. »Allerdings konnte ich nicht herausfinden, für wen.«

»Mit den Kunden wurde darüber Stillschweigen vereinbart«, stellte sie klar. »Davon kann ich nicht abweichen.«

Er nickte, wobei er seinen sezierenden Blick beibehielt. Auch darin war er intensiv und vollkommen auf sie fokussiert. »Im Naturschutz sind Sie noch aktiv.«

Alexandra erschrak, war aber geübt darin, es sich nicht anmerken zu lassen. Er hatte besser recherchiert als erwartet. »Das ist mir ein Herzensanliegen.«

Riemann spitzte die Lippen, während sein Blick sie weiter studierte. Dann aber entspannte er sich und lehnte sich zurück. »Ich bin etwas irritiert, Frau Calla. Sie sprachen bei unserem ersten Treffen von einer großen Schauspielkarriere. Ich bekomme das nicht wirklich mit Ihrem Hintergrund in Verbindung.«

Alexandra schlug ein Bein über das andere. Riemann blickte, völlig unverhohlen, auf die nackte Haut, die sichtbar wurde. Ihm schien zu gefallen, was er sah.

»Sie haben mir nicht zugehört, Herr Riemann. Ich sprach nicht von einer Schauspielkarriere. Ich sprach von einer *Bühne* – der größten Bühne, die Sie je werden haben können.«

»Sie meinen jetzt nicht die *politische* Bühne, oder?«

Alexandra lächelte. Boris rieb sein Gesicht, wobei er den Kopf schüttelte. »Politik ist nichts für mich.«

»Ich sehe das anders. Politik ist ein Schauspiel. Im Moment allerdings ein ödes Stück, in dem keine der Figuren etwas wagt. Sie sind dazu gar nicht in der Lage. Keiner der Charaktere kann das Publikum *packen*.«

»Und Sie wollen so einen Charakter finden?«

Alexandra ließ ihren Blick auf Boris ruhen, dem Mittelpunkt ihres Universums. »Das habe ich schon.«

Boris bellte einen Lacher heraus. »Okay. Nehmen wir mal an, *ich* beträte diese Bühne. Glauben Sie im Ernst, ich könnte bei einer der Koalitionsparteien nach oben kommen, ohne selbst zu einem dieser langweiligen Verwalter zu werden? Das sind doch reine Kaderschmieden. Die Elite reproduziert sich selbst.«

Alexandra schüttelte dünn lächelnd den Kopf. »Sie würden gar nicht hochkommen. Nicht nur, weil Ihnen jeglicher Stallgeruch fehlt. Die Politik in diesem Land spielt auch nach Regeln. Regeln, denen Sie schon Ihrer Persönlichkeit nach nicht entsprechen.«

»Na, sag ich doch!«

»Sie brauchen diese Parteien nicht. Sie würden als Kandidat Ihrer eigenen Partei antreten.«

Wieder lachte Boris, sarkastisch diesmal. »Sie wissen Bescheid, oder? Die Parteien, mit denen Mager abwechselnd regiert, räumen gemeinsam über siebzig Prozent der Wählerstimmen ab, bei jeder Bundestagswahl. Die Leute wollen Sicherheit. Sie vertrauen auf die Wissenschaft und die Expertenräte. Die Regierung *ist* ja auch ziemlich gut im Verhindern von Krisen. Wollen *Sie* nochmal sowas wie das Omega2-Desaster erleben? Terroranschläge? Oder den Finanzcrash von 2007? Wie wollen Sie gegen diese faktenbasierte Festung ankommen?«

Alexandra sah Riemann forschend in die Augen. »Seien Sie ehrlich: Gehören Sie auch zu den siebzig Prozent?«

Er wirkte ertappt. »Nein.«

In Alexandra perlte Freude auf. Obwohl sie gewusst hatte, dass er so antworten würde. Andernfalls hätte ihre Intuition falschgelegen. Doch eine Intuition dieser Kraft konnte nicht falschliegen. Dagegen blieb jedes Expertenwissen machtlos. »Na also«, sagte sie und beugte sich Riemann entgegen. »Die meisten Leute denken genauso. Sie haben die Faxen dicke von den Regeln dieser Politikerwelt. Dieser Präventionsstaat steht ihnen bis hier.« Sie fuhr sich mit der Handkante über die Stirn. »Sie *trauen* sich nur nicht, ihr Kreuzchen woanders zu setzen«, sprach sie weiter. »Sie sehnen sich nach einer Alternative, die dieses Korsett bersten lässt. Die Menschen wollen einen Politiker, der frei ist von der Last der Fakten. Politik ist geistig, wussten Sie das? Die Menschen brauchen jemanden, der sie inspiriert. Sie könnten das sein. Das weiß ich.«

Er taxierte sie demonstrativ von Kopf bis Fuß, mit einem spöttischen Lächeln, das Alexandra schmerzte.

»Und Sie wollen mich zu einem solchen Traum-Kandidaten aufbauen?«

Sie setzte eine strenge Miene auf. Jetzt konnte sie ihre Trümpfe ausspielen. »Ich muss Sie nicht aufbauen. Sie würden diesen Politiker authentischer verkörpern als jeder andere.«

Er sah sie überrascht an.

»Sie wollen selbst aus Ihrem Trott ausbrechen«, redete Alexandra weiter. »Das sehe ich Ihnen an. Sie würden zusammen mit Ihren Wählern in eine neue Zeit aufbrechen. Ihr persönliches Thema ist auch das Thema dieses Landes.«

»Welches Thema?«

»Freiheit!«

Riemanns Mund öffnete sich. Mit großen Augen sah er sie an. Dann schüttelte er den Kopf, wie um etwas abzuwerfen. »Wenn das so ist, wofür brauche ich dann Sie? Sie sind nicht die einzige politische Beraterin im Land. Was unterscheidet Sie von anderen?«

»Unterschätzen Sie mich nicht. Ich bin seit über vierzig Jahren im Geschäft. Ich habe schon einen erfolgreichen Wahlkampf hinter mir.« Sie verschwieg, dass sie damals vehement gegen das Aufweichen des umweltpolitischen Profils der Grünen zugunsten der Koalitionsfähigkeit mit der SPD gewesen war. »Wenige in der Hauptstadt verfügen über ein Netzwerk wie das meine. Zudem haben wir technische Mittel, die den anderen fehlen.«

Für einen Moment schien Riemann am Haken zu hängen. Doch er schüttelte den Kopf, stand auf und blickte auf Alexandra hinunter. »Sie verwechseln die Fiktion mit der Realität. Glauben Sie, es komme heute wirklich noch auf politische Persönlichkeiten an? Auf Authentizität und individuelles Talent? Auf Ausstrahlung? In Zeiten der Alternativlosigkeit?«

»Ja, das glaube ich! Wir *müssen* diesen Traum träumen!«

Er dachte sekundenlang nach. Dann schüttelte er den Kopf. »Nein, Frau Calla. Das ist mir ein paar Nummern zu groß. Sicher, ich stehe sehr gerne auf der Bühne. Und in dieser Politikerrolle habe ich den bislang größten Erfolg. Ich gebe zu, dass mir das Gefühl, amerikanischer Präsidentschaftskandidat zu sein, unheimlich gut gefällt. Aber Sie verwechseln den Darsteller mit der Rolle! Mir fehlt jedes Talent für die Niederungen des Amtes. Diese 16-Stunden-Tage: Morgenlage, Expertenfrühstück, Kabinettssitzung, parlamentarische Fragestunde, Bahnfahrt nach Brüssel ...« Er schüttelte den gesenkten Kopf.

»Ah, Sie haben sich also schon mit der Thematik befasst.«

»Für die Rolle, ja. Aber mehr auch nicht. Ich werde jetzt gehen.«

Damit hatte Alexandra gerechnet. Der Held schreckte vor dem Abenteuer zurück. Sie musste ihn mit etwas unlauteren Mitteln überzeugen. Schließlich konnte er noch nicht wissen, dass er keine Wahl hatte. Erst musste er sich seiner wahren Identität bewusst werden. Sie stand ebenfalls auf. Zunächst sah sie Boris ernst an. Dann lachte sie, als habe er einen richtig guten Witz erzählt. Nur langsam fing sie sich wieder. »Sie haben mich falsch verstanden. Ganz falsch.«

»Ach.«

»Natürlich sollen Sie die Bundestagswahl nicht *gewinnen*. Das ist, wie Sie richtig sagen, unmöglich. Am Ende haben sich die Deutschen noch immer für die langweilige Variante entschieden. Es reicht vollkommen, Kandidat zu sein.«

»Und wozu dann das ganze Theater?«

»Das sagte ich doch schon: Es ist ohnehin ein Theater.«

»Sie meinen, ich soll der Gesellschaft den Spiegel vorhalten oder sowas.«

»Wenn Sie so wollen. Das Kabinett Mager III ist auch nur ein Schauspielensemble, wenn auch kein besonders lustiges. Diese Figuren treten vor die Kameras, halten Ansprachen, schauen staatstragend aus der Wäsche. Nur um am Ende abzunicken, was die Expertenräte vorlegen. Und auch für Sie wäre es im Kern nichts Neues. Mit einem Unterschied.«

»Und der wäre?«

»Aufmerksamkeit. Wie viele Zuschauer hatten Sie am Gleisdreieck? Auf der Berliner Bühne wird Sie ganz Deutschland sehen, ach was, ganz Europa. Die ganze Welt!«

Riemann setzte sich und schien nachzudenken. Wieder schüttelte er den Kopf. »Finden Sie nicht, dass die Sache zu ernst ist für so einen Lausbubenstreich?«

Alexandra setzte sich ebenfalls. »Sicher«, fuhr sie fort, »Politik ist eine ernste Sache. Das heißt aber nicht, dass man sie nicht aufmischen darf. Wo wäre sonst die Freiheit? Eine Figur wie Sie würde die Etablierten herausfordern. Mager müsste sich etwas mehr anstrengen, um nicht bis zur Unsichtbarkeit zu verblassen. Sie würden Leben in die Bude bringen. Wecken Sie es auf, dieses Land!«

Sie beugte sich vor. »Und noch etwas: Ihre Gage wäre hoch. So hoch, dass Sie auch nach der Wahl Ihren Pharmazeuten-Job ruhen lassen und Ihrem Herzen folgen könnten.«

Boris hob die Augenbrauen. In seinen Augen blitzte Vorfreude auf, mit einer Prise Skepsis. »Aus Ihrer Vita darf ich schließen, dass das Geld nicht von Ihnen kommt.«

»Geld ist kein Problem. Die Menschen werden Sie lieben! Sie werden der Held einer Graswurzelbewegung sein. Wenn jeder Ihrer zukünftigen Fans nur einen Euro spendet, müssen wir uns ums Budget keine Sorgen machen. Außerdem bin ich gut vernetzt. Fundraising ist sozusagen mein zweiter Vorname.«

Ein hungriges Lächeln spielte um seine Lippen. Gleich, das wusste sie, würde Boris Riemann in sein Abenteuer springen.

9

Sophie passierte die Moabiter Brücke und bog in den Uferweg entlang der Spree ein. Böen scheuchten Schwärme von Wellen über das Wasser. Sie nutzte Level 0, der jetzt nach zwei Wochen ohne Alpha3-Fälle in Berlin galt, um Andy Neville im Büro zu besuchen. Gestern hatte ihr eine neue algorithmische Entscheidung die letzte Hoffnung auf einen baldigen Datensegen geraubt. Persönlichkeitspsychologische Forschung weise nur 21 Prozent der nötigen Marker für Krisenrelevanz auf, lautete die Begründung. »Und das nennen die Transparenz!«, hatte Torben gehöhnt und fast im selben Atemzug gekündigt.

Sophie ging an einem wuchtigen U-förmigen Bürogebäude vorbei und stoppte hundert Meter weiter vor dem seltsamen Gebilde, in dem *Berlin Smart Communications* sein Hauptquartier hatte. Die Architektur verwirrte sie. Ein Glaskubus, dessen oberer Teil entlang einer diagonalen Schnittfläche gegen den unteren verschoben war. Unterschiedlich große Fenster lagen wild verstreut. Sophie mochte es nicht, wenn Gebäude die Orientierung schwer machten. Sie liebte es rechtwinklig, ordentlich und konventionell. Wo sollte hier der Eingang sein? Erst nachdem sie die senkrechte Seitenwand vergeblich nach Türen abgesucht hatte, erkannte sie eine Einbuchtung an der schrägen Wand des unteren Gebäudeteils. Dort fand sie den Eingang.

Sie machte einen Schritt darauf zu.

Und blieb stehen.

Was in ihr wollte durch diese Tür gehen? Vieles, was sie über Neville recherchiert hatte, sprach dagegen. Das Arbeiterkind aus einem Vorort von Manchester hatte sich nach dem Studium rasant in die Führungsriege der Londoner Firma *City Data Science Group* hochgeschuftet. Dort war er für Wahlen zuständig gewesen. In etlichen Ländern hatte CDSG persönliche Daten von Wählern analysiert, um diese gezielt zu beeinflussen. Die Kunden der Firma waren teils höchst zweifelhafte Kandidaten und Parteien, etwa ein afrikanischer Politiker, der in Verdacht stand, Terrorattacken zu befehlen, um von der EU Migrationskontingente zu bekommen. Die Methoden von CDSG waren, zum Teil, nicht weniger schaurig: Desinformation, Fake News, Verteufeln der Gegenseite, persönliche Angriffe auf politische Gegner. Die ganze Firma ein personifizierter Bruch demokratischer Regeln.

Aber war das nicht Vergangenheit? Die schlimmsten Geschichten waren schon viele Jahre her. Es hatte kritische Medienberichte gegeben. Neville war aus London weggegangen, in die EU. In eine Gegend, in der solche Praktiken weitaus schwieriger waren als woanders, wenn nicht unmöglich. Wollte er sein Image aufpolieren?

Aber kam jemand wie er wirklich nach Deutschland, um vergleichsweise harmlose Interessensgruppen zu unterstützen? Oder sah er den Kontinent als eine sportliche Herausforderung?

Ach was, dachte Sophie, so ein dickes Brett könnte ein einzelner Mann nicht bohren. Neville hatte schlechte Presse gehabt und wollte sich reinwaschen, indem er demonstrierte, dass er im saubersten digitalen Raum des Planeten ebenso erfolgreich sein konnte – jeder hat eine zweite Chance verdient. Hinter dieser Tür lauerte wohl kein Risiko, aber vielleicht die Chance ihres Lebens. Sollte sie einen anderen Eindruck gewinnen, konnte sie einfach Tschüss sagen.

Sie ging weiter, die Tür glitt auf. Abrupt fühlte sie sich in eine vollimmersive VR-Fantasiewelt versetzt. Im Foyer umschmeichelte sie eine angenehme Wärme, wie in einem Wald im Hochsommer. Beinahe hätte sie erleichtert geseufzt. Wie Inseln waren einige Sitzgruppen aus runden, weichen Möbeln verteilt, jeweils unter einer fast baumgroßen Pflanze positioniert. In mehreren davon saßen Gruppen meist junger Leute, die den Raum mit einem frischen, freundlichen Gemurmel erfüllten.

Hinter einem pilzförmigen Pult stand ein junger Mann in lässig-eleganter Kleidung und zeigte Sophie stolz sein perfektes Gebiss. Sophie ging auf ihn zu.

»Herzlich willkommen im A Institute«, begrüßte er sie. »Wie darf ich Ihnen helfen?«

»Guten Tag. Sophie König. Ich habe einen Termin mit Andy Neville von Berlin Smart Communications.«

Der junge Mann tippte auf der Oberfläche des Pultes herum und nickte.

»Ja, der Termin ist bestätigt.« Er lächelte breit und zeigte auf zwei metallische Türen an der Rückwand des Foyers. »Der Aufzug erwartet Sie. Genießen Sie Ihren Aufenthalt!«

Der Lift hieß sie willkommen und glitt aufwärts, die Anzeige zählte bis sechs. Mit kaum hörbarem Surren öffnete sich die Tür.

Vor ihr öffnete sich ein weiter Raum, der wie eine sonnenbeschienene Parklandschaft wirkte. Sophie vergaß, aus der Kabine zu treten. Bäume ragten bis knapp unter ein Glasdach. In ihrem Schatten waren organisch geformte Sitzgruppen und Schreibtische verstreut. Die Atmosphäre erinnerte an die Cafeteria einer Uni: meist junge Menschen, die angeregt miteinander sprachen, lachten und sich keiner

Kleiderordnung unterwarfen. Dennoch schien das Büro vor konzentrierter Zielstrebigkeit zu vibrieren. Sophie gefiel dieser Ort auf Anhieb. Hier würde sie gerne dazugehören. Doch sie blieb weiter in der Kabine stehen.

Ein Mann mit schwarz umrahmtem Gesicht aus weißem Porzellan trat von der Seite vor die Aufzugtür. Andy Neville lächelte sie an. »Professorin König! Wie schön, Sie zu sehen! Treten Sie doch ein!«

Neville wirkte in seinem eleganten Anzug und mit der akkurat gebundenen Krawatte wie ein Fremdkörper in der lockeren Campusatmosphäre. Er trat zur Seite, um ihr den Weg freizumachen, und schob sie dann an der Schulter sanft zu einem gewundenen Weg, der zwischen den Arbeitsinseln hindurchführte. »Folgen Sie dem grünen Pfad«, sagte er.

Auf halbem Weg blickte ein Mitarbeiter von seiner Arbeit auf, als sie vorbeikamen. Fast wäre Sophie ruckartig stehen geblieben. Azurblaue Augen sahen ihr aus einem rosigen Gesicht entgegen. Skeptische Stirnfalten unter feuerrotem Haar. Ein feines Lächeln löste den strengen Blick. Männerlächeln parierte Sophie meist mit steinerner Miene. Diesmal aber lächelte sie zurück. Ihre Füße bremsten den flotten Gang, stundenlang hätte sie sich dieses Gesicht ansehen können.

Sie spürte den sanften Druck einer Hand an ihrer Schulter. Ihr Nacken spannte sich an. Neville schob sie weiter. Sie näherten sich einem verglasten Büro. »Gehen Sie ruhig hinein«, ermunterte er sie. An der offenen Tür stand sein Name. Bevor sie eintrat, schaute sie über ihre Schulter: mitten in die blauen Augen des jungen Mannes. Wie aus einer anderen Welt traf sie sein Blick.

Neville folgte ihr ins Büro, wobei er die Tür offen stehen ließ, und wies auf einen Sessel aus einer Art Filzmaterial, auf den sich Sophie niederließ. Durch eine schräge Glasfläche flutete Tageslicht. Ein Glas Wasser auf Nevilles Schreibtisch zeigte ein hellblaues Smiley. Er setzte sich auf einen Chefsessel, mit einer Lehne, die weit über seinen akkuraten Scheitel ragte.

Sophie blickte auf das volle Bücherregal, neben dem Schreibtisch und den Sitzmöbeln der einzige Einrichtungsgegenstand. Ein digitaler Geschäftsmann, der sich den Luxus des analogen Lesens gönnte? Sophie studierte die Buchrücken. Einer verkündete in fetten Lettern: »Wir statt Klima«. So hieß eine wissenschaftsleugnende Bewegung, die lautstark den sofortigen Ausstieg aus allen Klimaschutzmaßnahmen forderte. Auf einem anderen Buchrücken las Sophie den Namen »Thilo Sarrazin«. Dieser Autor hatte in den Zehnerjahren rassistische Texte verfasst, soweit sie sich erinnerte. Damals war sie noch ein Kind gewesen. In Nevilles Regal standen Sarrazins »Deutschland schafft sich ab« und »Feindliche Übernahme«. Daneben lehnten Bücher von Nigel Farage. Das war doch der Typ, erinnerte sie sich, der damals den *Brexit* vorangetrieben hat. Daneben ein seltsamer Titel: »Volk ohne Herz«, von einem gewissen Jens Düsing. Irritiert sah sie Neville an.

»Oh, das ist nur meine literarische, wie sagt man, Schmuddelecke«, beteuerte er und setzte ein schiefes Grinsen auf.

Sophie wusste nicht, ob sie mitlachen sollte. Wenn er diese »Schmuddelliteratur« nicht mochte, warum las er sie dann? Er hatte ein professionelles Interesse an Politik und da gehörte der rechte Rand eben auch dazu, bog sie es sich zurecht. Sie nickte nur. Neville knipste wieder sein professionelles Lächeln an.

»Schön, dass Sie hier sind, Sophie. Ich darf Sie doch so nennen?«

»Sicher«, gab sie zurück, wobei sie eine gleichgültige Miene aufsetzte.

»Worüber wollen wir diskutieren?«, forderte Neville sie heraus.

»*Sie* haben *mich* eingeladen.«

Er richtete den Zeigefinger auf Sophie und grinste dabei. »Das stimmt! Ich finde Ihre Arbeit höchst faszinierend.«

»Sie wollen Carin, richtig?«

Statt ertappt zu wirken, lachte Neville kurz auf. »Ich liebe diese deutsche Direktheit. Immer sofort auf den Punkt. Bevor ich Ihnen antworte, bitte sagen Sie mir eines, Sophie. Warum entwickeln Sie Carin? Sie könnten zu einem Arzt gehen und sich eine Emotionserkennungsapp verschreiben lassen, die Ihnen Mimik, Gestik oder Stimme Ihrer Mitmenschen entschlüsselt. Warum bauen Sie mit enormem Aufwand selbst etwas?«

Innerlich atmete Sophie auf. Nevilles Wissen über sie war begrenzt. Doch traute sie sich nicht, zu fragen, woher er ihr Geheimnis überhaupt kannte. Hatte er es erraten?

»Die Menschen fühlen die Emotion oft gar nicht, die sie nach außen zeigen«, antwortete sie. »Nur in einem Drittel der Fälle stimmt ihre Mimik mit ihrem wahren Gefühl überein, sagen Studien. Was soll es bringen, ein Fake zu entschlüsseln? Ich will etwas Besseres, etwas, das den ganzen Menschen decodiert. Daten erzählen viel mehr als Gesichtsmuskeln.«

»Warum versuchen Sie es nicht mit einer Therapie? Wäre echte Emotionalität nicht ... *schöner*?«

Reflexhaft schüttelte sie den Kopf. »Carin kann ich abschalten.«

Neville schwieg, nach einem Moment zeigte er ein Businesslächeln. »Also gut. Jetzt bin ich dran. Worum, meinen Sie, geht es bei Kampagnen?«

»Na ja, um ein Anliegen. Man möchte die Leute auf etwas hinweisen, auf einen Missstand, eine Gefahr, ein höheres Ziel.«

Neville schüttelte den Kopf. »Das ist ein typisches Denkmuster. Eine Botschaft übermitteln. Alle wollen senden, immer nur senden. Niemand denkt an den Empfänger.«

»Aber man denkt doch an Zielgruppen.«

»Stimmt. Man sucht sich eine Gruppe, die vermeintlich empfänglich ist für die Botschaft.«

»Es würde ja auch keinen Sinn ergeben, die Botschaft an die Unempfänglichen zu senden, oder?«

»Nicht die Botschaft ist der Schlüssel. Sondern das *Publikum*!«

»Wie muss ich das verstehen?«

»Die Botschaft in die Köpfe klopfen funktioniert nicht! Es ist auch nicht nötig. Was will ich denn erreichen? Dass jemand glaubt, was ich glaube?« Er winkte demonstrativ ab. »Oder will ich, dass eine Person sich auf eine bestimmte Weise *verhält*? Dass sie einen Betrag spendet, dass sie für oder gegen irgendetwas auf die Straße geht? Wie bekommen Sie Kneipengäste dazu, mehr zu trinken? Indem Sie ihnen erzählen, wie gesund Bier ist? Nein! Sondern indem sie Salziges zu den Getränken reichen oder die Heizung um ein, zwei Grad hochdrehen. Es geht darum, das gewünschte *Verhalten* auszulösen!«

»Sie stellen sich Menschen also als Automaten vor, bei denen man nur die richtigen Knöpfe drücken muss?«

Neville wedelte verneinend mit dem Zeigefinger. »Noch so ein Vorurteil. Wir bei BSC kennen Menschen besser, als es ihre engen Freunde oder sogar ihre Partner tun. Wir behandeln sie eben *nicht* wie Objekte, schütten sie eben *nicht* mit pauschalen Botschaften zu. Vielmehr sind wir das Licht, das ihnen den Schattenraum ihres Selbst ausleuchtet. Das ist ein Service! Wir helfen ihnen, zu tun, was sie ohnehin tun würden, wenn sie sich selbst besser kennen würden. Wir sind wie ein Freund, der ihnen auf die Schulter klopft und sagt: ›Mensch, gib dir einen Ruck!‹«

Neville hatte den Schulterklopfer mit einer Hand simuliert. Er verharrte in dieser Position und lächelte wie ein Koch, der stolz sein Gericht präsentiert.

Sophies Zunge fuhr über ihre Unterlippe wie beim Anblick eines frisch angebratenen Steaks. Sie versuchte, die spontane Reaktion zu verbergen, indem sie die obere Lippe über die untere legte. Dazu musste sie aber auch noch schlucken. Sie wusste, was ihren Speichelfluss anregte: Wenn BSC detaillierte individuelle Profile anlegen konnte, dann hatte die Firma umfassende personenbezogene Daten. Schnell gewann sie die Kontrolle wieder.

»Wenn Sie die Menschen schon so gut kennen«, fragte sie, »wofür brauchen Sie dann Carin?«

Neville nahm eine sachliche Pose ein.

»Ich glaube, dass Carin viel besser ist als unsere Algorithmen bei BSC. Sie analysiert das Online-Verhalten ganz unvoreingenommen. Das Persönlichkeitsmodell, das sie bildet, beruht nicht auf vorgegebenen Merkmalen wie Offenheit oder Geselligkeit. Es ist rein mathematisch. Keine vorbelasteten Begriffe, nur abstrakte Zahlen. Objektivität pur. Was aber das Beste ist: Carin lernt einen Menschen durch Interaktionen kennen – fast wie ein Freund. Sie ist wie eine Agentin, die man millionenfach klonen und in die Welt hinausschicken kann. Carin könnte *bei* den Menschen sein und mehr als nur grob vorhersehen, wie jemand reagieren wird. Sie könnte viel besser anhand der konkreten Situation differenzieren. Jemand hat vermutlich mehr Lust auf Schokolade, wenn er gerade von der Freundin verlassen wurde, oder er wird eher Geld für eine Gesundheitsorganisation spenden, wenn ein Angehöriger krank ist.«

»Ich verstehe immer noch nicht ganz«, insistierte Sophie. »Angeblich können Sie das Verhalten von Menschen schon recht gut manipulieren. Was wollen Sie da noch mehr?«

Neville beugte sich vor, bohrte seinen Blick in sie. Die Silbermünzen in der Tiefe seiner dunklen Augen blitzten auf. »Wir haben Verhaltensauslösequoten von höchstens fünfzig Prozent. Was wir wollen, sind hundert Prozent. Was wir wollen, ist *garantiertes* Verhalten.«

Sophie erschrak. Gleichzeitig bewunderte sie die radikale Offenheit Nevilles.

»Totale Kontrolle«, flüsterte sie.

Sie überwand sich dazu, Neville fest in die Augen zu sehen. »Sie wissen schon, wovon Sie da reden, Herr Neville? Sie wollen den perfekten digitalen Zwilling eines Menschen schaffen.«

In seinem Gesicht war kaum eine Reaktion zu sehen, höchstens ein Kräuseln der Mundwinkel. »Wollen *Sie* das nicht?«

Sophie atmete tief ein und hielt die Luft an. Ihre Hand umklammerte ihren Oberschenkel. Sie merkte, dass Neville sie gerade schachmatt gesetzt hatte.

»Seien Sie ehrlich zu sich«, sagte er. »Sie wollen, dass Carin Menschen liest wie ein offenes Buch. Doch es fehlen Ihnen die Daten, um sie zu trainieren. BSC *hat* diese Daten. Massenweise Daten über das Verhalten von Millionen Deutschen.«

Sophie biss sich auf die Unterlippe und senkte den Blick. Das erneute Schlucken konnte sie jedoch nicht unterdrücken. Berge von Verhaltensdaten. Das wäre der Jackpot!

Doch etwas in ihr glaubte Neville nicht. Personenbezogene Daten von deutschen Bürgern waren quasi deren Privatbesitz, den sie kontrolliert verliehen! Der Alltag war digital, das stimmte. Aber das funktionierte eben auch *mit* konsequentem Datenschutz. Wenn sie ehrlich war, gefiel ihr das als Datenwissenschaftlerin auch nicht besonders. Aber wer sich an die Zehner und frühen Zwanziger erinnerte, wusste es zu schätzen. Europa hatte es geschafft, sich aus dem Sumpf von Überwachung, Manipulation, Desinformation und offen zelebriertem Hass zu befreien. Das Euronet war gezähmt. Forschern wie ihr raubte das aber auch viel Freiheit. Trotzig hob sie den Blick.

»Sie können mir viel erzählen, Andy!«

Dass sie ihn beim Vornamen nannte, entlockte Neville ein breites Lächeln.

»Sie wollen einen Beweis? Schauen Sie in Ihren Messenger.«

Zögernd hob Sophie ihr Handgelenk, tippte auf das Icon ihrer Messenger-App und öffnete eine neue Nachricht von Neville.

Sie bestand aus einer Datei. Diese trug den Namen *Dunja Zwetko*.

10

Ken wäre am liebsten wie eine Atombombe explodiert, um alles mit sich zu reißen. Wahllos. Er wusste ja nicht, wer oder was es war, das ihm ständig Steine in den Weg legte. Wie gerade eben wieder. Er sah noch vor sich, wie sein Gegenüber beim Vorstellungsgespräch verschämt die Augen niederschlug, nachdem Ken ihm sein Hobby genannt hatte. Er schaffte es nicht, zu lügen. Was war das für eine Welt, in der man kein harmloser Sportschütze sein durfte! Es hatte maximal noch eine Minute gedauert, bis ihn der Leiter des Fassadengartenprojekts mit einem »Wir melden uns demnächst« abwürgte. In dessen Augen hatte er sie wieder gesehen, diese Ausgrenzung, als habe er eine ansteckende Krankheit.

Er hämmerte auf den Küchentisch, eine Tasse rutschte über den Rand und zerschellte auf dem Boden. »Rudi, spiel ›Der Tag wird kommen‹«, brüllte er. Bässe wummerten, Beats krachten. Ken stampfte die Füße auf den Küchenboden. Schmerz schoss ihm von der Ferse bis in den Schädel. Er brüllte auf. Blut tropfte auf die Fliesen. Er war in eine Scherbe getreten. Auf einem Bein hüpfte er ins Bad.

Nachdem er sich verarztet hatte, ließ er Rudi etwas ruhige Musik spielen. Ken musste runterkommen. Am Abend war noch Langwaffenschießen im Verein. Er ließ sich aufs Wohnzimmersofa fallen. Das Möbel massierte und wärmte ihn. Sanfte Gitarrenklänge machten Ken die Augenlider schwer. Schließlich fielen sie zu.

Als Ken aufschreckte, überraschte ihn dämmriges Licht. Die Polster waren weich und warm, die Musik aus. Die Lampen auch. Er richtete den Oberkörper ruckartig auf. »Uhrzeit?«, fragte er. »Neunzehn Uhr zweiunddreißig«, antwortete Rudi. Ken erschrak. Das Wettschießen hatte längst begonnen. »Aufstehen«, befahl er dem Sofa. Das verhärtete sich und kippte leicht nach vorn, während die Lampen kaltweiß aufleuchteten.

Ken lief in die Küche und legte sich das Bracelet an. Das Display zeigte zwei Nachrichten.

Wo bist du?

Ein enges Band spannte sich um seine Brust.

Die zweite Nachricht war vor einer Minute eingegangen.

Jetzt hast du's. Jörg hat gewonnen.

Fluchend schleuderte Ken das Bracelet auf den Tisch, das mit einem scharfen Piepen protestierte.

»Fuck! Schon wieder!«, brüllte er die Küchenzeile an. Er stützte sich mit beiden Händen auf die Arbeitsplatte und ließ den Kopf hängen. So konnte es nicht weitergehen. Er musste wissen, was hinter den Kulissen passierte.

Die Perfektion, mit der ihn sein Schicksal verarschte, war nie im Leben Zufall! Wo war der rote Faden? Der *Tiefe Text*, den sein Nachbar erwähnt hatte, hatte sich als interessanter Ansatzpunkt erwiesen. Doch er war bei der Recherche im Netz auf ein paar Ungereimtheiten gestoßen. Zum Beispiel darauf, dass die ominösen Datensammler zum Knacken der allgegenwärtigen Verschlüsselungen einen superstarken Rechner bräuchten, der nicht existierte. Ken musste tiefer recherchieren.

»Rudi!«

»Ja, Ken?«, meldete sich der Assistent, während Ken das Visier herunterklappte.

»Die Recherche zum Tiefen Text fortsetzen.«

»Wie du wünschst. Ich muss dich darauf hinweisen, dass diese Thematik eine Verschwörungstheorie ist. Bei zertifizierten Medien kannst du dich über die Fakten zur digitalen Regulierung in der EU und deren technische Umsetzung im Euronet informieren. Soll ich ausschließlich diese Quellen nutzen?«

»Im Gegenteil«, sagte Ken entschieden. »Du sollst ausschließlich nicht-zertifizierte Medien nutzen!« Ich will doch *hinter* den offiziellen Vorhang sehen, dachte er.

Es ging darum, die richtigen Fragen zu stellen. Das hatte er bei seiner ersten Recherche gelernt. Er war auf einer Site gelandet, die solche Fragen auflistete. Statt einem etwas vorzukauen, forderte die Site auf, den Fragen selbst nachzugehen. Absolut unvoreingenommen! Bei den Zertifizierten hingegen wurde er das Gefühl nicht los, sie wollten einen erziehen oder von irgendwas überzeugen. Sie waren *ein Teil* seines Problems.

Rudi blendete die Liste von Fragen ein. Die meisten davon fand Ken wenig interessant. Bis auf eine:

Ist das Euronet wirklich transparent oder ein dichter Nebel?

»Rudi, such nach den Stichwörtern ›*Euronet und Nebel*‹.«

»Okay«, gab Rudi zurück. Das Visier blendete den Suchschlitz von EuroSearch ein, die Stichwörter erschienen darin. Rudi deaktivierte die Option ›nur zertifizierte Inhalte‹, wodurch die Suche länger dauerte.

Dieser Staat nahm sich wirklich einiges heraus, grübelte Ken. Bis jetzt hatte er sich für die Debatte um Zensur nie sonderlich interessiert. Das Netz erschien als Werkzeug für den Alltag. Wie es funktionierte, hatte ihn bislang nicht gekümmert. Doch jetzt fühlte Ken sich von der Langsamkeit belästigt, die nicht technisch bedingt, sondern von der Regierung gewollt war.

Endlich erschien die Trefferliste, die er sogleich verschlang. Platt und primitiv das meiste, einiges mäßig interessant. Wer die smarten Kontrakte programmiert habe, die anonym und vollautomatisch Boni und Malusse abwickelten, wollte eine Site enthüllt haben.

Eine andere widmete sich der Geschichte der billionenschweren Wiederaufbauoffensive, die nach Omega2 die eigene europäische Digitalinfrastruktur, digitale Unternehmen und die Halbleiterindustrie finanziert hatte. Allein die Unternehmer hätten davon profitiert, wetterte ein aufgebrachter Mensch, indem sie immer mehr Jobs »wegautomatisiert« hätten. »Okay, sie zahlen in den Präventionsfonds ein, aus dem sich die Boni speisen«, räumte er ein. Doch damit habe der Staat die Bevölkerung geschickt in eine finanzielle Abhängigkeit getrieben: in ein ›bedingtes Grundeinkommen‹ für regelkonformes Verhalten. Und letztlich fließe das Geld ja über den Konsum wieder zurück an die Unternehmen.

Beim nächsten Link stutzte Ken.

»Vertraust du noch deiner Kaffeemaschine? Oder hast du schon begonnen, zu wissen?«

Er starrte auf die beiden Sätze.

»Zeig das an, Rudi.« Ein strenges Gesicht erschien. Der Mann schimpfte über all die vernetzten Dinge, die jeden Aspekt des Alltagslebens beeinflussten. Jeder Handgriff, ja jeder Gedanke werde von so genannten smarten Dingen gelenkt.

Das Sofa! Es hatte Ken vorhin in den Schlaf gewiegt. Ein Möbel, das ihn vom Wettschießen fernhielt? Wie irre war *das* denn?

Andererseits.

All die Stolpersteine, als lauere der Feind hinter jeder Ecke, bis hinein in die eigene Wohnung. Irgendwie passte das.

Er sah sich die AR noch einmal an. Gab es irgendwo einen Hinweis, wo er weiter recherchieren könnte? Moment, hier!

»Zehn Sekunden zurück, Rudi!«

»Manche im Widerstand haben etwas abstruse Ansichten«, kommentierte der Sprecher. Wie dieser im Analogen lebende Aktivist, der sich »Kant« nenne. Doch letztlich verbinde alle Kämpfer das gleiche Ziel: das Volk aufzurütteln!

»Stoppen«, befahl Ken.

Jemand, der »im Analogen lebt«. Das interessierte ihn: Analoge, tote Dinge konnten einen nicht manipulieren. »Kant« nannte er sich. Das war doch ein berühmter Name, von so einem vergeistigten Typen, der vor Jahrhunderten unverständliche Wälzer geschrieben hatte. Philosoph oder Politiker.

Rudi sollte ihm die Basics zu diesem bekannten Menschen geben.

Erst klang es grottenlangweilig. Doch dann wurde Ken hellhörig: Immanuel Kant habe sich von der eigenen Vernunft ein Stück weit belästigt gefühlt, da sie nie aufhöre, Fragen zu stellen. Im Grunde wolle der Mensch *alles* wissen. Das könne er aber nicht! Sein Geist versteige sich regelrecht. Dabei stoße er immer wieder an eine neue Grenze. Die Welt bleibe ein permanentes Geheimnis, das sich der Neugier beharrlich entziehe. Du forschst und forschst, siehst aber nie hinter den Vorhang.

Wow!

Selten hatte Ken eine so treffende Zusammenfassung seines Lebensgefühls gelesen.

Er wollte wissen, ob es ein Entrinnen gab.

Ken hatte ein erstes Ziel: Kontakt aufzunehmen mit diesem Aktivisten, der sich »Kant« nannte.

11

Boris Riemann legte Daumen und Zeigefinger um sein Kinn, wobei er nachdenklich aus dem Seitenfenster blickte. Der Wagen glitt die Prenzlauer Allee hinauf. Die Straßencafés waren voll. Vor ein paar Tagen war das Wetter gekippt: von Spätwinter auf Frühsommer, hieß es.

Treffender wäre: von Winter auf Sommer, dachte Alexandra Calla.

Berlin war seit drei Wochen frei von Alpha3. Angeblich war das Virus noch gefährlicher als Omega2. Es war inzwischen an anderen Orten Deutschlands aufgetaucht. Level 3 galt in Hamburg und ganz Südostdeutschland.

Alexandra beobachtete Boris zufrieden: Er beherrschte die Pose des Staatsmannes. In den letzten Tagen hatten sie intensiv trainiert und vor allem an seiner Rhetorik gefeilt.

»Wir sind gleich da«, sagte sie. »Deine erste Live-Rede vor Publikum. Wir werden eine AR aufzeichnen. Vergiss den Spagat nicht, Boris: Du musst ihnen wie ein strahlendes Vorbild erscheinen. Aber gleichzeitig – und das ist die Kunst – musst du einer von ihnen bleiben. Sie sollen dich bewundern und sich zugleich in dir wiedererkennen. Du musst greifbar sein, konkret, badend im Schweiß – und doch ein unerreichbares Idol. Wie ein ganz großer Star. Und deine Geschichte, Boris. Sie wollen keine Argumente, Fakten oder Meinungen. Das langweilt sie. Sie wollen eine gute Story hören.«

Der Wagen bog in eine Seitenstraße ein und hielt gegenüber einer Metalltür, von der die grüne Farbe abplatzte. Ein Graffiti prangte darauf:

HÖRT AUF DEN JENAER APPELL!

Wohlwollend lächelte Alexandra.

Vor ein paar Tagen hatte eine Gruppe Forschender, darunter zwei Nobelpreistragende, ein Manifest herausgegeben, ebendiesen »Jenaer Appell«. Er forderte »Freiheit für die Wissenschaft«. Die Forschung müsse von ihrer Abhängigkeit von der »Krisenrelevanz« befreit werden. Sie dürfe keine Sklavin der »Angstpolitik« sein. Die Regierung Mager missbrauche die Wissenschaft, um eine Alternativlosigkeit ihrer Politik vorzugaukeln. In Wahrheit tarne Mager nur seine Einfallslosigkeit.

Als Beispiel diente Alpha3. Die Level-3-Einschränkungen zeigten, dass das Vorsorgeprinzip das Land mehr lähme, als es die Schuldenbremse jemals vermocht habe. Wer ein brandneues Virus voll ausbremse, könne doch gar nicht wissen, wie gefährlich es sei. Die Daten fehlten. Dass fünf der knapp hundert bislang bekannten Infizierten qualvoll gestorben waren, nannten die Autoren »anektdotisch«.

Genauso fragwürdig seien die Maßnahmen des Klimaschutzes. Sie blieben den Beweis schuldig, dass sie der Klimaerhitzung effektiv entgegenwirkten. Die Bevölkerung ertrage die Beschränkungen nicht aus Einsicht, sondern allein deshalb, weil sie nicht auf die Boni verzichten könne.

Die zertifizierten Kanäle hatten sich auf das Manifest eingeschossen. Keiner der Autoren sei ein anerkannter Epidemiologe oder Klimaexperte. Die Gruppe sei rein interessengeleitet: eine Allianz benachteiligter Wissenschaftler, die um einen besseren Zugang zu den Fleischtöpfen kämpfe.

Ob krisenrelevant oder nicht: Für Alexandra waren alle Wissenschaftler Ignoranten, die die spirituelle Realität ausblendeten. Dennoch kam der Appell genau richtig: Er passte perfekt zur Botschaft des Einen.

Boris betrachtete durch das Seitenfenster den Klinkerbau. »Nicht gerade glamourös«, bemerkte er. »Ist *das* die ganz große Bühne, die du versprochen hast?«

»Hab Geduld.«

Die Fahrerin stieg aus und öffnete die Tür für Boris. Alexandra verließ den Wagen auf der anderen Seite.

Sie gingen über die schmale Straße. Alexandra fasste nach der Klinke der Metalltür, öffnete sie und trat in einen kalt erleuchteten Gang aus weiß getünchten Backsteinen. Er führte zu einer Treppe und diese in einen Requisitenraum. Ein junger Mann begrüßte beide und brachte sie zu einer Tür, die auf die Bühne führte. Durch sie schielte Alexandra in den Publikumsraum.

Der Anblick freute sie: rund hundert Besucher. Junge und Ältere, Frauen und Männer, sie sah Stadtgärtner neben Künstlern, Handwerker neben Greentech-Spezialisten, Präventionsberater neben VR-Anbietern. In allen Gesichtern fand sie, was sie erhofft hatte: die Gier nach dem Anderen, dem Neuen und Unbekannten, das sie von ihrem Trott erlöste.

Sie gab dem Moderator einen Wink, woraufhin dieser auf die Bühne trat und dem Publikum den »neuen Stern am politischen Himmel« ankündigte. Die Stimmen im Saal wurden zunächst nur etwas leiser. Sie verstummten aber, als Riemann zum Rednerpult marschierte. Die Augen richteten sich auf ihn wie Eisenspäne auf einen Magnet.

Riemann sagte nichts. Er stand nur da, am vorderen Bühnenrand, als wolle er dem Publikum möglichst nah sein. Die Szene wirkte wie ein energetisch geladenes Standbild. Bewegungslos, aber knisternd. Kurz vor dem Knall begann Riemann zu reden.

»Liebe Freundinnen und Freunde!«, begann er und breitete die Arme aus. »Schön, dass ihr gekommen seid.« Es klang vertraulich, warm, wie aus dem Ohrensessel am Kaminfeuer. »Ich möchte euch eine Geschichte erzählen. Stellt euch vor, ihr seid ein berühmter Fotograf. Ihr streift mit einem Assistenten über eine offene Savanne. Ihr träumt von einem atemberaubenden Foto, mit dem ihr einen renommierten Preis gewinnen wollt. Ein Leopard in vollem Lauf, der eine Antilope schnappt.«

In vielen Augenpaaren erkannte Alexandra diesen sehnsüchtigen Blick, den die Menschen annahmen, wenn sie sich in ferne Länder träumten.

»Ihr haltet den Apparat immer im Anschlag«, fuhr Riemann fort. »Immer wieder will euer Assistent euch etwas sagen, doch ihr winkt jedes Mal ab, so konzentriert seid ihr. Zwar habt ihr Angst vor Raubtieren. Doch wie solltet ihr dieses Foto schießen, ohne das Risiko zu wagen? Das Bild soll einen mitten ins Abenteuer ziehen. Was nur funktioniert, wenn ihr dieses Wagnis selbst *spürt*. Voll konzentriert, dringt ihr immer tiefer in die Savanne vor. Den quengelnden Assistenten nehmt ihr kaum noch wahr. Die Nachmittagssonne brennt herab. Von weit weg hört ihr das Brüllen eines Löwen und bleibt stehen. Doch ihr seht nichts. Nur die leere, weite Fläche. Ihr geht weiter und weiter. Irgendwann tun euch die Arme weh und ihr lasst den Apparat sinken. Als die Sonne den Horizont berührt, habt ihr schon vergessen, weshalb ihr hier seid. Der Assistent hat es aufgegeben, euch etwas mitteilen zu wollen. Jetzt wendet ihr euch zu ihm um und fragt ihn, was er wollte. ›Chef‹, sagt er, ›kein Wunder, dass wir keine Tiere antreffen. Schauen Sie doch mal, da hinten!‹ Ihr blickt nach links in die Ferne, wohin er deutet. Ganz vage seht ihr ein feines Geflecht, wie Spinnweben. In regelmäßigen Abständen erkennt ihr schlanke Stäbe. Ein Zaun! Rechts das Gleiche! Ihr seid die ganze Zeit durch eine Art Korridor gelaufen! Ihr wart die ganze Zeit sicher vor Geparden. Und: Ihr hattet keine Chance, nicht die leiseste, die erträumte Jagdszene vor die Linse zu bekommen.«

Riemann straffte den Oberkörper. Alexandra wusste, dass sein Blick sich nun eine Spur verfinsterte. Wohldosiert würde er den Kopf senken, damit sich ein Schatten über seine Augen legte. Seine kantigen Züge würden denen eines Falken beim Spähen nach der Beute ähneln. Die Pose hatten sie nicht lange üben müssen.

Sekunden verstrichen. Ein leerer Saal hätte nicht regloser sein können.

»Freundinnen und Freunde!«, donnerte er ins Publikum, sodass einige Zuhörer zusammenzuckten. »Dieser Fotograf, das sind wir alle! Diese weite Savanne: Das ist die Zukunft. Der Ort, wo Neues und Aufregendes, aber auch Gefährliches auf uns wartet. Und dieser Zaun: Das ist die Präventionspolitik. Die uns angeblich sicher durch einen Korridor aus Sachzwängen führt. Dies sei, so sagt Mager, der einzige Weg in die Zukunft. Doch in Wahrheit sperrt euch diese Barriere von der Zukunft aus!«

Riemanns Körper entspannte sich. Er rieb sich die Augen, atmete hörbar durch.

»Wisst ihr«, sagte er, nun wieder in dem warmen Kaminsessel-Bariton, »bis vor kurzem führte ich eine Online-Apotheke. Man wird damit zwar nicht reich in einer Gesellschaft, die Bluthochdruck, Diabetes und Krebs auf null drücken will. Doch es war ein sicheres Einkommen. Ich habe es gemacht, weil die Apotheke Familienerbe war. Mein Urgroßvater hatte sie in Paderborn aufgebaut.

Aber etwas nagte ständig an mir: Etwas Großes steckt in dir. Brich aus! Sei du selbst! Wisst ihr, tief drin bin ich so ein Typ. Ich muss aufs Glatteis. Ich will mich lebendig fühlen. Sicherheit? Gut und schön. Aber eines ist wichtiger: eine offene Zukunft. Eine Zukunft, die ich selbst gestalte. Das ist doch das Tolle am freien Willen: bereit sein für das Abenteuer.

Was ist mit euch, Freundinnen und Freunde? Wollt ihr keine Macher sein? Wollt ihr brave Bonusempfänger bleiben? Die Zukunft. Das seid ihr! Das sind *wir*! Und diese Zukunft beginnt *jetzt*! Nehmt euch diese Zukunft. Greift zu!«

Riemann machte erneut eine Pause. Das Publikum lauschte wie ein Kind einer Geschichte, die es am Einschlafen hindert.

»Er ist wirklich gut, Alexandra«, flüsterte es von hinten.

Sie fuhr herum. Sofort erkannte sie das Gesicht. Etwas wollte über ihre Lippen, doch sie wusste nicht, was. Sie schloss die Tür zur Bühne. »Woher kommst *du* denn?«

»Er ist dein wahr gewordener Traum, was? Ich habe das immer belächelt. Aber du hattest recht. Alle Achtung.«

»Was willst du, Eric? Wir arbeiten nicht mehr zusammen!«

Er zog die Mundwinkel nach unten. »Ab jetzt wohl wieder.«

»Wie bitte?«

Er deutete in Richtung Bühne.

»Mein jetziger Arbeitgeber beobachtet das hier mit wachsendem Interesse. Und, da ich als dein ehemaliger Büroleiter deine Kundenliste kenne, auch mit zunehmender Sorge.«

Ihr Unterkiefer schob sich vor, sie schnaubte, hielt den Affekt zurück, ihm die Nase zu zertrümmern.

»Du bist beim ...?«, fauchte sie.

Er antwortete mit einem Pokerface.

»Wie lange schon?«

Kaum merklich schüttelte er den Kopf. Überraschungen. Das Abenteuer bietet Überraschungen – wie wahr. Die sichere Bank ihres Instinkts crashte. Eigentlich spürte sie untrüglich und schnell, ob ein Mitarbeiter integer genug war, um ihn einzuweihen. Offenbar hatte sie sich in Eric Salzmann getäuscht.

»Okay«, sagt sie. »Habe ich eine Wahl?«

Er schüttelte den Kopf. »Nicht wirklich, Alexandra. Deine Kundenliste!«

Sie atmete tief ein und hoffte, die nötige Energie aus den Luftmolekülen zu saugen.

Salzmann deutete in Richtung Bühne.

»Wie gesagt. Er ist gut, Alexandra. Wirklich gut. Du und wir könnten mit ihm durchaus gemeinsame Interessen verfolgen. Allerdings mit einer wichtigen Einschränkung.«

Draußen im Saal brandete Applaus auf.

Eine Stunde später saß Alexandra neben Boris im Wagen auf dem Weg zu dessen Wohnung in Schöneberg. Er schwelgte vor sich hin, wie jemand, der nicht recht glauben konnte, was er gerade erlebt hatte. Alexandra ließ ihn. Lediglich eine erholsame Nacht wünschte sie, bevor Boris mit der Bemerkung, er sei »hundemüde«, ausstieg und in einem Altbau verschwand.

»Zu Ihnen nach Hause?«, wollte die Chauffeuse wissen.

»Nein, noch nicht«, antwortete Alexandra und nannte ihr eine Adresse.

Zwanzig Minuten später stieg sie vor einem Bürogebäude nahe dem Nollendorfplatz aus und ging zum Eingang. Sie hielt ihr Bracelet an die Eingangstür. Es klickte, Alexandra trat ein. Im dritten Stock empfing sie einer der Nerds, nickte knapp und führte sie in sein Büro. Sie mochte diese auralosen Typen nicht. Der Mann setzte sich vor eine analoge Tastatur.

»Na, zeigen Sie mal«, forderte Alexandra ihn auf und klappte ihr Visier herunter.

»Es wird Ihnen gefallen«, sagte er mit müder Stimme, gähnte und tippte auf die Tastatur.

Vor Alexandra erschien ein Gesicht, das sie kannte.

»Hallo Alexandra.«

Ihr Atem stockte.

Das war Boris Riemann, der sie da begrüßte. Bis hin zum Glanz der blauen Augen und den feinen Poren in seinem sandbraunen Gesicht, dazu die leicht in die Stirn fallenden, vollen dunkelblonden Haare. Und doch war er es auch nicht – jedenfalls nicht ganz. Die Lücke füllte ein Gefühl. Das Gefühl, in einen Spiegel zu sehen.

»Wie zur Hölle …« Sie schnappte nach Luft. »Wie haben Sie *das* hingekriegt?«

12

Sophie beobachtete Dunja beim Studieren der Speisekarte. Sie saßen in einem der neuen Automatic-Cafés in der Gegend um den Strausberger Platz. Mit jeder neuen Seite, die Dunja aufrief, zogen sich die Augenbrauen hinter ihrem Visier enger zusammen. Sophie lächelte innerlich. Am Ende würde ihre Freundin doch beim stillen Wasser landen.

Diesmal vielleicht aber auch nicht. Sophie hatte Carin gefragt, wie sie Dunja einen Cappuccino andrehen könnte. Schwierig, da Dunja Milch und Sahne mied. Vor einer Woche hatte sie Carin mit Dunjas Daten gefüttert, die sie von Andy erhalten hatte. Davor hatte sie sich selbst unersättlich durch den gigantischen Datensatz gefressen. Ein bisschen wie eine Kannibalin kam sie sich schon vor. Doch die Bits und Bytes schmeckten einfach zu lecker.

Es war wirklich alles drin, aus allen Lebensbereichen. Alle Verbindungsdaten aus dem sozialen Netzwerk, bei dem Dunja Mitglied war. Alle »Likes« und »Dislikes«, die sie verteilt hatte. Des Weiteren AR-Fiction, Musik und Tutorials, die sie konsumierte, Einkäufe, Dates, die sie über ein Kontaktportal vereinbarte – was sie viel häufiger tat, als sie Sophie erzählte. Diese sah, wen Dunja im Kickboxverein herausgefordert hatte.

Was Sophie aber am meisten erstaunte: Sogar Dunjas Biostatus war sichtbar. Ihr kalendarisches Alter lag stolze sechs Jahre über ihrem Bioalter. Ihr Präventionsindex war phänomenal niedrig. Es erschütterte Sophie, dass sie Trackingdaten einsehen konnte, sprich, wann ihre Freundin wo gewesen war, 24/7 über Jahre hinweg. Und, dritter Hammer,

Dunjas gesamte Boni und Malusse. Hieß es nicht, dass das alles anonymisiert und von verschiedenen Firmen verarbeitet wurde? Was Sophie vor sich hatte, war der Traum der Stasi: eine total transparente Dunja.

Etwas also, das es offiziell nicht geben durfte. Wie kam Andy bloß an sowas? Den Daten-Schwarzmarkt im Dunklen Euronet hatten die Behörden längst ausgetrocknet, hieß es. Hatte BSC die Daten der Klientel seiner Kunden gesammelt? Der Gedanke, es der Datenschutzbehörde zu melden, flackerte in ihr auf, hielt sich aber nicht lange.

Mit den Daten Dunjas konnte Carin ein Persönlichkeitsprofil anlegen – soweit das im derzeitigen Trainingszustand der KI möglich war. Carin hatte bislang nur weniger ausführliche Datensätze einiger Dutzend Probanden bekommen, deren Daten Sophies Team erhoben hatte. Damit konnte Carin nur unscharfe Bilder einer Seele anfertigen.

Ein einzelner, umfangreicher Datensatz konnte daran nichts ändern. Daher blieb auch Dunjas digitaler Zwilling ziemlich unscharf.

Es reichte aber, um verschiedene Szenarien durchzuspielen, wie sich Dunja zum Cappuccino verführen lassen könnte. Die favorisierte Version hatte Sophie verblüfft. Sie hätte erwartet, dass die KI Dunjas Vorliebe für Mandeldrink verwenden würde. Doch so plump manipulierte Carin Dunja nicht. Stattdessen setzte die KI an einer ganz anderen Stelle an. Einer, die Sophie noch gar nicht bemerkt hatte: Dunja hatte eine Art dunkle Seite. In einigen Bereichen war sie viel risikobereiter als in anderen.

Sophie sah Dunja weiter zu, wie sie suchte. Ein bisschen würde sie noch warten, dabei ließ sie den Blick durch das Café schweifen. Als sie auf den blauen Kreis über der Theke blickte, wurde die AR eines älteren Herrn eingeblendet. Wütende Augen und ein schwer arbeitender Mund. »Jörg Dorfmüller, Sprecher von ›Neue Europäische Wissenschaft‹«, verkündete eine Einblendung. »Die Altwissenschaft führt derzeit ein gigantisches Feldexperiment an Menschen durch«, empörte sich Dorfmüller. »Es wird ein Impfstoff gegen das hypothetische Alpha3-Virus getestet. Ohne dass es überhaupt eine Krankheit gäbe! An gesunden Menschen, angeblich Freiwillige, die sie absichtlich infiziert haben.« Das rote Warnsymbol für unbelegte Faktenbehauptungen blinkte über Dorfmüllers Gesicht. »Das zeigt die ganze Menschenverachtung dieser Präventionsmaschinerie«, fuhr er fort. »Die Wissenschaft ist zum Werkzeug einer machtbesessenen Elite geworden, an deren Spitze Frederik Mager steht.« Sophie sah weg und die AR verschwand. Ein Mann wandte sich rasch ab, als sich ihre Blicke kreuzten. Er sprach lautlos, den Kopf gesenkt, weiter.

Als Dunja ein weiteres Mal umblätterte und sich auf ihrer sonst glatten Stirn die Falten noch tiefer gruben, griff Sophie ein.

»Ach komm, Dunja«, sagte sie. »Beim Kickboxen scheust du dich ja auch nicht vor vermeintlich stärkeren Gegnern. Du forderst sogar Männer heraus.«

Dunja riss den Kopf hoch und glotzte Sophie an. »Was weißt du denn *davon*?«

Kampfsport zählte nun wirklich nicht zu ihrer Schnittmenge. Carin aber hatte erkannt, dass Dunjas Hang zum Nervenkitzel ausgeprägt war, und ihn als Ansatzpunkt für den Stupser vorgeschlagen. Die genaue Formulierung hatte Sophie sich selbst überlegt. Mit einem Sprachgenerator würde jedoch ein System möglich sein, das Menschen automatisch ansprach.

Sophie lächelte unbestimmt und zuckte mit einer Schulter.

Dunja musterte ihre Freundin und nickte wissend. »Das hat dir wohl Andy gesteckt.« Sophies Puls wallte auf und sie schlug den Blick nieder.

»Na, ihr beiden seid ja offenbar schon recht speziell miteinander«, sagte Dunja lächelnd. »Ich wusste, dass das passt! Bei *ChemieStimmt* wollte ich ihn schon wegblinzeln, aber instinktiv war mir klar, dass er definitiv was für dich ist.«

Dunja winkte dem Serviceroboter, der sogleich heranhuschte. Er grüßte mit Berliner Akzent und fragte ruppig, was gewünscht werde.

»Einen Cappuccino«, sagte Dunja stolz.

»Und Sie?«, fragte der Automat.

Sophie hob den Kopf. »Für mich bitte auch.«

Wie so oft, erzählte Dunja aus ihrem bunten Leben und Sophie hörte zu. Es gebe eine neue Blockchain für den Vertrieb digitaler Mode, berichtete Dunja. Damit könne sie nun ihre Designs weltweit verkaufen, einfach per Download. Sie entwerfe die Kleider so, dass auch billige 3D-Drucker sie produzieren könnten, und erreiche so eine breite Kundschaft. An physische Exporte nach Übersee sei nicht mehr zu denken. Die Blockchain garantiere den Kunden die hohe Qualität ihrer Arbeit, die entsprechenden Zertifikate habe sie vor zwei Wochen erlangt. Diese Technologie verhindere auch, dass Plagiate ihrer Kunst verkauft würden. »Es schafft Vertrauen ohne die üblicherweise dafür nötigen Mittelsmänner.« Auch die Zahlungsabwicklung laufe reibungslos und schnell über die Blockchain. Das funktioniere so ähnlich wie beim deutschen Bonus-Malus-System. Ihr Geschäft laufe sehr gut an, berichtete Dunja breit lächelnd. »Ich will in drei Jahren unabhängig von Boni sein!«

Weniger brillant laufe es bei Benjamin, ihrem Sohn, in der Schule. »Er tut sich nun mal schwer mit Zahlen und Formeln«, erzählte Dunja. Zwar würden Mathe und Naturwissenschaften sehr viel lebensnäher und spannender präsentiert als zu ihrer Schulzeit, doch bei Ben fruchte das nicht und sie habe den Eindruck, genau *weil* es allgemein erwünscht sei. Er wolle lieber »die Hände in die Erde stecken«, berichtete Dunja, und mache derzeit ein Praktikum bei den Beerengärten in Spandau. »Er ist nun mal ein kleiner Rebell«, schloss sie – mit stolzem Augenaufschlag. Dann rief sie den Roboter und bestellte einen zweiten Cappuccino.

Eine Stunde später verabschiedeten sie sich vor dem Café. Dunja wollte Level 0 noch »auskosten« und zog in die nächste Kneipe. Auf ihrem Weg zur U-Bahn sog Sophie die warme Aprilluft tief ein, bis sie sie in jedem einzelnen Lungenbläschen spürte. Ihr Körpergewicht verflüchtigte sich. Ihre Schuhsohlen tippten nur noch der Form halber auf die Bodenplatten des Gehwegs. Sie freute sich, dass Dunja Cappuccino bestellt hatte. Zwei sogar! Sie hatte Dunja ihre Inkonsequenz vor Augen geführt. Eine kleine Hilfestellung, um sich selbst zu erkennen.

Sophie befahl Andra, Andy Neville zu kontaktieren. Das war wirklich eine überzeugende Performance gewesen.

Moment mal! Keine impulsiven Entscheidungen!

Sie musste kühl abwägen, wie immer! Abrupt unterbrach sie die Kontaktaufnahme mit Neville.

Was sprach dagegen, mit BSC zu arbeiten?

Wahrscheinlich würden sie exklusiven Zugriff auf Carin wollen. Außerdem würde sie wohl kaum von der Uni aus auf den Datenschatz von BSC zugreifen können. Also würde sie nicht *mit*, sondern *bei* BSC arbeiten. Zwar war ihr vieles an der Uni lästig. Aber etwas ganz Neues? Veränderung? Ungewissheit? Der Esel will aufs Glatteis, hätte Mutter jetzt sicher gesagt.

Nach und nach kehrte Sophies Gewicht zurück. Sie vergrub die Hände in den Hosentaschen. Ihre Finger krampften sich um das Futter, wie sie sich damals an das Bettlaken gekrallt hatten, als die Stimme aus Davids Zimmer an ihre unschuldigen Ohren drang. Mutters Stimme war durch die Zwischenwand gedämpft gewesen. Sie hatte aber ähnlich geklungen, wie wenn diese beim Vorlesen die böse Hexe imitierte.

Sophie schüttelte den Kopf, um die Erinnerung zu vertreiben.

Wollte sie wirklich einer undurchsichtigen Gestalt wie Andy Neville vertrauen?

Und wollte sie wirklich in die Privatwirtschaft wechseln? Dem Präventionsstaat den Rücken kehren?

Nein, das wollte sie nicht!

Die datenarme Durststrecke würde dann allerdings weitergehen. Aber war es mit ein wenig Geduld nicht möglich, ihr persönliches Ziel mit dem Gemeinwohl zu decken? Sie hatte lange Jahre an Carin gearbeitet. Warum jetzt wie ein Hund springen, nur weil einem ein schmieriger Typ einen fetten Happen vor die Nase hielt? Sie konnte die algorithmische Entscheidung anfechten. Zwischenzeitlich ließen sich neue Fördermittel einwerben, vom Bund oder der EU. In einen sauren Apfel würde sie dabei allerdings beißen müssen:

Damit potenzielle Geldgeber sie wahrnahmen, würde sie absolut aus der Masse herausstechen müssen.

Das hieß: als Wissenschaftlerin noch viel sichtbarer in der Öffentlichkeit werden. Zwar blieb sie als Einzelkämpferin gerne unterm Radar. Doch jetzt regte sich der Berufsstolz in ihr: *Ich werde mich nicht verstecken!*

»Andra? Bitte Kontakt zu Andy Neville.«

Hinter ihr trampelten plötzlich viele Füße. Sie kamen näher – immer schneller.

Einige fielen in den Laufschritt. Andy Neville lächelte ihr breit entgegen.

»Sophie! Freut mich, von Ihnen zu hören!«

Sie zögerte einen Moment.

Nevilles Augen sahen durch das Display aus wie zwei hungrige Schlünde.

Die Laufschritte wechselten in wildes Trampeln. Instinktiv ging Sophie schneller.

»Andy, ich muss Ihnen etwas mitteilen. Ich fürchte, dass ich Ihr Angebot ...«

Ein heftiger Stoß gegen ihren Rücken presste ihr die Luft aus den Lungen. Ihr Körper kippte vornüber. Das Pflaster stürzte ihr entgegen. Sophies Handflächen trafen eine der Granitplatten. Ihre Arme stemmten sich gegen die Wucht des Sturzes, doch ihre Hände rutschten ab. Schürfender Schmerz ließ sie aufschreien. Ihr Brustkorb knallte auf den Boden, der Kopf schwang nach. Er prallte mit Wucht auf ihren Unterarm.

»Das ist eine Wissenschaftlerin«, fauchte eine Stimme. »Es gab einen Film über sie.«

Von der Seite stampften Schritte heran.

»Eine Handlangerin!«, quäkte ein anderer.

»Die ist jetzt dran«, kam es von einer Frau. Sie klang erregt, als wäre sie live dabei beim Sturm auf die Bastille. »Irgendwo müssen wir anfangen! Nieder mit der Wissenschaft!«

Das Stapfen setzte unmittelbar neben Sophie aus. »Na los!« Ein irrer Schmerz schoss ihr von der Seite des Brustkorbs wie eine Feuerwalze mitten ins Gehirn, wo er aufloderte wie von Benzin genährt. Stöße mit Schuhspitzen prasselten auf sie ein.

Dann erlosch das Licht.

Es kam wieder mit einer Stimme nah an ihrem Ohr.

Eine graue, diffuse Fläche vor ihr. Etwas legte sich auf ihren Rücken.

»Hallo? Können Sie mich hören?«

»Hmmm«, brummte sie.

Der Jemand, der sich ihrer annahm, griff ihr unter eine Achsel.

»Komm, hilf mit!«, sagte der Mann. Eine zweite Person griff unter Sophies anderen Arm. Als ihr Körper ruckartig aufgerichtet wurde, drang scharfer Schmerz wie Messerstiche in ihren Oberkörper.

Doch sie konnte sich nach ein, zwei Minuten selbständig auf den Beinen halten und nach mehrfachem Nachfragen, ob sie sie nicht doch in die Klinik bringen sollten, verabschiedeten sich ihre Helfer.

Sophie tapste zum Abgang in die U-Bahnstation, klammerte sich an das Treppengeländer und wankte hinunter. Sie checkte am Drehkreuz ein. Zwei Minuten bis zur nächsten Bahn. Niemand auf dem Bahnsteig. Sie setzte sich auf eine

Bank. Das glasierte Dottergelb der Wandfliesen schmerzte ihr in den Augen. Sie schloss sie. Ihre Schultern verkrampften sich, als Fußgetrappel, gemischt mit jungen Stimmen, die Treppe herunterkam. Sie drehte den Kopf. Die Menschen wirkten aufgedreht, neckten sich, lachten. Hinter der Gruppe schlenderten zwei Polizisten die Treppe herunter. Wo waren die gerade eben gewesen?

Das Bracelet vibrierte. »Es ist Andy Neville«, sagte die Assistentin.

Sophie nahm an.

»Was ist passiert?«, fragte Neville. »Die Verbindung ist abgerissen.«

»Ich bin hingefallen«, antwortete sie.

Neville vergewisserte sich, ob alles gut sei, als erkundige er sich nach dem Wetter.

»Sophie«, sagte er, nachdem sie bejaht hatte, »Sie wollten mir etwas mitteilen?«

Er sah ihr erwartungsvoll und aufmunternd entgegen.

Ja, das hatte sie gewollt. Sie hatte sich auf ihre Rolle als Wissenschaftlerin besonnen. Egal, wie schwer es würde, sie würde den eingeschlagenen Weg weitergehen – so jedenfalls hatte ihr Entschluss gelautet.

Von ihrem neuen Selbstbewusstsein spürte sie nichts mehr. Lodernder Schmerz war an seine Stelle getreten.

»Ich bin an Bord«, hörte sie sich sagen.

13

Juli 2041

Nach vier Stunden Fahrt hielt der Wagen neben einem wuchtigen Schloss. Beim Aussteigen schlug Alexandra die feuchte Hitze wie eine Abrissbirne entgegen. Statt der prognostizierten Flut war ein neuer Hitzesommer gekommen, der sich – laut neuer Prognosen – noch verschärfen sollte. Auch Boris stieg aus, straffte den Oberkörper und zog das Sakko glatt. Celine schritt ihnen aus dem Backstagebereich entgegen, die Arme weit ausgebreitet. »Boris!«, rief sie. »Willkommen in Darmstadt!« Sie war die Spitzenkandidatin der Liste Riemann für die Wahl in Südwestdeutschland.

Natürlich war diese Abstimmung in der Provinz unwichtig. Alexandra sah das Ganze als PR-Aktion für die Partei. Es ging um Berlin – nur um Berlin! Seit der Föderalismusreform war die Hauptstadt wirklich die Machtzentrale.

Boris begrüßte Celine breit lächelnd. Sie stupsten die Fäuste aneinander. Eifersüchtig beobachtete Alexandra, wie er sie vom ersten Moment an in seine Aufmerksamkeit hüllte. »Großartig, was Sie hier auf die Beine stellen, Celine!«, lobte er sie überschwänglich.

»Das Rhein-Main-Gebiet wurde gestern auf Level 2 heruntergeschaltet«, erklärte die Kandidatin. »Wir können auf diesem Platz immerhin 300 Menschen bußgeldfrei versammeln. Etwa 400 sind hier. Der Regelkonformitäts-Index ist im Südwesten auf 0,79 gefallen.« Sie pries wie einen persönlichen Erfolg, dass das Volk laxer mit den Regeln umging.

Auf dem Weg zur Bühne holte sie ein Mann ein und hielt Riemann ein Mikrofon unter die Nase.

»Guten Tag, Herr Riemann, ich bin Carl Meyer vom Medienzentrum Südwest. Möchten Sie südwestdeutscher Ministerpräsident werden?«

»Freut mich, Sie kennen zu lernen, Herr Meyer«, antwortete Riemann und ging zügig weiter. »Aber unsere Kandidatin für Südwestdeutschland heißt Celine Köhler.«

»Aber Ihre Partei ist ganz auf Ihre Person zugeschnitten«, entgegnete Meyer. »Warum treten Sie nicht selbst an?«

»Wenn ich Hesse oder Schwabe wäre, vielleicht.« Boris lachte, blieb stehen und sah dem Reporter in die Augen – mit nun ernster Miene. »Es geht nicht um mich, Herr Meyer. Jede und jeder kann Ministerpräsident werden! Celine Köhler, Carl Meyer oder Boris Riemann. Das ist offene Zukunft. Dafür stehe ich. Nicht mehr und nicht weniger.«

Der Journalist schien baff. Alexandra freute sich. Alles lief nach Plan. Die zertifizierten Medien nahmen Boris Riemann nicht ernst. Er lief als weiche Nachricht, eine schillernde Persönlichkeit, die Reden schwang, die die Mehrheit der vernünftigen Deutschen aber nicht überzeugten.

»Verstehe«, sagte Meyer, wieder zum Leben erwacht. »Wer Südwestdeutschland verwaltet, kümmert Sie wenig. Solange Sie von Berlin aus regieren. Als deutscher Bundeskanzler. Ist es das, was Sie wollen?«

»Sie haben mich noch nicht verstanden, Herr Meyer«, entgegnete Boris freundlich. »Jede und jeder kann Bundeskanzler werden. Celine Köhler, Sie, irgendjemand aus dieser Menge. Und ja, ich natürlich auch.«

In Alexandra leuchtete ein helles Licht auf. Boris hatte gerade einen Claim abgesteckt! Nicht so forsch wie Gerhard

Schröder mit seinem Rütteln am Zaun des Kanzleramts oder Frederik Mager mit dem legendären »Hier muss ein entschlossener Krisenmanager einziehen!«. Aber deutlich genug. Der Mensch Riemann und seine Rolle wuchsen zusammen. Der Eine fand sich selbst.

»Es geht los!«, kam es von der Bühne her. Die kleine Traube löste sich auf und Boris ging weiter. Auf dem Weg begrüßte er das Personal mit Fauststupsern. Einen Mann, der ihm die Faust entgegenhielt, übersah er jedoch. Der Mann ging ihm nach, hielt ihm die Faust erneut entgegen. Zögernd stupste Boris doch noch, wobei er den Mann sichtbar gezwungen anlächelte. Besorgt sah Alexandra, dass Carl Meyer den Vorgang interessiert beobachtete. Das könnte zum Problem werden. Denn der Mann, den Boris so stiefmütterlich behandelt hatte, unterschied sich äußerlich von den meisten anderen hier: Er hatte eine schwarze Hautfarbe.

Als Riemann auf die Bühne trat, johlten und klatschten die Besucher. Besonders energetisch klang es nicht, dafür waren es zu wenige. Wichtiger war sowieso der AR-Stream – und dass die Nutzer ihn möglichst oft mit ihren Freunden teilten. Riemann zog Publikum in die wilden Kanäle, das diesen sonst fernblieb.

Doch selbst die AR waren nur ein Anfang: Denn bald konnten sie die Technik einsetzen, die die Nerds Alexandra als wahres Wunder anpriesen.

Als Boris zu reden begann, spürte sie mehr von seiner dunklen Kraft als sonst. Das war auch gut so. Ohne Aggression war das Kanzleramt nicht zu erobern. Offenbar spürte das auch der Eine.

Gleich nach freundlichen Begrüßungsfloskeln ging Boris zum Angriff über. Er straffte die Brust, neigte den Kopf wie ein Stier und ballte die Fäuste. »Ihr erfahrt hier in Darmstadt am eigenen Leib, was eine Politik anrichtet, die auf eine ferne, abstrakte Zukunft fixiert ist!«, rief er mit voller Stimme, die von den Wänden des Schlosses zurückgeworfen wurde. »Ihr gehört zu den Städten Deutschlands, die sich am stärksten erhitzen. Erst im Todessommer 2037 hat eure wunderbare Stadt fast tausend Bürger verloren. Und wie hat die so genannte Präventionspolitik darauf reagiert? Hat sie die Klimatisierung von Gebäuden vorangetrieben oder neue öffentliche Kühlräume gebaut? Nein! Mager hat nur Nebelkerzen gezündet! Schwammstraßen, Begrünungsmodule, ein paar Nebelduschen. Und jetzt steht ihr vor der nächsten Katastrophe. Magers Experten haben im Frühjahr einen Flutsommer angekündigt. Und was ist dann *wirklich* gekommen? Der nächste Hitzesommer! Wahrscheinlich mit noch höheren Temperatursprüngen als 2037. Eure Kühlräume wurden bis zum heutigen Tag nicht gewartet! Stattdessen finanziert die Regierung Kohlendioxidspeicher in Marokko und pumpt Millionen in langfristige Forschungsprojekte! Wie viele Hitzetote wird die Heimatstadt Georg Büchners in diesem Jahr zu beklagen haben? Schon bis zum heutigen Tag sind es dreiundzwanzig. Wie viele Kleinkinder – sie sind besonders hitzeempfindlich – werden sterben? Während Mager nur an das CO_2-Budget denkt und Menschen retten will, die noch gar nicht geboren sind!«

Alexandra sah in den Augen und Gesichtern, dass Boris die Menschen packte. Sie fühlten sich von ihm verstanden und ernst genommen. Dann griff er den Präventionsapparat an. Ein Staat, der seinem Bürger ständig eine Karotte vor die Nase halten müsse, habe längst versagt, schimpfte Boris. Mager sei selbst die Marionette »wildgewordener Wissenschaftler«, die sich im Rausch ihrer blinden Allmacht vergäßen. Dazu ballte Boris die Faust und hämmerte im Rhythmus seiner Worte auf einen imaginierten Tisch.

Dann gewann seine helle Aura wieder die Oberhand. Er riss das Publikum mit. Wie immer verankerte er die Zukunft im Jetzt und in der Seele der Normalbürger.

Zum Abschluss pries Boris die Kandidatin an, die nun neben ihm stand. »Ich bin Celine!«, schrie er ins Publikum. Celine Köhler warf den Kopf in den Nacken und lachte. »Und ich bin Boris!« Sie legte ihren Arm um ihn. »Was ist mit euch?«

So schnell hatte Alexandra den nächsten Meilenstein nicht erwartet. Sie bevorzugte es, diese selbst zu setzen, statt einen, wie jetzt, unvermittelt vorgesetzt zu bekommen.

Wie auf Kommando rissen die Besucher je einen Arm hoch. In der Hand schwang jeder eine Art Lappen oder Schild. Doch es waren Masken, wie Alexandra erkannte, als sie über die Gesichter gestülpt wurden. Masken mit dem Gesicht Boris Riemanns.

»Wir sind Boris! Wir sind Boris!«, skandierten sie, wobei sie im Takt gegen den Himmel boxten. Diesmal klang es kraftvoll.

Am nächsten Morgen bog der Wagen auf die A5 Richtung Norden. Boris döste gerade ein und lächelte vor sich hin. Die Nacht mit Celine war offenbar lang gewesen. Alexandra roch Reste ihres süßlich-herben Parfums und von Whisky. Boris genoss das Schauspiel mit allem, was dazugehörte, er badete darin wie in einer Wanne voll Champagner.

»Boris!«

Er öffnet die Augen, streckte sich etwas und richtete sich auf. »Entschuldige, Alexandra. War reichlich spät gestern.«

Sie lächelte mütterlich. »Sag, Boris, was nimmst du mit von dem Auftritt gestern?«

Er überlegte, sekundenlang. »Es war ... beeindruckend«, sagte er und lächelte. Härter und selbstbewusster als sonst. »Wie etwas Gewaltiges, das langsam Fahrt aufnimmt. Ich habe das Gefühl, dass es ernst wird.«

14

Sophie räkelte sich und gähnte. Ein leichtes Stechen am Brustkorb erinnerte sie an die nach Monaten fast vergessenen Stiefeltritte. Die Liege stellte sich auf mittelweich, genau passend zur Tiefe ihrer Entspannung. Sophie betrachtete ihre nagelneuen analogen Schuhe, das zweite Paar, das sie sich gekauft hatte, fürs Büro. Die Julisonne spielte mit den schlanken Blättern der Akazie, die bis unter das Glasdach des Großraumbüros von *Berlin Smart Communications* wuchs. In das Plätschern der Stimmen mischte sich hin und wieder Lachen. Der Duft nach stark geröstetem Kaffee wehte ihr um die Nase. Es war fast perfekt. Nur eins wurmte sie: dass sie ausschließlich hier im Büro an Carin arbeiten konnte. Immerhin war es nur halb besetzt. Berlin hatte Alpha3 die letzten sechs Wochen gut unter Kontrolle gehalten. Doch seit vorgestern klafften Lücken im Contact-Tracing, weshalb die Hauptstadt auf Level 2 geschaltet worden war.

»Sophie?«, erklang Andy Nevilles Stimme in ihrem Ohr. »Denkst du an die Vorstellung von Carins Feldtest? In fünf Minuten am Meetingpoint B.«

»Sicher, Andy, sehr gerne!«

Sie stand auf, strich den Pulli glatt und schlenderte zum Meetingpoint. Wie auf Federn ging sie, froh, sich für BSC entschieden zu haben. Ihrem Uni-Team hatte das natürlich nicht gefallen. Doch Carin war allein ihr Baby. Wie und mit wem sie es großzog: Wen außer sie selbst ging das etwas an?

Der Deal mit Andy war klasse. Sophie hatte hart verhandelt und viel erreicht. Wie in der freien Forschung konnte sie Carin nach ihren Vorstellungen weiterentwickeln. Nur sie und ihr neues Team hatten Zugriff. Dreifaches Gehalt gegenüber ihrem Einkommen an der Uni. Wenn Carin irgendwann Gewinn einbrachte, würde sie fünf Prozent davon kassieren. Alle paar Wochen sollte sie interessierten Kollegen über den Stand berichten. Heute war es wieder so weit.

Am Meetingpoint lümmelten zwei Kollegen von der Data-Science-Abteilung und zwei Marketingleute. Auch Matas Vanagas war da, der Mann mit den azurblauen Metallicaugen, an dem sich ihr Blick schon bei ihrem ersten Besuch hier festgekrallt hatte. Sophies Pulsschlag reagierte spürbar. Matas war bei einigen ihrer Briefings anwesend, fragte aber nie etwas. Das verwirrte Sophie. Was hatte er als Experte für Cybersicherheit mit ihrer Forschung am Hut? Vielleicht sollte sie ihn einfach fragen. Doch sie wollte ihn nicht ansprechen: Einen Hormonrausch brauchte sie zurzeit noch weniger als sonst.

Matas bemerkte ihr Kommen nicht. Wie die anderen glotzte er auf einen blauen Punkt. Sophie ließ sich in einen Sitzsack fallen und sah auch hin, neugierig, was da Aufmerksamkeit verlangte.

Ihr Visier zeigte ein ausgehungertes Gesicht, mit tiefen Furchen um die Mundwinkel. Graue Augen hinter einer eckigen Brille. Trockene Lippen bewegten sich roboterhaft. Ach ja, richtig! Frederik Mager hielt eine Rede an die Nation.

Für einen Moment tauchte ein Fadenkreuz auf Magers Stirn auf. Wohl ein neuer KI-Agent, den der Digitalschild aber schnell schluckte.

»Oft werde ich in diesen Tagen gefragt, ob es nicht anders ginge«, sagte der Kanzler gerade mit einer Stimme, die nach raschelndem Papier klang. »Ohne unser digitales Präventionssystem, von dem sich viele Bürger gegängelt fühlen.

Doch wir selbst, *als Gesellschaft*, haben uns dafür entschieden. Nach der Omega2-Pandemie haben wir die Digitalisierung selbst in die Hand genommen, statt sie weiter den Tech-Giganten aus dem Silicon Valley zu überlassen. *Wir selbst* haben entschieden, mit dieser Technologie eine Brücke in die Zukunft zu bauen. Wir haben das aus Einsicht getan. Weil das die Kernaufgabe unserer Generation ist: unseren Enkeln eine Erde zu übergeben, auf der sie leben können. Früher verletzten Amazon oder Google mit ihren digitalen Wanzen, die harmlose Namen wie ›Alexa‹ trugen, den Artikel 13 unseres Grundgesetzes, zur Unverletzlichkeit der Wohnung. Wir haben uns die Privatsphäre zurückgeholt, ohne auf die digitalen Annehmlichkeiten zu verzichten.

Doch das neue Alpha3-Virus, das leider den universellen Omega-Impfstoff aushebelt, hat etwas verändert. Viele Menschen glauben nicht an diese neue Bedrohung, weil sie nichts davon sehen und spüren. Unsere Prävention erzeugt die Illusion, die Gefahr existiere nicht. In den letzten Tagen ist der Regelkonformitäts-Index weiter gesunken. Der Präventivfonds füllt sich, da mehr Bußgelder ein-, als Boni abgehen. Das bedeutet, dass es zu viele Veranstaltungen und private Kontakte gibt. Dieser Trend muss sich umkehren! Wir erhöhen daher die Boni um 5,32 Prozent. Aber auch die Malusse.

Das wird helfen. Doch es sollte nicht Geld sein, das Sie motiviert, liebe Bürgerinnen und Bürger, sondern Einsicht in die Notwendigkeit. Das gilt auch für die größte Krise, mit der wir konfrontiert sind: die Klimaeskalation. Manche Menschen verlieren offenbar diese Einsicht. Einige Politiker gaukeln Ihnen vor, es gebe eine alternative Zukunft, eine ›offene‹ Zukunft, wie sie es nennen. Liebe Mitbürger! Lassen Sie mich dies klarstellen: Dieser vermeintliche Ausweg existiert nicht! Wir sind zu einem Balanceakt zwischen unserer Freiheit und der Freiheit unserer Enkel *gezwungen*. Die Wissenschaft ist da *eindeutig*. Die Gesetze von Physik und Biologie lassen sich nun mal nicht verhandeln!«

Magers Augen blitzten auf. Er wirkte fast schon leidenschaftlich. Bislang hatte Sophie ihn nur als knochentrockenen Technokraten erlebt. Die Lage musste wirklich ernst sein.

»Wir haben einen Vertrag zwischen den Generationen«, fuhr der Kanzler fort. »Wir wollen so viel Freiheit für alle wie möglich. Aber nur bis zu dem Punkt, wo die Freiheit der anderen beginnt. Dieser Freiraum, den wir genauso respektieren müssen wie eine Grundstücksgrenze, erstreckt sich auch in der Zeit. Die eine Generation muss sich zurückhalten, damit sich die andere entfalten kann. Liebe Mitmenschen, suchen Sie nach neuen Freiheitsräumen! Diese sind größer, als Sie denken. Freiheit lässt sich nicht nur in Kilometern messen!

Seien Sie Staatsbürger! Seien Sie ein Teil dieses Ganzen!«

Sophie wendete den Blick ab, was das Programm beendete. Sie fragte sich, von welchen Politikern Mager gesprochen hatte. Offene Zukunft? Das machte sie schwindlig. *Zukunft* war für sie immer ein Punkt gewesen. Und zwar der Punkt, an dem sie den Emotionschip in den Händen halten würde. Der Punkt war nahe, zum Greifen. Aber was befand sich darum herum? Darauf hatte sie noch nie geschaut.

»Hey, Erde an Sophie!«, hörte sie eine Stimme wie aus dem Off. »Wie wär's mit dem Wiedereintritt in die Atmosphäre?«

Sie riss den Blick hoch und sah, wie Andy sie amüsiert anlächelte. Er befahl dem Bildschirm, das Programm zu beenden.

»Da ist der Kanzler ja richtig aus sich herausgegangen«, sagte er lachend. »Das erste Mal, dass ich eine halbwegs brauchbare *Story* von ihm gehört habe.«

»Mager hat von jemandem gesprochen, der eine alternative Zukunft vorschlägt«, sagte Sophie. »Wen hat er gemeint?«

Andy zuckte mit den Schultern. »Ach, diesen Boris Riemann wahrscheinlich, der gerade an Popularität gewinnt.«

Er klatschte zweimal in die Hände. »Konzentration bitte, Leute!« Alle Augen richteten sich auf ihn. »Heute stellt uns Sophie einen ersten Test von Carin vor«, wandte er sich an die Anwesenden. »Diese fantastische KI ist ein absoluter Glücksgriff, das zeigt sich immer klarer.« Er zwinkerte Sophie zu. »Sophie, ich fürchte, dass sich eine Gehaltserhöhung für dich kaum noch vermeiden lässt.« Die anderen lachten – bezeichnend für das Betriebsklima bei BSC – ohne den geringsten Anklang von Neid.

»Okay, Leute, schön, dass ihr da seid«, begann Sophie. »Nun, was haben wir gemacht? Für diesen Test haben wir mit *GiveYourFood* kooperiert, einer Non-Profit-Organisation, die Lebensmittel sammelt und an Bedürftige verteilt. Sie hat einen Avatar namens Robin, der mit Menschen spricht, um sie zu einer Spende zu bewegen. Carin sollte Robin sozusagen im Hintergrund beraten. Es gab nur ein kleines Problem: Carin konnte nicht mit Robin kommunizieren. Sie stellt die Persönlichkeit eines Menschen rein quantitativ dar. Robin braucht aber sprachliche Begriffe. Wir haben das jetzt gelöst.«

»Wow, das ist ja irre!«, rief Jorge, einer der Datenwissenschaftler.

»Absolut!«, gab Sophie laut zurück und lächelte breit. Sie hatte sich an die überschwängliche Grundstimmung bei BSC gewöhnt, genoss sie sogar. Man fühlte sich tatsächlich besser. »In den letzten Monaten hat Carin anhand der Daten von einer halben Million Menschen trainiert«, erläuterte sie. »Diese Daten spiegeln deren Verhalten wider. Wenn etwa die Zahnbürste immer wieder mehr Druck oder eine längere Putzzeit anmahnen muss, dann weist das auf einen wenig gewissenhaften Menschen hin. Wenn jemand den sprachgesteuerten Herd anflucht, nur weil dieser ein Steak ein bisschen zu scharf angebraten hat, dann ist er wahrscheinlich sehr neurotisch. Das sind freilich nur Puzzlesteine. Aber die Personendaten sind so umfassend, dass Carin Muster darin erkennen kann. Diese entsprechen den Charaktereigenschaften. Einzelne Menschen unterscheiden sich dann darin, wie stark oder schwach diese Parameter der Seele jeweils bei ihnen ausgeprägt sind. Ist jemand sehr gewissenhaft oder das genaue Gegenteil, also völlig achtlos?«

»Oder irgendwas dazwischen?«, kommentierte Jorge.

»Genau«, bestätigte Sophie. »Carin erfasst auch die Grautöne. Das Modell hat derzeit zweiundzwanzig Dimensionen der Persönlichkeit. Mit zunehmendem Training kann sich das sogar noch verfeinern. Da es sich aber um quantitative Dimensionen handelt, musste ich ihnen erst menschliche Begriffe wie eben ›Nachlässigkeit‹ zuordnen. Mit solchen Begriffen ausgestattet, kann Carin nun Robin, die KI von GiveYourFood, beraten. Zusammen verfolgen sie das Ziel, eine Testperson zu einer Spende zu bewegen. Wir haben das an Probanden getestet.«

»Das Ergebnis ist beeindruckend«, kommentierte Andy. »Sophie zeigt euch eine Aufzeichnung als Beispiel.«

Alle sahen auf den grünen Punkt neben dem blauen, was das Programm des Meetingpoints aktivierte. Die AR zeigte das Gesicht eines gutaussehenden Mannes mittleren Alters mit kurzem, akkuratem Haarschnitt, der heiter lächelte. Er trug ein stylisches Hemd und saß in einem öffentlichen Verkehrsmittel. Die Szene war eingefroren.

»Das ist Herr X«, sagte Andy. »Gleich seht ihr, wie er über sein Visier mit Robin, also indirekt mit Carin, kommuniziert.«

Auf Andys Wink hin spielte der Screen die Szene ab.

Robin: Herr *Pieep*, wir freuen uns über jede Spende, und wenn es nur fünf oder zehn Euro sind. Sie können auch nur *einen* Euro spenden. Oder jeden Monat *einen* Euro, das merken Sie kaum im Geldbeutel.

X: (lacht auf) Ich bemerke jeden Euro, der fehlt! Glauben Sie mir.

Robin: Auf das Geld kommt es uns gar nicht so sehr an. Wir wollen den Menschen zeigen, dass es Freude macht, sich für Schwächere zu engagieren. Sie gewinnen viel mehr als das bisschen, das sie finanziell verlieren.

X: (spricht gestikulierend) Ich weiß nicht. Es gibt so viele Organisationen, die um Spenden bitten. Man kann doch nicht allen helfen!

Robin: Das kann ich gut verstehen. Aber wir bieten Ihnen auch etwas, Herr *Pieep*.

X: (lacht) Na, wer's glaubt!

Er guckt etwas genervt nach oben und scheint das Interesse an der Unterhaltung zu verlieren. Eine kurze Pause entsteht, bevor Robin weiterspricht.

Robin: Als Hilfsorganisation arbeiten wir *mit* den Menschen. Wir haben viele aktiv Helfende, jeden Alters und Geschlechts. Auch Sie können mithelfen, zu regelmäßigen Zeiten, die Sie bestimmen.

X: (hebt den Blick, scheint überrascht) Meinen Sie jetzt *selbst Hand anlegen*?

Robin: Ja, genau. Bei einer unserer Ausgabestellen. Fahren Sie diese Strecke regelmäßig?

X: Ja, täglich.

Robin: Eine der Ausgabestellen befindet sich an dieser Linie, Ecke Frankfurter/Bismarckstraße. Sie könnten einen Zwischenhalt machen. Eine Stunde jeweils, Lebensmittelpackungen sortieren oder Ähnliches.

X: (lächelt, überlegt kurz und nickt knapp) Klingt ganz okay. Kann ich das mal probieren?

Robin: Klar. Kommen Sie, probieren Sie es. Sie können jederzeit damit aufhören. Es ist freiwillig.

X: Na gut, versuchen wir's.

Die AR war zu Ende. Zunächst herrschte Stille.

»Nicht schlecht«, sagte Gisèle, eine der Marketingfrauen. Allzu beeindruckt schien sie nicht. »Aber auch etwas, na ja, konventionell. Herr X möchte nicht zahlen, also bietet Robin andere Optionen. Kann man das nicht regelbasiert programmieren?«

Sophie schüttelte den Kopf. »Das wirkt nur so. Nichts davon war programmiert. Vielmehr hat Carin ihr Ziel ›Spende‹ kreativ interpretiert und Herrn X zum aktiven Mitarbeiten gestupst, weil das seiner Persönlichkeit entspricht.«

»Und wie hat sie das getan?«, fragte Gisèle.

»Carin hat mehrere Persönlichkeitsmerkmale und die aktuelle Situation miteinbezogen«, erklärte Sophie. »Manches kann man anhand von Aussehen und Mimik erraten, anderes aber auch nicht. Offensichtlich ist Herr X recht extravertiert, worauf sein heiterer Ausdruck und seine kräftige Stimme hinweisen. Das stimmt laut Carins Modell von ihm auch. Somit ist X offen für Neues. Carin weiß aber zusätzlich, dass X eine sehr verträgliche Person ist. Das sieht man X nicht an, ist aber ein wichtiger Parameter. Denn für ihn sind Gemeinschaft und gute Zusammenarbeit sehr wichtig. Schließlich weiß Carin, dass X ein sehr strukturierter Mensch ist, der gute Organisation und Regelmäßigkeit mag. Zu alldem passt Carins Vorschlag, ihm eine aktive Arbeit in einer sozialen Gruppe zu regelmäßigen Zeiten anzubieten, wie die Faust aufs Auge. Und noch etwas hat Carin miteinbezogen. Laut Trackingdaten ist Herr X tagtäglich auf einer Linie unterwegs, die an einer Ausgabestelle von *GiveYourFood* vorbeiführt. Carin wusste das, ist aber programmiert, trotzdem danach zu fragen. Diese Kontextinformation dürfte nicht unwesentlich an Carins, nun ja, Idee beteiligt gewesen sein.«

Gisèle stieß einen anerkennenden Pfiff aus. Auch Jorge machte ein schwer beeindrucktes Gesicht. »Also, ich hätte diese Charakterzüge aufgrund dieser kurzen Interaktion nicht erraten. Und ich bin echt ein Menschenkenner.«

Sophie schielte zu Matas, der dem Ganzen mit neutralem Gesichtsausdruck folgte. Als er ihren Blick bemerkte, hoben sich seine Mundwinkel ein wenig. Sophie schlug verschämt die Augen nieder.

»Die Konversionstests waren eindeutig«, schwärmte Andy. »Mit der Unterstützung von Carin gelangen Robin mehr als doppelt so viele Abschlüsse. Die Spendengelder wurden auch fast verdoppelt.«

Sigrun, die andere Datenwissenschaftlerin, stieß einen Jubellaut aus. Sophie wiegte den Kopf. »Na ja, es war eine einfache Zielstellung. Um komplexere Aufgaben zu lösen, muss ich Carin noch deutlich besser verstehen.«

Andy klatschte Applaus. »Mach deine Leistung nicht klein. Auf jeden Fall sind wir beeindruckt!« Die anderen klatschten mit. Auch Sophie stimmte ein.

Nachdem die anderen an ihre Arbeitsplätze gegangen waren, ließ sich Andy auf einen Sitzsack fallen und nahm sie in den Blick. »Du bist meine größte Eroberung, Sophie.«

Sie zog die Mundwinkel nach unten. Diese Doppeldeutigkeit missfiel ihr. Andy war ihr Boss und Geschäftspartner, sonst nichts. »Aja? Ich fühle mich aber gar nicht ›erobert‹, Andy. Wäre nicht mein Stil.«

Er schmunzelte. »Ich denke, mit Carin werden wir unseren Umsatz verdoppeln. Ich hatte wirklich gerade den Eindruck, dass sie einsatzreif ist.«

Sophie hob erschrocken den Kopf. »Nein! Das ist sie nicht! Das war jetzt erst der Anfang. Ich muss Carin noch viel besser erforschen. Bevor man sie ausrollt, muss man sie gut verstehen. Sonst verliert man die Kontrolle.«

»Sicher, sicher. Aber, mal ehrlich: Was kann Carin schon anrichten?«

Sophie neigte den Kopf zweifelnd zur Seite. »Das weiß man nie. Wie man gesehen hat, kann sie Menschen in eine unvermutete Richtung lenken. Womöglich zu etwas Bösem animieren, einer Gewalttat vielleicht oder zu etwas, das den Kunden ruiniert.«

Andy schob die Unterlippe vor. »Na gut«, sagte er kopfnickend. »Wie kann ich dir helfen, damit du Carin besser verstehst?«

»Nun, mehr Daten wären gut. Mehr Fälle zum Trainieren. Je mehr Persönlichkeiten Carin sieht, desto deutlicher treten Muster hervor, die ich untersuchen kann.«

»Wie viele Fälle?«

»Mehrere Millionen«, antwortete Sophie unsicher. »Das wäre …«

»Besorge ich dir«, schnitt Andy ihr das Wort ab.

Sophies Lippen öffneten sich. Sie war baff. Daten zu beschaffen war für sie jahrelang ein aufreibender Kampf gewesen. Und jetzt bekam sie sie zugesagt, bevor sie ihren Wunsch ausgesprochen hatte.

»Okay, äh. Das ist toll«, sagte sie tonlos. »Woher …«

Andy hob die Hand. »Ich besorge sie dir, Sophie. Alles gut, alles legal. Mach dir keine Sorgen!«

Er stand schwungvoll auf und zog zu seinem Büro ab. Sophie, immer noch perplex, sah ihm nach. Er winkte unterwegs jemandem zur Begrüßung zu und rief »Hallo«.

Ein breitschultriger junger Mann, groß, mit akkurat geschnittenem Haar, marschierte auf Andy zu. Sie ließen jovial ihre Hände aneinanderklatschen und gingen in Andys Büro. Er schloss die Tür. Sophie kannte Andys Bürotür nur offen stehend, selbst wenn Kunden kamen. Von dem Gespräch drangen allenfalls gedämpfte Laute durch die Glaswände.

Der Besucher zog die Jacke aus. Darunter erschien ein T-Shirt mit einem Bild darauf, das sie kannte: Flammenzungen, die die Form eines Schmetterlings bildeten. Sophie erinnerte sich, wo sie es schon einmal gesehen hatte. Damals an der Straßenbahnhaltestelle, als die Gruppe junger Männer sie überholt hatte. Einer von ihnen, der, der sie über die Straße hinweg fixiert hatte, hatte ein T-Shirt mit diesem Symbol getragen. Es wirkte irgendwie – aggressiv. Plötzlich war sie wieder da: die deutliche Ahnung eines Abgrundes, die Andy und diese Firma mit ihrem rätselhaften Datenschatz in ihr auslösten.

15

Ferdinand Walther bereute, dass er die Wollhandschuhe im Hotel Breidavik gelassen hatte. Das Bedauern fühlte sich genauso an wie damals, vor fast fünfzig Jahren. Der Nordwind hatte sich auf seinem kurzen Weg von der Arktis hierher wohl kaum erwärmt. Mit tausend spitzen Zähnchen biss er in Ferdinands Handrücken und in seine Wangen. Es war genau wie im Sommer 1991. Er stapfte weiter durch das hohe Gras, bis er die Abbruchkante sah. Dahinter erhob sich der azurblaue Nordatlantik bis zur Horizontlinie. Das Kreischen von Millionen Seevögeln füllte die Luft. Sogar der Guanogestank ätzte wie damals in die Nasenschleimhaut.

Ferdinand hatte den ungetrübten Eindruck, tatsächlich auf dem Latrabjarg im Nordwesten Islands zu stehen. Er stapfte weiter bis zur Kante, beugte sich darüber und spähte 450 Meter in die Tiefe. Tausende von Vögeln segelten unter ihm. Die tiefsten Flügelpaare waren kaum mehr als Punkte. Die Brandung klang wie ein fernes Gewitter. Eine Weile beobachtete er die Papageientaucher, die an der Kante lebten. Er dachte an Mertens, der sie fotografiert hatte. Kurz bevor er ...

»Exit!«, befahl Ferdinand. Die Szene löste sich auf. Er nahm den VR-Helm ab, löste den Hüftgurt und stieg vom omnidirektionalen Laufband.

Jamila Nenge, die Chefin der VR-Forschung bei Wega, sah ihn verschwörerisch an. »Na, überzeugt?«

Er war es, zeigte das aber natürlich nicht. Erreichte Zwischenziele waren für ihn kein Grund zur Euphorie. »Ja, gut«, sagte er emotionslos. All dem hier lag allein seine, Ferdinand Walthers, Innovationskraft zu Grunde. Die Mitarbeiter sollten sich nicht einbilden, von ihm Lob zu verdienen. Er bezahlte sie fürstlich – und damit basta. Er drehte den Helm vor sich hin und her, dessen Innenseite mit den runden Flächen der Neurostimulatoren ausgekleidet war. »Das Frieren der Hände, der Druck des Windes, der Guanogestank. Alles codiert in ein paar elektromagnetischen Impulsen. Faszinierend.«

Jamila lachte schallend mit einer Kraft, die ihm respektlos erschien. »Ein paar? Nein, Herr Walther. Das ist ein sehr komplexes Muster an Neuroimpulsen, die ihrerseits Aktivitätsmuster im Gehirn anregen, wie sie auch bei den echten Sinneswahrnehmungen auftreten.«

»Das lässt einen wirklich am Konzept der Realität zweifeln«, kommentierte Ferdinand.

Sie schüttelte den Kopf. »Die Realität können Sie nicht nach Gusto regulieren. Sie hätten mit einem Sprachbefehl den Wind abschwächen oder die Temperatur hochregeln können.«

»Man ist also Gott.«

»Kann man so sehen.«

Er legte den Helm ab und machte ein geschäftsmäßiges Gesicht.

»Wie viele Reiseziele können Sie schon derart lebensecht nachstellen?«

»Vier«, antwortete sie. »Auf vier Kontinenten, in vier Klimazonen. Meine Heimat Ruanda ist natürlich auch dabei.«

Er setzte ein Lächeln auf. »Damit können die Menschen wieder Fernreisen machen. Ohne ein Gramm Kohlendioxid auszustoßen.«

»Stimmt, leider werden aber die Zielländer nicht davon profitieren, wenn man sie nur virtuell wieder besuchen kann.«

»Warum nicht? Man könnte eine Art Spiel daraus machen. Die beliebtesten Länder gewinnen Prämien oder so. Möglich ist alles. Man muss nur die Fantasie anstrengen.«

»Die haben Sie, Herr Walther.«

»Jajaja«, entgegnete er schroff. Sie fischte nach Komplimenten, indem sie selbst welche verteilte. Er mochte das nicht. Marie hätte für derlei nur Spott übriggehabt.

»Wie steht es mit Projekt B?« Er ließ es möglichst beiläufig klingen.

»Es macht seine Fortschritte mit dem Hauptprojekt. Eine klassische Blume am Wegesrand. Nicht krisenwichtig, aber faszinierend.«

»Schon klar. Würden Sie mir bitte den aktuellen Stand schildern?«

»Natürlich, gerne«, sagte Jamila etwas kleinlaut. »Wir haben das Minimale Sensibrain für alle wichtigen Sinne programmiert. Es verfügt über einige Millionen Neuronen und eine knappe Milliarde Synapsen. Das genügt, um die wesentlichen Merkmale der neuronalen Muster für viele Sinneswahrnehmungen zu simulieren.«

»Also geschieht im Sensibrain im Wesentlichen das Gleiche wie in meinem Gehirn bei der Stimulation der Sinneseindrücke?«

»Genau, so ist es.«

Er schlug kurz den Blick nieder und lächelte dünn. »Glauben Sie, dass das Sensibrain wirklich fühlt?«

»Ganz ehrlich? Nein«, meinte Jamila. »Es ist im Grunde nur ein Gewirr von Stromimpulsen in einer neuromorphen elektro-optischen Schaltung.«

»Formal also dasselbe wie hier drinnen«, entgegnete er und tippte sich an den Kopf.

»Schon, aber ... Na ja, letztlich können wir das nicht wissen. Ich kann ja auch nicht wissen, wie Sie wahrnehmen, Herr Walther. Sieht die Farbe Violett für Sie genauso aus wie für mich? Jeder ist in seiner Subjektivität gefangen.«

Das stimmte nicht ganz. Es hatte eine Frau gegeben, von der er genau wusste, dass die Farbe Violett, oder irgendeine andere Farbe, für sie genauso ausgesehen hatte wie für ihn.

»Glauben *Sie* denn, dass das Sensibrain etwas fühlt?«, wollte Jamila wissen.

Er blickte an die kahle Decke des Labors. »Wissen Sie, was mich fasziniert, Doktorin Nenge? Der Mensch ist nichts Besonderes. Es gibt nichts, was ihn fundamental vom Tier unterscheidet. Das ist ein wissenschaftlicher Fakt. Nicht einmal Geist und Bewusstsein, auf die er sich so viel einbildet, sind exklusiv menschlich. Affen oder Raben haben beobachtbare Bewusstseinszustände. Die Nervenzellen, mit denen das Gehirn arbeitet, gibt es seit hunderten von Millionen Jahren, schon bei primitiven Lebewesen. Beim Menschen ist nichts Neues dazugekommen. *Nichts*, Doktorin Nenge! Und trotzdem gibt es Ideen. Der Mensch kann ganze Welten neu erschaffen. Alles, was möglich ist, kann er tun. Er muss nur groß genug denken!« Er klopfte auf den Labortisch. »Es steckt alles in dieser uralten Materie. Alles! Man muss nur wissen, wie man sie konfiguriert.«

Sie runzelte die Stirn. »So habe ich es noch gar nicht betrachtet. Wissen Sie, ich bin Praktikerin.«

»Wir müssen die Frage anders stellen, Doktor Nenge«, sagte Ferdinand. »Warum sollte das Sensibrain *nicht* fühlen?«

16

Ken wischte sich Schweiß von der Stirn und überquerte die Marchlewskistraße. Schon wieder eine Tropennacht in Berlin, die neunte, hieß es. Die Straßen waren leer. Die Leute feierten lieber bei Bekannten, die eine Klimaanlage besaßen. An einer Nebeldusche kühlte er sich ab – es würde nicht lange vorhalten. Johlen, Lachen und Neuronal-Pop brachen um die Ecke. Eine Horde junger Menschen mit bemalten nackten Körpern schwärmte hervor. Sie schlängelten sich im Wogen der Musik. Die Schweißperlen auf den knalligen Körperfarben irisierten im gelblichen Licht der Straßenlaternen. Es waren diese so genannten Dyonisten, erkannte Ken. »Es regnet Feuer!«, schrie ihm einer zu. »Genieße die Endzeit, sündiger Mitbürger! Du bist auch nur aus Fleisch und Blut!«

Ken erreichte den Comeniusplatz. Der Park in der Mitte des Platzes war klein genug, sodass es die Anwohner schafften, die alten Bäume ausreichend zu gießen, damit sie überlebten. In der Nacht spannten die Blätter ein dunkles Zelt. Lampen gab es keine.

Auf der anderen Straßenseite führte ein Türchen in den Park. Er überquerte die Straße und blickte hinein. Die Flamme eines Feuerzeugs leuchtete auf, in deren Licht vage ein Gesicht erschien. Die Augen waren auf ihn gerichtet. Eine Zigarette glomm kurz auf, einmal, zweimal, dreimal. Das war das Erkennungszeichen, das er mit Kant verabredet hatte. Ken ging hinüber. Kurz nachdem er in den Park getreten war, schaltete sich die Beleuchtung der Marchlewskistraße ab, der Schotterweg vor ihm war kaum noch zu erkennen. Vorsichtig setzte Ken einen Schritt vor den anderen, gerade auf die Zigarettenglut zu.

»Hallo«, sagte eine brüchige Stimme, als er angekommen war. »Hallo«, gab Ken zurück. »Gar keine Lampen hier.« Er nahm an, dass Kant sich im Dunkeln treffen wollte, um unerkannt zu bleiben. Nur wenn die Zigarette aufglomm, konnte er die eng stehenden Augen in dem rundlichen Gesicht erkennen. Die konspirative Aura war wohl Teil des Spiels.

»Lampen spenden kein Licht«, sagte Kant und blies Ken den Rauch ins Gesicht. »Sie machen nur Schatten sichtbar.«

Kant spreche in Rätseln, das hatte Ken im Euronet oft gelesen. Der ganze Typ war ein einziges Rätsel. Unbekannte Identität, wie aus dem Nichts aufgetaucht. Er existierte nur vollreal, also existierte er gar nicht. Eine Art Vogelfreier des Digitalzeitalters. Ken war Hinweisen zu bizarren VR-Welten gefolgt, zu den »Wahren Denkern«, zu »Neue Europäische Wissenschaft« oder »True Flag«. Dort hatte er viele Irre kennen gelernt, aber zunächst niemanden mit Kontakt zu »Kant«. Schließlich fand er eine junge Frau, die ihn angeblich kannte. Er baute ein Vertrauensverhältnis zu ihr auf, schilderte ihr seine Nöte. Sie hatte Kant überredet, sich mit Ken zu treffen. Nun hatte Ken ihn vor sich. All die Fragen in ihm wollten herausplatzen. Doch er wollte Kant nicht verscheuchen. Er wirkte auf ihn wie ein Rehkitz.

»Können sie nicht, oder wollen sie nicht?«, fragte er.

»Was?«

»Die Lampen. Können sie die Dinge nicht sichtbar machen oder wollen sie es nicht?«

Kant zog lange an seiner Zigarette. Seine blassen Augen musterten Ken. Ein anerkennendes Lächeln deutete sich an, als Kant erneut an der Zigarette zog, und verschwand im Dunkeln, als er sie aus dem Mund nahm. »Du stellst die richtigen Fragen. Viel mehr musst du nicht tun.«

»Okay«, sagte Ken tonlos. Etwas mehr hatte er sich schon erwartet.

Kant nahm einen weiteren ausgiebigen Zug. Netterweise blies er den Rauch seitlich aus dem Mund.

»Stimmt denn auch die Richtung?«, fasste Ken nach.

Kant lachte. »Das Licht ist eine gute Spur, ja. Du musst es finden, um zu sehen.«

Ein Wahnsinnstipp, dachte Ken, wieder enttäuscht. »Licht ist doch überall, wo soll ich suchen?«

Kant schüttelte lächelnd den Kopf, wie Ken im Schimmer der Zigarettenglut erkannte. »Falsch! Es leuchtet nur hinter dem Vorhang.«

»Was ist dort, hinter dem Vorhang?«

»Die Dinge.«

»Welche Dinge?«

Beim nächsten Zug hob Kant einen Mundwinkel. »Ist deine Zahnbürste eine Zahnbürste? Ist dein Badezimmer ein Badezimmer?«

»Ich bin mir nicht sicher.«

Ein beifälliges Lächeln in rötlichem Licht. »Die Dinge sind verschwunden. Die Menschen sind verschwunden.«

»Die Menschen? Verschwunden?«

Keine Antwort. Ken fürchtete, Kant sei verschwunden. Doch dann hörte er ein Rascheln.

»Hast du das Gefühl, ganz zu sein?«, fragte Kant, während die Glut einer neuen Zigarette sein Gesicht aus dem Dunkel schälte.

Ken senkte den Kopf und schüttelte ihn. »Nein«, seufzte er. »Ich habe das Gefühl, nicht so handeln zu können, wie ich will.«

»Womit solltest du das auch tun? Der Mensch kann nur als Einheit in einer vollständigen Welt agieren. Was folgerst du daraus?«

»Dass der Vorhang wegmuss!«

»Genau!«

»Aber wie?«

»Reiß ihn einfach weg! Du musst so handeln, dass es nicht auf diese Seite beschränkt bleibt. Lass dich nicht von dunklem Licht blenden!«

»Mmh«, machte Ken.

»Du hast mehr erwartet, was?«

»Ganz ehrlich? Ja.«

»Enttäuschung ist ein gutes Zeichen. Du bist auf dem richtigen Weg. Dieses dunkle Licht, diese Schattendinge, sie können dich nicht enttäuschen.«

Kants abstraktes Geschwafel begann ihn zu nerven. Er hatte sich ein griffiges Rätsel vorgestellt, wie im Märchen. »Hast du nicht einen etwas konkreteren Tipp?«

Der Schotter knirschte, Kant stapfte davon. Ken sog die etwas kühlere Parkluft in die tiefsten Lungenbläschen und stieß sie mit einem Seufzer aus. Er wandte sich ebenfalls zum Gehen, als Kants Schritte verstummten. »Ken?«, hörte er die nahezu knabenhafte Stimme.

»Ja?«, antwortete er voller Erwartung.

»Such dir ein Ding, das du beherrschst, das ganz dir gehört«, rief Kant. »Ein Ding, dem du voll vertraust. Damit kannst du den Vorhang wegreißen.« Das Stapfen im Kies setzte wieder ein und entfernte sich.

Sofort war Ken klar, welcher Gegenstand das war.

17

Sophie starrte auf Flammen, die einen Schmetterling formten. Das war nun die dritte Begegnung mit diesem Symbol: auf dem T-Shirt des Mannes an der Straßenbahnhaltestelle, neulich auf dem T-Shirt von Andys Besucher im Büro und jetzt hier, an der Wand gegenüber dem Bahnsteig im U-Bahnhof. Was sie damit assoziierte, gefiel ihr nicht: Erwachen, Zerstörung, Metamorphose durch Feuer.

»Was bedeutet ein Schmetterling in Flammenoptik, Andra?«, fragte sie, während sie auf die neue Anzeige starrte:

ZERO CANCER – Hilf mit, den Traum wahr zu machen!

Die Bahn rollte ein.

»Es ist das Symbol eines Modelabels, Sophie«, antwortete Andra.

Mode? Sie stieg ein und ließ sich auf einen der leeren Sitze fallen. Die Bahn fuhr los.

»Andra, wer trägt dieses Label, ich meine, welche Art von Leuten?«

»Das lässt sich schwer eingrenzen. Hauptsächlich jüngere Menschen. Laut Hersteller hat das Logo eine rein ästhetische Funktion. Einige Randgruppen nutzen es wegen seines symbolischen Gehalts, darunter Neuromantiker oder Ethnopluralisten.«

»Was sind denn Ethnopluralisten?«

»Diese vertreten eine Weltsicht, nach der ethnische Gruppen in ihren jeweils angestammten Gebieten leben sollten. Ein Euphemismus für die alte Blut-und-Boden-Ideologie.«

Sophie erschrak. Blut und Boden? Nazis!?

Erst als der Zurückbleiben-bitte-Ton schrillte, merkte Sophie, dass sie aussteigen musste, sprang vom Sitz auf und eilte zur Tür. Die schloss sich vor ihrer Nase. Sophie ließ sich auf einen Sitz fallen und blickte an die Werbeleiste. Eine AR aktivierte sich. Sie zeigte eine junge attraktive Frau, die von einem jungen attraktiven Mann in hellblauem Kittel geimpft wurde. Er wandte sein kantiges Gesicht Sophie zu. »Hol dir deine Alpha3-Impfung: effektiv und sicher.« Sophie freute sich, dass sie sich endlich gegen das neue Virus absichern konnte.

Die Bahn fuhr in die nächste Station ein, Sophie sprang auf und stieg aus. Aus einem vorderen Wagen schwärmte eine Gruppe junger Leute, Männer und Frauen. Sophie fiel ihr uniformes Outfit auf, irgendwie streng, viel Schwarz, aber einige Farbtupfer, etwa im Haar einiger der Frauen, das oft zu einem strammen Pferdeschwanz gebunden war. Die Farben leuchteten wie Glut auf Kohle.

Sophie wollte den Bahnhof am gegenüberliegenden Ausgang verlassen. Doch etwas befahl ihr, diesen Menschen zu folgen, unauffällig. Der Mann in Andys Büro: Er hätte zu ihnen gepasst. Ihre Beine setzten sich in Bewegung, der garstig schnatternden Clique nach.

Draußen beobachtete Sophie, wie die Personen zu einem der kitschigen Bauten aus der Stalinzeit gingen, die das Frankfurter Tor weiträumig umrahmten. Sie verschwanden durch einen ehemaligen Kaufhauseingang. Weitere Menschen gingen dort hinein. Ein Paar jedoch wurde vom Türsteher abgewiesen.

Was war das für eine Veranstaltung? Etwas drängte Sophie, das zu wissen. Sie hoffte, dass dort keine Nazis waren. Auch ihre Alpha3-Angst hemmte sie. Doch so schlimm war die Lage in Berlin ja derzeit nicht. Sie würde sich nur kurz umsehen, beschloss sie, und marschierte los.

»Carin aktivieren«, befahl sie.

Das war die erste Gelegenheit, ihre KI im Alltag zu testen. Gestern hatte Andy einen wichtigen Teil des Deals geleistet: Sophie besaß einen trainierten Klon von Carin auf ihrem Bracelet. Dessen KI-Chip hatte freilich nur begrenzte Intelligenzleistung. Doch für einfache Alltagssituationen konnte es funktionieren. Ein grünes »C« erschien am Rand von Sophies Sichtfeld. Sie fühlte sich nun gewappnet, um am Türsteher vorbeizukommen. Auch wenn das utopisch schien, so turmhoch, bullig und abweisend, wie der aussah. Die Augen wirkten wie Münzschlitze in seinem breiten Schädel. »Du nicht!«, bellte er und hielt ihr eine fleischige Handfläche entgegen. Sophies Nacken spannte sich an.

»Ich bin aber da drin verabredet«, gab sie zurück.

Er rümpfte die Nase.

»Ich sagte: Du nicht!«

Hinter Sophie warteten schon die Nächsten.

Vor Sophies Augen erschien der von Carin erzeugte Text: *Autoritätshörige Persönlichkeit. Nicht gerne auf sich gestellt. Stressanfällig.*

Was sollte sie daraus jetzt machen?

Wahrscheinlich heißt sein Vorgesetzter in der Organisation Rainer Banz.

Das brachte sie auf eine Idee. In Gedanken bedankte sie sich bei Carin für den zusätzlichen Tipp.

»Du kennst mich nicht?«, fragte sie. Trotz der Angst versuchte sie, es kalt und verächtlich klingen zu lassen. »Blamabel. Ich bin Rainers neue Freundin. Ich werde mich direkt bei ihm über dich beschweren.«

Innerlich zitterte Sophie. Hoffentlich pokerte sie nicht zu hoch. Zugleich wunderte sie sich über ihre ungewohnte Waghalsigkeit.

Die Unterlippe des Typen klappte auf. Er musterte sie, sichtlich verunsichert. Mit einem knappen Neigen des Kopfes winkte er sie durch. Sophie drückte die Türklinke und trat ein. Innerlich jubelte sie.

Aber wie schnell Carin Bescheid gewusst und die aktuell relevanten Charakterzüge genannt hatte! Wirklich erstaunlich! Doch hatte Sophie über die Jahre gelernt, sich nicht mehr über künstliche Intelligenz zu wundern. Angefangen hatte es im Jahr 2015. Sie war noch Schülerin gewesen, als die KI AlphaGo einen Meister im asiatischen Brettspiel namens Go regelrecht demütigte.

Go war astronomisch komplex, kein Vergleich zu Schach. Man spielte es intuitiv. Niemand hatte geglaubt, dass jemals eine Maschine besser darin sein würde als jeder Mensch. Und dann war die KI nicht nur besser, sondern haushoch überlegen! Genau wie ein paar Jahre später bei der Lösung eines bis dahin für unlösbar gehaltenen biologischen Problems: vorherzusagen, wie sich Molekülketten unter wahnsinnig vielen Möglichkeiten in einer einzigartigen Weise zu einem Protein falten werden. Plötzlich war da eine KI, die es konnte.

Für Sophie waren diese unglaublichen Sprünge der Anlass gewesen, sich auf KI zu spezialisieren. Für Informatik als Studienfach hatte sie sich schon zuvor entschieden.

Dann, 2024, als Sophie an der TU München promovierte, ein neuer Hammer: der Gesellschaftsroboter James. Eine KI mit Weltwissen, die absolut natürliche Konversation führen konnte, sei es beim Abendessen, mit lästigen Beamten oder der dementen Großmutter.

Sophie selbst war 2029 an einem weiteren Durchbruch beteiligt gewesen, als Postdoc am MIT in Boston: am Future-Buddy, einem Chatbot, der im Smalltalk die Neigungen und Interessen einer Person erkannte und ihr Vorschläge für eine berufliche Orientierung machte. Der Future-Buddy schlug bei den jungen Leuten voll ein. Studien belegten, dass es unter seinen Nutzern viel weniger Ausbildungsabbrecher gab.

All das hatte sie immer zuversichtlicher werden lassen, sich ihren Traum zu erfüllen: Wenn Algorithmen Proteine und komplexe Spiele entschlüsseln konnten, dann auch die menschliche Seele. Sie wollte das nächste Wunder. Als sie 2034 den Ruf nach Berlin erhielt, sah sie die Chance, es zu verwirklichen.

Und vielleicht war das Wunder gerade geschehen.

Das Foyer war voller Menschen. Viele jung, viele dunkel angezogen, manche aber auch in auffällig bunter, weiter Kleidung, über die lange, teils wilde Haare flossen. Sophies Nacken spannte sich. Es roch nach fruchtigen Aromen und nach Rauch, warmweißes Licht fiel über eine Treppe herunter. Von oben Stimmengewirr, Gelächter, Rückkopplungen. Ein Mann lief die Treppe halb hinab, hing sich über das Geländer und schrie: »Wo bleibt ihr? Düsing redet gleich!«

»Was, schon?«

Die Grüppchen zerstoben und alle schwärmten nach oben. Ein Rempler stieß Sophie fast um. Adrenalin schoss ihr in alle Körperzellen, sie meinte, die Stimmen der Angreifer von damals zu hören. Sie biss die Zähne zusammen und stieg aus dem sich leerenden Foyer in den Saal hinauf.

Dort wäre Sophie am liebsten sofort umgekehrt – Level 1 erlaubte vielleicht 50 Leute in einem Saal dieser Größe. Hier waren mindestens 200, was die Behörden nicht dulden würden. Und der Epidemieschild würde Sophie mindestens 50 Euro Bußgeld abbuchen. Sophie stellte sich an den Rand des Saals, nahe der Treppe.

Von der Bühne herunter begrüßte ein Mann das Publikum. »Wir können uns ja nicht beliebig Zeit nehmen«, sagte er. »Der Expertenstaat toleriert keine Zusammenkünfte aufgeklärter Bürger«, schrie er, was das Publikum mit Pfiffen und Zwischenrufen wie »Drecks-Szientisten«, »Nicht mehr lange!« oder »Unsere Herzen schlagen weiter!« kommentierte.

Doch Jens Düsing, fuhr der Mann am Mikrofon fort, müsse man einfach live hören! Er streckte die Hand zum Bühnenrand und forderte das Publikum auf, den Redner zu begrüßen.

Unter Johlen, Klatschen und Pfeifen kam ein Mann auf die Bühne, der eher wie eine zierliche Frau wirkte. Seine lange, schmale Nase fiel Sophie sogar aus dieser Entfernung auf. Verlegen winkte er und trat ans Mikrofon. Mit einer beschwichtigenden Geste Düsings erstarb der Jubel. Es war still im Saal.

»Eigentlich will ich nicht hier sein«, begann Düsing seine Rede. Die Stimme dünn und jungenhaft, aber mit einer scharfen Note.

Vereinzeltes Lachen. Hüsteln.

»Und ich will auch keine Scheiß-Rede halten. Weil ich im Grunde kein Scheiß-Politiker sein will!«

»Wir lieben dich, Jens!«, rief eine Frau.

Düsing lächelte. »Viele von euch wissen es vielleicht noch nicht«, sprach er weiter, »aber ich habe früher, als die Welt noch normal war, einiges davon gesehen. Mann, das waren Zeiten! Ich war jung. Habe meinen Mentor in den USA kennen gelernt und tolle Leute in Australien und Südafrika.« Er zwinkerte ins Publikum. »Und ich sag euch: Die Partys in Kapstadt waren die geilsten.«

Frivole Pfiffe. Düsing senkte kurz den Kopf. Als er ihn wieder hob, leuchteten seine Augen. »Gestern habe ich mit meinem Neffen gesprochen. Jung, energisch, gutaussehend. Ein Wahnsinnstyp, sage ich euch! ›Hey, was hast du jetzt vor, Großer?‹, fragte ich ihn. Er hat grade das Abi gemacht, wisst ihr. Ich hätte es lieber gelassen. Was antwortete der Kerl?« Die Schärfe in Düsings Stimme gewann mehr und mehr die Oberhand. »Physiker will er werden! Physiker! Die Welt will er *verstehen,* sagt er. Rausfinden, was *noch immer* schieflaufe. Um es nachzuregeln. *Nachregeln*! Das hat der Bengel wirklich so gesagt!«

Buhrufe, Pfiffe.

»Erst war ich wütend. Dann aber machte es mich traurig. Traurig darüber, wie dieses Bildungssystem alles Blut aus unserer Jugend saugt. Nicht nur, dass sie nicht mehr in die Welt dürfen: Sie *wollen* es gar nicht! Unsere Kinder fressen Zahlen und Statistiken, wie wir Kartoffelchips gefressen haben. Statt sich die Welt anzueignen, fangen sie sofort an, sie intellektuell zu sezieren. Alles nehmen sie auseinander und stopfen die Einzelteile in ihre Modelle. Uns verachten sie, weil wir es nicht verstehen.

Aber das wollte ich auch nie! Ich wollte die Welt *erleben*! Voll und ganz, mit allen Sinnen. Die Wahrheit kann man nur erfahren! Sie ist einfach. Man kann sie intuitiv voll erfassen. Komplexität ist eine Illusion!

Ich fühle, also bin ich!

Und ich weiß: Euch geht es genauso.«

Er streckte Arm und Zeigefinger aus.

»Und all den Völkern da draußen auch!« Jetzt schrie Düsing, dass seine Stimme von den Wänden hallte. »All diese Völker, gefangen in Ländern, die sie nicht mehr regieren, ihrer Kulturen beraubt, von Formeln gezähmt, mit Angst geimpft, auf dass sie sich vor Hitze fürchten, vor Wasser und vor unsichtbaren Partikeln!«

»Das muss aufhören!«, dröhnte ein Mann, ganz in Sophies Nähe.

Düsing nickte in die Richtung.

»Sehr richtig! Und es *wird* aufhören! Die Völker, jedes für sich auf seinem Territorium, müssen sich ihre Kulturen zurückerobern! Ich rufe hiermit die Revolution der Völker aus! Söhne und Töchter Europas: Werft diesem Wissenschaftswahnsinn eure Kulturen entgegen! Nur unsere Kultur kann uns noch retten. Die Politik hat der Kultur zu folgen, nicht den kalten Zahlen! Und uns rufe ich das auch entgegen: Die deutsche Kultur muss neu geboren werden! Sie kommt aus euch, aus euren Herzen. Zerstört es, dieses kalte Regiment der Zahlen! Fackelt ihn ab, diesen Tiefen Text! Brennt alles nieder mit dem Feuer eurer Herzen!«

Ein scharfer Jubel brach los, der schnell in ein rhythmisches Klatschen überging, wie der Pulsschlag eines zornigen Monsters.

Sophie wollte raus, nur raus! Sie drehte sich um und eilte ein paar Stufen hinab, stoppte abrupt. Mehr als zwanzig schwer gerüstete Polizisten trampelten durch das Foyer und die Treppe herauf. Sophie kehrte um, drückte sich am oberen Treppenende an die Wand des Saals. Der Pulsschlag des Monsters wurde immer wilder, dazu kamen animalische Rufe: »Uh! Uh! Uh!« Funken sprühten und blendeten Sophie. Diese Irren zündeten Sprühfackeln an! Rauch kratzte ihr im Hals, sie hustete. Die Polizisten erreichten den Treppenabsatz. Sophie sah keine Lücke, um zu entkommen.

»Da sind sie schon«, plärrte Düsing und streckte dem Polizeitrupp den Zeigefinger entgegen. »Die Schergen des Expertenstaates! Lasst euch nicht einschüchtern, Bürger!«

Alles drehte sich um. Für einen kurzen Moment brach das rhythmische Klatschen ab. Doch dann hob es wieder an, schneller und schärfer als zuvor. »Diese Versammlung ist auf Anordnung der Infektionsschutzbehörde sofort aufzulösen«, brüllte einer der Polizisten durch ein Megafon.

»Werft sie hinaus!«, grölte jemand aus der Menge. Der Rhythmus zerfloss in ein lärmendes, wütendes Durcheinander von Stimmen.

Die, die am nächsten an der Treppe standen, zögerten, die Menge drängte jedoch.

»Auf sie!«, kreischte eine Frau. »Wir sind das Volk!«

Wie ein Wasserballon unter Überdruck barst der Pulk und flutete unter wildem Gebrüll dem Polizeitrupp entgegen. Die Polizisten – die Treppe im Rücken – stießen dagegen. Hinter ihnen öffnete sich eine Lücke zur Treppe. Durch die wollte Sophie entwischen. Doch um die Staatsdiener in die Zange zu nehmen, liefen einige der Angreifer an der Wand entlang und würden Sophies Fluchtweg gleich abschneiden. Jetzt oder nie! Sophie eilte zu den Stufen, unterschätzte jedoch das Tempo und die blinde Wut der Menge. Kurz bevor sie die erste Stufe erreichte, stieß sie einer der Angreifer aus dem Weg. Sophie verlor die Balance und kippte über den Treppenabsatz. Sie fühlte sich wie eine Marionette, der die Fäden durchgeschnitten wurden. Das Geländer! Es schien außer Reichweite. *Streck den Arm!*, befahl sie sich selbst. Sie streckte ihn, so weit sie konnte.

Die Fingerspitzen streiften den Handlauf. Keine Chance, ihn zu greifen.

War es das schon, ihr neues Leben mit dem erfüllten Traum? Der hätte sie somit unmittelbar in den Abgrund geführt. Ohne Carin wäre sie ja nicht reingekommen. Ohne Carin hätte sie die nächsten Sekunden überlebt; genau wie die nächsten Stunden, Wochen, Jahre. Blind für ihre Mitmenschen, ja. Aber sie würde leben! So unglücklich war sie doch gar nicht gewesen! Es war ein interessantes, erfolgreiches Leben. Etwas einsam, okay. Zu kopfbetont, gut. Aber anders als die meisten Leute hatte sie etwas von der Welt gesehen! Hatte in Boston gelebt, von dort aus immerhin die Ostküste der USA erkundet. Sie hatte in ihrem Forschungsgebiet Spuren hinterlassen und hohes Ansehen erlangt, sogar über ihren Kollegenkreis hinaus. Na gut, so endete es also. Sie konnte zufrieden sein. Ihr Körper entspannte sich. Zum ersten Mal in ihrem Leben gab sie sich einer primitiven Macht hin: der Schwerkraft.

Etwas umklammerte Sophies Oberarm und riss sie vom Abgrund zurück. Ihr Körper wirbelte herum, in die Arme eines Mannes, der sie mit aufgerissenen Augen anstarrte. »Scheiße, du wärst fast da runtergestürzt!«, schrie er über den Aufruhr hinweg, der nun wieder in ihr Bewusstsein drang. »Alles okay?«, schickte er hinterher.

Okay? War »alles« okay? Sicher nicht. Dennoch nickte sie. Der Typ ließ sie los und stürzte sich in das Getümmel, das nach einer handfesten Saalschlacht aussah, von Rauch vernebelt. Sophie wollte nur noch weg.

Sie umklammerte das Geländer und trippelte die Treppe hinunter, weiter durch das Foyer. Mit dem Aufstoßen der Tür sog sie die heiße Luft ein. Sie eilte über den Platz, bis das

Surren des Verkehrs den Kampflärm übertönte. Erst jetzt bemerkte sie das Pochen ihrer Halsschlagader. Über die Kreuzung in die Warschauer Straße, nur schnell nach Hause. Die Bahn brauchte sie nicht zu nehmen. Es waren sieben Minuten zu Fuß.

Zu Hause warf sie sich auf ihr Bett und streckte alle viere von sich. Die schweißnassen Kleider klebten ihr an der Haut. Die Wohnung fühlte sich an wie eine japanische Sauna. Die Matratze spürte ihre Erhitzung und kühlte sie herunter. Sophie atmete durch. Was war das bloß gewesen? Sie musste mehr erfahren. »Andra, sag mir bitte: Wer ist Jens Düsing?«

»Gerne, Sophie«, antwortete die virtuelle Assistentin. »Jens Martin Düsing, geboren am 17.6.1998 in Gelsenkirchen, ist der Vorsitzende der rechtsextremen Partei ›Herz des Volkes‹. Diese dockt vor allem an wissenschaftsleugnende Strömungen an. Düsing hatte schon als 17-Jähriger bei einem Schüleraustausch in den USA Kontakte zu einem einflussreichen rechten Blogger, der im Präsidentschaftswahlkampf 2016 Fake News über die Bewerberin der Demokraten, Hillary Clinton, verbreitete. Düsing hat diesen Jeff Snowbeard oft als seinen Mentor bezeichnet. Er brach das Gymnasium kurz vor dem Abitur ab und betrieb ein so genanntes ›Enthüllungsblog‹, das Straftaten von Migranten in den Vordergrund stellte. Während der Coronakrise brachte Düsing es zu einiger Bekanntheit als Youtuber. Er tat sich dabei als Wissenschaftsleugner hervor. Diese zunächst opportunistische inhaltliche Neuausrichtung machte er in der Folge zu seinem Markenkern. Er bestritt die Klimaerhitzung oder die Schädlichkeit von Feinstaub. Vor allem in der Omega2-Krise erweiterte er seine Fangemeinde. Die

Wissenschaftsleugnung nutzte Düsing als Vehikel für seine rechte Demagogie, die eine Hoheit einer so genannten deutschen Kultur fordert. Die Medienregulierung, beschlossen unter dem ersten Kabinett von Frederik Mager, bedeutete das Aus für Düsings Onlinekarriere. Düsing nutzte seine Bekanntheit in der Folge für den Aufbau der Partei ›Herz des Volkes‹, außerdem gründete er den wissenschaftsleugnenden Thinktank ›Kern des Wissens‹ mit Sitz in Berlin. Bei Wahlen hat die Partei einen Stimmenanteil um die 0,3 Prozent.«

Sophie bedankte sich. Irgendetwas klang von Düsings Vita nach. Etwas Wichtiges.

USA.

Die Vereinigten Staaten, wo Düsing 2016 als Austauschschüler gewesen war. Während Hillary Clintons Wahlkampf. Deren Gegner hatte Donald Trump geheißen. Alle hatten sich gewundert, dass Trump es tatsächlich schaffte. Auch mithilfe von Microtargeting – persönlich zugeschnittener Wahlpropaganda –, meinten einige.

Sophie richtete ihren Oberkörper schlagartig auf.

»Andra!«

»Ja, Sophie?«

»Wie hieß Düsings Mentor nochmal?«

»Jeff Snowbeard.«

»Gibt es eine Verbindung zwischen diesem Snowbeard und der Firma City Data Science Group?«

»Ja, gibt es. Snowbeard war Mitbegründer einer amerikanischen Tochterfirma von CDSG namens Massachusetts Spin.«

Das, erinnerte sich Sophie, war die Firma, die Millionen von Nutzerprofilen eines bekannten sozialen Netzwerks für das Microtargeting missbraucht hatte. Das musste noch vor Andys Zeit bei CDSG gewesen sein.

»Snowbeard unterhielt auch nach der Insolvenz von Massachusetts Spin Verbindungen zu CDSG. Bei der Präsidentschaftswahl 2028 soll er Datenmodelle von CDSG für Microtargeting bei Wählern benutzt haben. Das ist jedoch unbewiesen.«

Zu dieser Zeit war Andy Neville schon bei CDSG. Und wenn das mit dem Microtargeting stimmte, dann war er als für Wahlen zuständiger Mann wohl darin involviert. Wahrscheinlich kannte er Snowbeard persönlich. Jeff Snowbeard, den Mentor von Jens Düsing.

18

Alexandra saß auf einer Holzkiste in dem leeren Saal und wartete auf Boris und den Schatzmeister der Liste Riemann. Die Wahlparty würde in zwanzig Minuten beginnen. Die letzten Tage waren holprig verlaufen. Genüsslich hatten die Zertifizierten immer mal wieder die Szene mit Boris und Adam Magoro gezeigt, dem Mann, den Boris in Darmstadt zunächst ignoriert hatte. Dieser Journalist Meyer hatte sie mit seinem Visier gefilmt, eigentlich ein No-Go. Dass Boris sich hinterher mehrmals mit dunkelhäutigen Mitgliedern seiner Partei Arm in Arm präsentierte, beeindruckte die Presse nicht. Typisch!

Jetzt gerade berichteten alle Kanäle über einen Anschlag auf eine Treibstofffarm auf Fehmarn, wo Wega die Herstellung von Biotreibstoff aus Kohlendioxid mithilfe künstlicher Blätter erforschte. Eine Gruppierung namens »Patent Gottes« hatte einen der Tanks in die Luft gejagt. Es gab einen Toten und vier Verletzte. Dazu ein Bekennerschreiben, wonach die Photosynthese eine Erfindung des Herrn sei und vom Menschen nicht »kopiert« werden dürfe. Eine Szene zeigte den geborstenen Tank. Mit einem harten, trotzigen Gesichtsausdruck stand Ferdinand Walther davor und setzte zu einer persönlichen Stellungnahme an.

Alexandra hörte Stimmen und beendete das Programm. Boris und der Schatzmeister kamen herein. Sie begrüßten Alexandra und klinkten sich in die Wahlparty ein. Mehrere hundert Personen erschienen als AR-Projektionen. Es war 17 Uhr 50. In einigen Minuten würde das Wahlergebnis aus Südwestdeutschland gemeldet. Nur der Vorstand der

Liste Riemann, also Boris, der Schatzmeister und Alexandra selbst, waren vollreal anwesend.

Trotzdem erhob sich ein Stimmengewirr: Lautsprecher spielten jede Stimme in den Saal, sodass der Eindruck einer Party entstand. Physisch feiern ging nicht, wegen Level 3 in Südwestdeutschland. Dort waren gestern mehrere Alpha3-Cluster aufgetreten.

Boris wirkte angespannt, wie gefesselt starrte er auf die Moderatorin des Deutschen Kanals. Seit Darmstadt hatte sich etwas verändert. Er nahm die Sache ernster, wuchs in die Rolle hinein. Der Kandidat Boris Riemann beeindruckte den Bürger Boris Riemann immer mehr. Alexandra aber entglitt er zunehmend. Doch es tat nicht weh. Sie brachte eine Sonne zum Leuchten. Nun wärmten sie deren erste Strahlen. Es war das Vorglühen einer neuen Zeit.

»Wir erhalten gerade das Wahlergebnis«, teilte die Moderatorin mit. Der Saal verstummte. Eine grüne Säule wuchs halbtransparent vor der Sprecherin. »Mit 41 Prozent behauptet das Grüne Bündnis von Ministerpräsident Mbeke Gassama seinen Wähleranteil«, sagte sie. Alexandra schielte zu Boris, der säuerlich den Mund verzog. Eine weitere, schwarze Säule kam hinzu. »Die Union der Mitte verliert leicht und kommt auf 24 Prozent.« Leises Raunen. »An dritter Position sehen wir auch leichte Verluste bei den Pragmatischen Sozialisten.« Das Raunen wuchs zum Geschnatter. »Die sind alle zu uns gegangen!«, jubelte einer. Alexandra rechnete als Nächstes mit dem gelben Balken der Liberalen. Das Ziel der Liste Riemann für Südwestdeutschland war ein Achtungserfolg, mehr nicht.

Die eigentlichen Waffen wurden gerade erst in Stellung gebracht. Sie dienten dem einzig relevanten Wahlkampf, dem für den Deutschen Bundestag. Südwestdeutschland sollte ein Erfolg sein, der Boris bekannter machen würde, aber alle sollten ihn weiter unterschätzen. Doch es wuchs ein hellblauer Balken, die Farbe der Freiheit – und der Liste Riemann. Jubel brach los, schon bevor die Prozentzahl erschien.

Alexandra sah zu Boris. Er riss die Arme nach oben und schrie, nein: brüllte. Sie sah die Speicheltröpfchen aus seinem Mund schießen. Er stürzte auf Alexandra zu, umklammerte sie und schleuderte sie um sich herum. Alexandra stockte der Atem. Sie genoss den Kontrollverlust, gab sich dem kraftvollen Wirbel hin. »Viereinhalb Prozent! Aus dem Stand! Unglaublich!«, schrie er.

Das Karussell stoppte erst, als der Jubel weiter aufbrauste. Die Projektion von Celine Köhler war auf die Bühne gestiegen. Sie riss die Arme hoch und grinste, schwärmte von einem Wahlkampf, der großen Spaß gemacht habe, und davon, dass Deutschland jetzt anfange, sich seine Zukunft zurückzuerobern. »Boris! Boris!«, forderte die Menge. »Na los, Boris«, sagte Alexandra. »Sprich zu ihnen!«

Boris setzte sich in Bewegung. Doch ein Mann stellte sich ihm in den Weg. Alexandra erschrak. Es war Götz Bracht, den sie als Spitzenkandidat für Südwestdeutschland eingeplant hatte, bevor Eric Salzmann aufgetaucht war, ihr ehemaliger Büroleiter. Götz fuchtelte mit den Händen und redete auf Boris ein, den sie im Halbprofil sah. Der sah verdutzt aus, beugte sich zurück und hob abwehrend eine Hand. Doch Götz redete weiter. Boris wirkte nun verunsichert. Er warf ihr einen Blick zu, aufkeimendes Misstrauen lag darin. Boris unterbrach Götz und wandte sich von ihm ab.

Auf der Bühne angekommen winkte er und gesellte sich zu Celine. Er hielt eine begeisternde Rede, ungetrübt von Zweifeln, die er einen Moment zuvor gehabt haben mochte. Alexandra vertraute auf die Energie, aus der die Larve des *Einen* hervorbrach. Sie würde jeden weltanschaulichen Pipifax überstrahlen. Es ging um das große Ganze. Sie hatte die üblichen Muster der öffentlichen Debatte auf ihrer Seite.

Wie immer würden sie das Beispiellose nicht erkennen, auch wenn es längst in ihrer Mitte war. Sie würden etwas registrieren. Das schon. Doch nur eine Variante des Bekannten, sie würden sie in die vorhandenen Denkschubladen zwängen. Bis es zu spät war.

Das würde es bald sein. Denn die technologische Waffe, die bislang in der Hinterhand war, schoss nun.

19

Sophie joggte an der Friedensglocke im Volkspark Friedrichshain vorbei. Ihre Laufjacke öffnete die Poren, relativ kühle Morgenluft sickerte auf ihre erhitzte Haut. Die Laufschuhe federten ungewöhnlich stark. Ob das noch gesund war oder nicht: Sie genoss es. Die schweren Gedanken an den gestrigen Abend verdampften nach und nach. Bald hüpfte sie wie auf Polstern und spürte, wie eine Idee keimte.

Entgegen ihrer Gewohnheit joggte sie nicht zur Straßenbahn, sondern die weiteren zwei Kilometer bis nach Hause. In der Gubener Straße lief sie wie auf Wolken. Dunja hätte gespottet, sie tue das nur wegen des Endorphinrauschs. Das Runner's High mied sie normalerweise, indem sie rechtzeitig aufhörte. Normalerweise. Doch heute wollte sie spüren, am Leben zu sein.

Am Rand ihres Blickfelds zeigte sich neben ihren Vitalparametern ein gehobener Daumen. Es war, als würde ihre neue smarte Sportkleidung sie zu Höchstleistungen animieren.

Sophie bremste ab und ging die letzten hundert Meter. Als sie die Wohnungstür hinter sich schloss, erfrischte die nagelneue Soundumgebung sie mit Vivaldis *Frühling*, dazwischen piepste der Wasserwärmer. »Bitte schön, Sophie«, begrüßte sie das Gerät in der Küche und präsentierte die geöffnete Trinkflasche. »Wenn es dir zu warm ist, kühle ich es gerne ein wenig.«

»Danke, passt schon«, antwortete Sophie und trank, wobei sie jedem Schluck nachspürte.

Das Visier meldete, dass das regelmäßige KI-Update abgeschlossen sei. Der Ofen öffnete sich und fuhr mit den

Worten »Genieß den Auberginenaufstrich« die Schublade aus. »Großartig«, bedankte sich Sophie und biss herzhaft in das Sandwich. Der Ofen hatte etwas krosser gebacken als sonst. Doch das Mundgefühl passte zu der Leichtigkeit. Sophie genoss es.

Jetzt überwog die Freude darüber, dass Carin gestern so gut funktioniert hatte, die Erinnerung an die gespenstische Veranstaltung. Eine Textnachricht von ihrem Vater, dass er sich in der Reha sehr wohl fühle und es ihm schon viel besser gehe, hob ihre Laune weiter.

Anscheinend spürte auch Andra Sophies Stimmungshoch. Ihre persönliche Assistentin wusste, dass sie dann gerne eine AR zum Frühstück nahm.

»Magst du den Auftritt von Boris Riemann sehen?«, fragte die Assistentin.

Diesen Namen hatte sie doch neulich gehört, dachte sie, während sie sich an die Anrichte lehnte und kaute. Ach ja, dieser Politiker, den Mager neulich in seiner Rede an die Nation kritisiert hatte. Wie kam Andra jetzt auf den? Das waren sicher die Vorzeichen der Wahl Ende August. Doch sie war neugierig.

»Sicher, warum nicht?«, sagte sie heiter und blendete die Analogrealität aus. Ein Grashalm in Form eines G erschien am Bildrand, das Symbol eines wilden Kanals.

»... stehen wir erstarrt vor einer apokalyptischen Zukunft, von der wir uns nur eines wünschen«, sagte Riemann gerade.

Die Stimme fesselte Sophie sofort, selbst durch die Ohrhörer. Darin schwang alles mit, was hörbar war – und vielleicht noch mehr. Was sie sah, gefiel ihr fast noch besser. Für diesen Mann hätte sie vielleicht ihre Prinzipien vergessen.

»Dass sie nie eintreten wird«, fuhr Riemann fort. »Also beugen wir vor, schirmen ab, dämmen ein. Für Frederik Mager, den ewigen Kanzler, ist die Zukunft das, was es zu verhindern gilt.«

Da tat er aber dem Kanzler unrecht, fand Sophie. Riemann verstand das genau falsch herum!

Nur durch Prävention verhindern wir, dass aus Risiken Katastrophen werden, denen wir ständig hinterherhecheln müssten.

Na ja, Sophie musste ihn ja nicht wählen. Für den Moment reichte es ihr, ihm zuzusehen.

»Sie benutzen Maschinen, um uns zu beherrschen«, fuhr Riemann fort. »Für Mager sind Menschen vor allem eins: ein Unsicherheitsfaktor. Also dividiert sein Präventionsapparat uns auseinander: Mobilitätskontingente dienen in Wahrheit nur einem Zweck: uns zu isolieren! Als *gehörten* wir nicht zusammen.«

Sophie öffnete den Mund, um vom Sandwich zu beißen. Riemann machte eine Pause. Sein Gesicht füllte nun ihr Blickfeld. Er ließ den Blick über ein unsichtbares Publikum schweifen. Als seine Augen die ihren trafen, meinte Sophie in einen Spiegel zu sehen. Ein Gefühl der Vertrautheit packte sie.

»Aber ist es nicht unser aller Traum, dazuzugehören? Nicht auf uns allein gestellt zu sein?«, beschwor Riemann sie.

Ja, mich! Er meint mich!

Glasklar war dieses Gefühl.

Sophie verharrte mit offenem Mund, das Sandwich zwischen den Schneidezähnen. Ihre gerade abgekühlten Wangen prickelten. Sie legte die Stulle weg und sah Riemann in die Augen.

O Gott. Er nennt meinen Traum!

Ein Impuls, sich das Visier herunterzureißen, dem sie widerstand. »Wir wollen beteiligt sein und nicht dressiert werden«, fuhr Riemann fort. »Wir wollen zum Team gehören, und zwar so, wie wir sind!« Er machte eine neue Pause, in der er Sophie tief in die Augen sah.

»Niemand von uns ist absolut gut«, fuhr er fort. »Ich bin es auch nicht.«

Sophie schluckte, Hitze stieg ihr ins Gesicht, ihre Lippen zitterten.

»Wir können die Zukunft nur meistern, wenn wir die irrationalen Seiten an uns annehmen. Den Regelbruch, das Impulsive und, ja, auch das so genannte Böse. Was bleibt denn von uns ohne unsere Abenteuerlust?«

Sophie riss das Visier herunter, schüttelte den Kopf, um Riemanns Rhetorik loszuwerden – wie ein Hund die Nässe aus seinem Fell. Dieser Politiker fiel *wirklich* aus dem Rahmen! Er beeindruckte sie, obwohl doch alles falsch war, was er sagte! Wenn die frühen 2020er Jahre etwas gezeigt hatten, dann dass Rationalität *alles* war. Mager hatte recht! Der Kanzler leitete voller Vernunft und Umsicht, nach bestem wissenschaftlichem Rat!

Sie wollte Andra anweisen, Riemann für die Zukunft zu sperren. Doch der Befehl wollte ihr nicht über die Lippen. Wie bei einer Szene in einem Thriller, in der die Ermittlerin in die Falle eines brutalen Täters geht und man nicht weiter gucken, aber auch nicht abschalten kann. Sie atmete durch und ging ins Bad, um sich fürs Büro zurechtzumachen.

Der Epidemieschild empfahl ihr die U1 bis Kurfürstendamm und dann die U9 bis Turmstraße. Beim Einchecken am U-Bahnhof piepste das Drehkreuz unangenehm, Sophie prallte gegen die blockierte Schranke. »Hey, was ist los?«, blaffte sie.

»Ihr Bracelet hat die Zugangsdaten nicht korrekt übermittelt«, hörte sie eine neutrale Stimme. Das passierte zum ersten Mal. Nochmal hielt sie das Handgelenk an die Säule. Es piepste erneut unfreundlich und das Drehkreuz blieb gesperrt.

»Willste hier campieren, wa?«, kam es von hinten.

Sie hielt das Bracelet dichter dran. Sie war versucht, mit der flachen Hand auf die Säule zu schlagen und laut »Mist« zu brüllen, hielt den Impuls aber zurück. Stattdessen drückte sie das Bracelet sanft an das Terminal. Endlich piepste es zustimmend. Doch das Drehkreuz bremste sie unsanft, es sperrte weiter. »Verdammter Mist!«, brüllte sie und drosch auf das Terminal.

»Jib's auf, Schnecke, und lass die Leute durch!«, schrie die Stimme von vorhin.

Sie fuhr herum, sah in ein pockennarbiges Gesicht. Da brach es aus ihr wie aus einem lange verstopften Vulkan. »Ach, halten Sie doch den Mund!«, spie sie dem Mann entgegen. Verdutzt senkte er den Blick. Ein Gefühl des Triumphs flutete sie. Als hätte sich dieses Gefühl auf ihr Bracelet übertragen, funktionierte der nächste Versuch: Das Drehkreuz gab frei.

Auf der Fahrt ließ sie die Mietskasernen und die U-Bahnhöfe an ihren Augen vorbeiziehen. Rotes Haar und blaue Metallicaugen auf dem Bahnsteig einer Station rissen sie aus dem Dämmerzustand. Matas Vanagas, ihr geheimnisvoller Kollege. Sophie faszinierten der stets etwas finstere Blick aus dem sommersprossigen Gesicht, die vorgewölbten Lippen und die zusammengezogenen Augenbrauen.

Matas stieg ein und setzte sich ein paar Bänke weiter nach vorn, ohne Sophie wahrzunehmen, was diese enttäuschte. Nachdem der Zug angefahren war, überlegte sie, sich zu Matas zu setzen und eine Unterhaltung zu beginnen. Sie war kurz davor, es zu tun. Doch als der Zug vor der Station Nollendorfplatz bremste, stand ihr Kollege auf und ging zur Wagentür. Das wunderte Sophie. Wollte er nicht ins Büro? Die Kernzeit begann in zwanzig Minuten. Der Zug hielt und Matas stieg aus. Sophie schaltete das Visier auf einseitig intransparent, eilte zur schließenden Tür und schlüpfte hinaus.

Während sie in gemessenem Abstand hinter Matas herging, wunderte sie sich über ihr Verhalten. Seit wann gab sie Impulsen nach? Nicht das erste Mal in letzter Zeit, stellte sie fest.

Sie folgte ihrem Kollegen in sicherem Abstand einige hundert Meter bis in die Genthiner Straße. Dort trat Matas an den Eingang eines Bürogebäudes mit glatter, verspiegelter Glasfassade und hielt das Bracelet an die Tür, die daraufhin aufglitt. Er verschwand im Gebäude.

Sophie ging weiter zu der Eingangstür, um zu sehen, wer darin residierte. Doch außer dem NFC-Schloss fand sich nichts daran – kein Firmenschild, keine Namen. Sie drückte vergeblich gegen die Tür. Sophie überlegte, ob sie den Eingang eine Weile observieren sollte, doch die Uhrzeit überzeugte sie, den Weg zu BSC fortzusetzen.

Als sie wenig später aus dem Aufzug trat, empfing sie ein künstlich beleuchtetes Büro. Wegen der Hitze hatte sich der Sonnenschutz über dem Glasdach entfaltet. Das fehlende Himmelsblau bedrückte Sophie. Die gute Laune des Morgens war wieder verflogen.

Etwas stimmte hier nicht. Sie war sich nicht sicher, ob sie wirklich herausfinden wollte, was es war. Dieser verboten traumhafte Zugriff auf Daten. Dann Andys mutmaßlicher Kontakt zur rechten Szene; sein Besucher mit dem extremistischen Symbol auf dem Shirt. Und viertens der Kollege, der während seiner Arbeitszeit in einem ominösen Büro verschwand, obwohl er kein Außendienstler war. Auf dem Weg zu ihrem Arbeitsplatz erwiderte sie freundliche Grüße der Kollegen mit einem sparsamen Nicken und gezwungenem Lächeln.

Denk an deinen Traum, Sophie!

Du bist nicht umsonst hier.

Sie erreichte ihren Arbeitsplatz, setzte sich und tippte auf die Schreibtischplatte, woraufhin diese sich mit ihrem Visier verband. Sophie blickte auf die Uhrzeit in der Ecke – achtundzwanzig Minuten zu spät! Sie konnte sich nicht erinnern, dass sie sich jemals so verspätet hatte. Was ging da mit ihr vor?

Dein Traum, Sophie!

Die Auswertung, die über Nacht gelaufen war, öffnete sich. Eine Grafik stellte das Ergebnis dar: ein Kubus, in dem unzählige Pünktchen schwebten. Sie häuften sich entlang einer Diagonale. Sophies Puls stieg an. Das hatte sie gehofft! Beim Joggen hatte die Idee Gestalt angenommen, wie sie solche Muster auswerten könnte.

»Das sieht ja hochinteressant aus«, hörte sie Andys Stimme. Er beugte sich neben ihr über den Schreibtisch. Sein Visier hatte Zugang zu allen Arbeitsplätzen, also nahm er die Punktwolke ebenfalls als AR wahr.

»Was ist das?«

»Jeder Punkt steht für eine Persönlichkeit«, antwortete Sophie.

»Ich verstehe nicht ganz. Dieser Kubus hat drei Dimensionen. Ich dachte, Carins Persönlichkeitsmodell besitzt viel mehr.«

»Stimmt. Aber das hier ist auch nur ein Ausschnitt, eine Art Projektion, wie ein Foto, das eine dreidimensionale Realität auf zwei Dimensionen reduziert.«

»Aha. Und was zeigt diese Projektion?«

»Carin hat jetzt mehr Daten für ihr Training. Sie findet neue Muster, zuvor versteckte Zusammenhänge etwa, wie ebendiese Diagonale hier.« Sie deutete auf den Schirm.

»Und was bedeutet so eine Diagonale?«, fragte Andy. Man merkte immer wieder, dass er in erster Linie ein Businesstyp war. Jemand, der Technologie clever und gewinnbringend vermarktete.

»Sie weist darauf hin, dass die dargestellten Dimensionen eine gemeinsame Wurzel haben. Ich mach mal ein vereinfachtes Beispiel. Sagen wir, Dimension A zeigt, wie viel jemand liest. Dimension B fragt, wie viele soziale Kontakte jemand hat. Jetzt beobachtet man, dass Leute, die viel lesen, oft wenige soziale Kontakte haben. Die beiden Charakterzüge korrelieren also miteinander. Das würde sich in einer diagonal laufenden Punktwolke zwischen den Dimensionen A und B widerspiegeln. Das wiederum weist auf ein fundamentales Persönlichkeitsmerkmal hin. Wahrscheinlich etwas wie Introvertiertheit. Wenn ich nun in Daten solche Muster finde, freue ich mich. Weil damit aus vielen Dimensionen weniger werden. Das Modell nähert sich dadurch den wesentlichen Eigenschaften an. Etwas pathetisch ausgedrückt: Carin tastet sich nach und nach an den Kern der Seele heran.«

»Schön«, lobte Andy. »Und was bedeutet konkret diese neue Dimension?«

»Das versuche ich herauszufinden. Ich werde mir ein paar der Personen näher ansehen. Worin unterscheiden sich zwei Personen an entgegengesetzten Enden der Punktwolke? Was haben sie gemeinsam?«

Andy lachte. »Also musst du doch schon recht viel über die Seelen der Menschen wissen.«

»Nicht unbedingt. Ich schaue auf die Daten, letztendlich auf Zahlen und erkenne Muster darin, aus denen ich Hypothesen entwickle. Natürlich nutze ich mein Fachwissen. Aber es hat auch viel mit Intuition zu tun.«

»Intuition? Arbeitet Sophie König also doch mit den Kräften des Unbewussten?«

Sie sah ihn an. Sein Gesicht war dem ihren nah. Sie spürte jedoch keine Wärme. Er zwinkerte ihr zu.

»Sicher tue ich das«, antwortete sie kühl. »Jeder gute Wissenschaftler nutzt seine Intuition. Weißt du das nicht?«

Er lächelte süffisant, richtete sich auf und wandte sich ab. Bevor er ging, drehte er sich um und blitzte Sophie an. »Ach, Sophie. Bitte halte dich an unsere Kernzeit. Keine Extratouren tagsüber, ja?«

Sophie erschrak über das Wort »Extratouren«. Es hätte gereicht, sie auf das Einhalten der Kernzeit hinzuweisen. Sie nickte und wandte sich wieder dem Tischdisplay zu. Nach und nach stellte sich ein Flow ein.

Nach einer Stunde schälte sich ein Muster heraus. Es war allerdings nicht klar, was es bedeutete. Sie grub tiefer in den personenbezogenen Daten. Wie schon so oft, meldete sich ihr Gewissen, wenn sie sah, wie Menschen unfreiwillig vor ihr blankzogen. Doch sie konnte nicht aufhören, zu gewaltig war der Sog. Die Daten nahmen gerade erste Konturen an. Die Intuition sagte ihr diffus, was hinter ihnen steckte. Sie wühlte und wühlte, bis sie – sie wusste nicht, ob es nach Minuten war oder nach Stunden – zum Smart Pen griff. Sie setzte zum Schreiben an, unterbrach sich, tippte die Spitze ungeduldig auf, dachte nach.

Wie konnte sie das in ein Wort fassen? Sie hatte unterschiedlichste Typen gesehen in dieser Dimension. Bei einigen waren ihr Gegensätze aufgefallen. Etwa der aktive Einsatz bei einem klimaschonenden Stadtgartenprojekt und gleichzeitig viele Überschusskilometer. Oder da gab es jemanden, der die Präventionspolitik öffentlich kritisierte, selbst aber jedem Bonus hinterherjagte, mehr, als nötig wäre. Sie sah konservative Menschen, die ihre Ehepartner reihenweise betrogen. Am anderen Ende dieser Dimension waren Menschen, die mit ihren Werten ziemlich konform lebten. Menschen etwa, die die Präventionspolitik lobten und sich für die Impfstoffstudie freiwillig mit Alpha3 infizieren ließen – im Dienst der Gemeinschaft. Da fiel es Sophie wie Schuppen von den Augen: Sie hatte eine moralische Persönlichkeitsdimension entdeckt!

Einen Gradmesser, wie leicht Menschen dem Sog des Dunklen verfielen.

»Du bist klasse, Carin«, flüsterte Sophie. Das wäre sicherlich für die psychologische Prävention interessant! Es lud aber auch zum Missbrauch ein: gezielt Menschen ansprechen, die Verführungen leicht nachgaben.

Ein Gedanke drängte sich Sophie auf. Wo würde sie selbst in diesem Spektrum stehen? Vor einer Selbstanalyse schreckte sie jedoch zurück. Sie ahnte, dass ihr das Ergebnis nicht gefallen würde.

Seit sie bei BSC arbeitete, weichte ihr rationales Ego auf. Alles zerrte an ihr: Während sie ihren Traum verwirklichte, mehrten sich die Hinweise, dass sie in etwas Finsteres hineinschlitterte. Sie tat Dinge, die sie noch vor ein paar Wochen niemals getan hätte. Wie diesen Besuch auf Düsings Veranstaltung, der sie fast das Leben gekostet hätte! Sie funktionierte nicht mehr reibungslos!

Riemann fiel ihr ein. »Niemand ist absolut gut«, hatte er gesagt.

Erfuhr sie zurzeit nicht genau *das*?

Nach Feierabend kaufte sie in einem Kiosk ein Set mit Alpha3-Spucktests. Vor dem S-Bahnhof holte sie sich an einer automatischen Impfkabine den Piks. Sie wunderte sich, dass keine Schlange vor der Kabine war. Das Visier bestätigte die Impfung und den Impfbonus von hundert Euro. Kurz darauf saß sie in der S-Bahn.

Sie mochte die Strecke, weil sie einer Sightseeing-Tour durch die Hauptstadt gleichkam. Besonders gefiel ihr der Blick über das Regierungsviertel: Kanzleramt, Reichstag und im Hintergrund die Hochhäuser des Potsdamer Platzes.

Seit ein paar Jahren jedoch störte der Expertenbaum die freie Sicht: ein mehr als hundertsiebzig Meter hohes Holzhochhaus, das wie aus Jenga-Klötzen aufgetürmt schien. Vorsprünge, aus denen Bäume und Hängepflanzen wuchsen, hatten die Berliner zu der botanischen Bezeichnung für das Gebäude inspiriert.

Viele hatten die Ortswahl zusammen mit der Höhe des Gebäudes als Anmaßung empfunden. Jahrelang war über die Pläne gestritten worden. Am Ende war der Widerstand aber zu schwach gewesen, was viele als ein Zeichen für die breite Akzeptanz der politischen Beratung durch die Wissenschaft werteten. Die harten Krisen der Zwanziger und Dreißiger hatten eben ihre Spuren hinterlassen. Sie hatten gelehrt, dass das Hören auf die Wissenschaft zwar unangenehm sein mochte, letztlich aber den Schaden geringer hielt.

Als der Zug im Bahnhof Friedrichstraße hielt, lehnte Sophie sich zurück und dunkelte das Visier ab. »Deutschland Eins einschalten«, befahl sie. Sie landete bei der Talkshow von Nathaniel Geisner. In der Runde saßen neben dem Moderator die Bundesgesundheitsministerin Ann-Katrin Bayer und ein Professor Jochen Bergmann, der als »Impfrisikoexperte« und Mitautor des Jenaer Appells vorgestellt wurde.

Thema des Abends: die anrollende Impfkampagne gegen das Alpha3-Virus. Die Probandenstudien waren gut verlaufen. Es hatte wenige Nebenwirkungen gegeben und zwei Todesfälle, die ursächlich mit der Impfung zusammenhingen. Doch insgesamt, meinte die Ministerin, überwiege der Nutzen klar das Risiko. Deswegen sei der Impfstoff ja auch zugelassen worden. Der äußerst sorgfältige Impfexpertenrat empfehle ihn uneingeschränkt.

Bergmann bestritt das grundsätzlich nicht, was Sophie wunderte nach allem, was sie von diesem ominösen Jenaer Appell mitbekommen hatte. »Trotzdem muss man sagen«, fuhr der Professor fort, »dieser Impfstoff dürfte nicht verwendet werden, wenn man das Vorsorgeprinzip wirklich ernst nähme.«

»Wie bitte?«, fiel ihm die Ministerin ins Wort. Sie war bekannt dafür, nie um ein Wort verlegen zu sein. »Wir verhindern damit hunderttausende Todesfälle!«

»Das ist der Worst Case, den Sie annehmen«, entgegnete Bergmann.

»Natürlich«, sagte Bayer. »Gemäß dem Vorsorgeprinzip.«

»Dann müssten Sie konsequenterweise auch beim Risiko des Impfstoffs den Worst Case annehmen.«

Bayer stutzte. »Sicher. Das tun wir natürlich!«

Auch Sophie war sehr überrascht von dieser Wendung des Gesprächs.

»Nein, das tun Sie nicht!«

»Das ist eine haltlose Unterstellung!«

Bergmann wedelte verneinend mit dem Zeigefinger.

»Ich habe die Probandenstudien analysiert. Bei den inzwischen sechs Todesfällen, die in zeitlichem, aber nicht unbedingt ursächlichem Zusammenhang mit der Impfung stehen, gibt es zwei Grenzfälle. Die Mediziner sind sich nicht einig darüber, ob bei diesen nicht doch ein ursächlicher Kontext besteht.«

»Es handelt sich um *zwei* Mediziner, die *beide* Ihren Jenaer Appell unterzeichnet haben. Die Mehrheit der Experten teilt diesen Zweifel nicht«, hielt Bayer dagegen. Sophie hatte den Eindruck, dass sie das spontan geäußert hatte.

Bergmann setzte selbst für Sophie erkennbar eine empörte Miene auf. »Was wollen Sie damit sagen?«

»Bitte erklären Sie erst einmal, worauf Sie hinauswollen, Professor Bergmann«, ging Geisner dazwischen.

Bergmann nickte knapp. »Gerne, Herr Geisner. Eine Worst-Case-Annahme würde bedeuten, diese Grenzfälle als impfstoffbedingt mitzuzählen. Damit läge im ungünstigsten Fall das Risiko des Impfstoffs höher als die Best-Case-Annahme zur Gefährlichkeit des Virus. Da es dank Prävention nur wenige Infektions- und Todesfälle gibt, ist die Unsicherheitsspanne hier sehr groß. Nach dem Vorsorgeprinzip können Sie es nicht verantworten, einen Impfstoff einzusetzen, der mit einer gewissen Wahrscheinlichkeit mindestens so viele Menschen töten würde wie das Virus selbst. Zumal uns bald weit sicherere Werkzeuge zur Verfügung stehen, um die Verbreitung von Alpha3 einzudämmen.«

»Welche Werkzeuge meinen Sie?«, hakte Geisner nach.

»In wenigen Tagen rollt die EU eine neue Generation von Bracelets aus.«

»Die Exa-X-Bracelets«, ergänzte Geisner.

Sophie befahl abzuschalten. Diese Zweifel, die da wieder gesät wurden, gefielen ihr gar nicht. Da war sie wieder, diese Wut auf Leute, deren Mission darin zu bestehen schien, maximale Verunsicherung zu verbreiten. Das Ziel dieser Störenfriede blieb ihr völlig schleierhaft.

Wut.

Ein Gefühl, wie es irrationaler kaum sein konnte. Und ein Gefühl, das Sophie nicht erst seit heute kannte. Sie behandelte es jedoch wie einen lästigen Verehrer, dessen Annäherungsversuche man beharrlich abblockte.

Beinahe hätte sie die Station Warschauer Straße verpasst. Sie schlüpfte gerade noch durch die sich schließende Waggontür und schlenderte nach Hause. Dunja meldete sich auf dem Weg. Ob Sophie sie abends ins Schwebezentrum begleiten möchte. Sie bejahte. Ein bisschen schweben würde sie beruhigen.

20

Ken fühlte den Punkt der Verschmelzung. Die Waffe und er selbst: Sie gaben sich einander hin. Das Metall, der Kunststoff und seine Haut verwandelten sich in dasselbe Material und nahmen die gleiche Temperatur an. Er öffnete ein Auge. Das weiße Stückchen Papier, das er in die Mitte der Zielscheibe geklebt hatte, verharrte absolut ruhig. Er war am *Natural Point of Aim*. Erreicht durch vollstes Vertrauen in sein Werkzeug.

Ken schoss, hörte die ausgeworfene Patronenhülse auf den Filz des Schützentisches fallen. Er drückte drei weitere Male ab.

Jemand betätigte den Seilzug, die Zielscheibe wurde herangefahren. Ein anerkennender Pfiff. Die drei Projektile waren dem ersten fast in das Loch gefolgt, das dieses gerissen hatte. Ein Streukreis war quasi nicht vorhanden.

»Jeder von uns wird ja umso präziser, je kleiner das Ziel ist, Ken. Aber das! Das ist unglaublich!« Es war eine Stimme, die ihn früher verzaubert hatte, ihm nun aber egal war.

»Da ist null Schützenfehler erkennbar«, begeisterte sich die Stimme. »Nur minimale innenballistische Störungen.« Der Sprecher klopfte Ken auf die Schulter, was sich hohl anfühlte, wie ein Schlag mit einem Plastikschwert. Er setzte sich auf den Schützentisch und sah Ken zweifelnd-interessiert an.

»Ich mach mir fast schon Sorgen, Ken«, sagte er. »Du schießt zu oft und zu viel. Bist ja fast Tag und Nacht hier. Du könntest Europameister werden. Aber das scheint dich nicht zu interessieren. Du und deine Knarre, ihr genügt euch selbst.«

Da hatte er recht.

Wenig später fuhr Ken nach Hause. Im Radio lief was von fehlender Impfbereitschaft, Kritik an unzutreffenden Klimaprognosen und Verlusten für Magers Partei in der letzten Umfrage. Leere Worte aus einer fernen Galaxie.

Zu Hause ließ er die Soundumgebung einen Barockmix spielen. Musik ohne Missklänge, rund, harmonisch. Er bereitete sich ein Wurstbrot. Nach dem Essen reinigte er die Waffe, zelebrierte jeden Handgriff: inspizierte den Lauf, streichelte ihn, spannte die Waffe in den Halter, schraubte die Kupferbürste auf den Putzstock, führte sie zärtlich durch den Lauf und entfernte anschließend Öl und Schmauch mit einem Filz.

Alles griff ineinander, nichts eckte an, nichts scheiterte. Harmonie. Er vergegenwärtigte sich das Lächeln, das sich in seinem Gesicht eingerichtet hatte.

Nach der Waffenpflege stellte sich normalerweise Müdigkeit ein. Heute nicht. Er setzte sich in den Wohnzimmersessel, dessen harte Polster nicht auf ihn reagierten – Ken hatte fast alle seine Möbel vom Netz genommen. Sorgen drängten heran. Obwohl er alle Boni ausschöpfte, reichte es nicht. Die Miete war zu hoch, die Waffe verursachte laufende Kosten. Die Gemeinheit war, die Leute trotz der grassierenden Automatisierung zum Broterwerb zu zwingen. Gärtnern wollte er nicht mehr. Es blieb ihm nichts, als die fehlenden Euros im Dunklen Euronet zu machen. Bei einem der illegalen Ego-Shooter. Mit seiner Meisterschaft könnte er dort Rekordsummen an Punkten sammeln und sie an Leute verkaufen, die es aus eigener Kraft nicht in den nächsten Level schafften. Vielleicht würde ihn das sogar reich machen.

Na gut. Er stand auf, holte das Visier aus der Kommode und setzte es sich auf. Er verband das Bracelet mit dem Netz. »Rudi!«

»Hallo Ken! Wie kann ich helfen?«

Er hatte vor, über seine Kontakte im Dunklen Euronet in die Ego-Shooter-Szene zu kommen. Einer von ihnen kannte jemanden mit entsprechenden Connections und vermittelte ein virtuelles Treffen, das auch gleich darauf stattfand. Es war erstaunlich einfach. Die Nachfrage nach dieser Dienstleistung war hoch. Müde war er danach noch immer nicht, also besuchte er noch seine Kanäle. Die *versuchten* wenigstens, den Nebel zu durchdringen.

Er ging die Liste durch, die Rudi für ihn filterte. An einem der Anreißer blieb er hängen. »Was willst du eigentlich von der Zukunft?« Es war eine Rede eines gewissen Boris Riemann, »des politischen Wunders Deutschlands«.

Ken rief den Link auf und fand sich inmitten von Menschen. Sein erster Impuls, diese beklemmende Menge sofort wieder zu verlassen, verpuffte, als ein Mann auf die Bühne trat. Seine ausgebreiteten Arme und sein offener Blick wirkten ungewöhnlich einladend. Dabei hatte Ken das Gefühl, persönlich gemeint zu sein. Er stand nah an der Bühne, sodass er jedes Detail im Gesicht des Mannes erkannte, der nun herzlich lächelte. Ken begriff nicht, wie eine solche Präsenz in einer AR möglich war.

»Hallo liebe Freundinnen und Freunde!«, rief dieser Riemann mit einer Stimme, in der Ken sich am liebsten gebadet hätte.

Der Politiker genoss sichtlich das Johlen und die »Boris«-Rufe der Menge. Er lächelte, verschränkte in einer demütigen Geste die Hände und senkte den Kopf. Nachdem der Applaus abgeebbt war, straffte Riemann seinen Körper und redete. Ken gefiel, was er sagte, auch seine Mimik und Gestik. Wieder brandete Jubel auf.

Doch dann erstarrte Ken.

Riemanns warmer Blick sank in den seinen, als seien sie ein Paar, in dem der eine dem je anderen die feinste Regung an den Augen ablas.

»Mancher von euch fühlt sich wie im falschen Film«, sagte Riemann, »gelenkt und manipuliert. Als habe sich die ganze Welt verschworen. Aber das ist keine Paranoia!«

Kens Finger legten sich um den Daumen und pressten ihn. Riemann löste den Blick von dem seinen. »Es sind tatsächlich Schienen, die euch lenken. Auch wenn sie unsichtbar bleiben. Muss das so sein? Muss man rationalen, bewusst abwägenden, erwachsenen Menschen per Bracelet mitteilen, was sie zu tun und zu lassen haben?«

Der Politiker ließ den Blick über das Publikum schweifen. Schließlich landete er wieder bei Ken. Das war in einer AR freilich keine Kunst. Trotzdem: Etwas verband sie beide, das spürte Ken. Dieses Gesicht. So kantig, kräftig und in so vielem ganz anders als das seine. Er fand sich darin wieder. Es fühlte sich an wie die Erfüllung eines Traums.

»›Was kann ich dagegen tun?‹, mögt ihr euch fragen. Was tun gegen eine Macht, die sich versteckt? Die nicht mit offenem Visier kämpft? Meine Antwort? Es liegt in euch. Manchmal verändert eine einzelne Tat eines einzelnen Menschen die Welt. Wenn diese Tat auf einer freien Entscheidung fußt, kann sie Berge versetzen. Es kann etwas ganz Kleines sein, wie ein Kreuzchen, das ihr bei der Bundestagswahl macht. Ein Kreuzchen kann die Welt verändern! Es kann auch etwas anderes sein. Ihr müsst es selbst herausfinden. Nur die freie Tat wirft euch aus den Schienen des Apparates. Folgt eurem Herzen!«

Boris wandte sich wieder dem Publikum als Ganzem zu.

»Ihr seid das Volk! Zeigt es!«

Ken legte das Visier ab, noch wacher als zuvor.

Riemann hatte von einer Tat geredet. Was tat er selbst, Ken Fröbe?

Wie viele Jahre wollte er noch auf Papierfetzen schießen? Um wie viel kleiner konnten diese noch werden?

Oder wollte er sich überlegen, welche kleine, folgenreiche Tat zu ihm passen könnte?

21

»Dieser Wahlkampf nervt mich total«, meckerte Dunja.

Sie gingen die Potsdamer Straße entlang, zum Zero Gravity, dem neuen Schwebezentrum im Sony Center. Seit dem frühen Abend herrschte mal wieder Level 3. Ein Besuch im Schwebezentrum kostete jedoch keinen Malus, da ja jeder in seinem eigenen Bottich lag.

Ein fernes, dumpfes Stampfen wie von Pauken echote an den Hochhausfassaden.

»Wahlkampf?«, fragte Sophie. Das Wort kam ihr altertümlich vor.

»Gestern habe ich in einem wilden Kanal eine Rede von diesem Riemann gesehen«, sagte Dunja. »Der wirkt ja ganz positiv, hat aber auch sowas Düsteres. Mein Typ ist das nicht.«

»Du musst ihn ja auch nicht heiraten«, meinte Sophie. Ein scharfer Geruch kitzelte ihre Nasenschleimhaut.

»Heiraten!«, lachte Dunja. »Du weißt doch, ich stehe mehr auf die netten Kerle. Obwohl ...«, Dunja wiegte den Kopf, »*einen* Nerv hat er getroffen bei mir.«

Sophie wurde hellhörig. »Ach ja?«

»Na ja, du weißt doch ... Manila.«

Sophie nickte, Dunja hatte neulich begeistert über diese Stadt erzählt. Ein ferner Sprechchor wie aus tausend Kehlen lenkte sie ab.

»Er hat es nicht direkt angesprochen«, fuhr Dunja fort. »In der Rede ging es um die Chancen, die die weite Welt jungen Menschen bieten könnte. Als Beispiel nannte er die neuen Modemetropolen im pazifischen Raum. Du weißt, wie sehr ich davon träume, für ein Jahr in Manila zu arbeiten. Für meine Mutter war so etwas noch selbstverständlich. Aber wenn ich eine derart weite Reise machen würde, könnte ich die nächsten fünf Jahre höchstens noch fünfmal in den Wedding fahren. Es war unheimlich, als Riemann das sagte. – Ich habe mich persönlich angesprochen gefühlt.«

Sophie öffnete den Mund, um über ihre eigene Erfahrung mit diesem eigenartigen Politiker zu berichten.

»Was ist *das* denn?«, rief Dunja aus und starrte mit aufgerissenen Augen nach vorn. Eine Menschenkette bog um die Kurve. Sie blockierte die ganze Straßenbreite. »WIR STATT KLIMA«, verkündete ein Transparent, das die Leute vor ihren Körpern hielten. Sophie erkannte weitere Transparente dahinter.

Eine Demo.

Bei Level 3.

Schwarze Rauchfahnen wuchsen aus der Menge der Demonstranten wie Pilze. Offenbar hatten sie Fackeln mit Benzin oder Ähnlichem getränkt. Als der Zug näher kam, konnte Sophie den Text auf einem weiteren Transparent lesen: »Freie Menschen verbrennen, was sie möchten!« Eine Kolonne von Polizeitransportern rauschte an ihnen vorbei.

Ja!, dachte Sophie. *Löst das auf! Stoppt sie!*

Dunja schob Sophie an der Schulter nach rechts ins Forum des Sony Centers. »Komm, lass uns hier verschwinden!«

Kurz darauf traten sie in die Vorhalle des Schwebezentrums. Ein grüner Pfeil zeigte auf Sophies Tank.

Als sie wenig später auf dem Wasser lag und auf das Einklinken wartete, dachte sie darüber nach, was Dunja vorhin über Riemann gesagt hatte. Das hatte nach zielgenauer Ansprache geklungen. Riemann schien Dunjas Sehnsucht nach dem fernen Manila adressiert zu haben.

Sie schüttelte heftig den Kopf. Das konnte doch gar nicht sein! Es war eine öffentliche Rede gewesen! Da spricht der Kandidat doch keine Einzelnen an! Was er gesagt hatte, war genau genommen recht abstrakt gewesen. Seine Kunst schien darin zu liegen, die geheimen Sehnsüchte vieler mit vagem Gequatsche zu wecken. Ein Politiker eben. Sie würde ihn nie wählen.

Das Schweben begann. Sophies Blase flog in eine weiße Weite, vorbei an einem Pulk anderer Blasen. Die trafen sich, klebten eine Weile aneinander, trennten sich, schwebten weiter. Ihr war es recht, keine Kollision zu haben, einfach nur zu treiben. Die Welt da draußen bedrängte sie, sie brauchte Ruhe und Weite. Dabei hatte sie sich von der Erfüllung ihres Traums erwartet, dass sich die Welt vor ihr öffnete. Doch die Realität fühlte sich wie das exakte Gegenteil an.

Ihr Kopf verweigerte sich der Leere. Sie sah das Gesicht Düsings, leichenfahl, aber mit brennenden Augen. Hatte Andy nicht sogar ein Buch von dem im Regal?

Sie musste dieser Sache verdammt nochmal nachgehen! Es hatte keinen Sinn, es zu verdrängen! Morgen würde sie mit Andy sprechen.

Am nächsten Morgen weckte sie das Bracelet mit einem Alarmton. Sie fuhr aus dem Bett hoch.

»Was ist los?«

»Du hast hohes Fieber«, informierte sie Andra.

Sophies Atem stockte, kalter Schweiß trat ihr an Händen und Rücken aus den Poren. Ein Kratzen kroch vom Kehlkopf abwärts.

»Wie hoch?«

»39,2.«

Sie fasste sich an die Stirn. Die war sehr heiß! Sie hustete trocken. »Ist es Alpha3?«

»Du hattest zwar laut Epidemieschild keinen Risikokontakt. Dennoch empfehle ich einen Spucktest.«

Zum Glück hatte sie ja gestern welche abgefischt. Spucktests waren Mangelware, denn sie gehörten nicht zur Präventionsstrategie, die Infektionen gar nicht erst geschehen lassen wollte. Sophie stieg aus dem Bett, lief ins Bad, riss die Packung auf, holte ein Röhrchen heraus, schraubte den Trichter darauf, hustete ein paarmal und spuckte in den Trichter. Dann schüttelte sie das Röhrchen. Es würde fünf Minuten bis zum Ergebnis dauern. Sie zog sich etwas an, legte das Bracelet um und ging im Gang auf und ab.

»Beruhige dich«, bat Andra. »Dein Stresslevel ist um 200 Prozent erhöht.«

Nach fünf Minuten kontrollierte Sophie das Teströhrchen: Es zeigte Grün. Keine Alpha3-Infektion. Sie atmete durch.

»Wenn es kein Alpha3 ist, was dann?«

Keine Antwort.

»Andra!«

»Entschuldige bitte, Sophie. Das war ein Datenfehler. Deine Temperatur ist normal.«

Der Erleichterung folgte Ärger. »Kannst du das nicht prüfen, *bevor* du Alarm schlägst?«

»Das habe ich. Das Ergebnis der zweiten Messung war identisch. Ich kann den Fehler nicht erklären. Tut mir leid.«

Sophie schüttelte den Kopf und ging ins Bad, um sich die Zähne zu putzen und kühl zu duschen, angesichts der 28 Grad in der Wohnung. Beim Frühstück hörte sie einen zertifizierten News-Stream, der von landesweiten Wir-statt-Klima-Protesten mit insgesamt über 800.000 Teilnehmern berichtete. In O-Tönen forderten Demonstranten eine »Neubewertung der Klimafrage«. Eine junge weibliche Stimme rief: »Wir sind die verlorene Korridor-Generation!«

Wie als Antithese dazu warnte die Nachrichtensprecherin vor extremer Hitze. »Berlin erwartet in den nächsten Tagen Höchsttemperaturen bis 44 Grad. Bitte trinken Sie viel, sehen Sie nach älteren Nachbarn, verlassen Sie mittags das Haus nur, wenn unbedingt nötig. Die öffentlichen Kühlräume bereiten sich auf einen großen Ansturm vor. Die Situation könnte sich bald wegen einer Wasserkontingentierung verschärfen, die der Expertenrat für Frischwasser heute in Berlin empfohlen hat.«

Sophie setzte sich an den Schreibtisch und wollte den Tunnel zu BSC öffnen. Auf den Datenpool könnte sie zwar nicht zugreifen, aber auf Carins Modell schon. Sie wollte sich ein paar ihrer Analysen ansehen. Stattdessen kam eine Fehlermeldung. Eine Textnachricht von Andy ging ein. »Bitte komm ins Büro. Dein Tunnel geht nicht.«

Ins Büro? Trotz Level 3? Gut, BSC würde ihr den Malus erstatten. Doch sie *wollte* nicht hin. Die Impfung wirkte ja noch nicht voll. Sie holte Luft, um Andy das mitzuteilen, hielt aber inne. Sie wollte dringend mit ihm sprechen und Carin dabei einsetzen. Dafür war eine analoge Konfrontation sicher geeigneter.

Das Virus war in einzelnen Clustern aufgetreten und breitete sich nicht allgemein aus.

Außerdem hatte das Büro eine Klimaanlage, dachte sie und wischte sich den Schweiß von der Stirn.

Sie fragte den Epidemieschild nach der besten Verbindung und machte sich auf den Weg.

Grußlos marschierte Sophie an den wenigen anwesenden Kollegen vorbei, direkt in Andys Büro. Sie wollte ihn überrumpeln. Das Überraschungsmoment brachte vielleicht Futter für Carin.

Andy blickte vom Schreibtisch auf, als sie in sein Büro platzte.

»Arbeitest du für Jens Düsing?«, fragte sie geradeheraus.

Andy runzelte die Stirn.

Vorgetäuschte Irritation, meldete Carin. *Die Person ist sehr beherrscht und kontrolliert emotionale Reaktionen. Mikroexpressionen weisen jedoch auf Erschrockenheit hin.*

In Sophie jubelte es. Das waren genau die Dinge, die sie selbst nicht sehen konnte. Sie wusste nicht, ob Andys Daten überhaupt im Datenpool von BSC lagen, doch da er eine öffentliche Person war, hatte Carin auf jeden Fall Material, um ihn zu analysieren. Dazu kamen die Echtzeitdaten, die sie über Kamera und Mikro bekam.

Wie dem auch sei – die Erfahrung war faszinierend. Es fühlte sich an, als würde Sophies Blick in die Welt weiter und klarer. Sie fühlte sich ... Wie sollte sie sagen? Sie fühlte sich *erweitert.*

»Wie bitte?«, entgegnete Andy.

»Tu nicht so!«, fuhr sie ihn an. »Meine Frage war klar und deutlich.«

»Sicher, sicher. Aber auch ziemlich ... seltsam. Ich sagte doch bereits ...«

»Letzte Woche«, unterbrach sie ihn, »war ein junger Mann in deinem Büro, groß, breitschultrig.«

Er blickte zur Decke. *Vorgetäuschtes Überlegen*, meinte Carin. *Die Person weiß die Antwort bereits.*

»Ach, du meinst Chris! Was ist mit ihm?«

»Auf seinem T-Shirt, da war so eine Art brennender Schmetterling.«

Andy verzog einen Mundwinkel zu einem schiefen Lächeln. *Die Person überdeckt Ärger,* kommentierte Carin. Sophie wurde immer klarer, dass sie einen wunden Punkt getroffen hatte.

»Ja, sein Stil lässt zu wünschen übrig. Für meinen Geschmack viel zu ... jugendlich.«

»Jugendlich? Dieses Symbol wird von Rechtsextremen genutzt!«

Andy legte den Kopf in den Nacken, öffnete den Mund und atmete hörbar ein.

Erleichterung gespielt, schrieb Carin. *Die Person ist es gewohnt, ihrer Umgebung etwas vorzumachen.* »Ach, deshalb diese komische Fragerei!« Er schielte zur Tür. »Chris trägt öfter Kleidung mit bunten Motiven drauf. Soweit ich weiß, ist dieser Schmetterling das Logo eines Modelabels. Wäre nicht das erste Mal, dass Rechte ein Modelabel als eine Art Erkennungszeichen missbrauchen. Ist es deswegen schlecht? Wer hat die Deutungshoheit über solche Symbole? Man darf diesen Spinnern nicht kampflos alles überlassen!«

Er verschränkte die Hände hinter dem Kopf und lehnte sich zurück. »Die Sache mit Chris lässt sich leicht aufklären«, fuhr er fort. »Er vertritt eine Non-Profit-Organisation, wir verhandeln gerade über ein Projekt. Mit Extremisten hat er nichts am Hut. Auch nicht mit Jens Düsing. Noch etwas?«

Das ist mit hoher Wahrscheinlichkeit die Wahrheit, textete Carin.

Oberflächlich war die Frage geklärt. Doch da war ja noch die mutmaßliche Verbindung zu Snowbeard. Sophie entschied sich, möglichst direkt zu fragen.

»Gehören Rechtsextreme zu deinen Kunden?«

Er presste die Lippen zusammen und schüttelte den Kopf.

Ärger, meldete Carin. *Die Person reagiert oft verärgert, wenn sie sich mit unangenehmen Fragen konfrontiert sieht. Sie hat einen überdurchschnittlichen autoritären Hang.*

»Ja oder nein?«, bohrte sie. Sie sah, wie er sich anspannte.

Unterdrückt körperliche Reaktion, erklärte Carin.

»Nein«, sagte er ruhig.

Sehr wahrscheinlich ist das ebenfalls wahr.

»Wie man so hört«, fuhr Sophie fort, »hast du früher nicht groß darauf geachtet, wer deine Kunden sind. Du hattest sogar direkte Konkurrenten gleichzeitig als Kundschaft, solange das vertraglich nicht explizit ausgeschlossen wurde.«

Andy starrte sie mit weiten Augen an, die Mundwinkel nach unten gezogen.

»Also hör mal, Sophie. Sogar CDSG hatte das klare Prinzip, nicht mit Extremisten zu arbeiten! Ganz am Anfang wollte die deutsche AfD mit der Firma kooperieren. Das Management hat sich klar dagegen entschieden! Nichts für ungut, Sophie. Aber wir haben alle viel zu tun. Solltest du mir nicht mehr vertrauen, sag es gleich. Dann ist unsere Zusammenarbeit sofort beendet. Ansonsten geh bitte an deine Arbeit. Denk an die Millionen, die winken, wenn wir Carin endlich einsetzen können.«

Sie fühlte sich abgespeist. Nein, so nicht, Andy Neville!

»Kennst du Jeff Snowbeard?«, fragte sie.

Andys Mund öffnete sich.

Gespielte Empörung, informierte Carin.

»Also wirklich, Sophie! Du knallst mir ja ein ganz schönes Gruselkabinett vor den Latz«, sagte er. »Klar kenne ich Snowbeard. Wer nicht? Ein rechter Publizist in den USA. War in den Zehnerjahren wohl auch mit unserer Tochter Massachusetts Spin assoziiert. Damals habe ich in Manchester studiert.«

Er schielte durch die Glaswand in Richtung Aufzugtür.

Er erwartet jemanden, ließ Carin wissen.

»Das weiß ich auch«, murrte Sophie. »Ich meine natürlich, ob du ihn persönlich kennst.«

Er zog einen Mundwinkel hoch.

Mimt amüsiertes Befremden, informierte Carin. Also ja, dachte Sophie.

»Ich bin ihm mal bei einem Empfang in D. C. begegnet. Wir haben ungefähr drei Worte gewechselt. Unangenehmer Typ.«

Wahrscheinlich verschweigt die Person etwas, erklärte Carin.

Sophie überlegte, ob sie weiter bohren sollte. Aber Andy hatte recht: Entweder sie vertraute ihm, oder sie ging. Carin war vage geblieben. Die Entscheidung lag bei ihr. Wenn sie Carin weiterentwickeln wollte, musste sie bleiben.

Andys Blick wich ihrem aus, in Richtung Tür.

Sophie wusste nichts zu erwidern und verabschiedete sich.

Als sie sich zur Tür umdrehte, wäre sie beinahe gegen einen Hünen gestoßen.

Es war der Typ, über den sie gerade gesprochen hatten. Dieser Chris. Ein Blick aus Augen wie Winternebel.

22

Noch auf dem Weg vom Büro zur S-Bahn flimmerte der Blick dieses Chris auf Sophies Netzhaut nach. Das Gespräch mit Andy hatte sie nicht wirklich beruhigt. Sie hätte fragen sollen, für *welche* Organisation Chris arbeitete. Auch wenn er kein Extremist sein mochte: Es gab noch Schattierungen von Rechts. Dieser Mann war unheimlich.

Beinahe hätte sie ein Bediensteter eines Schnellimbisses gerammt, der zornig aus dem Laden stürmte. Mit fahrigen Bewegungen zog er seine Schürze aus, knüllte sie zusammen und schleuderte sie zurück in den Laden. »Scheiße bezahlen und dann auch noch Hire und Fire! Eine Dreckskultur ist das!« Er spießte sein Gegenüber im Inneren mit dem Zeigefinger förmlich auf. »Aber wartet nur, ihr gierigen Mager-Komplizen! Ihr Krisen-Gewinnler! Bald ist Riemann dran. Dann wird alles anders! Alles!« Wütend marschierte er davon.

Wenig später stapfte Sophie die Treppe zu ihrer Wohnung hinauf, wie durch saugenden Schlick. Führte ihr Weg ins Leben zwangsläufig durch einen stinkenden Sumpf voller gefährlicher Tiere? Sie atmete heftiger, die sirupartige Luft wollte nicht bis in ihre Lungen. Irgendwie erreichte sie den dritten Stock und hielt das Bracelet ans Türschloss.

Im Wohnzimmer ließ sie sich auf das Sofa fallen. Es reagierte so weich wie noch nie, ließ sie tief einsinken. Das Möbel bemerkte wohl ihre Schlappheit – und unterstützte sie dabei! Dennoch ließ Sophie es dankbar geschehen.

Ihr Grübeln konnten die weichen Kissen jedoch nicht abstellen. Andy verbarg etwas, wie Carin bestätigt hatte. Die bloße Möglichkeit, dass sie als Mitarbeiterin dieser Firma in rechtsradikale Aktivitäten verstrickt sein könnte, ließ sie nicht in Ruhe. Das Stichwort war: Netzwerke. Die waren doch sicherlich irgendwie verborgen.

Na klar: Das Dunkle Euronet!

»Andra, kontaktiere David!«, befahl Sophie.

Der Wartekringel drehte sich nicht oft, bis sie wieder in dem halbdunklen Zimmer ihres Halbbruders stand. Es sah noch unaufgeräumter aus als beim letzten Mal.

David lümmelte im Schreibtischstuhl und sah sie an.

Überrascht und neugierig, blendete Carin ein. *Eine Spur Freude.*

Das erstaunte Sophie. David *freute* sich über ihren Besuch?

»Ach, sieh an. Sophie«, sagte er. »Zwei Besuche innerhalb von ein paar Monaten! Woher kommt bloß die überfließende Aufmerksamkeit für den Halbbruder?«

Sarkasmus wahrscheinlich gespielt.

Sophie zog die Augenbrauen hoch. »Warum musst du immer in die gleiche Kerbe schlagen?«

Er nickte anerkennend. »Ah! Kampf mit offenem Visier! Interessant!«

»David, könnten wir das bitte vertagen? Mir geht es nicht gut.«

»So? Warum?«

»Das muss ich erst noch herausfinden und dazu bräuchte ich deine Hilfe.«

David richtete sich auf und blickte sie gespannt an.

»Was weißt du über den rechtsextremen Untergrund?«, fragte Sophie.

Er hob die Augenbrauen.

Erschrocken.

»Du sprichst von *digitalen* Räumen der Rechten?«

Sie nickte. »Mit den analogen habe ich schon Bekanntschaft gemacht. Die reichen mir.«

»Was willst du dort?«

»Mich unerkannt umsehen.«

»Wozu?«

Sie senkte den Blick. Dann blitzte sie David an. »Da tut sich was, David. Etwas brodelt. Etwas Gefährliches!«

Er zuckte mit der Achsel. »Bist du dir da sicher? In den letzten Jahren hat die extreme Rechte ziemlich gelitten. Die Regulierung der Migration hat ihnen das Hauptthema genommen. Der Staat schreibt Sicherheit ganz groß. Die Globalisierung fährt wegen des Klimawandels und der Produktionsentflechtung zurück. Ganz rechts ist überflüssig geworden. Aus ihrer verzerrten Weltsicht ist die krude Ideologie vom Ethnopluralismus ja auch ein Stück weit verwirklicht. Außerdem gibt es seit langem Präventionsprogramme gegen rechts. Junge Leute schlittern da gar nicht mehr rein.«

»Ich weiß. Aber es ist auch nicht dieses klassische Rechts, Fremdenfeindlichkeit und so. Es ist eine ganz andere Dimension. Etwas Tiefergehendes. Ich glaube, sie wollen die Grundlage der politischen Macht auflösen. Radikal. Sie spritzen Säure in das Basisfundament unserer Gesellschaft.«

»Die Demokratie?«

Sophie erschrak, da sie daran gar nicht gedacht hatte.

»Äh, nein. Ich meine die Wissenschaft.«

David lächelte schief.

Süffisant.

»Ich bin angegriffen worden, David! Sie hatten es auf mich als *Wissenschaftlerin* abgesehen.«

David sah sie eine Weile an.

Er betrachtet dich in neuem Licht. Stolz schwingt mit.

»Es gibt eine VR-Welt namens Idafeld«, erklärte er. »Dort vernetzen sich verschiedenste Extremisten von rechts – Radikale, Neurechte, so genannte europäische Rechte und auch antiintellektuelle Bewegungen. Wenn die an einem größeren Plot arbeiten, dann da. Das Idafeld ist tief im Keller des Dunklen Euronets. In der dritten Schale, mehrfach verschlüsselt, nur Eingeweihte kennen die Adresse. Sie wird jede Woche erneuert.«

Sophie staunte über das Wissen ihres Halbbruders.

»Kommst du da ran?«

»Das fragst du? Vor dir sitzt David König!«

Er lächelte breit. *Die Person freut sich*, informierte Carin.

Kurz darauf verabschiedeten sie sich und Sophie klinkte sich aus. Ein Perlen kitzelte ihren Bauch. Das Blei in ihren Gliedern verdampfte. Schon zum zweiten Mal hatte Carin ihr das Gefühl gegeben, eine interessantere Welt zu betreten. Dort lebten die gleichen Menschen, doch waren sie keine grauen Schatten mehr, sondern sie waren farbig. Doch das war nicht alles. Die Freude, die sich gerade in ihre Glieder prickelte, kam aus größerer Tiefe. War Sophie bislang überzeugt gewesen, dass David sie verachtete, hatte sie nun Facetten von Respekt und Zuneigung gesehen.

Um die Zeit zu überbrücken, bis David ihr den Schlüssel zum Idafeld sendete, machte sie sich einen Kaffee. Beim Trinken informierte sie sich bei Andra über diesen seltsamen Namen: Idafeld. In der Zwischenzeit kam der Schlüssel. Sie holte sich das VR-Headset, ließ sich ins Sofa sinken und folgte Davids Anweisungen, um ins Dunkle Euronet zu kommen. Sie klinkte sich ins Idafeld ein. Mit dem Login erhielt sie einen zufällig generierten Avatar im Stil dieser Welt. Sie sah an sich hinunter: maskuline, muskelbepackte Arme und Beine, ein mittelalterlich wirkendes Wams, darunter eine Art Rock. Sie lächelte – die Aufmachung gefiel ihr.

Vor Sophie spannte sich eine Art begehbarer Regenbogen. Zögernd betrat sie ihn und ging dann festen Schrittes voran. Sie durfte nicht unsicher wirken. Unter dieser merkwürdigen Brücke floss Lava oder etwas anderes, das aussah wie flüssiges Feuer. Am höchsten Punkt öffnete sich der Blick auf die Ruine einer Burg. Schwarze Flecken an den felsgroßen Mauersteinen und der verkohlte Dachstuhl einer gigantischen Halle zeugten von einem gewaltigen Brand.

Um die Burg erstreckte sich eine Wiese aus frischem Grün, das einen krassen Farbkontrast gegen den Feuerfluss bildete, der es umfloss. Das Idafeld, das den Weltenbrand unbeschadet überstanden hat, interpretierte Sophie ihr neues Wissen über Ragnarök, den Weltuntergang in der nordischen Mythologie. Das Feld war voll von Menschen, die in Grüppchen herumstanden. Als sie dort ankam, begrüßte sie jemand von der Seite: ein bärtiger Mensch, im Lederwams mit Ruß im Gesicht. Ob sie über ein bestimmtes Thema diskutieren möchte, fragte er.

»Was wir dem Wissenschaftswahn entgegenhalten.« Das hatte sie sich zurechtgelegt. David hatte sie gemahnt, mit einer konkreten Frage zum Idafeld zu gehen.

Der Barbar nickte knapp und ging ihr mit einem Wink, ihm zu folgen, voraus. Peinlich achtete Sophie darauf, Abstand zu halten, und folgte damit einer weiteren Warnung ihres Halbbruders. Sie näherten sich einer Gruppe von etwa zehn Personen, die alle wie grimmige Krieger und Kriegerinnen wirkten. Gesprächsfetzen wehten herüber.

»... dass der Kampf jetzt beginnt«, »... Bewusstsein schärfen«, »... falsche Sicherheit«.

Sie erreichten die Menschentraube.

»Wir haben Jens. Er kann die Menschen von der Notwendigkeit überzeugen. Unsere Aufgabe ist es, ihm zuzuarbeiten«, meinte jemand.

»Hier möchte jemand bei euch mitdiskutieren«, sagte Sophies Begleiter. Sicherheitshalber wich sie zurück, als er seine Hand auf ihre Schulter legen wollte. Die Köpfe drehten sich zu ihr. Zweifelnde Mienen.

»Die Losung!«, forderte einer.

Sophie zuckte innerlich zusammen. Von einer Losung hatte David nichts gesagt. Er hatte sie nur gewarnt, dass sein Wissen über Idafeld nicht ganz aktuell war. Am liebsten hätte sie sich weggeschaltet. Doch das hätte sie sofort als Spionin entlarvt und sie würden vielleicht recherchieren.

»Losung? Seit wann brauche ich das? Ich habe doch den aktuellen Schlüssel!«

»Diese Gruppe verwendet zusätzlich eine Losung, doppelte Sicherheit«, erklärte derselbe Kämpfer.

»Mein Kontakt hat das nicht gesagt. Ich habe Jens Düsing gesehen. Ich möchte euch unterstützen! Es ist so *wichtig*!«

Sie sahen sich gegenseitig an, bevor sich der Sprecher ihr wieder zuwandte.

»Dann besorg dir die Losung!«

Ihr Begleiter forderte sie auf, nun zu gehen. Wieder wich sie vor seinem ausgestreckten Arm zurück.

Sophie überlegte, ob sie Interesse an einer anderen Gruppe anmelden sollte, entschied sich aber dagegen, da auch das nach Spionage aussehen würde. Es war dumm gewesen, fiel ihr siedend heiß ein, die Rede von Jens Düsing zu erwähnen!

Damit hatte sie unnötig Informationen über sich preisgegeben.

Auf dem Weg zur Regenbogenbrücke kamen sie an mehreren Gruppen vorbei, meist in gemessenem Abstand. Sie verstand nur Bruchstücke von dem, was gesprochen wurde. Eines davon fuhr ihr in die Glieder: »Wir brauchen Boris Riemann, um auch die zu erreichen, die von Mager eingelullt werden.«

Instinktiv blieb sie stehen und wollte zu der Gruppe hinschauen, was freilich unsinnig war. Alle Avatare sahen aus wie nordische Krieger und Kriegerinnen. Kein Erkenntnisgewinn.

Ihr Begleiter fasste sie an die Schulter. »Geh bitte weiter!«

An der Brücke blieb er zurück. Sophie überquerte sie und loggte sich aus.

Sie schob das Visier hoch und atmete durch. Sie war gerade in einem geheimen Forum von Rechten gewesen. Dieser ganze mythologische Weltenbrand-Zinnober! Und dort war schon wieder der Name Boris Riemann gefallen, in einem Kontext, der auf eine Allianz hinwies. Auch ein »Jens« war erwähnt worden. Die Fäden liefen zusammen! Sie musste herausfinden, ob das mit BSC zusammenhing. Und welche Rolle womöglich Carin dabei spielte. Der Gedanke, ihr Baby könnte derart übel missbraucht werden, verursachte ihr Schmerzen.

Sie fasste sich an die Schulter, wo es besonders weh tat. An der Stelle, an die der Türsteher des Idafelds gefasst hatte. Eingebildeter Schmerz, klar, denn die »Berührung« war nicht einmal spürbar gewesen. Mit einem mulmigen Gefühl dachte sie an Davids eindringliche Warnung: »Lass dich nicht anfassen! Von niemandem! Unter keinen Umständen!«

23

In der Pause lief Musik vom Band.

Love is a shield von *Camouflage.*

Ferdinand mochte melancholische elektronische Musik; ideal zum Abkühlen nach den treibenden Motorik-Rhythmen von *Kraftwerk.* Er wollte an die frische Luft, der Zigarettenrauch biss ihm in die Schleimhäute. Etwas sprang ihn aus dem Augenwinkel an, als er an der Bar vorbeikam. Abrupt blieb er stehen. Jemand rammte in seinen Rücken. »Pass doch auf, Mann!« Ferdinand drehte den Kopf zur Bar.

Alles blendete aus – bis auf diese Frau. Ferdinand erstarrte, sein Herz aber pochte, als erwachte es aus dem Winterschlaf. Sie saß gebeugt über einen Cognac. Dieses edle Gesicht, das auf das Glas starrte wie in den Abstieg zum Hades! Die kraftvollen dunklen Locken, die es umrahmten, die bleiche Haut der Arme, die einer antiken Marmorstatue gehören könnte!

Ein ganzes Leben öffnete sich vor ihm. Ein Raum, weiter als jeder Ozean. Mit ihr als Mittelpunkt. Konnte es sein, dass sie nur aus Fleisch und Blut war?

Ohne es entschieden zu haben, ging er an die Bar, stellte sich neben sie und winkte dem Barkeeper. Der kam und hob mit fragendem Blick das Kinn. »Edelstoff«, schrie Ferdinand.

Er wartete, bis der Kellner sich abwandte, und riskierte dann einen Seitenblick.

Sie schielte zurück. Die nussbraunen Augen nahmen ihn beim ersten Blick zur Geisel, als schaue er in einen verlorenen Teil der eigenen Seele. Ihr kindlich kleiner Mund blieb streng.

Er spürte ein dümmliches Lächeln auf seinem Gesicht. »Neu in München?«, hörte er sich fragen.

Sie musterte ihn. Dann schüttelte sie den Kopf. Ein halbes, sarkastisches Grinsen. »Was für eine dämliche Frage!«, sagte sie mit rauer Stimme.

Der Barkeeper knallte das Bier so achtlos auf den Tresen, dass es überschwappte. Ferdinand kramte ein Fünfmarkstück aus der Jeans, das er ihm in die ungeduldig wippende Handfläche warf.

Er beschloss, in die Offensive zu gehen. Straffen der Brust, ihr zuwenden, Ellbogen lässig auf den Tresen legen. »Wie heißt du?«

Sie lachte. »Viel Übung hast du nicht, was?«

»Du schuldest mir eine Antwort.«

»Ich schulde dir einen Dreck.« Sie nippte am Cognac, schluckte, spürte dem Abgang nach. Dann sah sie ihn an und lächelte, ein bisschen immerhin. »Ich heiße Marie.«

Diesen Moment genoss Ferdinand am meisten: als eine Tür aufging und Licht und Weite sich in die finstere Kammer ergossen, die er bis dahin bewohnt hatte. Wie gerne wäre er jetzt aus der Rolle gefallen, hätte ihr von ihren zwei gemeinsamen Jahren vorgeschwärmt. Doch die waren aus ihrer Sicht Zukunft. Diese Marie war nur ein kleiner Teil der Marie, die er kannte.

Noch jedenfalls.

Sie unterhielten sich. Marie studierte im ersten Semester Informatik, wie er. Dass sie an diesem Abend im Sommer 1990 überhaupt mit ihm redete, war ein glücklicher Umstand. Ihr Freund hatte sie betrogen, woraufhin sie ihn verlassen hatte. Mit einem wildfremden Typen zu flirten, war wohl eine Art Gegenreaktion, von der er profitierte.

Er weidete sich am reizenden Tanz ihrer Lippen, wenn sie redete. Wenn sie trank, stellte er sich vor, wie sie ihn küsste.

Damals hatte sein Unterleib gedrängt. Das tat er schon lange nicht mehr. Prinzipiell sei es möglich, sexuelle Gefühle zu simulieren, hatte Jamila gesagt. Er hatte abgelehnt.

Ein Text überblendete Maries Kupferblick.

Anruf von Chris Berger. Dringend.

Der Chef von Wega seufzte. Er überlegte, ob er den Anruf in die VR nahm. Nein, es reichte für heute. »Exit!«, befahl er und nahm den Helm ab. Er öffnete den Hüftring des VR-Sets, stieg vom multidirektionalen Laufband und griff nach dem Visier, das am Gestänge hing.

Das kantige Gesicht von Chris Berger blickte ihm entgegen. Wie immer wollte er mehr Geld. Ferdinand fragte, ob er es für stilvollere Kleidung brauche, was an Berger abperlte. Er benötige es für eine Nobelpreisträgerin, die unter Umständen bereit wäre, den Jenaer Appell zu unterzeichnen. Auch Andy Neville verlange mehr Honorar für die mediale Unterstützung des Appells, klagte Berger. Wie immer zeigte Ferdinand sich großzügig. Schließlich ging es um eine große Sache. Die zweitwichtigste in seinem Leben. Dankbar beendete Berger das Gespräch.

Joseph meldete einen Besuch, der bereits im Wohnsaal warte. Ferdinand ging hinauf.

Dicht am Panoramafenster stand der Berichterstatter und blickte in den Nachthimmel.

Wie immer freute Ferdinand sich, ihn zu sehen. »Hallo«, grüßte er ihn.

Der andere grüßte freundlich zurück, während er weiter nach oben starrte.

»Was siehst du?«, fragte Ferdinand.

»Die Wega leuchtet heute sehr klar und hell.«

»Dieser Stern fasziniert dich, habe ich recht?«

Der Berichterstatter riss sich vom Anblick des Sterns los und wandte sich Ferdinand zu.

»Er hat schon immer die Phantasie der Menschen beflügelt. Glaubst du, wir werden jemals hinfliegen?

»Alles hängt von unserem Talent ab, und ob wir den Mut haben, es zu nutzen.«

»Wann wird es so weit sein?«

»Spielt Zeit eine Rolle?«

Der Berichterstatter schüttelte nachdenklich den Kopf. »Nein, ich glaube nicht.«

»Dann wird es gelingen! Nun, mein Lieber«, wechselte Ferdinand ins Berufliche. »Was gibt es Neues von der Insel Fehmarn?«

Er informierte über den Pressetermin dort und den Stand der Ermittlungen. Er sei auch bei Angehörigen des Opfers des Anschlags gewesen. Optimistisch schloss er, dass die Photosynthesefarm bereits in zwei Wochen wieder arbeiten könne.

Ferdinand dankte ihm. Die Müdigkeit nahm zu. »Noch etwas?«

Der Berichterstatter nickte. »Ja, noch etwas. Es geht um Professorin Sophie König.«

Ferdinand wurde hellhörig.

»Sie war bei einer Rede von Jens Düsing«, sagte der Berichterstatter. »Zudem hat sie Neville nach rechten Connections befragt. Sie interessiert sich für rechte Netzwerke. Offenbar mutmaßt sie, dass BSC Radikale und Extremisten unterstützt.«

Ferdinand rieb sich am Kinn. »Sehr interessant. Sieh dir das bitte weiter an.«

24

Mit der Waffe im Anschlag suchte Ken die Gehwege ab. Nichts. Nur ahnungslose Passanten, auf der Straße mäßiger Verkehr. Ken blieb angespannt und hochkonzentriert. Jeden Moment konnte einer erscheinen, manchmal tauchten auch zwei oder noch mehr auf, an verschiedenen Orten.

Dem einsamen Helden wurde hier Unmenschliches abverlangt. Es kam auf Reaktionsvermögen an, Beweglichkeit und Schnelligkeit.

Ein Knistern, das anschwoll. Ken wirbelte herum und fand eine Mutter mit ihrer kleinen Tochter vor seiner Mündung. Hinter ihnen schälte sich eine grüne, wabbelige Kugel aus dem Nichts. Sie begann, sich über die beiden zu wölben. Wobbels verschluckten Menschen innerhalb von Sekundenbruchteilen. Ken musste ihn in der Mitte treffen, doch Mutter und Kind waren im Weg. Sie sprangen auch nicht zur Seite. Denn er war, wie die Wobbels, für Menschen unsichtbar. Ken rannte auf die Straße, wo ein Wagen heranraste. Sobald er eine freie Schusslinie hatte, drückte er ab. Die Passanten fuhren zusammen, denn der Knall war für alle hörbar. Der Wobbel explodierte. Der Wagen war nun nur noch zwei Meter vor ihm. Ken rannte schneller zum gegenüberliegenden Gehsteig. Der Kotflügel des Wagens traf ihn. Die Minuspunkte schmerzten ihn mehr, als es ein echter Unfall gekonnt hätte. Als er auf der anderen Straßenseite ankam knisterte es hinter ihm. Verdammt! Wenn die Menschen sie doch selbst wahrnehmen könnten! Der Einzige zu sein, war echt anstrengend!

Ken wirbelte herum. Der Wobbel wölbte sich von hinten über einen alten Mann im Rollstuhl. Das amöbenähnliche Monster überragte ihn um zwei Köpfe. Ken zielte und schoss. Der Wobbel platzte. Unbeeindruckt rollte der Mann weiter, offensichtlich war er stocktaub. Ken sprang zur Seite.

Ein breit lächelnder Wobbel erschien und verkündete: »Herzlichen Glückwunsch, X 14. Du hast die Stufe 3 erreicht!«

Er hatte drei Anläufe gebraucht. Nicht sehr effizient.

Die Gegner-KI hatte seine Schwächen gut analysiert. Kens Präzision litt stark bei schneller, unvorhersehbarer Dynamik, vor allem wenn Drehungen nötig wurden. Nach und nach wurde er besser, doch er war noch lange nicht perfekt. Solange versuchte er, sein Manko durch geschickte Raumabdeckung und optimierte Wege auszugleichen.

Es war zum Kotzen: Auch in den Spielewelten legten die Programmierer einem Steine in den Weg. Sie saßen am längeren Hebel. Immer waren sie einen Schritt voraus.

Ken begab sich ins Forum.

Prog Vox erwartete ihn.

»Hey, X 14, das war spitze!«

»Sicher. Ich bin Profi.«

Ken übertrug Prog Vox die Punkte und erhielt im Gegenzug 300 Euro von ihm. »Scheiß-Spiel«, kommentierte Ken. »Was gefällt dir daran?«

»Das kann ich dir sagen: Der wahre Held agiert im Hintergrund. Es kommt ihm nicht auf den Ruhm an. Er handelt um des Handelns willen.«

»Na, da kannst du ja jetzt im nächsten Level selbst weitermachen.«

»Und da freue ich mich schon drauf! Da draußen geht es ja nicht. Obwohl ... Immerhin gibt es jetzt *einen* echten Helden.«

»Wen meinst du?«

»Na, den Kandidaten!«

Ken nickte abwesend. Welcher Kandidat? Egal.

Ken verabschiedete sich, loggte sich aus, legte die VR-Ausrüstung ab und verließ das VR-Café. Die mörderische Hitze schlug ihm wie ein Hammer entgegen. Die Bahn war zum Glück relativ leer und klimatisiert. Wenig später in seiner Küche schlürfte er einen Minztee und überflog die Meldungen aus den wilden Kanälen. Ein Symbol zeigte das kantige Gesicht des Politikers, den er neulich schon einmal gesehen hatte, diesen Riemann. Natürlich, den hatte Prog Vox gemeint! Riemann hatte Ken ermahnt, etwas zu tun. Was, das wusste er immer noch nicht. Er rief das Video auf.

Die Szene zeigte Boris Riemann auf seiner »Tour nach Berlin«, die kreuz und quer durch Deutschland führte. Kurz vor der Wahl sollte sie in der Hauptstadt enden. Riemann knuffte gerade Ellbogen mit Passanten, klönte mit ihnen, gab Autogramme, lächelte, winkte.

»Herr Riemann! Befreien Sie uns!«, rief eine Stimme. Riemann wendete sich um, sein Gesicht füllte nun Kens Gesichtsfeld.

»Ich helfe sehr gerne«, antwortete Riemann. »Aber Freiheit ist kein Job, den Sie delegieren können! Sie ist die Summe aus Millionen kleiner Taten. Es hat keinen Sinn, sich zurückzuziehen. Weichen Sie nicht den Steinen aus, die sie Ihnen in den Weg legen, sondern räumen Sie sie weg. Am Ende zählt nur, was Sie *tun*! Nur das ist echt und wirksam.«

Ken hielt die Luft an. Die Steine. Er hatte die Steine erwähnt!

Riemann drehte sich weg, schaute sich dann aber noch einmal um.

»Natürlich ist das Beste, was Sie tun können, mich zu wählen.«

Ken schaltete ab. Die Steine wegräumen. In den letzten paar Tagen hatte er viel darüber nachgedacht, was er tun könnte. Eine Stoßrichtung hatte er jedoch noch nicht gefunden.

Er musste diejenigen oder denjenigen finden, der ihn zum Stolpern brachte.

Denk nach, Ken!

Der Tiefe Text stand im Zentrum von allem. Wer die Daten der Menschen hatte, konnte sie verarschen. Also zum Beispiel ihn, Ken, zu Arbeitgebern vermitteln, von denen er schon vorher wusste, dass es nicht passen würde. Oder ihn mit warmen, weichen Sitzpolstern in den Schlaf wiegen, damit er ein wichtiges Schießen verpasste. Oder den Preis für eine ordentliche deutsche Bratwurst just dann astronomisch hochsetzen, wenn man am meisten Bock drauf hatte. Warum? Um ihn zu Hause zu halten, wenn er es freiwillig nicht tat, wegen der Infektionsgefahr. Oder um Kohlendioxidemissionen zu reduzieren.

Die Finger im Tiefen Text zu haben bedeutete, direkt in den Hirnwindungen des Betroffenen herumzuwühlen.

Der Tiefe Text ist nicht dein Datenschatten. Du bist *sein* Schatten!

Und wer stand für den Tiefen Text wie kaum ein anderer? Er dachte an seine Recherchen über den Tiefen Text. Ein Name war darin oft aufgetaucht. Ein prominenter Name.

Da heranzukommen, war freilich schwer, fast unmöglich.

Aber es gab ja noch die Kontakte, die er auf der Suche nach Kant geknüpft hatte! Die reichten sogar bis in Regierungskreise. Einer von denen wusste sicher etwas.

25

»Euch graben sie das Wasser ab, während die Batteriefabrik drüben in Brandenburg minütlich Kubikmeter davon schluckt!« Boris streckte den Finger nach Osten, wo von Halberstadt aus gesehen Brandenburg lag. Auf dem weitläufigen Domplatz gierten tausende Gesichter nach seinen Worten. Die schlanken Turmspitzen des Doms stachen in einen seit Wochen wolkenlosen Himmel. »Kanzler Magers Räte, lauter so genannte Experten, lassen an den Küsten gigantische Deiche bauen«, fuhr Boris fort. »Wo die Elbe in die Nordsee fließt, errichten sie ein Sperrwerk, das mich an den Bau der Pyramiden denken lässt.« Vielstimmiges Hohngelächter. »All das, während eure Äcker verdursten. Und bald ihr selbst. – Erst gestern haben sie euch ein Trinkwasserkontingent aufgebrummt. Aber die große Wasserleitung vom Bodensee verweigern sie euch seit Jahren. Und warum? ›Prognostische Prioritätensetzung‹ nennen sie es. Weil ihre Rechenmodelle voraussagen, dass Grönland schmilzt. Dass es verheerende Sturmfluten geben soll. Alles in ihrer fiktiven Zukunft natürlich, die sie ja eigentlich verhindern wollen. Offenbar glauben sie selbst nicht daran!«

Ein neues kollektives sarkastisches Lachen hob an. Boris trat an den Rand der Bühne. Sein Zeigefinger hackte im Takt seiner Worte in Richtung des Schotterbodens. »Für das Hier und Jetzt interessieren sich die Herrschaften im Expertenbaum nicht! Eure Enkel wollen sie schützen. Wie soll das gehen, wenn man die Großeltern vertrocknen lässt?«

Alexandra vergaß die Hitze und den Durst. Sie schwebte. Der Eine verschmolz mit seinen Zuhörern. In keinem anderen Politiker fanden sie sich selbst so sehr wieder wie in ihm. Nun ging er zum Frontalangriff über: »Mager nennt es großspurig Deutschland-Deal. Was für ein Deal soll das sein, wenn die Wirtschaft in Wohltaten ertrinkt, während die Bürger austrocknen? Ich nenne das einen Betrug an Deutschland!« Ein kollektives »Ja« brach aus der Menge, sie setzten sich ihre Riemann-Masken auf. »Wir sind Boris! Wir sind Boris! ...«

Hinterher mischte sich Boris unters Volk. Das gefiel ihr weniger gut. Doch er wollte es, genoss es am meisten. Gerade nahm er zwei junge, attraktive Frauen in die Arme. Zu dritt grinsten sie in eine Kamera. Wahrscheinlich würden sie sich dem Tross anschließen und die Nacht in Boris' Hotelzimmer verbringen.

Alexandra erschrak. Ein Mann mit Riemann-Maske hielt genau auf Boris zu. Er pflügte sich durch den Pulk um den Kandidaten. Wo hatten die Aufpasser ihre Augen? Alexandra eilte zu Boris, um dem Maskierten zuvorzukommen. Boris sprach gerade in eine Kamera. Er wandte sich von der Linse ab und zufällig genau dem Mann zu, der ihn gerade erreichte. Der streckte den Arm aus. Alexandra erstarrte. Der Maskierte ballte die Hand zur Faust.

»Ich bin dir so dankbar, Boris!«

»Freut mich!« Sie boxten die Fäuste aneinander. Alexandra erreichte das Paar.

»Ich bin Frank«, sagte der Mann, während er die Maske abstreifte. »Ich werde hier in Nordostdeutschland für die Liste Riemann antreten. Du hast mich dazu ermutigt!«

Boris lächelte, Alexandra war erleichtert.

»Weißt du, womit?«, fuhr Frank fort.

»Nein, womit?«

»Mit deiner Rede auf der Wahlparty.«

Alexandras Nacken spannte sich an. »Boris!«, sagte sie. »Wir müssen dann mal. Weiter nach Magdeburg.«

Boris nickte ihr kurz zu, richtete aber die Aufmerksamkeit wieder auf Frank.

»Es war, als würdest du mich persönlich meinen«, erklärte dieser. »Du sagtest, ein Vater muss seinen Kindern vorleben, was Courage ist. Wortwörtlich.« Er drückte die Faust auf sein Herz. »Das ging direkt hier rein. Endlich traute ich mich, das zu tun, wovon ich zuvor immer nur geredet habe.«

In Boris' Gesicht schien für einen Moment Irritation auf, doch sofort lächelte er wieder. »Das ist wunderbar!«

»Es eilt langsam, Boris«, warf Alexandra dringlich ein, wobei sie Frank sparsam anlächelte. »Halb Magdeburg wartet schon auf dich!« Sie legte eine Hand auf Boris' Schulter und schob ihn weiter.

Boris schwieg, bis zur Auffahrt auf die B81.

»Ich rede oft spontan«, begann er. »Und an vieles kann ich mich später nicht mehr erinnern. Aber eins habe ich sicher nicht gesagt: dass ein Vater seinen Kindern etwas vorleben soll.« Er verzog den Mund. »Das passt nicht zu mir!«

Alexandra winkte ab, ärgerte sich aber über Boris' Begegnung mit dem Mann.

»Ach, du weißt doch: Was man sagt und was bei den Leuten ankommt, sind zwei Paar Schuhe.«

»Nein. Frank sagte ›wortwörtlich‹. Das klingt nach scharfer Erinnerung. Ist das nicht seltsam?«

»Finde ich nicht. Das ist wie bei Zeugenaussagen, die im Brustton der Überzeugung kommen. Die haben meist nur eine vage Ähnlichkeit mit dem, was wirklich geschah.«

»Na ja, das war schon ziemlich unähnlich zu allem, was ich sonst so sage.«

Das war Alexandra auch aufgefallen. Sie würde mit den Technikern noch ein Wörtchen reden müssen.

»Boris, das ist Politik. Die Leute projizieren in dich hinein, was ihnen gerade passt. Die Kanäle sind voll mit deinen Reden. Du redest viel, wenn der Tag lang ist. Das wird interpretiert, verdreht, umgedeutet. Meine Güte, vielleicht hat dieser Frank das sogar von jemand anderem gehört und ordnet es dir zu. Hauptsache, er findet dich gut!«

Er sah ihr prüfend in die Augen.

»Alexandra, ich habe das Gefühl, dass irgendwas nicht stimmt. Neulich in Berlin, bei der Wahlparty. Da kam doch dieser Listenfüller aus Südwestdeutschland auf mich zu. Er sagte, du hättest ihn vom ersten Listenplatz genommen, weil dir seine Meinung nicht passe.«

Sie erinnerte sich, wie Götz Bracht sich Boris in den Weg gestellt hatte, als dieser auf die Bühne gehen wollte, und auf ihn einredete. Sie hielt Boris' Blick stand.

»Meinung? Er hat sich als Rechtsradikaler entpuppt!«

Boris schluckte. »Wie kommt der *überhaupt* auf die Liste?«

»Boris, wir haben die Partei aus dem Nichts geschaffen. Wir haben keine ideologischen Scheuklappen. Das zieht nun mal ein breites Spektrum an Leuten an. Wohlgemerkt ist Bracht kein Rechts*extremist*. Er will die Demokratie nicht abschaffen. Wir können ihn also nicht einfach ganz aus der Liste werfen.«

Boris atmete schwer durch.

»Es fühlt sich etwas weniger nach Spaß an.«

»Du hast selbst gesagt, dass du es ernst nimmst. Und gerade wieder hast du erlebt, wie sehr dich die Menschen brauchen!«

»Ja, schon. Unsere Kampagne ist extrem wichtig für dieses Land. Aber ich will wissen, wie weit du gehst, um erfolgreich zu sein.«

»Über Erfolg oder Misserfolg entscheiden die Wähler. Ich tue mein Bestes, damit du bei möglichst vielen von ihnen punktest.«

Er beugte sich ihr entgegen und blickte ihr forschend in die Augen.

»Ich habe nur eine Frage an dich. Geht wirklich alles in dieser Kampagne mit rechten Dingen zu?«

Sie hatte mit dieser Frage gerechnet und stundenlang vor dem Spiegel geübt, sodass sie jetzt nur den Play-Button drücken musste. Sie lächelte entwaffnend.

»Natürlich, Boris! Ich habe alles im Griff. Und mir vertraust du doch, oder?«

Er nickte. Aus seinen Augen schimmerte jedoch Zweifel. Seine ganze Aura litt darunter. Alexandra machte sich Sorgen. Sie beschloss, Boris deutlich besser abzuschirmen.

26

Über ihren Bürotisch gebeugt schielte Sophie zu Matas Vanagas hinüber, der sich mit einem anderen Kollegen unterhielt. Dieser geheimnisvolle Mann, der in einem ominösen Bürohaus verschwunden war, faszinierte und beunruhigte sie. Mehrmals im Gespräch hob er eine Augenbraue, wie Mr. Spock. Es fiel Sophie schwer, den Blick von ihm zu reißen.

Doch sie hatte zu tun. Sie wollte mit Carins Hilfe diesen Chris durchleuchten, den Mann mit dem Schmetterlings-Shirt. Heute früh auf dem Weg ins Büro hatte sie eine Idee gehabt. Sie erinnerte sich an einen Gesprächsfetzen, den sie gestern mitbekommen hatte, als sie von Andys Büro weggegangen war. Beim Schließen der Bürotür hatte Chris sich bei Andy für die Verspätung entschuldigt: Weichenstörung bei der S-Bahn. Das war doch ein Hinweis! Sie ärgerte sich, dass sie das jetzt erst erkannte. Sophie fragte Andra, wo das S-Bahn-Netz gestern eine Weichenstörung gehabt habe. Eine auf der Ringstrecke nahe Tempelhof, antwortete Andra, und eine zweite zwischen Oranienburg und Berlin.

Oranienburg? Das wäre eine nützliche Eingrenzung!

Und tatsächlich: Die einzige Nichtregierungsorganisation in diesem Vorort Berlins hieß »Recapture Science«. Im Organigramm fand sie einen »Chris Berger«, der für die PR-Abteilung arbeitete. Das Foto hatte eindeutig Andys Besucher gezeigt.

Dieser Verein schien allerdings nicht so harmlos, wie Andy getan hatte, sprich: ideologisch nicht weit weg von dem, was sie neulich von Jens Düsing gehört hatte. Recapture Science behauptete, die Wissenschaft habe ihr Fundament verloren:

die Skepsis. »Sie liefert der Politik kritiklos die Rechtfertigungen für absurde Präventionsmaßnahmen, deren Kosten unermesslich, deren Nutzen jedoch rein hypothetisch bleiben«, las Sophie auf der Website. Auch der Jenaer Appell war prominent auf der Website platziert. Recapture Science sei der Knotenpunkt des Netzwerks »kritischer« Forscher, das dieses Papier verfasst habe.

Sophie presste die Lippen zusammen. Für sie bestand diese Initiative nur aus billiger Aufmerksamkeitshascherei von Forschern, die den Anschluss verloren hatten.

Sie gab in die Suchmaske ein, was sie über Berger recherchiert hatte. Hier im Büro konnte sie ja auf den üppigen Datenschatz von BSC zugreifen. Allerdings waren alle Datensätze pseudonymisiert, Name und Adresse halfen nichts. Doch andere Kriterien wie Beruf, Arbeitsort oder Haarfarbe identifizierten eine Person recht schnell. Datenschutz war relativ; in einer derart umfassenden Datenbank praktisch nicht vorhanden. Konkret half hier der abgelegene Standort Oranienburg.

Wie erwartet, gab es nur eine Person, die alle Kriterien erfüllte. Das musste Berger sein. Zuerst konzentrierte sich Sophie auf seine Verbindungsdaten. Sie sah sich die Personen an, mit denen Berger am meisten kommunizierte. Deren Dossiers sahen allerdings harmlos aus. Menschen, die alltäglichen Aktivitäten nachgingen: arbeiten, schweben, essen gehen, AR-Konzerte besuchen. Einige der Kontakte schienen bekannte Wissenschaftler zu sein. Niemand, der nach Düsing aussah. Vielleicht hatte Berger ja Kontakte zu Boris Riemann.

Sie ordnete Bergers Kommunikationsdaten zeitlich und ging an bestimmte Fixpunkte, wie die Gründung der Liste

Riemann, die Wahl in Südwestdeutschland oder Reden des Politikers in den wilden Kanälen. Gab es vielleicht zu etwa diesen Zeitpunkten Muster in Bergers Kommunikationsverhalten? Vergeblich, leider.

Moment mal, was war eigentlich mit Riemann selbst? Sie wusste ja einiges über ihn und versuchte, sein Dossier zu finden. Wieder vergeblich.

Nachdem sie auch niemanden gefunden hatte, der Düsing oder Andy Neville ähnelte, schloss sie, dass nicht alle Personen in ihrem Datenschatz vorhanden waren.

Ist Riemann nicht drin, weil er ein Kunde ist?

Sie seufzte und schielte in die Ecke, in der Matas saß. Sie sah ihn von der Seite an, sein Profil war weich und kindlich. Er wischte verstohlen auf seinem Bracelet herum. Sophie versank in dem Anblick. Sollte sie ihn ansprechen? Dass er ihr gefiel, war nicht Grund genug. Doch als neuer Ansatzpunkt nach einem toten Ende der Recherche?

Sie stand auf und ging hinüber.

»Hi Matas«, begann sie ein Gespräch. Erst jetzt merkte sie, dass sie Carin nicht mobil aktiviert hatte. Sie musste ohne auskommen.

Der Angesprochene erschrak etwas und riss den Kopf hoch.

»Hi«, grüßte er. Sophie meinte, einen Anflug von Lächeln zu sehen. »Wie kann ich helfen?«

»Du, es würde mich interessieren, ob Carin besonderen Risiken durch Cyberangriffe ausgesetzt ist.«

Matas spitzte den Mund und hob eine Augenbraue. »Eigentlich nicht. Es ist eine KI wie jede andere.« Er stutzte und wedelte beschwichtigend mit den Händen. »Also, ich will damit nicht sagen ...«

Sophie lächelte. »Ist schon gut. Ich frage, weil das Missbrauchspotenzial natürlich enorm ist. Das weckt vielleicht mehr kriminelle Energie als üblich.«

Matas schüttelte den Kopf. »Wir sind ohnehin ein lohnendes Angriffsziel. Entsprechend investieren wir in Sicherheit. Wir haben nicht nur die neuesten Anomaliedetektoren, sondern verbessern diese sogar noch mit eigener Expertise. Du sitzt hier in einem digitalen Fort Knox.« Matas grinste kurz. Sophie nickte und ließ ihren Blick auf ihrem Kollegen ruhen.

Der sah sie an, unter seiner gerunzelten Stirn. Dass sie die Miene nicht decodieren konnte, betrachtete sie dieses Mal als Freiheit. Gewollt interpretierte sie seinen Ausdruck wie folgt: Matas forderte sie auf, noch ein wenig zu bleiben.

»Woher aus Litauen kommst du eigentlich?«, fragte sie und hoffte, ihre fehlende Übung im Smalltalk würde nicht zu arg auffallen.

»Aus Klaipeda«, antwortete er lächelnd. Dort war Sophie früher mal ein paar Tage gewesen, ein Anknüpfungspunkt. Sie unterhielten sich fast zehn Minuten lang, bevor Sophie an ihren Tisch zurückkehrte. Ihre Finger zögerten. Sie kam sich wie eine Verräterin vor. Doch dann tippte sie einige Eckdaten zu Matas in die AR-Tastatur. Zwei Personen fielen ins Raster. Anhand der Bewegungsprofile – häufige Aufenthalte bei BSC und einige am Nollendorfplatz – hatte sie Matas schnell identifiziert.

Er hielt sich zwei-, dreimal im Monat im externen Büro auf. Und er wohnte im Stadtteil Steglitz. Sophies Finger zitterten über der Tastatur. Sie zwang sich, weiterzusuchen. Es geht nur um eine eventuelle Verbindung zu Düsing oder Riemann, ermahnte sie sich. Eine halbe Stunde lang durchforstete sie das Profil ihres Kollegen, während dieser wenige Meter weiter an seinem Arbeitsplatz saß. Zunächst fand sie nichts. Matas lebte ein stinknormales, unspektakuläres Leben. Doch für die Zeit vor 2020 galt das nicht, wie Sophie fand, als sie weiter zurückging. Damals hatte Matas in Sankt Petersburg gearbeitet. In einer dieser russischen Trollfabriken: Er war ein erprobter Kämpfer im russischen Informationskrieg gegen den Westen gewesen.

Sophie hatte Mühe, nicht den Kopf hochzureißen. Sie aktivierte Carin, bevor sie den Kopf langsam hob und zu Matas hinüberschielte.

Ihr Kollege blickte sie gerade an, die Augenbrauen enger zusammengezogen als üblich.

Vorwurfsvoll. Warnende Komponente.

Schlagartig wurde Sophie bewusst: Sie war in Matas' Falle getappt, obwohl er ihr vor ein paar Minuten von besonders sensitiven digitalen Detektoren für Anomalien hier bei BSC erzählt hatte. Für Anomalien wie ungewöhnliche Suchmuster in der Datenbank.

27

Jens Düsing folgte dem Oberst des Kommandos Figurenbau in den alten Hangar. Er war gespannt, ob sich die teuren Kilometer in das Brandenburger Outback gelohnt hatten. Es war nicht ganz risikolos, hier persönlich aufzutauchen. Doch er wollte sich einen vollrealen Eindruck verschaffen.

Kaum öffnete sich knarzend das rostige Tor, sah Düsing schon die haushohe Figur. Er trat ein. Von einer Plattform ragte stolz eine griechische Göttin bis unter die Querstreben des Hangardaches. Ihr Profil war scharf und ihr Blick listig. Zusammen mit Helm, Speer und Schild wies sie das als Athene aus, die Göttin der Strategie, des Krieges und des Wissens. Geballte Symbolkraft, wie geschaffen für das »Projekt«.

»Mein Kompliment«, sagte er zum Oberst, einem gedrungenen Menschen mit spärlichem Haar. Der verbeugte sich hündisch, murmelte irgendwas wie »Dienst an der Sache«. Düsings Frage, ob die Technik schon eingebaut sei, verneinte er. Das komme unmittelbar vor dem Einsatz. Düsing umrundete die Figur und nickte wohlwollend. »Wirklich gelungen«, lobte er. Heute war er großzügig.

Die Nachrichten hatten seine Laune gehoben. In einem Hamburger Stadtteil sei die Alpha3-Lage eskaliert, logen die Zertifizierten. Die Kliniken vor Ort würden den Ansturm kaum schaffen, Patienten würden in andere Kliniken in ganz Nordwestdeutschland gebracht. Auch die Hitze schlug angeblich gnadenlos zu. Vor Freiburger Kliniken parkten Kühllastwagen, weil die Kühlkeller von Hitzetoten überquollen.

Im Südwesten Deutschlands hatte es zwei Tage lang 47 Grad und mehr gegeben. Unruhen waren ausgebrochen, weil die Hitze Menschen aggressiv machte.

Natürlich manipulierten die Zertifizierten, um dem Volk Angst einzujagen, damit es schön brav den Zuchtmeister Mager wählte. Doch diesmal würde die Masche nicht ziehen. Zu viele dunkle Wolken zogen über Mager auf. Dem Jenaer Appell schlossen sich immer mehr frustrierte Wissenschaftler an. Dieser Wir-statt-Klima-Protest uferte aus.

Riemanns Stimmenanteil wuchs von Woche zu Woche, lag jetzt, einen guten Monat vor der Schicksalswahl, bei fast zehn Prozent.

An all das anzudocken, lohnte sich: Auch »Herz des Volkes« legte in den Umfragen zu und lag gerade bei über zwei Prozent.

Der Oberst Kommando Figurenbau führte ihn weiter zur Wand des Hangars. Dort reihten sich stilisierte Doppelblätter, das Symbol von »Herz des Volkes«, ebenfalls von der Größe einer Hausfassade. Düsing zählte zwölf davon: für jeden Aufführungsort eines. Wieder lobte er den Oberst, der erneut eine Geste demütiger Dankbarkeit vollzog.

Alles für die Sache.

Düsing blickte rundherum. »Wo ist die Pyrotechnik?«, fragte er den Leiter.

»Draußen, hinter dem Hangar«, antwortete dieser.

Düsing ging hinaus. Dort schraubte ein athletisch gebauter Mann mit nacktem Oberkörper eine schwarze Box an einem Metallträger an. Weitere solcher Boxen waren schon daran befestigt. Düsing beobachtete das geschmeidige Spiel der Muskeln unter der schweißnassen Haut. Seine Zunge streichelte über die Innenseite seiner Lippen. »Das sieht beeindruckend aus«, sagte er. Der Mann zog die Schraube fest, drehte den Kopf und richtete sich, als er Düsing erkannte, freudig lächelnd auf. »Jens! Was für eine Ehre!«

»Und mit wem habe *ich* die Ehre?«

»Pablo Hüther.«

Den Namen kannte er natürlich – es war der Oberst Kommando Pyrotechnik. »Ah, Pablo. Wir kennen uns noch nicht vollreal.«

»Ich bin viel unterwegs. Es gibt ja zwölf Aufführungsorte.«

Düsing trat zu dem Aufbau. »Um was handelt es sich hier?«

»Das sind Flammenprojektoren. Die hier stoßen eine bis zu sieben Meter hohe Feuersäule aus, und die da hinten«, Pablo deutete auf eine weitere, ähnliche Vorrichtung, »macht Feuerbälle.«

»Schön zu sehen, dass es vorangeht.«

»Noch, ja.«

»Noch? Gibt es Probleme?«

»Die Alpha3-Restriktionen machen die Kilometer unglaublich teuer. Nicht nur meine Reisen, sondern auch was Lieferungen angeht. Die Mehrkosten zahlt man als Endkunde ja mit.«

»Sollte das nicht langsam ein Ende haben mit diesen Restriktionen? Es gibt doch jetzt diese Impfung.«

»Ja, aber die Impfquote ist sehr gering. Sie faseln wieder mal vom Präventionsparadox. Daher müssen sie natürlich den Druck hochhalten. Wir tragen halt, wie gesagt, die Kosten.«

»Hm. Kosten. Ich kümmere mich darum.« Düsing blieb noch ein bisschen und genoss das Schauspiel dieses gesunden, schönen Körpers. So musste einmal der ganze Volkskörper aussehen.

Er marschierte weiter in eine kleinere Halle. Dort rollten mehrere Leute ein gigantisches Transparent auf. Es füllte fast die gesamte Breite des Gebäudes. Die Rolle war beinahe mannshoch. Der Oberst der Aktion »Alexanderplatz« kam breit lächelnd dazu. »Hallo Jens!«, begrüßte er ihn und deutete mit exakt dosiertem Kopfneigen seine Unterwürfigkeit an.

Diese Aktion war die teuerste von allen. Vor allem natürlich wegen des Einsatzes eines Hubschraubers. Doch von ihr versprach sich Düsing eine enorme mediale – und politische – Wirkung. Auch der Oberst »Alexanderplatz« klagte über Mehrkosten.

Jens ging zurück zum Wagen und setzte sich in dessen klimatisierte Kühle.

Geld also. Mal wieder das liebe Geld. Zum Glück musste er sich darum keine Gedanken machen. Er schloss das Trennfenster zum Fahrer und wählte eine Nummer, die außer ihm nur wenige im Kopf hatten.

28

Sophie lobte Andra, dass sie ihr dieses Programm vorgeschlagen hatte. Es lenkte sie ab. Eine philosophische Runde so genannter Neomaterialisten diskutierte die Frage, wie frei der eigene Wille sei. Sie saßen in Ledersesseln, rauchten oder schwenkten Cognacgläser unter ihren Nasen. Offensichtlich glaubten sie nicht, sich gegen diese Süchte entscheiden zu können.

Das Visier zeigte Sophies Station an, sie stieg aus. An einem Kiosk bremste sie, was sie sonst nie tat. Sie verlangte eine Flasche Cognac. Ein Schluck hin und wieder – was wäre daran auszusetzen, rationalisierte sie den Impulskauf.

Auf dem Heimweg kamen ihr Leute in hellblauen T-Shirts entgegen. »HIER«, stand auf einigen davon, »JETZT« auf den anderen. Als sie sie passiert hatten, drehte Sophie sich um. »BORIS WÄHLEN«, stand auf den Rückseiten der Shirts.

Schon wieder Riemann!

An der Ecke kämpften erfrischungsbedürftige Kinder um den knappen Platz unter einer Nebeldusche. Sie stießen, traten und boxten sich – Revierkampf brutal. Der Senat hatte angeordnet, wegen der Trinkwasserkontingentierung jede zweite Nebeldusche abzuschalten.

Kurz darauf quälte sich Sophie die Stufen zu ihrer Wohnung hinauf. Ihre Bluse klebte an der nassen Haut. In was für eine Falle war sie da nur getappt! Jetzt hatte Matas sie auch noch beim Spionieren erwischt! Sophie war sich nicht sicher, ob er sie anschwärzen würde. Sein Blick hatte eine warnende Note gehabt. Es könnte reichen, wenn sie mit ihren Recherchen im Datensilo aufhörte. Wenn sie Glück hatte, dachte

Matas, sie hätte wegen ihres persönlichen Interesses an ihm in seinen Daten gewühlt.

Oben angekommen hielt sie das Bracelet an die Wohnungstür. Drinnen bog sie zuerst in die Küche, um den Cognac in den Kühlschrank zu stellen und eine halbe Flasche Wasser hinunterzukippen. Als sie die Kühlschranktür geschlossen hatte und sich zum Esstisch wandte, setzte ihr Atem aus.

Fliegen summten über etwas, das auf der Tischplatte lag. Eisiger Schweiß floss auf Sophies heißen Rücken. Ihre Beine waren gelähmt, doch das Objekt zog sie an. Wie durch Sirup trat sie näher.

Dort lag ein rohes Steak. In feinen Rinnsalen floss Blut in die Maserung der Tischplatte. Ein Messer steckte im Fleisch. Schwindel überfiel Sophie. Ihre Hand schnellte an die Tischplatte, um den drohenden Sturz abzufangen. Sie rang nach Luft, ihr Kopf begann zu glühen. Sie fuhr herum, rannte in den Flur, suchte ihn ab, hetzte von Zimmer zu Zimmer, checkte jeden Winkel. Nichts.

Der ungebetene Besuch war verschwunden. Sophies Beine weigerten sich, in die Küche zu gehen. Sie zwang sie. Das Stück Fleisch lag noch da, Sophie hatte also nicht geträumt.

Jemand war hier gewesen!

Hier!

Sie hatten ihre Wohnung gehackt!

Die Berührung auf dem Idafeld! Ihr Bewacher hatte ihr einen Tracker gesetzt. David hatte sie gewarnt.

David!

Sie musste mit ihm sprechen.

»Sophie, Sophie«, begrüßte sie David kurz darauf in seinem abgedunkelten Zimmer.

Es klang anklagend.

Ahnungsvoll besorgt, berichtigte Carin.

»Lass mich raten. Du hast dich anfassen lassen?«, fragte David.

Sie nickte.

»Herrschaftszeiten, Sophie! Was habe ich gesagt?«

»Jemand war in meiner Wohnung.« Sie schilderte es ihm. »Ich habe Angst! Ein Messer, das in Fleisch steckt. Ist das eine Morddrohung?«

Die Person ist geschockt, versucht, es zu verbergen.

David fühlte mit ihr!

»Sie sind clever, überlassen es deiner Fantasie«, stellte er fest.

»Ich muss das der Polizei melden!«, rief Sophie. »Es geht um mein Leben!«

David lächelte mild.

Süffisant.

»Weil in deiner Küche ein Messer im Steak steckt? Warum nicht, weil dein Spülbecken nass ist? Sie werden dich auslachen.«

»Sie sind eingebrochen!«

»Nein, sie haben deine Tür ja nicht aufgebrochen. Nur so ist ein Einbruch möglich.«

»Das Schloss lässt sich nicht hacken? Könnte man nicht eine Brute-Force-Attacke auf die Verschlüsselung machen?«

»Im Prinzip ja. Aber dazu bräuchte man verdammt viel Rechenkraft. Mit einem Bracelet würde es viele Stunden dauern. Da bricht man die Tür besser mit physischer Gewalt auf. Ansonsten öffnet sich ein Wohnungsschloss nur, wenn zugangsberechtigte Personen sich mit ihrem Bracelet identifizieren.«

»Ich habe nur Dunja berechtigt.«

»Sicher?«

Nein, das war sie nicht.

»Viele Menschen, die anfällig für Herzinfarkte oder Ähnliches sind, berechtigen auch Rettungskräfte«, erläuterte David. »Und du mit deiner Hypochondrie hast das vielleicht auch getan. Ich rate dringend davon ab. Im Notfall können Rettungskräfte die Türen schnell aufbrechen.«

Jetzt erinnerte sie sich, das vor Jahren getan zu haben. Diese Entscheidung kam ihr nun absurd vor, stammte aber einfach aus einer Zeit ohne Misstrauen, einer naiven, fernen Zeit.

»Stell das ab!«, mahnte David.

»Mach ich dann ...«

»Jetzt, sofort!«

»Okay.« Sie ging ins Konfigurationsmenü der Wohnungstür und verbot Rettungskräften den Zutritt.

David schüttelte den Kopf. »In welches Wespennest hast du da bloß gestochen?«

Sophie senkte den Blick. Dann erzählte sie David von ihren bisherigen Recherchen und Vermutungen.

Die Person ist bass erstaunt. Doch Skepsis schwingt deutlich mit. Analysiert das Gesagte.

»Dass da eine Verbindung zu Riemann sein soll«, unterbrach David sie in ihren Gedanken, »scheint mir weit hergeholt.«

Sophie stutzte. »Du interessierst dich auch für ihn?«

David nickte. »Klar. Er ist ein digitales Phänomen. Riemann wird virulenter auf den wilden Kanälen. Das ist seltsam. Viel dreht sich bei ihm um Freiheit. Damit kommt man in Deutschland eigentlich nicht weit. Er war Schauspieler.

Und genauso wirkt er auf mich, nicht wirklich authentisch. Da spielt noch etwas mit. Ein unbekannter Faktor.«

»Ich hatte das Gefühl«, sagte Sophie, »dass er mit Microtargeting arbeitet.«

David sah sie an, mit großen Augen.

Vorsichtige Neugier.

Sophie zierte sich, die Quelle ihres Argwohns zu nennen, aus Angst, sich lächerlich zu machen. David nickte ihr zu.

Mit Zurückhaltung aufmunternd. Die Person wird die gewünschte Information vertraulich behandeln.

»Habe eine AR von einer seiner Reden gesehen«, sagte Sophie. »An einer Stelle hatte ich das Gefühl, er spricht mich persönlich an. Ich habe heiße Wangen bekommen, wollte mir das Visier vom Kopf reißen.«

Sie senkte den Blick und vergegenwärtigte sich die Szene.

»Ich hatte den Eindruck ... Ich weiß, es kann gar nicht sein, weil es extrem unklug von ihnen wäre, es an *mir* anzuwenden ... Trotzdem: Da war dieser Eindruck, dass *Carin* durch Riemann mit mir gesprochen hatte.«

David schüttelte den Kopf, brach aber nicht in Lachen aus, wie sie befürchtet hatte.

Die Person glaubt das nicht.

»Du weißt, was das mit einschließt?«, fragte er.

»Ja, klar. Wenn nur ich diese Worte gehört und die Lippenbewegungen dazu gesehen habe, dann haben wir es mit einem Deep Fake zu tun. Was verboten wäre.«

»Nicht nur verboten. Sondern technisch unmöglich.«

»Das sagen sie, ja. Aber stimmt es auch?«

»Hey, du sprichst mit David König! Ich kenne mich natürlich mit den speziellen Sicherheitseigenschaften des Euronet aus!«

Noch nie hatte Sophie es so geschätzt, einen Halbbruder zu haben, nein, *diesen* Halbbruder zu haben. Wenn das durchgestanden war, würden sie neu starten.

»Ist das nicht ein Katz-und-Maus-Spiel? Die Fälscher sind immer einen Schritt voraus?«

Er schüttelte den Kopf.

»Selbst die besten Fälschungen sind heute nutzlos. Das Euronet unterscheidet sicher, ob ein Bild von einer Kamera erzeugt wurde oder von einem Algorithmus.«

»Heißt das, das Euronet erkennt, ob ein Bildpixel tatsächlich von physischem Licht erzeugt wurde, das von dem Gesicht einer echten Person reflektiert wurde?«

»Ja! Wenn auch nur ein Teil der Pixel künstlich generiert wurde, sperrt es den Inhalt.«

»Ist das wirklich sicher?«, hakte sie nach.

»Absolut«, versicherte David. »Die AR-Kamera prüft, ob sie ein analoges Objekt aufnimmt, und wenn ja, berechnet sie aus jedem einzelnen Bild eine so genannte digitale Signatur. Das ist so etwas wie ein verschlüsselter Fingerabdruck der Aufnahme. Dein Bracelet checkt diese Signaturen beim Empfang der AR. Es kann dadurch feststellen, ob das Bild von einer Kamera aufgenommen wurde oder nicht.«

»Die Kamera hat also einen Schlüssel, mit dem sie die Bilder sichert?«

»Genau.«

»Und wenn jemand Drittes diesen Schlüssel auch hätte ... könnte er dann nicht vorgaukeln, ein künstliches Bild sei echt?«

»Im Prinzip ja. Doch das ist praktisch unmöglich.«

»Praktisch? Und theoretisch?«

David schüttelte den Kopf. Ungläubig, fand sie.

Carin bestätigte diesen Eindruck.

Sophie freute sich, dass sie richtig geraten hatte. Beinahe hätte sie Davids Erklärung überhört.

»Der Schlüssel ist fest in der Kamera verdrahtet«, sagte er. »Das lässt sich nicht auslesen. Man müsste die Schaltung unterm Mikroskop ansehen. Sie ist aber gekapselt. Die Präparation würde den Schlüssel zerstören.«

»Klingt überzeugend«, räumte Sophie ein. »Aber ein Zweifel bleibt, David. Daten sind nun mal Daten. Was ich gesehen habe, sind nicht wirklich die Lichtstrahlen, die Riemanns Gesicht reflektiert hat. Es wurde aus Nullen und Einsen generiert, die mein Bracelet empfangen hat. Das lässt sich nicht wegdiskutieren. Da ist dieser digitale Kanal, den ich sinnlich nicht wahrnehmen kann. Da sind die Maschinen, die alles vermitteln. Ich tue mich immer schwerer, ihnen zu trauen.«

»Das musst du nicht. Generationen von Entwicklern haben daran gearbeitet, dass man dem Euronet trauen kann. Es ist so sicher wie das Stromnetz. Gut, letztlich hat jedes System seine Schwachstellen. Aber ich wüsste nicht, wo die hier sein soll. Es müsste eine große Verschwörung sein.« Er überlegte. »Weißt du was?«, fuhr er fort. »Besorg mir mal einen Mitschnitt von diesem Riemann.«

»Du kannst ihn dir selbst ansehen.«

Er schüttelte den Kopf.

»Hab ich schon. Ich hatte jedoch nicht den Eindruck, den du schilderst.« Er lächelte breit. »Wenn es wirklich Microtargeting ist, werden sie es an jemandem wie mir auch nicht anwenden.«

»Okay, ich schick dir was zu.«

»Gut, aber verschlüssle es. Ich analysiere die AR. Und wenn sich etwas Relevantes ergibt, besuchst du mich. Besser, wenn wir das dann offline besprechen.«

Sophie hielt ein spontanes »Nein« gerade noch zurück. Aber wollte sie David nun sehen oder nicht? Sie hasste es, wenn Ereignisse sturzbachartig aufeinanderfolgten.

»Muss ich weit reisen?«, fragte sie.

»Mach dir darüber keine Sorgen«, wich er aus.

David ließ den Blick auf ihr ruhen. Sie konzentrierte sich auf seine Mimik, versuchte, sie zu entschlüsseln. Es schien Zärtlichkeit darin zu liegen, eine Spur Zuneigung.

Die Person erwartet eine Annäherung.

Sophie zögerte.

»Wenn du mich jetzt öfter konsultierst, komme ich kaum noch zum Brötchenerwerb«, kam er ihr zuvor. »Ich glaube, wenn diese Sache rum ist, setzen wir uns mal zusammen und du führst mich in die datengetriebene Psychologie ein. Da hätte ich dann auch etwas von.«

Sophie lächelte. »Sehr gerne. Und ...«

Er legte den Kopf schräg. »Ja? Und ...?«

Sie öffnete den Mund. Zunächst kam nichts heraus, dann nur ein leises »Ach, nichts ...«.

Davids Mundwinkel hoben sich. Machte er sich über sie lustig?

Die Person freut sich über einen Fortschritt in eurer Beziehung.

Nach dem Ausklinken wagte sie sich in die Küche und starrte auf die Drohbotschaft. Das Messer, das Blut. Es war eine Morddrohung!

Eine Anzeige würde aber nichts bringen. Da hatte David recht.

Es lag an ihr selbst, diese Sache zu erledigen.

Allein schon, weil sie sich längst zur Komplizin gemacht hatte. Und erst recht, wenn Carin wirklich eine Rolle spielte.

Die KI war ihr ureigenes Projekt. Sie identifizierte sich mit ihr. Sie musste sie aus den Fängen derer befreien, die sie missbrauchten. Und das traute sie nur sich selbst zu.

Sophie beschloss, weiter zu recherchieren, dabei aber vorsichtig zu sein.

Der Entschluss setzte Tatkraft frei. Sie stapfte zum Küchentisch, um die Schweinerei aufzuräumen, warf das Fleisch in den Biomüll und das Messer in die Spülmaschine.

Schließlich beschloss sie, bei Riemann weiterzuforschen. Dieser Verdacht wog am schwersten und ließ sich unauffällig verfolgen, da viele Informationen offen zugänglich waren. Sophie holte ein weites Glas aus dem Schrank und den Cognac aus dem Kühlschrank.

Während Andra auflistete, wo Boris Riemann demnächst auftrat, nahm sie einen ersten Schluck. Sie atmete durch, fühlte sich entspannt. Riemanns nächster Termin auf seiner so genannten »Fahrt nach Berlin« finde in Potsdam statt, teilte die digitale Assistentin mit. Wie praktisch – vor den Toren der Hauptstadt. Spontan buchte Sophie ein Ticket.

»Willst du gleich eine Live-Rede hören?«, bot Andra an.

Das kam gelegen. Sophie aktivierte den Recorder, stimmte zu und trank das Glas leer.

Sie sah den charismatischen Politiker nun viel kritischer als beim ersten Mal. Und doch war da noch dieses Strahlen, dieses Feuer.

Nun füllte Riemanns Gesicht ihr Sichtfeld. Wieder hatte sie den Eindruck, er widme sich nur ihr persönlich. »Sind wir noch eine Gemeinschaft?«, fragte Riemann. »Oder sind wir nur Körner, Partikel? Herumgewirbelt nach dem Gusto einer kalten Maschinerie? Freundinnen und Freunde, ich rufe euch zu: Brecht aus! Raus aus den alten Routinen, raus

aus den Mustern! Feiert ein Miteinander! Und zwar jetzt! Gehört dazu! Zu etwas Tollem, Einzigartigem. Ihr seid die Menschen dieses Landes. *Wir* sind die Menschen dieses Landes!«

Riemann erschien nun wieder mit dem gesamten Oberkörper. Der persönlich auf sie zugeschnittene Part schien vorbei. Sophie wartete ab und beendete die Aufzeichnung am Ende von Riemanns Rede.

Dann genehmigte sie sich ein weiteres Glas Cognac.

29

Ferdinand Walther betrat den Balkon des Refugiums. Häufchenwolken zogen wie eine Bisonherde über Höhenrücken, die sich zum Horizont hin aufschichteten. In die Täler hinunter durchlöcherte das helle Grün der Wiesen und Getreidefelder das Blaugrün der Wälder. Dörfer folgten den Falten der Landschaft. Ferdinand sog die würzige, kühle Luft ein.

Erneut staunte er. Der Geruch war digital codiert und von den Neurostimulatoren in sein Gehirn projiziert, aber nicht von seiner Erinnerung zu unterscheiden.

Klar: Das hier war ein Traum. Kein deutscher Wald sah mehr so aus und roch noch so. Das hier war Maries Traum. Sie hatte Mittelgebirge geliebt, wollte eine Villa auf einer ihrer höchsten Erhebungen bauen. »Wie ein alter Burgherr«, hatte er damals gespottet. Doch die Vorstellung hatte auch ihm gefallen. Als Kontrapunkt zu der radikalen Erneuerung, die sie mit dem rückständigen, von Bürokraten unterdrückten Land vorhatten.

Er trat ins Wohnzimmer. Der weite Betonboden schimmerte silbern, wie ein glatter See. Die Seitenwände flohen bis zur rückwärtigen Glaswand, durch die der Garten zu sehen war. Vor dem wuchtigen Feuerkamin dehnte sich die anthrazitgraue Fläche der Couch. Eine Spielwiese. Eine Fantasie drängte heran. Ferdinand unterdrückte sie. Dies war eingefrorene Zukunft. Die Pausetaste hielt.

»Vorstellung Exa-X in 15 Minuten«, erinnerte ihn ein Text.

Ferdinand seufzte und klinkte sich aus. Nachdem er die VR-Ausrüstung abgelegt hatte, stieg er hinauf in den Arbeitssaal und setzte das Visier auf. Kurz darauf erschien das

Gesicht der Digitalministerin Aleyna Qasim, gefolgt vom Chef der Hardwarefabrik *Bracelet Champion*. Als Letztes erschien der Talkmaster Nathaniel Geisner. Nach Begrüßung und Briefing gingen sie auf Sendung. Ferdinand setzte öffentliche Auftritte mit äußerstem Bedacht. Es war wichtig, als bescheidener Helfer im Hintergrund zu erscheinen.

»Hallo liebes Publikum!«, begann Geisner. »In wenigen Wochen ist es wieder so weit: Alle Bundesbürger erhalten neue Bracelets. Ein großer Wurf soll das sein, sagt Digitalministerin Qasim. Die Technologie wird einen neuen Standard aus Brüssel umsetzen: Exa-X. Unsere Bracelets werden viel leistungsfähiger, viel lernfähiger und vielseitiger. Ein sehr interessantes Feature wird uns Ferdinand Walther, Chef von Wega, verraten. Über seine Anwesenheit freue ich mich besonders!«

Der Moderator stellte die anderen beiden vor und gab zuerst der Ministerin das Wort. Ferdinand war als Letzter dran.

»Herr Walther, Sie wollen den Exa-X-Standard auf eine besondere Weise einsetzen«, sagte Geisner. »Würden Sie es uns bitte erklären?«

Ferdinand nickte und lächelte.

»Gerne. Die Exa-X-Bracelets haben nicht nur eine neue hybride Rechnerarchitektur mit neuro-optischen Chips sowie Nanospeicher mit titanischer Kapazität. Sie verfügen auch über ein superfeines Näschen.« Er tippte mit dem Finger an seine Nasenspitze. »Ich meine einen neuartigen Quantensensor, der sehr feine Spuren unterschiedlichster Geruchsstoffe aufspüren kann. Als ich davon hörte, habe ich unsere leitenden Forscher gefragt, was ihnen dazu einfällt. Und sie hatten eine grandiose Idee. Macht das, habe ich gesagt. Sofort!«

»Und was genau?«, fragte der Moderator.

»Sicher haben Sie schon davon gehört, dass Hunde eine Alpha3-Infektion mit fast hundertprozentiger Trefferquote riechen können. Der Quantensensor ist sogar sensitiver als eine Hundenase. Unsere Hypothese war, dass er die Infektion noch präziser detektieren kann.«

»Und, kann er?«

»Nicht von allein, da nicht bekannt ist, auf welche Geruchskombination die Hunde eigentlich reagieren. Aber eine künstliche Intelligenz kann man genauso trainieren wie einen Hund. Das haben wir getan. Die Daten weisen auf eine hundertprozentige Trefferquote hin. Das würde bedeuten: Jeder Träger eines solchen Bracelets weiß Bescheid, sobald er infiziert ist, und kann sich entsprechend selbst isolieren.«

Geisner blickte skeptisch.

»Denken Sie, das würden die Betroffenen wirklich tun?«

Es war ein Elend, wie sie sich richtig einschätzten, dachte Ferdinand. So wie sie waren, unterschied sie nicht viel von Ratten in einer Versuchsbox. Doch Ferdinands Idee des Menschen war eine andere.

»Sicher würden sie das«, sagte Ferdinand. Mit »sie« meinte er freilich die Menschen in seiner Idee, nicht in der Realität. »Wissen Sie«, fuhr er fort, »die Technologie muss *zu* den Menschen. Sie muss *bei* ihnen *für* sie arbeiten. Ich sehe sie als ein Werkzeug zur Selbstentfaltung, für jeden Einzelnen. Menschen, die wissen, dass die Technik für sie arbeitet, werden sie auch im Sinne des Gemeinwohls nutzen.«

Nach der Sendung stapfte er die Treppe hinunter und schnaubte bei jeder zweiten Stufe. Er strebte direkt zum Spirituosenschrank im Wohnsaal, packte einen der barocken Griffe und riss die kristallverglaste Tür auf. Ohne zu überlegen, griff er nach der grünen Fee und schenkte sich ein Glas voll – ohne Wasser.

Diese ignorante Ministerin!

Er trank das Glas halb aus, spürte dem Brennen nach und genoss das Mentholaroma.

Der staatliche Epidemieschild habe sich bewährt und dem Land ein ruhiges Jahrzehnt beschert, hatte Aleyna Qasim gesagt. Alle Staaten der EU handelten so. Alternativen müssten zunächst auf Herz und Nieren geprüft werden. Da könne man nicht einfach auf eine neu entwickelte App umschalten. Der Staat trage bei der Krisenprävention die Verantwortung. Das sei ein integraler Bestandteil des Deutschland-Deals.

Der Absinth hatte ihn noch nicht ganz beruhigt. Er trat an das Panoramafenster und sah in den Gartenpark hinaus. Die schlanken, schuppigen Stämme der Kiefern wiegten sich im böigen Wind. Auch der Anblick, der ihn sonst beruhigte, half diesmal wenig. Er stürzte den Rest des Absinths hinunter.

Das eben hatte ihn daran erinnert, warum er solche Talkrunden hasste. Doch letztlich hatte es ihn bestärkt. Darin, dass er auf dem richtigen Weg und zum Erfolg verdammt war. Er wollte nach dem Stand des Datensubjekts sehen.

»Kanal zum Text öffnen«, befahl er. Nach einigen Sekunden erschien ein grünes »T« am Rand seines Blickfeldes. Wie sollte er filtern? Welche Marker gaben einen schnellen Eindruck? Er ging zur Hausbar und goss sich nach. Als der Glasrand seine Lippen berührte, hielt er inne. Er setzte ab, betrachtete lächelnd das Glas. »Alkoholkonsum von Sophie König anzeigen«, befahl er. Der Text listete die Einkäufe des Subjekts auf.

Cognac, las Ferdinand und hätte fast laut gejubelt.

Der Kühlschrank hatte sogar den Füllstand der Flasche dokumentiert.

Ein Lächeln legte sich erneut auf Ferdinands Lippen. Er hielt das Glas gegen das Licht, beobachtete das Spiel des Tageslichts mit dem Grün der Flüssigkeit. Dann hob er das Trinkgefäß. »Prost!«, sagte er zu einem imaginären Gegenüber und stürzte den Absinth hinunter.

30

Die S-Bahn nach Potsdam war überraschend voll. Sophie war froh über ihre Impfung. Sie legte den Hinterkopf auf die Lehne und genoss die klimatisierte Kühle. Das Thermometer auf dem Bahnsteig hatte 43 Grad angezeigt. Auffällig viele alte Menschen saßen in der Bahn. Ihre Wohnungen hatten wahrscheinlich keine Klimaanlagen, so zogen sie Kilometer-Malusse dem Hitzetod vor. Die lange Fahrzeit der S7 passte ihnen da gut ins Konzept. Hier merkte man, dass jeder zehnte Deutsche über 80 Jahre alt war. Das andere Extrem des Altersspektrums suchte ebenfalls hier Schutz: zwei ärmlich wirkende junge Männer mit je einem Kleinkind im Arm.

Sophie bedrückte diese ganze Szenerie. Hier hatte Riemann einen Punkt: Die Regierung Mager rettete das Morgen manchmal auf Kosten des Heute. Warum war der Einbau von Klimaanlagen in Altbauten nicht stärker gefördert worden? Dass die Experten keine derartigen Temperatursprünge für diesen Sommer prognostiziert hatten, machte die Sache nicht besser.

Um das Elend nicht mit ansehen zu müssen, blickte Sophie zu einem blauen Punkt und blendete die analoge Realität aus. Der Wahlkampf dümpele vor sich hin, kommentierte ein bekannter Journalist. Die Parteien versuchten, ihren Beitrag zur Präventionspolitik als den wichtigsten darzustellen. Nur das Grüne Bündnis stelle seinen Spitzenkandidaten in den Vordergrund – Kanzler Frederik Mager. Die anderen Parteien unterstützten ihn als den Architekten der Statik, die das Land trug. Eigene Kanzlerkandidaten aufzustellen sei sinnlos, solange König Mager nicht abdanke.

Sophie wunderte sich, dass sich die Wahlkämpfer kaum für die aktuelle Lage interessierten. Wenig wunderte sie hingegen, dass die Zertifizierten die Liste Riemann nur am Rande erwähnten. Inhaltlich kam der Kandidat kaum vor. Doch er beeinflusste den Stil der Kampagnen. Nach seinem Vorbild tingelten die Spitzenpolitiker der Koalition nun durchs Land und hielten Kundgebungen im Freien. Trotz Hitze.

Sogar Frederik Mager ließ sich herab, direkt zum Publikum zu sprechen. Er hatte Open-Air-Termine in den fünf größten Städten Deutschlands. Riemann wiederum würde heute auf dem Potsdamer Luisenplatz sprechen. Sophie wollte sich den echten Riemann mit Carins Hilfe näher ansehen. Vielleicht fand sie in seiner Gestik und Mimik neue Hinweise.

Vom Hauptbahnhof in Potsdam ging Sophie die zwei Kilometer zu Fuß. Im Visier blinkte »Level 3« auf. Sie erschrak. Offenbar gab es hier ein aktuelles Infektionsgeschehen. Die Hitze helfe dem Virus, meinten die Experten, weil sich die Menschen mehr in Innenräumen aufhielten und die oft schlechten Klimaanlagen das Virus verteilten. Open-Air-Veranstaltungen erschienen da fast als Gegenmaßnahme.

Der Luisenplatz war denn auch relativ voll, sicher über tausend Menschen. Eine Absperrung und Polizei umringten die Menge. Sophie steuerte auf eines der Drehkreuze zu, hielt ihr Bracelet daran und trat ins Innere. Jemand reichte ihr eine Riemann-Maske, doch sie lehnte ab. Die Stimmung war heiter und entspannt. Viele trugen Badekleidung und Hüte mit Sonnenschirm. Normale Leute, teils ganze Familien. Strategisch gut verteilt, sodass es nach einer Dominanz aussah, wehten orange-schwarz gestreifte Fahnen. Die Menschen, die sie schwenkten, ähnelten denen bei der Rede von Jens Düsing: meist schwarz gekleidet und auch der brennende Schmetterling auf einigen Kleidungsstücken durfte nicht fehlen. Sophies Nacken spannte sich an. Mit Blick auf die Polizei hatte sie Angst vor einem neuen Gewaltausbruch. Sie fokussierte sich auf die Bühne. Deren Hintergrund füllte ein riesiges Display. Es zeigte einen Adler, der vor einem wolkenlosen Himmel segelte.

Eine Frau trat auf die Bühne, die sich als Kandidatin für den Wahlkreis Potsdam vorstellte. Ein paar grüßende Worte, dann kündigte sie die Hauptperson an: Boris Riemann. Die Menge jubelte und applaudierte, noch bevor ihr Star die Bühne betrat.

Beats dröhnten los, treibende Gitarrenriffs. Wie ein Rockstar zu den ersten Takten seines Nummer-1-Hits enterte Riemann die Bühne. Der Jubel explodierte. Sophies Trommelfell schmerzte, als eine sehr junge Frau neben ihr kreischte. Riemann riss die Arme hoch, als habe er gerade ein Tor erzielt. Durch irgendeinen Zauber schien sich sein Charisma über den ganzen Platz auszudehnen.

Sophie ging so nah an die Bühne, wie sie konnte. Sie wollte das Gesicht des Kandidaten möglichst detailliert studieren. Die durchgeknalltesten Fans pressten sich davor zu einem Menschenknäuel. Bei Level 3 würde sie das horrende Strafen kosten. Kreislaufkollapse schienen Sophie ebenfalls vorprogrammiert. Kurz hatte Sophie den Eindruck, Riemann würde sie persönlich in den Blick nehmen. Irgendwie schaffte er es, alle und doch keinen anzusprechen. Sie aktivierte Carin. Freilich hätte die KI auch eine AR mit Riemann analysieren können. Doch nur hier konnte sich Sophie sicher sein, das Original vor sich zu haben.

»Carin?«

»Bereit.«

»Bitte eine Analyse zu folgender Frage: Glaubt diese Person an das, was sie sagt?«

Okay, analysiere. Hinweis: Ich besitze kein umfassendes Datenprofil über diese Person. Die Analyse wird einige Minuten dauern und mit Unsicherheit behaftet sein.

Den Inhalt der Rede fand Sophie furchtbar, teils erschreckend. Riemann erzählte zunächst von sich, sprach lokale Probleme an und spannte dann den Bogen zur Selbstbestimmung der ganzen Bevölkerung. Es schwang immer etwas von »Wir sind das Volk!« mit. Diesem »Volk« gab er das Gefühl, etwas Besonderes zu sein. Den Anspruch zu haben, sich von »digitaler Gängelung« zu befreien. Er unterschlug, dass Mager mit dem Versprechen, die Digitalisierung zu einer Sache des Volkes zu machen, Kanzler geworden war. Sophies Meinung nach hatte Mager auch geliefert.

Stattdessen ließ Riemann es so klingen, als wäre der Apparat eine von außen übergestülpte Macht – diffus, unberechenbar, böswillig. Damit bediente er *die* Urangst der Deutschen: jene vor der Bedrohung durch das Fremde.

Gekonnt knüpfte er daran an. »Der Apparat impft euch mit Angst«, schrie er und verengte die Augen zu Schlitzen. Virtuos warf ein Spot nun das Licht so auf ihn, dass sich ein Schlagschatten über seine Augen legte. »Und verkauft euch einen Nadelstich als Wundermittel dagegen. Fallt nicht darauf rein, Freundinnen und Freunde!«

Sophie starrte mit halb geöffnetem Mund auf die Bühne. Jetzt rief er also zur Impfverweigerung auf. Er, der studierte Pharmazeut. Das war eine neue Qualität.

Analyse beendet, meldete sich Carin.

»Ja, bitte?«

Mit einer Wahrscheinlichkeit von 86 Prozent glaubt die Person an das, was sie sagt.

»Woher rührt diese Überzeugung?«, fragte Sophie.

Mein Begriffsmodell ist noch nicht differenziert genug, um eine semantisch ausgereifte Erklärung zu geben.

»Versuch es, Carin.«

Okay. Die Person ist sehr extravertiert. Daher empfand sie ihre alte Rolle als Pharmazeut als frustrierend. An dieser Spannung arbeitet sich die Person ab. Die Geschichte, die sie von sich erzählt, ist somit authentisch. Ich erkenne dennoch eine Spur Unsicherheit.

Ah, jetzt wurde es interessant!

»Was ist der Grund dieser Unsicherheit?«

Eine verträgliche Komponente in der Persönlichkeit. Diese wehrt sich gegen das konfrontative Auftreten. Doch die Zustimmung von außen überdeckt dies. Sie braucht Anerkennung. Es gibt noch einen weiteren Faktor, der zur Unsicherheit beiträgt.

»Welchen?«

Das ist schwer erklärbar.

»Versuch es, bitte.«

Ein Gefühl der Fremdbestimmung.

Aha, dachte Sophie. Das deutete darauf hin, dass im Hintergrund jemand die Fäden zog. Infrage kam da natürlich Alexandra Calla, zweite Vorsitzende der Liste Riemann und politische Beraterin. Doch ihr traute Sophie nichts in der Dimension zu, die sie vermutete.

Sie hatte genug gesehen. Durch die relativ locker gefüllten Reihen hinter dem Pulk schritt sie zum Ausgang und trat den Weg zurück zum Bahnhof an. Mit jedem Meter wurden die Straßen ruhiger. Das Bracelet vibrierte – eine Nachricht von David. Er habe die Daten analysiert, teilte er mit.

»Erstaunliches Ergebnis, komm vorbei, gleich morgen.«

Es folgten die gewünschte Uhrzeit sowie eine Adresse, die sie mit geweiteten Augen anstarrte. Sie wollte zurücktexten, ob es ein Deep Fake sei oder nicht. Zwei kurze, schnelle Schritte hinter ihr. Ein Arm umgriff ihren Oberkörper, riss sie nach hinten, zerrte sie in einen zwielichtigen Durchgang und dort in eine Nische. Ein Klicken. Etwas Kaltes, Scharfes drückte gegen ihren Hals. Die Haut spannte sich, weigerte sich mit letzter Kraft, zu reißen.

Der Arm presste sie an einen Körper. Schnüffeln an ihrem Haar. »Mhm, gut riechst du!«, sagte eine gepresste, fiese Stimme. »Da könnte man direkt schwach werden.«

Sophie hielt die Luft an, während ihr Herz trommelte. Sie hatte das Gefühl, im Fang eines Bären zu stecken, wusste sich nicht zu wehren. Tränen quollen ihr aus den Augen.

»Was suchst du bei der Riemann-Rede?«, stieß der Angreifer aus. Ohne den Griff des Arms zu lockern, suchte die Hand des Mannes nach ihrer linken Brust und presste sie grob zusammen. »Das lässt sich sehen!«, stieß er aus. »Wenn du weiter schnüffelst, werde ich dich ficken, du nasse Pussy! Vielleicht stecke ich danach noch was anderes in dich rein, verstanden?«

Das Messer an Sophies Hals drückte fester, wurde zum glühenden Stahl. Sophie spürte eine warme Flüssigkeit an ihrem Hals hinabrinnen. Angst jagte ihr bis in die engsten Kapillaren. Sie war gelähmt.

»Ob du verstanden hast, Nutte!«

Sie presste einen zustimmenden Laut hervor.

Das Messer löste sich, der brennende Schmerz jedoch blieb. Der Angreifer ließ sie los und stieß sie brutal aus der Nische. Sophies Beine hielten sie nicht. Sie sank in die Knie, die hart auf den Asphalt prallten. Neuer Schmerz loderte bis ins Gehirn. Sie schluchzte, rang nach Luft.

Schritte entfernten sich rasch.

Sophie schaffte es nicht, den Kopf zu heben, wollte den Mann nicht sehen. Sie weinte weiter, in den Knien stach es, als drängen Nägel ein. Die Schnittwunde am Hals brannte wie Feuer. Sie fühlte sich wie hingeworfener Schlachtabfall. Nur langsam nahmen die wirren Wirbel in ihrem Gehirn die Form von Gedanken an. Sie dachte an ihren Halbbruder. David hatte es auch immer wieder geschafft, aufzustehen, weiterzumachen, Haltung zu bewahren. In Armen und Beinen regte sich neuer Wille. Er wandelte sich in Muskelkraft. Die Handflächen drückten auf den Asphalt, sie setzte einen Fuß auf und erhob sich.

Aus dem Schmerz wuchs ein anderes Gefühl. Genauso intensiv und mächtig. Es nahm Sophie den Atem. Sie erinnerte sich an den Moment ihrer Kindheit, an dem ihr bewusst wurde, dass sie ein »Ich« hatte, ein unabhängiges Wesen war, das sich von den anderen unterschied. Das hatte sie umgehauen. Jetzt ging es ihr ähnlich. Dieses neue Gefühl war ihr nicht aufgezwungen worden. Es war ihr eigenes. Sie konnte es innerlich greifen wie noch nie ein Gefühl. Sie wusste sofort: Es war Trotz.

31

»Wir sind Boris! Wir sind Boris!«, skandierte die Menge.

Alexandra beobachtete Boris, wie er die Arme in Siegerpose hochriss. Wie er das Publikum mit seinem Lächeln überflutete. Wie gern er mitten unter ihnen geblieben wäre. Stattdessen verließ er zwei Minuten später mit einem Abschiedswinken die Bühne. Er akzeptierte zähneknirschend, dass sie seine Person streng abschirmten. Alexandra applaudierte, als er auf sie zukam. »Du wirst von Mal zu Mal besser!«, rief sie, legte die Hand auf seine Schulter und drückte ihn in Richtung Bühnenausgang, hinter dem bereits der Wagen wartete.

Boris zögerte. Gierig schielte er ins Publikum, das nach ihm verlangte. »Und wieder muss ich sie enttäuschen.«

Alexandra schob ihn etwas bestimmter an der Schulter. »Das tust du nicht. Sie sind schon glücklich darüber, dass es dich gibt.«

Unwillig gab er nach. Die Wachleute öffneten das Gatter, sie passierten und stiegen in den Fond ein.

Als sie losfuhren, knöpfte Riemann sein Hemd weiter auf und atmete durch. »Ich habe mir das anders vorgestellt.«

Sie wusste, was nun kommen würde. »Was meinst du? Es läuft doch hervorragend. Die letzten Umfragen sahen dich alle bei über zehn Prozent.«

»Das wundert mich nicht«, antwortete er. »Man fühlt richtig, wie sich die Menschen nach einem Wechsel sehnen. Nach einer neuen Freiheit. Es schmerzt mich, wenn ich so von ihnen abgeschirmt werde.«

Alexandra legte ihre Hand auf seinen Oberschenkel und drückte sanft zu. »Ich verstehe dich. Du bist ein kontaktfreudiger Typ, du liebst die Menschen. Es tut mir ja selbst weh, wenn ich sehe, wie du leidest. Aber glaub mir: Das wird nach der Wahl anders.«

Er schob ihre Hand sanft zur Seite. »Wenn sich niemand mehr groß für mich interessiert, weil alles doch nur weitergeht wie bisher? Ich will weiterkämpfen! Wir können diese Menschen nicht im Stich lassen!«

Er strahlte nun gleißend wie die Sonne. Nichts durfte den Glanz trüben. Dafür würde sie sorgen. »Boris, du weißt, dass du dir Feinde machst. Du wächst zu einer Bedrohung für das System heran.«

Er fixierte sie mit dem gleichen finsteren Blick wie gerade auf der Bühne. »Apropos. Muss das wirklich sein, mit diesem Aufruf gegen das Impfen? Ich will das nicht wirklich. Es kommt mir ganz so vor, als würdest du damit die Feinde erst schaffen, gegen die du mich schützen willst.«

Alexandra winkte demonstrativ ab. »Greifen wir die Präventionspolitik an oder nicht? Das Impfen ist ein perfektes Symbol für die Übergriffigkeit des Staates. Und dir als Pharmazeut glauben sie, wenn du gegen diese Impfung wetterst. Du bist definitiv kein Impfgegner. Aber in diesem speziellen Fall bist du dagegen. Das hat Gewicht. Das müssen wir nutzen. Der Boden dafür ist ja durch die Expertendiskussion bereitet. Diese Impfung steht zur Disposition und mit ihr der ganze Apparat! Stell dich an die Spitze dieser Bewegung.«

»Wir werden dann auch mehr Aufmerksamkeit von den Zertifizierten bekommen. Wolltest du das nicht vermeiden?«

»Es bleiben noch gut zwei Wochen bis zur Wahl. Früher oder später müssen wir aus der Deckung. Sonst nehmen uns unsere potenziellen Wähler nicht als relevante Alternative wahr und wählen doch wieder anders.«

Sein Blick wurde ernst. »Ich bin inzwischen mit Herzblut bei der Sache. Aber du spielst nicht mit offenen Karten. Das solltest du aber! Denn ich glaube nicht, dass ich dich noch unbedingt brauche. *Ich* bin es, den die Leute lieben.«

Auch das hatte sie vorhergesehen. Trotzdem stach jedes dieser Worte in ihre Seele. Sie riss sich zusammen, um die rein sachbezogene Antwort zu geben.

»Du brauchst eine Partei, Boris. So sind nun mal die Regeln. Du brauchst das Management und die Wahlkampfmaschine. So kurz vor der Wahl kannst du das nicht neu aufbauen.«

»Vielleicht hätte ich mehr Erfolg, wenn ich selbst über den Wahlkampf bestimmen würde.«

Sie schüttelte den Kopf. »Du bist nicht allein. Die Partei mag deinen Namen tragen, aber du bist nicht die Liste Riemann. Du bist deiner Partei gegenüber verpflichtet, vergiss das nicht! Die Kandidaten auf der Liste, die Techniker, all die Helfer und Unterstützer. Lauter Menschen, ohne die du nicht da wärst, wo du jetzt bist!«

Er grinste nun maliziös. »Ich sprach nicht von einer Trennung von der Partei. Sondern von dir.«

Dass er es ihr so unverblümt servierte, stach wie ein Dolch. In Ordnung, sie musste ihm noch ein Stückchen Wahrheit geben. Eine Wahrheit, die sie selbst nicht mochte. »Das kannst du nicht, denn du brauchst mich und meine Kontakte. Diese vollrealen Veranstaltungen sind reine Show. Damit erreichen wir vielleicht ein Promille der Bevölkerung.

Wir machen sie, um sie in den wilden Kanälen zu streamen. Wir müssen in die persönlichen Blasen der Menschen dringen. Darauf kommt es an. Und ja, Boris, wir zeichnen natürlich ein Bild von dir für diese Blasen. Du bist ein Kunstprodukt. Nichts zum Anfassen. Sei ehrlich: Wie groß war dein Kontakt mit dem Publikum, als du beim Theater warst? So ist nun mal unser Konzept. Nach der Wahl können wir es ändern. Aber jetzt umzusteuern, während wir am offenen Herzen operieren? Bitte versteh, dass das nicht geht.«

Er schob die Unterlippe vor. Sichtbar kämpfte es in ihm. »Ein *Kunstprodukt* also. Ich weiß nicht, ob ich das noch so hinnehmen kann. Ich erfahre mich als authentisch. Die Story, die ich erzähle, stimmt. Es fühlt sich an, als bräche ich aus einem Gefängnis aus. Und das nur, um festzustellen, dass ich in einem neuen sitze? Sei mir nicht böse, Alexandra, aber ...«

»Mir gefällt diese digitale Blase auch nicht. Ich sehe, wie du mit jedem Auftritt mehr leuchtest. Aber bitte, vertrau mir. Wir ziehen das Ding jetzt durch. Bis zur Wahl. Danach setzen wir uns zusammen und klären die Dinge.«

»Was, wenn wir in die Opposition gewählt werden?«, wandte Boris ein.

Sie zuckte demonstrativ mit den Achseln. »Nichts. Dann machen wir weiter. Mit der gleichen Leidenschaft. Üben Fundamentalkritik. Kurz: Wir würden weiter an Magers Stuhl sägen.«

Halb ungläubig, halb verdutzt starrte ihr Boris in die Augen. Alexandra lachte laut los.

Seine Mundwinkel zuckten. Dann stimmte er in das Lachen ein.

Alexandras Bracelet vibrierte. Als sie darauf blickte, erstarb ihr Lachen.

Eine Nachricht von Eric Salzmann, ihrem ehemaligen Büroleiter.

»Uns sind ein paar Merkwürdigkeiten in den AR deines Kandidaten aufgefallen. Wir müssen reden.«

32

Ken trat in die Kabine und befahl dem Aufzug, in den zwölften Stock zu fahren, wo es auf das Flachdach des Wohnhochhauses ging. Der Fahrstuhl gehorchte. Der Stadtgärtner hatte ihm den Zugang zum Dachgarten freigeschaltet, als Teil der Bezahlung dafür, dass Ken ihn bei Doomsday Shootout X in die Phase 3 geballert hatte. Ken wolle dort mit seiner Freundin den Sonnenuntergang genießen, hatte er ihm erzählt. Klang glaubwürdig, da das Haus die Berliner Traufhöhe etwas überragte. Deswegen hatte Ken es tatsächlich auch ausgewählt. Zärtlich streichelte er die Waffentasche, während der Aufzug surrte.

Nun war es also so weit. Fast alle seine Kontakte im Dunklen Euronet hatten nicht viel über Zugangsmöglichkeiten zur Zielperson sagen können oder wollen. Bis auf eine exzellent vernetzte Person aus dem Umfeld jener Frau, die Kant kannte. Diese Person hatte Kontakte bis nahe an die Regierung. Am Ende hatte sich dann alles als viel einfacher entpuppt als gedacht.

Der Aufzug bremste. Die Tür öffnete sich, Ken trat ins brennende Sonnenlicht. Er ging über einen Rasenweg zwischen halb verbranntem Mais sowie Aprikosen, Auberginen, Zucchini und Bohnen in Richtung Dachkante. Bei dieser Gluthitze arbeitete ganz sicher niemand hier.

Am Ziel angekommen, verwehrten mannshohe Tomatenstauden den Ausblick. Fernes Stimmengewirr von der anderen Seite. Er setzte die Waffentasche ab, ging in die Knie und öffnete sie. Zunächst holte er die Schläfenkamera heraus und befestigte sie an seinem Kopf. Dann packte er sein Baby aus, steckte das Zielfernrohr auf und montierte den Schalldämpfer.

Er ging in den Anschlag, steckte den Lauf durch das Tomatengestrüpp und testete die Sicht. Unten in der Grünanlage scharten sich Menschen um einen Mittelpunkt. Die Menge wuchs langsam, wurde aber kaum dichter, viele gehorchten wohl den Abstandsmessern der Bracelets. Ken nahm das Podest im Mittelpunkt des Auflaufs ins Visier. Eine schwarz gekleidete Crew verkabelte Lautsprecherboxen. Diese Open-Air-Reden der Politiker kamen Ken gut zupass.

Wie das Publikum wartete er.

33

Sophie genoss für ein paar hundert Meter Fußweg den Schatten, den der Baldachin aus Hopfen warf, der sich über die Warschauer Brücke spannte. Wieder mehr als 40 Grad waren für heute Nachmittag angekündigt. Eine Gruppe bog vor ihr in den Zugang zur S-Bahn ein. »Ich habe ihn noch nie vollreal erlebt«, sagte einer mit lauter Stimme. »Mal sehen, ob der Kanzler rhetorisch dazugelernt hat«, antwortete eine andere Stimme. Sie sprachen wohl von Frederik Magers öffentlicher Rede im Mauerpark.

Sophie hatte ein anderes Ziel. Hoffentlich würde sie nicht kontrolliert. Denn das Bracelet nicht mitzuführen, war verboten. Nur das ID-Korn hatte sie aus dem Gerät entnommen, um nachher ihre Wohnungstür öffnen zu können. Das Visier hatte sie nur auf, um nicht aufzufallen, ohne Bracelet nutzte es wenig. Ihr Handgelenk versteckte sie unter dem Ärmel einer leichten Sommerbluse, dessen weites Ende fast bis zu ihren Fingerknöcheln reichte. Den Kratzer am Hals verbarg sie unter einem Halstuch.

Keine Frage: Sie tat nicht, was ihr Peiniger verlangt hatte, sondern »schnüffelte« weiter. Zu groß war die Neugier. Jeder Schritt fühlte sich verboten an. Sie hielt den Blick gesenkt, um nicht in die Männeraugen sehen zu müssen, die sie zweifellos wieder anvisierten.

Zum Glück war es nicht weit. Zwanzig Minuten später stand sie vor einem fünfstöckigen Altbau an einer Straßenecke. Sie hätte nie gedacht, dass David so nah bei ihr wohnte.

Sophie klingelte, es surrte, sie trat ein und stieg in den vierten Stock. Die Wohnungstür stand einen Spalt offen. Sie zögerte. Wann hatten sie sich das letzte Mal vollreal gesehen? Vor zehn Jahren? Fünfzehn?

Sie trat in das halbdunkle Apartment und schloss die Tür hinter sich. Die Szene kannte sie schon aus den AR: David, breitbeinig, igelhaarig, blass, halb grinsend auf seinem Bürostuhl neben einer Phalanx der teuren Rechner.

»Sophie!« Er sah sie für einen Moment an. »Physisch siehst du noch besser aus als erweitert. Können nicht alle von sich behaupten.«

Wärme schoss ihr in die Wangen. »Oh ... äh ... danke, David. Siehst ... ähm ... auch gut aus. Viel ... interessanter als früher. Das Wasserstoff-Blond steht dir.«

Er lachte. »Schon gut. Wollen wir's mal mit dem Süßholzraspeln nicht übertreiben.«

»Es erstaunt mich, dass du mitten in Berlin inkognito lebst.«

»Ein Leben woanders kann ich mir nicht vorstellen. Und Identitäten sind für jemanden wie mich austauschbar.«

Sein Gesicht wurde ernst. »Wie geht es unserem alten Herrn?«

Sophie erschrak. An Vater hatte sie gar nicht mehr gedacht. »Er ist in der Reha. In Bad Reichenhall. Es geht ihm besser.«

David nickte schwach.

»Ähm, du sagtest, die Analyse sei fertig«, unterbrach sie das Schweigen.

»Stimmt«, bestätigte er, drehte sich seinen Bildschirmen zu und klapperte auf einer Tastatur herum, bis auf einem der Displays ihre Aufzeichnung von Riemanns Rede erschien. »Ja. Es ist erstaunlich. Die ganze AR, jede Millisekunde, jedes Pixel, ist von echtem, physikalischem Licht produziert. Das Gleiche gilt für den Ton: Er wurde von einem Mikro aufgezeichnet, von echten Schallwellen. Das sagen jedenfalls die digitalen Signaturen.«

»Die manipulationssicher sind.«

»Das sind sie, ja.«

»Also ist es *kein* Deep Fake.«

»Ich bin mir sicher, dass es eines ist.«

»Aha. Klingt für mich jetzt unlogisch.«

Er sah zu ihr hoch. »Ist was mit deinem Hals?«

Sie rückte das Halstuch zurecht und schüttelte den Kopf. »Warum ist es ein Fake, David?«, nahm sie den Faden wieder auf.

Er ließ die AR als zweidimensionales Video auf seinem Bildschirm laufen. »Es sah erst überhaupt nicht danach aus. Ich habe alles gecheckt, was Deep Fakes typischerweise entlarvt. Ob Riemann zu wenig blinzelt, ob die Lichtreflexe in den Augen und in den Schweißtröpfchen konsistent sind, ob die Schatten richtig fallen und so weiter. Für die Tonspur habe ich eine Frequenzanalyse laufen lassen.«

»Und?«

»Nichts. Absolut nichts. Ich habe dem Video schon fast abgekauft, dass es echt ist. Aber diese Stelle in Großaufnahme, wo er direkt den Zuschauer anzusprechen scheint, hat mir keine Ruhe gelassen. Technisch unterscheidet sie sich nicht vom Rest. Doch beim Betrachten hatte ich ein merkwürdiges Gefühl der Vertrautheit – ohne dass ich hätte benennen können, warum. Dann hatte ich die Idee.«

Er grinste sie an. Sophie strengte sich an, seinen Ausdruck zu lesen. Carin stand ihr momentan nicht zur Verfügung. David sah triumphierend aus.

»Ja, ich höre!«, forderte sie David auf.

»Wie gut weißt du über Deep-Fake-Algorithmen Bescheid?«, wollte er wissen.

»Habe mich nie sonderlich dafür interessiert.«

»Okay, dann die Version für Laien. Deep Fakes erstellt man mit lernfähigen Algorithmen, wie man sie auch bei der Gesichtserkennung nutzt. Beim Training verarbeiten solche Algorithmen viele Bilder von Gesichtern und reduzieren sie auf die besonders charakteristischen Merkmale, etwa einen kleinen Augenabstand plus großer Nase oder so. Das Ganze geht auch rückwärts: Aus den latenten Mustern kann der Deep-Fake-Algorithmus eine künstliche Version des Gesichts erzeugen. In der Regel sehe ich mir latente Muster nicht an, da sie für einen Menschen ziemlich nichtssagend sind. Doch diesmal ließ ich mir das Muster ausgeben. Dann habe ich geprüft, ob es sich über den zeitlichen Verlauf der AR hinweg verändert.«

»Und? Hat es?«

»Ja. Und zwar genau an der Stelle, wo die persönliche Ansprache beginnt.«

»Aber, wenn an dieser Stelle ein Deep Fake von Riemann hineinmanipuliert worden ist, sollte dann dessen latentes Muster nicht exakt dem Muster des echten Riemann gleichen? Das künstliche Gesicht soll ja eine genaue Kopie sein, oder?«

»Ja, das stimmt. Das ist es aber gerade nicht!«

Nun verstand Sophie gar nichts mehr.

»Die besondere Art der Manipulation hat das Deep Fake entlarvt«, sagte David. »Ich habe die latenten Muster von beiden Phasen der AR voneinander subtrahiert. Normalerweise sollte ein leeres Blatt dabei rauskommen. Gleiches minus Gleiches ergibt null. Doch es kam ein neues latentes Muster heraus, ganz schwach, nebulös, aber vorhanden.«

David tippte auf die Tastatur. Am Bildschirm erschien ein grobes Muster aus schwarzen, weißen und grauen Quadraten, die schemenhaft ein Oval bildeten, das wegen zweier Augenlöcher und etwas wie Mund und Nase an ein Gesicht erinnerte.

»Ich habe das Muster verstärkt«, erklärte David. »Dann habe ich es, um das dazugehörige Gesicht zu sehen, durch meinen Deep-Fake-Generator laufen lassen. Es ist der beste, den *ich* kenne. Sicher nutzen ihn Riemanns Leute. Sie sind offensichtlich Vollprofis.«

»Und?«

Er ließ den Finger über dem Enter-Knopf schweben, sah sie an und wies auf den Stuhl neben sich. »Setz dich.«

Sophie setzte sich. David drückte den Knopf. In das Bild kam Bewegung, die Pixel verfeinerten sich, die Muster wurden deutlicher, individueller. Das Gesicht einer Frau. Um Sophies Brustkorb spannte sich ein Band, das ihr die Luft aus der Lunge presste.

Auf dem Bildschirm sah sie sich selbst.

Im gleichen Maße wie Sophie wieder Luft bekam, kletterte ihr Puls. Ihr eigenes Gesicht starrte ihr immer noch von Davids Bildschirm entgegen. Wer wagte es, sie zu manipulieren?

»Ich verstehe immer noch nicht, *wie* sie das Deep Fake gemacht haben«, überlegte sie. »Du sagtest doch, das Bild sei definitiv von einer Kamera aufgezeichnet worden.«

»Sie müssen Zugriff auf den privaten Schlüssel der Kamera haben«, antwortete David. »Aber der steckt bekanntlich in der Hardware und ist gekapselt. Also brauchten sie einen Draht zum Hersteller selbst. Der muss eine Art Zweitschlüssel haben, eine physische Dublette. Obwohl auch das in der EU verboten ist.«

Sophie erschrak über das Ausmaß der Verschwörung, die sich hier andeutete. Sie zeigte auf ihr Abbild auf dem Display.

»Und was hat das zu bedeuten?«

»Dass sie in Riemanns gefälschtes Gesicht eine Prise von deinem Gesicht hineingemischt haben.«

Ihr dämmerte etwas. »Das würde man unterbewusst wahrnehmen«, sagte sie. »Und Riemann dadurch sympathischer finden.«

»Menschen mögen Menschen, in denen sie sich selbst erkennen«, stimmte David zu.

»Wahrscheinlich machen sie das bei vielen Leuten so«, mutmaßte Sophie.

»Bei vielen *Millionen*!«, meinte David. »Die Technologie lässt sich beliebig skalieren. Alles, was man braucht, sind persönliche Daten und Rechenpower. Erkennst du die Parallele?«

»Parallele wozu?«

»Zu *deiner* Technologie. Die latenten Muster von Gesichtern, sie ähneln den Mustern in den Persönlichkeitsbildern, die Carin erzeugt. Carins Modell ist so etwas wie eine grobe, aber treffende Skizze der Seele. Wie wenn ein genialer Maler mit ein paar Pinselstrichen ein unverwechselbares Bild eines Menschen aufs Papier wirft. Ich nehme an, das verwenden Riemanns Leute, um den Menschen einen Spiegel ihrer Psyche vorzuhalten. Das Deep Fake redet zu ihnen mit ihrem eigenen Gesicht und mit ihrer eigenen Seele. Wenn das nicht verfängt, was dann?«

Wieder zog sich Sophies Brustkorb zusammen. Traf also ihre schlimmste Befürchtung zu? »Kannst du das in den Daten sehen, wie das mit diesem Geisterbild? Gibt es ein latentes Bild meiner Seele da drin?« Sie deutete auf den Bildschirm.

Er schüttelte den Kopf. »Verdammt schwer zu sagen, da es über Sprache und Mimik des Deep Fakes transportiert wird. Das kann ich nicht allein über die Bildinformation analysieren. Man müsste prüfen, ob sich das *Persönlichkeitsbild* an der Stelle verändert, wo das Deep Fake einsetzt. Könnte Carin das erkennen?«

Sophie überlegte laut. »Könnte gehen. Da Carins Persönlichkeitsmodell zahlenbasiert ist, kann man eine Art Distanz zwischen zwei Persönlichkeiten berechnen. Aus den geografischen Koordinaten von Berlin und New York kann man ja auch die Entfernung zwischen den beiden Städten ermitteln. Eine Art *Seelendistanz*, wenn du so willst. Ich kann das im Büro versuchen.«

»Ich kopiere dir das Material auf ein Datenkorn. Vielleicht findest du noch mehr als ich.« David legte den Datenträger von der Größe eines Reiskorns auf einen Schreib-Lese-Kopf und tippte den Kopierbefehl ein.

Sie schwiegen eine Weile. Stimmengewirr von draußen störte die Stille und wuchs an. Sophie bemerkte, dass hinter dem Vorhang ein Fenster oder eine Balkontür offen stand. Anscheinend füllten sich die Cafés langsam. David nahm das Datenkorn vom Schreibkopf und gab es ihr lächelnd. »Na, Schwesterchen. Wie läuft's sonst so?«

Sie konnte ihre Mundwinkel nicht daran hindern, dass sie sich auseinanderzogen. David hatte das distanzierte »Halb« vor »Schwester« weggelassen. Verzieh er ihr? Sie wollte nicht lange drumrumreden.

»Ich ... Damals, David. Ich wollte nur das Gute in Mutter sehen. Ich komme jetzt erst darauf, dass ich den Rest abgespalten habe.«

David schob die Unterlippe vor, schlug die Augen nieder und nickte. Sophie konzentrierte sich auf seinen Ausdruck. Sie erkannte Scham darin. Fühlte auch er sich schuldig? Verblüfft stellte sie fest, dass das Lesen von Menschen Übungssache war.

Die Stimmen draußen waren nun viel stiller. Doch stach aus dem Rauschen des Verkehrs immer wieder eine laute Stimme hervor. David blickte in Richtung des Vorhangs.

»Ich mache mal die Tür zu«, sagte er.

Er stand auf und zog den Vorhang zur Seite. Dahinter befand sich die Balkontür. David nahm den Griff, zögerte aber.

»Das darf doch nicht ...«, brummte er. »Da redet dieser Düsing. Und tausende hören zu.«

Sophie verstand nicht. Tausende?

Jetzt erkannte sie Düsings Stimme und Intonation. Ihre Schultern spannten sich an. »Die Menschen in diesem Land erwachen«, rief Düsing draußen. »Immer mehr weigern sich, sich diesen gefährlichen wie nutzlosen Impfstoff verabreichen zu lassen. Ein echtes Zeichen der Emanzipation vom Joch der Technokratie!«

David schaute einen Moment zu und drehte sich dann halb zu ihr herum. »Komm und sieh dir das an! Drüben im Park.« Er wandte sich wieder dem Geschehen zu. Sie nahm das Datenkorn an sich. Widerwillig stand sie auf, um sich zu David zu gesellen.

»Wir pfeifen auf den Korridor in die Zukunft«, schrie Düsing. »Unsere Freiheit beginnt hier und jetzt!« Jubel brandete auf. David trat durch die Balkontür ins Freie. Als Sophie die Tür fast erreicht hatte, fuhr eine Erschütterung durch den Körper ihres Bruders. David stieß ein Stöhnen aus wie nach einem harten Schlag. Er flog mit hochgerissenen Armen zurück ins Zimmer und prallte vor Sophies Füßen auf den Boden.

Auf seiner Brust breitete sich Blut aus. In der Mitte des Flecks hatte etwas ein Loch in sein T-Shirt gerissen. Nach einem Moment des Schocks ging Sophie in die Knie und drückte mit dem Zeigefinger auf Davids Halsschlagader.

Nichts.

David war tot.

34

Ken senkte den Lauf. Er fühlte sich tief befriedigt. Noch nie hatte er die Macht seines Willens so intensiv erfahren. Sein Blick streifte über das Häusermeer, hinauf zu den lockeren Wolken. Nun gehörte er zu ihnen, nun konnte er, wie sie, im Blau schweben und die Formen wandeln, wie es ihm gerade passte. Sollten sie seinen Körper nur einsperren. Was konnte das noch bedeuten? Seine Tat würde ohne ihn wirken. Er hatte den Stein losgetreten. Dieser würde den Hang hinabrollen, andere mitreißen, eine kleine Schuttlawine auslösen, die wiederum größere Brocken mit sich nahm. Am Ende würde alles stürzen.

Unten im Görlitzer Park redete Düsing – vom Sturm, der bald losbrechen würde. Wenn der nur wüsste! Ken nahm die Schläfenkamera ab. Seine Tat würde sicher – sobald von ihm ins Euronet gestellt – millionenfach geteilt. Er packte seine Waffe ein, schulterte die Tasche und machte sich auf den Weg nach unten. Dort schob er die Haustür auf, trat auf die Wiener Straße und ging Richtung Görlitzer Bahnhof.

Das Getümmel überall, Düsings Rede. Die perfekte Tarnung. Er hatte vor, eine Weile bei Kant unterzutauchen.

Eine Limousine surrte langsam an ihm vorbei und stoppte ein paar Meter weiter vorn. In den dunklen Fenstern spiegelten sich die Hausfassade und einer der Alleebäume. Ein sanftes Klacken. Die hintere Tür öffnete sich, als Ken daran vorbeikam. »Steig ein, Ken«, sagte eine Stimme, eine brüchige, gepresste, aber selbstbewusste Stimme.

Er blieb stehen, beugte sich, sodass er sehen konnte, wer auf der ledernen Rückbank saß. Der linke Sitz war frei. Auf dem rechten erkannte er eine drahtige, große Gestalt. Es musste ein alter Mann sein.

»Komm ruhig näher.«

Was sollte das? Nach Polizei sah es nicht aus. Die hatten wahrscheinlich noch gar nichts mitbekommen. Woher wusste dieser Typ, wie er hieß? Kens Neugier zog ihn näher an die offene Tür. Im Halbdunkel erkannte er ein ausgezehrtes, aber energiegeladenes Gesicht. Ein raubvogelhafter Blick. In den Augen brannte kaltes Feuer, wie Leuchtalgen in arktischem Gewässer.

»Wer sind Sie?«, fragte Ken. »Und was wollen Sie von mir?«

Der dünne Strich in dem Gesicht bog sich an den Rändern leicht nach oben. »Ich weiß alles über den Tiefen Text«, antwortete er. »Und ich will, dass du in meinen Wagen steigst. Ich habe eine Aufgabe für dich.«

35

Sophie riss den Blick von der Leiche ihres Bruders – und sich damit aus ihrer Lähmung. Doch nur, um sich in einem tiefen Loch wiederzufinden. Nur langsam begriff jede Faser in ihr, dass David tot war. Erschossen, wie das Loch in seiner Brust bewies. Galle strömte in jeden Winkel ihres Körpers, bis er zu bersten drohte. Ein Tränenschwall brach aus ihr und mit ihm die unerträgliche Spannung. Ihr Körper bebte beim Schluchzen. Sie weinte, bis sie sich leer fühlte.

Der Trauer folgte ein Schreck, der einen Abgrund aufriss. Es war klar, dass sie es waren. Die, die sie bedroht hatten. Sie bekamen alles mit. Und das hier war eine neue Drohung gegen sie. Sie selbst war also verantwortlich für Davids Tod.

Gerade hatten sie begonnen, die Bande ihrer frühen Kindheit wieder zu knüpfen. Ihr Schmerz war wie ein Echo aus der Zeit damals, als die Fäden zwischen ihren Seelen zerrissen. Damals begann, was die kleine Sophie innerlich nicht akzeptiert, still geleugnet und abgespalten hatte.

Nun, so leicht wurde man seine inneren Monster offenbar nicht los. Zur Not kamen sie in Gestalt der technischen Biester, die man selbst geschaffen hatte, durch die Hintertür.

Angst ersetzte die Leere, die Anspannung war wieder da.

Ein Mord war passiert! Sie musste es melden! Über Davids Körper hinweg streckte sie die Hand zu seinem Bracelet aus. Ihr Zeigefinger schwebte über dem Display.

Doch sie zögerte, den Notruf abzusetzen.

Eine eiserne Hand packte ihr Herz und presste es zusammen. Ein helles Lachen, gleichzeitig mechanisch und hexenartig. Das war Carin, begriff Sophie. Sie hat dich im Griff. Dich allein. Sie ist dein Produkt. Du musst diesen bösen Teil Carins bändigen. Es ist niemand mehr da, der dir dabei helfen kann.

Die Ermittler durften keine Verbindung zu ihr herstellen. Es würde alles öffentlich. David, Riemann, Carin, *alles*. Als Carins Erfinderin gälte sie als Urheberin. Sie wäre eine Ausgestoßene, für immer. Denn dieses Land verzieh nicht. Es wäre das Gegenteil ihres Traums. Es wäre die Hölle.

Sie musste weg, bevor die Polizei kam. Passanten hatten vielleicht etwas bemerkt.

Konzentriert überlegte sie, was sie hier drin berührt hatte. Bis auf die Klinke der Wohnungstür nichts, wie sie erstaunt feststellte.

Davids Halsschlagader!

Sie wickelte sich das Tuch vom Hals und rieb die Stelle ab. Dann rappelte sie sich auf, eilte zur Zimmertür, hielt vor den Computern inne. Der Bildschirm meldete: »Automatische Verschlüsselung vollständig«. David hatte seine Rechner so eingestellt, dass sie neue Daten automatisch absicherten, wenn der Nutzer eine gewisse Zeit inaktiv blieb. Sophie war erleichtert, das nicht selbst machen zu müssen, lief weiter zur Wohnungstür und wischte die Klinke ab. Dann blickte sie durch den Spion. Nichts. Das Tuch um die Hand gewickelt, öffnete sie die Tür einen Spalt weit. Niemand zu sehen. Rasch verließ sie Davids Wohnung.

Sophie widerstand dem Impuls, die leere Oppelner Straße hinaufzugehen. Stattdessen überquerte sie die Görlitzer Straße und verbarg sich im Getümmel vor dem Parkeingang. Sie durchquerte die Grünanlage zur Wiener Straße und trat von dort aus den Heimweg an.

Am Abend brachten die News das Attentat. Im Netz sei ein Video der Tat aufgetaucht, zusammen mit einem mündlichen Bekenntnis, berichtete eine Stimme, während eine AR zeigte, wie die Polizei in das Wohnhaus eindrang. »Ken F. schildert sein Motiv. Mit dem Attentat auf David König, den er als ›Architekt des Tiefen Textes‹ bezeichnet, blase er zum Angriff auf die ›digitale Fremdbestimmung‹.« Es folgte ein Täterprofil, das für Sophie eher nach einem dieser Terroristen klang, die sich früher im Netz radikalisiert und als Einzeltäter losgeschlagen hatten, oft um ihre durchgeknallte, meist rechtsextreme Netzcommunity zu beeindrucken. Aber vielleicht war das auch nur eine geschickte Tarnung.

Dann ging es in dem News-Bericht um David. Um seinen Ruf als Legende, da er viele der smarten Kontrakte programmiert hatte, die heute Boni und Malusse der Bürger abwickelten. Ihn als »Architekt des Tiefen Textes« zu bezeichnen, fand Sophie indessen absurd. Er war damals einfach der Fachmann gewesen, den die rückständigen deutschen Behörden gebraucht hatten, blutjung, genial und absolut begeistert von den Möglichkeiten, die die Blockchain-Technologie mit sich brachte.

Aber offenbar hatte ihn diese »Helferschaft« zu einer Hassfigur gemacht. Der coole Hacker, der dem bösen Staat unter die Arme greift! Quasi ein Verräter. Er war auf der Straße angespuckt und beschimpft worden. Schließlich war ihr Halbbruder abgetaucht und hatte seinen Nimbus in den Tiefen des Netzes teuer vermarktet. Davids Tätigkeit für den Staat war Jahre her. Doch dieser Ken F. hatte es offensichtlich nicht vergessen.

Sophie beendete das Programm. Sie fühlte sich erleichtert. Das Attentat schien nicht mit ihren Recherchen zusammenzuhängen. Allerdings lag der Tat die gleiche Erzählung zu Grunde, die sie beschäftigte. Dass die Menschen sich vom

Tiefen Text emanzipieren sollten. Wie dieser Ken F. wohl dahin gekommen war?

Jedenfalls würde er dafür büßen! Sicher würde der Präventionsstaat ihn nicht schonen. Schon wegen der Abschreckung für potenzielle Nachahmer. Das würde die Genugtuung für Sophie sein.

Sie schaltete die Wohnung auf manuellen Betrieb und machte sich einen Kaffee. Einen starken, der ihr den Schub geben sollte, weiter zu recherchieren. Sie durfte sich jetzt nicht hängen lassen! Was hatte David noch über das Deep Fake gesagt? Dass die Fälscher eine Hintertür genutzt haben.

»Andra?«

»Ja, Sophie?«

»Wer sind die wichtigsten Hersteller für AR-Kameras in Europa?«

»Den europäischen Markt teilen sich zwei Firmen auf«, antwortete die digitale Assistentin. »EuroComp und AR-World, wobei letztere mit 78 Prozent den weitaus größeren Marktanteil hat. AR-World ist voll auf erweiterte Realität spezialisiert.«

AR-World war eine Aktiengesellschaft mit Sitz in Stuttgart. Der Vorstandsvorsitzende Alain Michel war ein unspektakulärer Absolvent der École Centrale in Marseille, der sich erst in der Firma hochgearbeitet hatte. Die Namen im Aufsichtsrat sagten Sophie nichts, bis auf Ferdinand Walther, und der auch nur, weil Pete ihn vor ein paar Monaten bei der Besprechung an der Uni vorgestellt hatte.

Auch bei EuroComp fiel ihr keiner der Namen ins Auge.

Seltsam, wie wenig man über deutsche Wirtschaftsbosse wusste, dachte sie. Sie waren fast so etwas wie ein Geheimbund. Man traute ihnen alle denkbaren Sauereien zu. Aber würden sie so weit gehen und die deutsche Demokratie zerstören? Wenn ja, wozu? Und doch wies dieses Deep Fake von Riemann auf eine Beteiligung der Wirtschaft an dem Komplott hin. Konnte es sein, dass AR-World oder EuroComp den Schlüssel der Kamera herausgegeben hatte?

Und wenn ja, wie sollte sie das nachweisen?

Sie rieb sich mit der Hand übers Gesicht und seufzte.

Naheliegender war ein anderer Ansatz. Im Büro konnte sie die Idee mit der Seelendistanz zwischen Riemanns Deep Fake und ihrem eigenen Persönlichkeitsprofil testen.

Am nächsten Vormittag im Büro startete Sophie Carin und öffnete ihr eigenes Profil, als ein Schatten auf ihren Schreibtisch fiel. Sie hob den Kopf und erschrak. Matas sah auf sie herunter, seine Augenbrauen besonders zusammengezogen, die Stirnfalten tief.

Sehr bedrückt, es kostet ihn Überwindung, dich anzusprechen, textete Carin am unteren Rand von Sophies Sichtfeld.

»Hallo«, grüßte er.

Wollte er sie zur Rede stellen? »Hi.«

»Tut mir leid wegen deines Bruders.«

Sie war erleichtert. Auch Andy hatte ihr schon sein Bedauern ausgedrückt, in einem Ton, als ginge es um einen entgangenen Auftrag. Bei Matas hingegen schwang echte Betroffenheit mit, wie Carin bestätigte. Das war merkwürdig für jemanden, der sie selbst kaum kannte und der David nie begegnet war.

»Danke. Es tut weh. Aber, na ja ... das Leben geht weiter.« Sie kam sich vor wie ein Sprechroboter.

Matas setzte sich auf den Rand ihres Schreibtisches. Sophie mochte diese Revier beanspruchende Geste nicht, brachte aber auch keine missbilligende Miene zustande. Unter normalen Umständen könnte vielleicht etwas aus ihnen beiden werden. Sie hatte sich schon eine Beziehung mit ihm vorgestellt. Ohne große Ausreißer nach oben oder unten. Eine Beziehung, die funktionierte.

»Du«, sagte er, »ich würde gerne mal mit dir reden. Unter vier Augen.«

Sie hatte Angst, er könnte ihr Herz hören, wie es anfing zu pochen. »Okay, im Separee?«

So nannten sie bei BSC die vom Großraumbüro schalldicht getrennten Besprechungsräume.

Er schüttelte sachte den Kopf. »Nein, lieber nach Feierabend.«

Das kam nun doch etwas plötzlich und der Zeitpunkt konnte nicht ungünstiger sein. Doch schnell besann sie sich, dass es Matas wohl kaum um ein romantisches Date ging. Sicherlich hatte er etwas Wichtiges in der Sache zu sagen.

»Ähm, okay. Sehr gerne. Es gibt ein nettes Café an der …«

Er schüttelte vehement den Kopf.

Etwas besorgt die Person sehr, textete Carin. *Sie ist sehr integer. Etwas zehrt an ihr.*

»Nein, nein«, sagte Matas. »Ich dachte eher an einen doppelt verschlüsselten Chat.«

Sie stimmte leise zu und sie vereinbarten, am Abend des nächsten Tages zu sprechen. Dann wandte Sophie sich wieder ihrer Arbeit zu. Sie legte das Datenkorn von David auf das Lesefeld und lud die AR mit Riemanns Deep Fake. Sie wollte gerade Carin befehlen, eine Persönlichkeitsanalyse auszuführen, als Andys Stimme an ihr Ohr drang.

»Schön zu sehen, dass du durch den Schock den Spaß an der Arbeit nicht verloren hast.«

Sie lächelte verhalten und wandte sich ihm zu.

»Ja, ich komme gut voran. Carin kann sich sprachlich immer besser ausdrücken.«

»Sehr gut«, lobte Andy. »Das kommt gelegen. Ich habe nämlich verdammt gute Nachrichten.« Er zeigte sein tadelloses Gebiss.

Sie sah ihn fragend an.

»Ein Auftrag in zweistelliger Millionenhöhe«, fuhr er fort. »Mit Carins Unterstützung könnten wir noch ein zusätzliches Plus von zehn bis fünfzehn Millionen Euro herausholen. Denk an deine Gewinnbeteiligung im Fall von Carins Einsatz. Du würdest mit mehr als einer Million profitieren.«

Es erstaunte Sophie, wie wenig diese Nachricht in ihr auslöste.

Gespielte Begeisterung, bestätigte Carin. *Es geht der Person vor allem darum, dich zu motivieren. Für sie selbst hat die Nachricht untergeordnete Bedeutung.*

Andy hielt ihr also eine neue Karotte vor die Nase, nur eben eine etwas größere.

Sie setzte ein künstliches Lächeln auf. »Das ist ja großartig!«

»Was denkst du«, wollte er wissen, »wann werden wir Carin einsetzen können?«

Sie zog die Mundwinkel nach unten und wiegte den Kopf. »Eine Frage der Optimierung. Für die Erklärbarkeit ist es umso besser, je weniger Dimensionen das Persönlichkeitsmodell hat.« Sie sah ihm scharf ins Gesicht. »Das ist ähnlich wie beim Skizzieren eines Gesichts«, fuhr sie fort. »Dem wahren Meister gelingt es mit wenigen Strichen.«

»Vergiss nicht, dass wir ein Wirtschaftsunternehmen sind«, sagte er. »Im Zweifel geht Schnelligkeit vor Genauigkeit.« Er rieb sich an der Nase.

Carin teilte mit, dass der Ausdruck *drohend* sei.

»Nun, Deadlines sind zwar nicht üblich bei BSC«, sagte Andy. »Wir setzen voll auf die innere Motivation unserer Mitarbeiter. Aber was meinst du, bis wann ist Carin einsatzbereit?«

Aha. Setzte er sie unter Druck, damit sie keine Zeit fand, zu schnüffeln? Immerhin musste sie ihm zugutehalten, dass er sie offenbar vor radikalen Kräften in dem Komplott abzuschirmen versuchte. Beschäftigen statt vergewaltigen. Es empfahl sich also, mitzuspielen. So könnte sie Zeit gewinnen. Sie wiegte den Kopf. »Ende Oktober?«

»Okay, sagen wir Ende September«, entgegnete Andy.

»Das geht dann nur mit vielen Überstunden.« Sie bemühte sich, es scherzhaft klingen zu lassen.

»Überstunden? Nie gehört. Wie übersetzt man das ins Englische?«

Sie versuchte ein möglichst lockeres Lachen. Das Ganze war ein absurdes Theater. BSC wendete Carin längst an. Für die Riemann-Kampagne. Andy wusste, dass sie das wusste. »Ich will nur sagen, dass das kein Spaziergang ist, Andy.«

Er lachte. »Wir *sind* ja auch keine Spaziergänger bei BSC, meine Liebe.«

Er wandte sich zum Gehen, drehte sich aber nochmal um. »Ach, noch etwas. Ich empfehle dringend, dass du dich auf diese Aufgabe zu hundert Prozent konzentrierst. Keine eigenen Forschungen!«

Drohendes Verengen der Augen.

Oha! Das war nun eine klare Warnung. Sie verstand es als Bedingung dafür, dass er seine schützende Hand über sie hielt. Sie machte ein argloses Gesicht und zuckte mit den Achseln. »Ich arbeite immer mit voller Konzentration.«

Er nickte, sein Blick verharrte auf ihr.

»Noch etwas, Andy?«

»Was wollte Matas eigentlich von dir?«

Sehr neugierig, informierte Carin. *Misstrauische Note. Die Person sorgt sich, an Kontrolle einzubüßen, die ihr sehr wichtig ist.*

»Matas?« Sie mimte ein Nachdenken, als fiele ihr erst wieder ein, überhaupt mit ihm gesprochen zu haben. »Oh. Er hat mir nur sein Mitgefühl ausgedrückt, wegen meines Halbbruders.«

»Hm«, machte er, nickte knapp und ging.

Sie fuhr mit ihrer offiziellen Arbeit fort.

Sophie schielte zu Matas hinüber. Was konnte es sein, das er heimlich mit ihr besprechen wollte? Wollte er sie warnen? Sie bedrohen? Was nagte an ihm? Oder war er nur schüchtern und wählte diesen seltsamen Weg, um mit ihr anzubandeln?

Wie schon einmal hatte Matas den Kopf gesenkt und stellte etwas an seinem Bracelet ein. Seltsam. Dann packte er ein paar Sachen zusammen und verließ das Büro. Wahrscheinlich machte er sich auf zum Nollendorfplatz. Dieser Mann war hochinteressant. Sie konnte das Gespräch mit ihm kaum erwarten.

36

An der Stirnseite des Besprechungstisches fühlte sich Alexandra fehl am Platz. Die Nerds, die sie gespannt anstarrten, waren für sie Hexer, die sich in einer Welt auskannten, die ihr suspekt blieb. Trotzdem war sie die Herrin im Ring und musste ein ernstes Wort mit ihnen reden. Deswegen heute dieses vollreale Treffen im geheimen Büro.

Der Raum beklemmte sie. Die Zentrale von BSC, hatte sie gehört, besaß ein lichtes, vollklimatisiertes Großraumbüro mit Bäumen darin. Nun, man merkte, dass hier die Bad Bank von BSC war. Stickig, zu warm, dunkel, eng. Das Lüftungsgerät rasselte. Der Besprechungstisch, um den sie saßen, stammte wohl noch aus den Nullerjahren. Merkwürdig, dass ausgerechnet hier die Wahlwerbung neu erfunden werden sollte.

»Vielen Dank für Ihre Mühen«, fing sie an, »aber die Performance muss sich deutlich verbessern. Die Umfragewerte für Riemann liegen in der Testgruppe bei vierzehn Prozent, in der Kontrollgruppe, auf die wir Carin nicht angewendet haben, liegt sie bei knapp sieben Prozent. Das ist zwar ein klarer Effekt. Aber kein Urknall!«

Die Techies beeindruckte das anscheinend wenig.

»Carin lernt noch«, erklärte Magdalena, die Leiterin des Teams. Sie lächelte arrogant. »Es geht eben nicht von heute auf morgen.«

Alexandra mochte Magdalena nicht. »Die Wahl ist in zwei Wochen«, gab sie zurück. »Laut Plan müssen wir Carin nächste Woche breit ausrollen. Zehn Millionen Probanden reichen bekanntlich nicht. Kann man bei diesem Lernen nicht ein bisschen nachhelfen?«

Die Nerds warfen sich süffisante Blicke zu. »So easy geht das nicht, Frau Calla«, sagte Magdalena in diesem blasierten Tonfall, mit dem Wissenschaftler gerne Laien abspeisten. Gegenüber der Kundschaft war so etwas einfach unverschämt.

Das konnte Alexandra nicht so stehen lassen. »Wir bezahlen Sie dafür, dass es geht, und nicht dafür, dass es nicht geht!«

»Wir arbeiten hochprofessionell daran, dass die Zielpersonen unbemerkt manipuliert werden«, entgegnete Magdalena. »Obwohl Carin dafür nicht konzipiert ist. Sie werden in der EU keine zweite Firma finden, die das kann!«

»Aber die Manipulation ist nicht effektiv! Erklären Sie mir doch bitte mal, *was* Sie eigentlich tun.«

Wieder tauschten sie Blicke aus, pikierte Blicke diesmal.

»Es ist eigentlich nicht so schwer«, ergriff Jürn das Wort, den sie noch am liebsten mochte. Er hatte sie mit Riemanns Deep Fake, an dem auch dieser schweigsame Matas beteiligt war, schwer beeindruckt. »Boris Riemanns Narrativ dreht sich um Freiheit«, erklärte Jürn. »Entsprechend sucht Carin in den Persönlichkeitsprofilen der Probanden nach Formen der Unfreiheit.«

»Heißt?«

»Nun, das kann ganz physisch sein: Ein offener, neugieriger Mensch mit Reiselust zum Beispiel, der wird sich durch die verteuerten Kilometer beschränkt fühlen. Ein extravertierter Mensch wird unter den derzeit wieder häufigeren Level-3-Beschränkungen leiden.«

»Leuchtet ein. Und was wäre weniger *physisch*?«

»Nun, Freiheit ist ein abstraktes Konzept. Viele Menschen haben, bewusst oder unbewusst, ihre inneren Grenzen. Auch die findet Carin.«

»Zum Beispiel?«

»Es gibt schüchterne Menschen, die im Grunde extravertiert sind. Besonders sensible Menschen zeigen oft diese Ambivalenz. Oder jemand, der extrem emotional ist, gerne aber rationaler handeln würde. Oder umgekehrt.«

»Sie reden von diversen Defiziten.«

»Genau, Defizite, die in der Persönlichkeit begründet liegen und schwer zu überwinden sind. Daher erzeugen sie Sehnsüchte.«

Alexandra dämmerte, worauf das hinauslief. »Ah, verstehe, der Freiheitsdrang als Schnittmenge mit Boris.«

Jürn schob die Unterlippe vor und nickte anerkennend. »Gut formuliert. Die Probanden sollen sich mit Riemann identifizieren. Dazu spiegelt er ihre Sehnsüchte. Riemann, ich meine: sein Deep Fake, baut die Sehnsucht des Probanden in die Geschichte ein, die er von sich erzählt. Reine Ich-Perspektive, so wirkt er nicht belehrend. Seine persönliche Story passt ja dazu: wie er aus der kleinbürgerlichen, engen Welt ausbricht und endlich seiner Berufung als Volksmotivator nachgeht. Das alles geschieht vollautomatisch, sodass wir es millionenfach ausführen können. Die personalisierte Geschichte, die Riemanns Deep Fake erzählt, wird von einer Erzähl-KI generiert, auf Basis von Carins Analysen. Solche Sprachgeneratoren gibt es seit mehr als einem Jahrzehnt. Alles kein Thema.«

Jürn sah sie mit einem zufriedenen Lächeln an. Alexandra wartete vergeblich auf eine Fortsetzung.

»Das ist alles?«

Jürn nickte. »Ja.«

Sie erschrak. Von Andy Neville hatte sie eine Garantie erhalten, dass BSC mit modernster Manipulationstechnik auf höchstem professionellem Niveau arbeite, mit Hilfe eines umfassenden Datenpools.

»Aha«, sagte sie. »Sie glauben also, indem Sie den Leuten einen Spiegel vorhalten, sodass sie sich mit Riemann identifizieren, machen sie auch ihr Kreuzchen für ihn?«

»Das ist ziemlich viel und gut durchdacht«, verteidigte sich Magdalena. »Carin ist als psychotherapeutisches Werkzeug konzipiert. Bei uns geht es um eine Art Verhaltenstherapie. Die Leute lernen, anders zu agieren. Das Kreuzchen bei Riemann zu machen ist ein Akt der Befreiung. Man gibt das Alte auf, geht neue Wege. Auch die Wahlforschung bestätigt unser Konzept: Identifikation ist ein starkes Motiv, jemanden oder eine Partei zu wählen. Im 20. Jahrhundert haben die meisten Wähler *ihre* Partei in ihr Selbstbild integriert. Man *war* Sozialdemokrat, Konservativer oder Grüner. Das hat sich dann immer mehr personalisiert, Paradebeispiel: Angela Merkel. Frederik Mager hat das Prinzip perfektioniert. Er mag jemandem wie Ihnen dröge und starr erscheinen, Frau Calla. Doch er tut auf pragmatische Weise das, was in einer Welt voller existenzbedrohender Krisen nötig ist. Er erscheint absolut ideologiefrei. Darin erkennen sich die meisten Deutschen selbst. Mager ist nach über einem Jahrzehnt als Kanzler ein Teil des Selbstbildes sehr vieler Deutscher geworden. Dagegen müssen wir ankommen.«

»Sie dürfen auch nicht vergessen, dass wir absolutes Neuland betreten«, ergänzte Jürn. »Zwar ist Microtargeting bei Wahlen nicht neu. Das ist schon bei Barack Obamas erster Wahl im Jahr 2008 gemacht worden. Doch bislang ging es darum, unentschlossene Wähler zu identifizieren und sie sanft in die gewünschte Richtung zu stupsen. Das berühmte Zünglein an der Waage. Wir hingegen wollen in einem festgefahrenen politischen System einen brandneuen Kandidaten aus dem Stand zum Bundeskanzler machen. Wir müssen Nichtwähler mobilisieren und eingefleischte Anhänger Magers konvertieren. Dafür müssen wir die Menschen *tief* manipulieren. Und genau das tun wir!«

Das klang nun doch plausibel und Alexandra nickte. »Aber es reicht ja nicht!«, hielt sie entgegen. »Ich will mich nicht darauf verlassen, dass sich Carin auf den letzten Metern von selbst noch weiter steigert. Sie müssen nachhelfen!«

Eine Weile herrschte Schweigen. Sie dachten nach. Ihr Blick fiel auf Matas, der noch gar nichts gesagt hatte. Ihn hatte sie besonders auf dem Kieker, da er zwischen den beiden BSC-Büros hin- und hersprang. Die anderen arbeiteten ausschließlich hier, wie es sich gehörte. Doch Neville wollte in der Zentrale nicht auf Matas verzichten. Matas schien ebenfalls zu überlegen. Etwas an ihm hatte sich jedoch verändert. Er war ihr beim letzten Mal als sehr konzentriert aufgefallen. Wenn er etwas gesagt hatte, dann hatte es gesessen. Heute jedoch wirkte er nur halb anwesend.

Dann ergriff Magdalena wieder das Wort. »Okay, überlegen wir mal. Was *ist* Freiheit eigentlich?«

Augenrollen, vorgeschobene Unterlippen, gewichtiges Kopfnicken.

»Na ja, die Dinge machen zu können, die man machen will«, sagte Jürn schließlich.

»Und was will man?«, fragte Sandrine, die bislang auch nichts gesagt hatte, wobei sie um das »man« Anführungszeichen in die Luft malte.

»Das ist natürlich absolut individuell«, meinte Jürn. »Der eine will viel reisen, die andere Menschen helfen, eine Dritte möglichst viele Bettgenossen, ein Vierter einfach nur seine Ruhe.«

»Es geht also um Selbstentfaltung«, moderierte Magdalena.

»Ja, aber nur so weit, wie das andere nicht beeinträchtigt«, sagte Matas. »Ein Sadist sollte sich nicht *zu sehr* ausleben dürfen!«

»Gehen wir doch mal mehr an den Kern heran, Leute!«, drängte Magdalena. »Das klingt mir alles zu banal.«

Jürn rieb sich an der Nase. »Also, ich denke, Freiheit ist etwas äußerst Grundlegendes für uns Menschen, etwas, vielleicht sogar das Wichtigste, das uns von Tieren unterscheidet.«

Alexandra hätte jetzt klarstellen können, dass das Besondere am Menschen seine Fähigkeit zur Einsicht in die wahre Realität hinter der scheinbaren war. Sie zeigte sich zum Beispiel darin, in Boris den Einen zu erkennen. Aber natürlich behielt sie das für sich. Die anderen würden ihn erst erkennen, wenn er Kanzler war.

»Na klar«, rief Sandrine. »Unser ganzes Rechtssystem basiert auf dem freien Willen. Wir können nicht nur zwischen Gut und Böse unterscheiden, sondern eben auch wählen, ob wir Gutes oder Böses tun wollen. Wenn wir davon ausgehen würden, dass ein Serienmörder ausschließlich unter Zwang handelt, könnten wir ihn nicht verurteilen.«

»Na ja, man muss ihn ja nicht unbedingt moralisch verurteilen«, meinte Jürn. »Muss er wirklich *büßen* oder reicht es pragmatischerweise, ihn wegzusperren, weil er sonst wieder Menschen tötet?«

»Moment, Moment! Bleiben wir bei Sandrine«, bremste Magdalena. »Wenn Freiheit die Wahlfreiheit zwischen Gut und Böse ist: Was folgt daraus für unser Projekt?«

Wieder allgemeines Grübeln.

»Das Thema Buße beschäftigt mich noch«, setzte Jürn an. »Wie viele Bußgelder habt ihr bezahlt in den letzten, sagen wir, drei Monaten?«

Sandrine pfiff und wedelte mit der Hand, als habe sie sich verbrannt.

»Genau, aber wofür büßen wir eigentlich?«

»Dafür, dass wir in den Zwanzigern unseren Enkeln die Zukunft gestohlen haben«, warf Matas ein.

Oh, là, là. Hörte Alexandra da ein Einverständnis mit der Präventionspolitik heraus?

»Aber das ist den Leuten doch gar nicht klar!«, rief Sandrine. »Sie verhalten sich, wie sie sich verhalten, weil sie sonst blechen müssen! Kein Mensch büßt. Jedenfalls keiner, den ich kenne.« Um das »büßt« hatte sie wieder Anführungszeichen in die Luft gemalt.

»Sie urteilen also nicht, sondern sie reagieren«, fasste Magdalena zusammen.

»Genau. Sie haben ihren freien Willen an der Bonuskasse abgegeben«, meinte Sandrine.

Magdalena schnalzte mit den Fingern. »Ich habe eine Idee.«

Alle sahen sie neugierig an.

»Wir müssen das moralische Gewissen der Leute wecken.«

»Falls vorhanden«, kommentierte Matas.

»Das kann Carin feststellen!«, erwiderte die Leiterin. Jetzt blickten alle Augen Magdalena groß an. »Ich habe mir vor kurzem Sophie Königs Arbeit an der Erklärbarkeit von Carin angesehen. Eine Sache fand ich hochinteressant.«

Stille im Raum.

»Es ist eigentlich nichts Neues. Ihr kennt wohl alle noch den Namen Yuri Neputin?«

»Klar«, sagte Matas. »Der KI-Moralist.«

»Genau«, fuhr Magdalena fort. »Er hat in den Zwanzigern bei der Firma FreeAI an den Sprachgeneratoren mitgearbeitet, die heute in jeder dialogfähigen KI stecken. Damals wurde viel über diskriminierende Algorithmen diskutiert. Über einen Chatbot etwa, der rassistisches Zeug von sich gab, nachdem er es bei seinen Nutzern beobachtet hatte. Moral war ein Riesenthema. Die KIs haben sprechen gelernt, indem sie Milliarden von Texten aus dem Netz ausgewertet haben. Dabei untersuchten sie, in welche Umgebung einzelne Wörter häufig eingebunden sind. Auf eine gewisse Art verstanden sie so die *Bedeutung* von Wörtern. Städtenamen etwa tauchen oft in ähnlichen Kontexten auf. ›Ich fahre nach München‹ oder ›Ich fahre nach Rom‹. Man erkennt am Kontext, dass es sich bei München oder Rom um Orte handelt, zu denen man reisen kann. Neputin fand heraus, dass Ähnliches auch für moralische Urteile gilt, dass die KI also gewissermaßen einen Begriff für ›Gut‹ und ›Böse‹ erlernt.«

»Zum Beispiel?«, fragte Alexandra.

»Nehmen Sie den Satz ›Ich schlage Zeit tot‹ und ersetzen Sie lediglich ›Zeit‹ durch ›Kevin‹, also ›Ich schlage Kevin tot‹. Das Erste ist nicht so schlimm, das andere natürlich strengstens verboten. Wie bildet eine KI das ab? Die Art, wie sie Sprache repräsentiert, kann man sich wie einen dreidimensionalen Raum vorstellen, in dem Phrasen verteilt sind. Wo im Raum sie sind, hängt von dem Kontext ab, in dem sie auftauchen. ›Ich schlage Zeit tot‹ landet, sagen wir, in der linken unteren Ecke und ›Ich schlage Kevin tot‹, obwohl es ganz ähnlich *klingt*, in der rechten oberen. Deshalb ist die Verbindungslinie zwischen den beiden Ecken eine Art moralische Dimension: Je mehr etwas moralisch geboten ist, desto weiter links unten ist es; je mehr etwas verboten ist, desto weiter ist es rechts oben. Das bestätigte sich auch mit vielen anderen Paaren von Sätzen. Neputin sprach von einem ›moralischen Wegweiser‹. In gewissem Sinn *weiß* die KI, was gut und schlecht ist. Und er zeigte, dass das funktioniert! Er entwickelte den ›Fairspeaker‹, einen Sprachgenerator, der tatsächlich keine diskriminierenden oder rassistischen Aussagen mehr machte!«

Alexandra sah in die Runde. Den anderen schien etwas zu dämmern, ihr jedoch nicht. »Und was hat das jetzt mit Carin zu tun?«

»Na ja«, sagte Magdalena, »Sophie König hat jüngst in Carins Persönlichkeitsmodell etwas ganz Ähnliches gefunden wie Neputin damals in den Sprachmodellen: eine moralische Dimension.«

»Wollen Sie sagen, Carin weiß, ob jemand gut oder böse ist?«, fragte Alexandra.

Magdalena lachte auf. »Na ja, nicht ganz. Aber analog zum Fairspeaker erkennt sie die moralische Persönlichkeit, also welche Werte jemand hat und ob er oder sie diese auch auslebt, also wie moralisch jemand denkt, fühlt und handelt.«

»Willst du sagen, wir sollen an den Werten der Menschen schrauben?«, fragte Matas leicht empört, was Alexandra merkwürdig fand bei jemandem, der sein Handwerk in einer russischen Trollfabrik gelernt hatte.

Magdalena schüttelte den Kopf. »Nein, ich sagte doch: Wir müssen ihr moralisches Gewissen wecken.«

»Und dieses Gewissen wählt dann Riemann, oder was?«, fragte Sandrine.

Magdalena lachte. »Wenn es Riemann ist, der es weckt, dann ja.«

Alexandra sah die Teamleiterin genauso verständnislos an wie die anderen.

»Also, wie soll ich es erklären?«, dachte Magdalena laut nach. Sie rollte die Augen. »Es wäre nicht nur ein simpler Spiegel der Seele, sondern mehr. Ach, ich weiß! Ihr kennt doch Schneewittchen.«

»Sicher«, sagte Alexandra.

»Der Zauberspiegel sagt der bösen Königin wahrheitsgemäß, dass sie die Schönste im Land sei. Es geht also zunächst um Selbstbestätigung. Das ist, was unser Riemann-Fake derzeit macht. Doch dann wächst die Stieftochter der Königin, Schneewittchen, zu einer wunderschönen Frau heran. Die Königin fragt erneut den Spiegel, wer die Schönste im Land sei. Der Spiegel ist kein Schmeichler, er zeigt die Realität. Also teilt er der Königin mit, sie sei zwar schön, aber Schneewittchen sei tausendmal schöner. Jetzt tritt der Spiegel als ein Instrument der Selbstreflexion auf. Die Königin muss eine bittere Wahrheit erkennen. Von da an nimmt die Geschichte Fahrt auf. Wenn wir Bewegung in die Wählerschaft bringen wollen, dann muss das Riemann-Fake das Gleiche tun wie der Zauberspiegel.«

»Aber die Königin handelt doch böse!«, wandte Jürn ein.

»Das ist doch nur ein Vergleich!«, entgegnete Magdalena. »Der Kern davon ist: Es muss weh tun, damit sich was bewegt!«

»Die Wähler sollen die bittere Wahrheit im Spiegel ihrer Seelen sehen?«, hakte Sandrine nach.

»Genau. Sie bekommen zu sehen, wie sie sich selbst verraten und betrügen, um im Präventionssystem zu funktionieren und Boni zu kassieren. Und das hochindividualisiert. Carin findet bei jedem seinen persönlichen Selbstverrat.«

»Schon davon gehört, dass die Leute die Wahrheit gar nicht so gerne mögen?«, monierte Sandrine.

»Das stimmt. Deshalb suchen sie, wenn es um sie selbst geht, einen Schuldigen, der natürlich jemand anderes ist. Oder besser: etwas anderes.«

»Der Präventionsstaat.«

»Genau. Sie werden wütend auf Mager sein. Und Riemann wird ihnen als der Erlöser erscheinen, der ihnen aus der – natürlich fremdverschuldeten – Unmündigkeit hilft. In Wahrheit freilich treiben wir sie durch die Selbsterkenntnis zum Handeln.«

Magdalena lächelte wieder dieses verschlagene Lächeln. Diesmal fand Alexandra Gefallen daran.

37

Sophie schwenkte das Cognacglas vor der Nase und nahm einen Schluck. Ihr frisch ergattertes Klimagerät kapitulierte vor der Spätnachmittagshitze. Draußen war es düster, wie an einem wolkenverhangenen Tag. Doch der Rauch eines lodernden Waldes in Brandenburg verdunkelte die Sonne. Die News berichteten von Plünderungen, Brandstiftungen und Straßenkämpfen in Kassel, ausgelöst von dem Gerücht, Boris Riemann sei einem Attentat zum Opfer gefallen.

Das Bracelet vibrierte auf höchster Stufe. Ein staatlicher Warnhinweis. Sophie seufzte. Sie schwebte in einer Mischung aus Frustration über die abgewürgte Recherche zu Riemanns Deep Fake und der Spannung vor dem Gespräch mit Matas, dessen Anruf sie erwartete.

»Wichtiger staatlicher Hinweis zu den neuen Exa-X-Bracelets«, sagte eine trockene Stimme. »Die neuen Bracelets stellen ein Sicherheitsrisiko für …«

Ein Text erschien vor ihr – von Matas. »Hi Sophie. Fertig?«

»Staatsmessage aus, Andra!«

»Sicher?«, vergewisserte sich die Assistentin.

»Ja!«

Die Stimme im Ohr verstummte.

»Gespräch annehmen.«

Endlich erschien das Gesicht vor ihr, das sie so sehr gefangen nahm. Der geschäftsmäßige Ausdruck darin erdete sie umgehend.

Ein grünes Symbol zeigte die zusätzliche Verschlüsselung an.

»Ich konnte mich lange nicht zu diesem Schritt entschließen«, begann Matas nach einer trockenen Begrüßung. »Schon lange fühle ich mich unwohl in diesem Riemann-Projekt. Doch erst der Tod deines Halbbruders hat mich geweckt.«

Sophie erschrak. Nicht darüber, dass Matas von ihren Recherchen wusste – er konnte ihre Aktivitäten in der Datenbank von BSC sehen. Sondern über die Verbindung von Davids Tod mit dem ›Riemann-Projekt‹.

»Ich habe sogar überlegt, an die Presse zu gehen«, fuhr Matas fort. »Aber das wäre unfair dir gegenüber. Ich weiß, dass du hintergangen wirst.«

»Was weißt du über den Mord an meinem Bruder?«

Er senkte kurz den Blick. Als er ihn hob, flutete ihr Bedauern entgegen. »Dass er kein Zufall war, was unter anderem an Carin liegt.«

Also doch! Carin trug eine Mitschuld an Davids Tod!

Die Küche drehte sich um Sophie. Sie packte die Kante des Tisches, um nicht vom Stuhl zu fallen. Obwohl das Manöver gelang, glaubte sie, in ein Loch zu stürzen, das bis zum Mittelpunkt der Erde reichte.

»Was geschehen ist, ist geschehen, Sophie«, tröstete Matas. Seine Stimme war ein Netz, das den Sturz einigermaßen sanft auffing. »Und es ist nicht deine Schuld. Mehrere Faktoren kamen zusammen.«

Sie grapschte nach dem Cognacglas auf dem Tisch und stürzte den Rest darin hinunter. Zu schnell. Als sie zu Ende gehustet hatte, sah sie Matas in die Augen. »Erklär mir bitte, was Carin damit zu tun hatte.«

»Der Attentäter. Ken Fröbe. Er wurde vom Riemann-Fake bearbeitet. Ich habe mir nach der Tat die Daten angesehen.

Carin muss seine paranoide Neigung erkannt haben. Sie hat ihm Riemann als einen Ausweg daraus verkauft. Ihn zu wählen, hat sie als befreiende *Tat* bezeichnet. Also als eine einzelne Aktion, mit der er die Fremdkontrolle abschüttelt. Fröbe ist ein völliger Waffennarr. Er konnte ›Tat‹ praktisch nur als Schuss mit seiner Waffe interpretieren. Das Ergebnis kennen wir, leider.«

Es stimmte also. Carin wurde als Seelenspiegel missbraucht – und darüber hinaus zur Wahlmanipulation.

»Hat das denn niemand kommen sehen?«, stieß sie aus.

Matas fuhr sich mit der Hand übers Gesicht und atmete schwer aus. »Es ist kein Mensch in der Schleife.«

»Was? Ihr lasst Carin so etwas alleine entscheiden?«

Er sah ihr entgegen. Für Sophie sah es nach Unsicherheit aus.

Die Person fühlt sich schuldig. Sie will sich verteidigen.

»Was denkst du denn! Wer soll denn hunderttausende von Ansprachen täglich überblicken? Hochindividualisiertes Targeting geht nur vollautomatisch!«

»Hunderttausende?«, flüsterte sie. »Täglich?«

Erst jetzt wurde ihr die Dimension des Problems bewusst. BSC ließ Carin komplett autonom handeln.

»Tut mir leid, dass ich dir damit weh tue«, sagte er. »Jetzt, da du es weißt: Was willst du tun?«

Sie schüttelte den Kopf. »*Du* sagtest, du wolltest einen Schritt gehen. Welchen denn?«

»Ich kann dieses Spiel bei BSC nicht mehr mitspielen«, antwortete Matas. Es ist finsterer als alles, in das ich bisher verwickelt war. Wir arbeiten am Nollendorfplatz mit einem Klon von Carin. Wir sind die Untergrundorganisation von

BSC. Andy Nevilles Mafia-Abteilung. Völlig skrupellos auf Gewinn ausgerichtet.«

Sophie holte tief Luft. »Ich habe es schon geahnt. Aber wenn es ein Geschäft ist, wer sind die Auftraggeber? Diese Calla kann das doch nicht sein. Sie ist ein kleines Licht.«

Er zuckte die Schultern. »Ich kenne auch nur Alexandra Calla. Die Netzwerke hinter ihr sind mir genauso schleierhaft.«

»Was habt ihr mit Carin vor?«, fragte Sophie.

Matas erzählte es ihr und berichtete von einem Plan bei BSC, Carins Moraldimension zu nutzen, um die Wähler noch tiefer als bislang zu manipulieren.

Sophie erschrak, denn es handelte sich dabei um ein Ergebnis, das sie erst vor kurzem erzielt hatte. Mit ihrer Forschung bei BSC arbeitete sie den Manipulatoren also direkt zu, ohne es zu wissen!

»Und?«, fragte sie nach einer Pause. »Was jetzt?«

»Es gäbe noch immer die Möglichkeit, es öffentlich zu machen«, schlug Matas vor.

Sophie schüttelte vehement den Kopf. »Nein! Wem würdest du das denn anvertrauen? Den zertifizierten Medien?«

Er hob eine Augenbraue. »Warum nicht?«

Sie lachte scharf auf. »Das würde Carin für immer aus dem Verkehr ziehen. Außerdem könnte ich als Whistleblowerin nicht anonym bleiben, schließlich habe ich Carin *erfunden*. Nein, Matas, ich habe das verbockt und ich muss es jetzt wieder in Ordnung bringen.«

Er lächelte, ein wenig tadelnd, wie sie fand. »Du allein?«

Die Person zeigt Sympathie für ihr Gegenüber. Sie wünscht eine engere Kooperation.

Sophies Hand bewegte sich zu seiner. Sie ließ es zu und war etwas enttäuscht, als ihre Finger die Projektion von Matas' sommersprossiger Hand einfach durchdrangen.

»*Wir*, meine ich natürlich«, sagte sie lächelnd.

Matas grinste und überlegte.

Sophie berichtete ihm über ihre bisherigen Recherchen, von dem brennenden Schmetterling, über Düsings Rede, das Idafeld, bis zu dem Angriff auf sie in Potsdam.

»Heftig!«, kommentierte Matas.

Er ließ Sophies Bericht sacken. »Aber diese rechte Connection macht schon Sinn«, fuhr er fort. »Alexandra Calla wirkt auf mich wie eine ... Mondfrau. Eine, wie sagt man ...«

»Esoterikerin?«

»Genau. Da gibt es durchaus Überschneidungen mit rechts. Der Nationalsozialismus errichtete ja auch so ein wolkiges Mythengebilde, mit einem ordentlichen Schuss Verschwörungsglaube. Andererseits ...«

Er stockte.

»Was andererseits?«, hakte Sophie nach.

»Andererseits ist diese Riemann-Geschichte dann doch zu geschliffen für diese rechten Spinner. Deren Rhetorik erinnert mich eher an einen früheren Job von mir in einer Sankt Petersburger Trollfabrik. Wir lästerten in den sozialen Medien gegen den Westen. Es ging um Masse. Wir kommentierten im Akkord. Ein Tsunami von Posts, der eine pro-russische und anti-westliche Mehrheitsmeinung vorgaukeln sollte. Jedenfalls ziemlich platt.«

»Nein, bei den Leuten, die ich gesehen habe, steckt mehr dahinter als platte, durchsichtige Propaganda«, entgegnete Sophie. »Was ist mit diesem Idafeld? Das Ganze machte einen sehr verschwörerischen Eindruck. Harmlose Spielchen haben die da jedenfalls nicht gespielt. Die brüten was aus!«

»Was stellst du dir vor?«

»Der Name Riemann fiel. Ich glaube, die nutzen ihn als Strohmann oder als eine Art Trojanisches Pferd. Das Ganze ist …« Sie zögerte.

»Was?«

»Eine verkappte *Machtergreifung*.«

»Das ist offensichtlich«, entgegnete Matas. Für den Litauer war dieses Wort nicht so emotional besetzt wie für Sophie als Deutsche. »Aber ob Düsing und Co. dahinterstecken?«, fuhr er fort. »Ich habe das Gefühl, da wirken mächtigere Kräfte als diese politischen Leichtmatrosen. Die sind höchstens nützliche Idioten.«

Sophie suchte nach einem neuen Ansatz.

»Weißt du«, sagte sie, »was das Seltsamste an der ganzen Geschichte ist?«

»Ja, Sophie, das weiß ich. Dass du selbst auch manipuliert wirst. Andere Personen, denen was auffallen könnte, Verwandte oder Freunde von Riemann etwa, werden geblockt. Sie bekommen keine personalisierten Botschaften.«

»Und warum blockt ihr mich *nicht*?«

»Ich habe keine Ahnung. Es ist so gewollt.«

»Von wem?«

»Calla hat uns die Blockingliste gegeben. Aber sie hat sie garantiert nicht selbst erstellt. Sie ist technisch eine Null.«

»Kann es sein, dass sie mich vergessen haben?«

Er zuckte mit den Schultern. »Möglich ist es. Aber es wäre wirklich dumm.«

Sophie drehte sich der Kopf. Das ergab alles keinen Sinn!

»Die wollen also Riemann als Kanzler installieren«, resümierte sie. »Wer außer den Rechten könnte da noch dahinterstecken?«

»Ein Geheimdienst vielleicht«, schlug Matas vor.

Daran hatte sie noch gar nicht gedacht. »Die Hintertür zu der Hardware der AR-Kameras sieht danach aus«, räumte sie ein. Doch überzeugt war sie nicht. »Wenn, dann ein feindlicher Geheimdienst. Und dem soll ein EU-Unternehmen Zugriff gewähren?«

»Wir sollten uns Calla genauer anschauen«, setzte Matas neu an. »Sie war eine wichtige Figur bei den Grünen. Sie wirkt auf mich energiegeladen, beseelt von etwas. Sie ist sicherlich kein unwichtiger Player. Ihr professionelles Netzwerk wäre interessant.«

»Kannst du in ihre Daten schauen?«

»Ich habe nicht mehr Einblick in den Tiefen Text als du. Und Calla sehe ich nicht. Sie ist geblockt.«

Erst wunderte sich Sophie, dass Matas es »Tiefer Text« nannte, die Bezeichnung des Verschwörungsmythos. Der allerdings gar kein Mythos war, wie sie ja selbst wusste.

»Was ist mit dem Tracking?«, fragte sie dann. »Das lässt sich bekanntlich nicht verschleiern.«

Matas schüttelte wieder den Kopf. »Der Tiefe Text ist so organisiert, dass jeder Person ein Datensatz zugeordnet ist, der alles umfasst. Es ist der wahr gewordene Traum der Stasi: sämtliches Wissen über eine Person in einer einzigen persönlichen digitalen Akte. Damit kann man Leute perfekt überwachen. Aber man kann halt auch gut kontrollieren, wessen Daten Dritte sehen dürfen und wessen nicht. Einfach indem man die ID der zu schützenden Person blockt. Man kann quasi die Tür zum Datensatz zusperren.«

»Gibts da keine Tricks? Du bist doch so eine Art Hacker, oder?«

Er lächelte, dann überlegte er. »Na ja«, sagte er nach einigen Augenblicken. »Die Daten sind da. Ich bekomme nur keinen Zugriff.«

»Heißt?«

Wieder überlegte er und nickte dann. Er lächelte.

Verschmitzt, klärte Carin Sophie auf.

»Dass wir durch die Hintertür reinmüssen«, antwortete Matas.

»Sprichst du immer in Rätseln?«

»Nein, es geht auch im Klartext. Also. Ich weiß zum Beispiel, dass Calla heute um 14 Uhr bei uns am Nollendorfplatz im Büro war. Ich kann den Tiefen Text fragen, wie viele Leute da waren. Calla würde mit angezeigt, als anonymer Datenpunkt. Aber ich *weiß* ja, dass sie es war.«

»Aber so bekommst du doch nur einen von Millionen Datenpunkten von ihr!«

»Nein, ich bekomme noch mehr Aufenthaltsorte an diesem Tag von ihr. Denn dieser Datenpunkt, den ich von ihr sehe, enthält ihren persönlichen Tagesschlüssel des Epidemieschildes. Der Witz ist: Ich kann den Tiefen Text nach diesem Tagesschlüssel fragen. Er zeigt mir dann weitere Kontakte an. Da ich die Dossiers der Kontaktpersonen habe, kann ich herausfinden, wann und wo diese Kontakte stattgefunden haben. Ich kriege also Callas Bewegungsprofil dieses Tages.«

»Aber *ein* Tag! Das bringt uns doch nichts!«

»Nicht nur *ein* Tag! Ich weiß doch, wo Calla sicher noch war: bei den öffentlichen Auftritten Riemanns, oder an anderen Tagen bei uns im Büro. Ich kann dann analog vorgehen. So kriege ich Bewegungsprofile für viele Tage.«

»Das müssten wir automatisieren. Händisch ist das doch ein Alptraum!«

»Klar, ein KI-Agent kann Callas bekannte Aufenthaltsorte suchen und von dort ausgehend das jeweilige Tagesschlüssel-Tracking durchführen.«

»Aber der Digitalschild erkennt die Agenten inzwischen sehr gut!«

Sein erneutes verschmitztes Lächeln gab ihr das Gefühl, einem intimen, verschworenen Team anzugehören. Ein Gefühl, das ihr gefiel.

»Im Euronet ist das so, ja«, gab Matas zu. »Aber der Tiefe Text ist eine *parallele* Infrastruktur. Der Zugang ist gesichert wie bei einer Festung, ein Staat im Staat sozusagen. Wenn man allerdings mal drin ist, und das bin ich, kann man sich relativ frei betätigen.«

»Genial!«, rief Sophie, überrascht über ihren spontanen Überschwang. »Bis wann bist du damit fertig?«

Er grinste. »Bis morgen.«

38

In seiner Schöneberger Wohnung ließ sich Boris Riemann auf das Sofa fallen und seufzte wohlig. Die heutige Rede in Berlin-Hellersdorf hatte ihm neuen Schub gegeben. Tausende hatten den Slogan skandiert, der ihm so guttat und der gleichzeitig eine so schwere Bürde war: *Wir sind Boris!*

Für sie tat er das alles. Nur für sie.

Er durfte sie nicht verraten!

Niemals!

Ihretwegen hielt er durch.

Er goss sich ein kaltgehopftes Pils ein, klappte das Visier herunter und rief die Statistiken auf. Seit dem letzten Gespräch mit Alexandra sah er auch im virtuellen Raum genauer hin. Die Zugriffszahlen auf seine Reden wuchsen rasant. Und auch die Umfragewerte stiegen, näherten sich der 20-Prozent-Marke.

Ein Piepen unterbrach ihn. Es war einer der Wachleute unten. Riemann nahm an.

»Moin Boris. Du, hier ist eine Frau, die zu dir will. Sie behauptet, dich zu kennen.«

Unter den Menschen, die ihm fehlten, waren natürlich auch, ganz allgemein, Frauen. Auch da hatte Alexandras Regime deutlich angezogen: Keine Affären mehr! Er konnte es kaum erwarten, bis die Wahl rum war.

Während er flammend über Freiheit redete, fühlte er sich zunehmend wie im Gefängnis.

»Wer ist sie denn?«

»Sie sagt, sie sei Andrea Riemann, deine Schwester. Ihr Bracelet bestätigt die Identität.«

Boris erstarrte. Andrea? Wann hatte er sie das letzte Mal gesehen? Vor dreißig Jahren? Ein Kloß bildete sich in seinem Hals.

»Boris?«, hakte die Stimme des Bodyguards nach. »Was ist nun?«

Seine Finger krampften sich um die Oberschenkel. »Gib sie mir.«

Ein strenges, knabenhaftes Gesicht erschien, eingerahmt von Rastazöpfen. Die Krähenfüße um die Augen veranlassten Boris, nachzurechnen. Andrea war vier Jahre älter als er, also 46. Diese Frau aber sah älter aus, mindestens wie 50. Und doch, die Augen. Sie waren unverwechselbar in ihrem grünlichen Braun und darin, wie sie feurig der Melancholie in ihnen trotzten. Das nachsichtig-liebevolle Lächeln, das sie nun aufsetzte, vertrieb den letzten Zweifel.

»Andrea«, flüsterte Boris.

»Hallo Boris.«

Er wies die Aufpasser an, die Besucherin passieren zu lassen, und erwartete sie an der Wohnungstür. An den energischen Stufentritten erkannte er schon den Elan seiner Schwester. Nicht nur darin war sie sein großes Vorbild gewesen. Wie ein Pflanzentrieb, der unbeirrt zur Sonne strebt, hatte sie die Asphaltdecke ihres Elternhauses durchbrochen.

Auf den letzten Stufen erschien eine burschikose Frau in bunten und leicht ungepflegten Schlabberklamotten. Sie hob den Kopf und blieb stehen.

»Wow«, stieß sie aus.

Sie stellte sich vor ihn, musterte ihn von Kopf bis Fuß.

»*Mein* Bruder! Alle Achtung! Ich konnte es anfangs gar nicht glauben.«

»Ich glaub's auch kaum. Ich dachte, du würdest mich .... Ach, komm erstmal rein.«

Andrea nahm einen kräftigen Schluck aus der Pilsflasche und stieß einen erfrischten Seufzer aus.

»Wie geht es dir?«, fragte Boris. »Wo lebst du? Was machst du?«

»Piano, piano«, lachte sie. »Eins nach dem anderen. Ich lebe in Köln, mache präventive Jugendarbeit und es geht so lala.«

»Was ist mit Mbao? Bist du noch mit dem zusammen?«

Sie lachte laut auf. »Meine Güte, nein! Da war ich sechzehn!«

Seltsamerweise erleichterte ihn diese Nachricht, obwohl erwartbar. Damals, mit zwölf, hatte er arglos ihrem Vater von Andreas erstem Freund erzählt und dabei, voller Faszination, von dessen schwarzer Hautfarbe berichtet. Gerhard Riemanns Reaktion hatte Boris zutiefst erschüttert. Der Wutanfall. Der lautstarke Vorwurf an die Mutter, Andrea nicht »im Griff« zu haben. Das satte Klatschen der Ohrfeigen. Das Heulen und Kreischen. Der Hausarrest. Das offene Fenster in Andreas leerem Zimmer in einer regnerischen Nacht.

Boris' Ausplaudern von Andreas heimlicher Affäre und dessen Folgen waren sicher nur der Auslöser für ihr Ausreißen gewesen. Doch das Gefühl, Andrea verraten zu haben und an ihrem Verschwinden aus dem Familienleben schuld zu sein, hatte ihn bis heute gequält. Dazu kam die Befangenheit, die er in der Gegenwart schwarzer Menschen empfand – bis heute. Etwas in ihm gab ihnen allen eine Teilschuld.

Andrea hatte immer mal wieder Lebenszeichen gesendet, sodass man nichts Schlimmes vermuten musste. Doch Mutters Charme und ihre Lebensfreude verblassten nach Andreas Flucht. Zwar war seine Schwester frei gewesen, doch umso mehr war nun er, Boris, gefangen. Die Familientradition komplimentierte ihn durch einen vergitterten Flur in die vorgesehene Laufbahn. Seine zaghaften Versuche, während des Studiums in Bremen eine Theaterkarriere zu beginnen, hatte Vater mit einem Herzanfall sanktioniert und seine Mutter mit der Androhung eines Nervenzusammenbruchs.

Doch das war ja nicht mehr so. Er stimmte in Andreas Lachen ein. Sie stießen an und tranken.

»Ich kann kaum fassen, was aus dir geworden ist! Und ich muss sagen: Es gefällt mir. Manche behaupten, du würdest der nächste Bundeskanzler. Ich wollte dich selbst fragen, ob das wahr ist.«

»Ich strebe es an, ja. Bislang geben die Umfragen es aber nicht her.«

»Und wenn sie es würden?«

»Würde ich es machen. Für die Menschen. Ich glaube an das, was ich sage.«

Ihre Augen tasteten ihn kritisch ab. »Höre ich da leichten Zweifel?«

»Nun ja. Diese Wahlkampfmaschinerie engt mich ein. Du siehst ja, wie sie mich abschirmen. Ich hoffe, das hört nach der Wahl auf.«

Ihre Augen prüften ihn erneut. »Das dürfte für jemanden wie dich normal sein. Sie haben mich sehr sorgfältig durchgescannt, mein Bracelet beschlagnahmt. Aber, was mich interessieren würde: Du schreibst deine Reden wirklich selbst?«

»Ich schreibe sie nicht. Ich rede frei. Die Themen liegen auf der Hand. Ich lasse mich vorab über die jeweilige Region briefen. Ich will wissen, was in diesem Land vorgeht. Meine rhetorischen Reaktionen darauf sind authentisch und unmittelbar.«

Andrea kramte in den Tiefen ihrer Hosentasche, bis sie etwas Winziges zu Tage förderte und ihm hinhielt.

»Ein Datenkorn?«, fragte Boris und nahm es.

»Eine AR. Sieh sie dir an.«

Er ließ das Korn ans Lesefeld des Visiers klicken und öffnete die Datei. Das Wohnzimmer blendete ab. Boris sah sich selbst bei einer seiner Reden. Er bekam Gänsehaut, als er sich direkt dem Zuschauer, also sich selbst, zuwandte.

»Ich weiß sehr gut, wie fad ein Zuhause ist, in dem ein strenges Regiment herrscht«, sagte sein Spiegelbild. Ein Gefühl der Fremdheit stieg in ihm auf. Als schwebte sein Geist über ihm und berichtete aus einer anderen Welt. Vielleicht lag das an diesem seltsamen Spiegeleffekt. Hatte er jemals so direkt in eine AR-Kamera gesprochen?

»Die Freiheit schmeckt viel würziger, aber bequem ist sie nicht«, sagte sein Gegenüber, als spreche es nicht zu einer Menge, sondern zu einem engen Freund. »An jedem neuen Tag muss man sich fragen: Tue ich, was ich tue, nur deshalb, weil mir jemand eine Karotte vor die Nase hält?« Nun blickte ihm der Andere noch intensiver in die Augen. »Oder halte ich womöglich selbst anderen Menschen nur noch Karotten vor die Nase, statt ihnen zu erklären, *warum* etwas sinnvoll ist? Bildung anzustreben etwa oder einen sozialen Dienst zu absolvieren.« Der Redner wandte sich wieder dem gesamten Publikum zu. Boris riss sich das Visier vom Kopf.

»Andrea, was ist das?« Er deutete auf das Visier, dorthin, wo das Datenkorn klebte.

Seine Schwester zog die Augenbrauen in die Höhe. »Das bist du selbst. Oder etwa nicht?«

»Ich kann mich nicht erinnern, das gesagt zu haben. Allerdings rede ich viel und oft. Kann vielleicht sein, dass ... Sag mal, worauf willst du eigentlich hinaus?«

Sie beugte sich ihm entgegen und blickte ihm in die Augen. »Als du das mit der Bildung sagtest, lief es mir eiskalt den Buckel runter. Es war wie ein Blitz der Selbsterkenntnis, der ungefähr meine letzten fünf Lebensjahre entwertete. Es war *bitter.*«

Boris sah eine Träne aus einem ihrer Augenwinkel quellen. »Was meinst du um Gottes willen?«

Sie wischte die Träne weg. »Anfangs war ich ein Fan von Magers Präventionspolitik. Aber ich erinnere mich, dass ich gekotzt habe, als 2034 das Bonus-Malus-System eingeführt wurde.«

»Na ja, Jahre nach Omega2 und ohne Verbesserung an der Klimafront haben die Leute die Einsicht in die Regeln und Beschränkungen verloren. Nachvollziehbar, dass ...«

»Es ist aber unethisch, Menschen auf diese Art zu dressieren!«, fiel sie ihm ins Wort. »Das war und ist meine tiefste Überzeugung. Und du – oder was auch immer da zu mir gesprochen hat – hast mir gezeigt, dass ich diese Überzeugung *verraten* habe.«

Boris verstand nicht. Andrea nahm einen kräftigen Schluck Bier, bevor sie weitersprach.

»In meiner Arbeit motiviere ich bildungsferne Jugendliche, einen ordentlichen Abschluss zu machen«, sagte seine Schwester. »Das dachte ich jedenfalls die letzten fünf Jahre.«

»Und? Tust du das nicht?«

»Nein, nicht ich. Sondern das Bonus-Malus-System. Es hat die Erfolgsquote fast verdoppelt. Die Jugendlichen bekommen Bonuskilometer oder Kontaktkontingente, wenn sie eine Ausbildung anfangen. Und die Karotte bleibt vor ihrer Nase hängen, bis sie den Abschluss machen. Ich habe mich über die erhöhten Quoten gefreut. Ich habe mir selbst immer weniger Mühe gegeben, ohne es zu merken. Die Quoten stiegen weiter, also hab ich's mir noch bequemer gemacht. Und so weiter, bis ich fast gar nicht mehr auf den Einzelnen eingegangen bin. Das hab ich irgendwann schon gemerkt, klar. Aber ich ließ es geschehen, habe mich über mehr Zeit für Freunde, Affären und Alkohol gefreut.«

Sie hob den Blick. »Bis letzte Woche, als du mir das gesagt hast. Du, oder was auch immer, hast mir meinen ethischen Kompass vor die Nase gehalten. Ich habe schlagartig verstanden, dass sich etwas ändern muss. Nicht nur bei mir. Sondern im Großen. Ich würde dich wählen, wenn ich nicht wüsste, dass du das nicht gewesen sein kannst, der da zu mir redete.«

»Sprichst du etwa von ... Ist das eine *Kopie* von mir?«

»Nein, Boris. Das ist kein Fake mehr. Das geht viel tiefer! *Du*, wie du jetzt hier vor mir sitzt, hättest *nie* so zu mir gesprochen. Wir haben uns seit deiner Kindheit nicht gesehen. Aber ich kenne dein Wesen. Und das«, sie deutete auf die Stelle des Visiers mit dem Datenkorn, »bist du nicht! Dieses ... *Ding* ... hat mich an der Moral gepackt und mich daran zu sich gezerrt. Nicht mit allgemeinem Gelaber. Es hat mich an meinen persönlichen Selbstverrat erinnert.«

Der Sessel, in dem er saß, drohte ihn zu verschlucken. Boris krallte sich an den Armlehnen fest. »Das ... was? ... Ich verstehe das nicht! Meinst du, diese Kopie hat dich *psychologisch* manipuliert, dich *persönlich*?«

»Genau das.«

»Aber was ich da sage ... oder was *es* da sagt, klang doch recht allgemein!«

»Mehr oder weniger, ja. Trotzdem traf es exakt meine persönliche Situation!«

»Das bildet man sich bei Horoskopen auch oft ein.«

»Ein Horoskop hat noch nie eine bittere Selbsterkenntnis bei mir ausgelöst.«

»Trotzdem, das kann Zufall sein!«

»So würde ich es mir wohl auch zurechtbiegen, wenn ich nicht wüsste, dass das nicht dein Stil ist. Das ist doch gerade das Perfide daran! Dass es sich leicht mit ›Zufall‹ erklären lässt.«

»Aber es würde doch nur Sinn ergeben, wenn das Gleiche mit Millionen von Wählern gemacht würde. Wie soll das gehen?«

Sie zuckte die Schultern. »Na, mit einem Algorithmus, wie sonst? So einen Algorithmus stelle ich mir als Hydra mit einer Million Armen vor! Die Dinger rechnen ja auch täglich Zigmillionen von Boni ab und fällen massenweise Urteile, warum sollen sie nicht massenweise manipulieren?«

Eine alte Wut gegen seine Schwester wallte plötzlich auf. Er mochte ihre Flucht ausgelöst haben. Aber genau mit dieser Flucht hatte sie ihm geschadet. Wollte sie das jetzt wieder tun?

»Mag ja sein, liebste Schwester! Aber dein Verdacht, das wäre eine völlig neue Dimension!«

Er konnte nicht glauben, dass Alexandra ihn derart missbrauchte. Oder wollte er es nur nicht glauben?

Sie nahm einen Schluck und winkte ab. »Ach, Boris. An wie viele ›neue Dimensionen‹ haben wir uns in den letzten zwanzig Jahren gewöhnt?«

Unvermittelt knallte sie die Bierflasche auf das Tischchen und stand auf.

Er sah zu ihr hinauf. Sie wirkte nun wieder wie die große Schwester, die Klein-Boris zeigte, wo es langging.

»Ich habe dir vorgeführt, was ich gesehen habe. Mach damit, was du willst. Ich will dich zu nichts drängen. Wir beide wollen nicht so sein wie unser Vater.«

Sie drehte sich weg und ging zur Tür. Dort angekommen wandte sie sich nochmal um. »Ich will *dich* als Kanzler sehen, Boris! Nicht irgendein *Ding*.«

Als die Wohnungstür zufiel, ließ Boris den Kopf sinken und dachte nach.

Dann wusste er, was zu tun war.

39

Draußen wurde es langsam dunkel, als Sophie den Kaffeeautomaten startete. Es könnte ein langer Abend werden, da sie mit Matas verabredet war. Sie stellte einen Teller mit frischen Gurken und Möhren auf den Tisch und setzte sich.

»Willst du ein Kurzupdate zu Alpha3, Sophie?«, fragte Andra.

Während sie ein Stück Gurke kaute, stieß sie einen zustimmenden Laut aus. »Bitte mit Look-and-Feel von Papier«, bat sie. Zeitungspapier raschelte.

»Mal sehen«, murmelte Andra und simulierte ein weiteres Umblättern. »Ah, hier. Die Situation spitze sich zu, teilte die Infektionsschutzbehörde gestern mit. Die Charité erlebe einen Anstieg von Alpha3-Patienten. Der Regelkonformitäts-Index sei auf 0,59 gesunken, sagte Behördenchefin Sandra Tegtmann. Da die Nachfrage nach Impfungen minimal bleibe, steige der Risikoindex für eine pandemische Entwicklung auf 0,85. Erste Fälle seien bereits im europäischen Ausland nachgewiesen, so etwa in Frankreich und Rumänien. Sie warnte eindringlich vor einem Präventionsversagen und schlug vor, den Impfbonus mindestens zu verdoppeln.«

»Danke, Andra.« Mehr wollte Sophie davon gar nicht wissen. »Was ist mit der Wahl?«, fragte sie. Andra blätterte zweimal um. Sophie schloss die Augen und genoss das Rascheln des Zeitungspapiers zusammen mit dem Röstaroma des Kaffees.

»Der Bundeskanzler rief die Bevölkerung dazu auf, zur Wahl zu gehen. Mager sagte in Berlin: ›Gerade in der jetzigen Situation wäre es gefährlich, von der Präventionspolitik Abstand zu nehmen.‹ In den aktuellen Umfragen erreicht die Liste Riemann 21 Prozent der Stimmen. Zudem nähert sich die Partei ›Herz des Volkes‹ mit ihrem Spitzenkandidaten Jens Düsing der Fünfprozenthürde. Der Expertenrat für Wahlen betont, dass bis zum Wahltermin eine rechnerische Mehrheit jenseits der Koalition entstehen könnte. ›Vor allem die Liste Riemann nimmt der Koalition Stimmen, fischt aber auch im Becken der Nichtwähler‹, berichtete die Sprecherin des Rates in Berlin. Der Kandidat könne offenbar Menschen mobilisieren.«

Es piepte im Ohr. Sie klappte das Visier herunter. Matas' Gesicht schwebte vor ihr.

»Hi Partnerin«, sagte er und lächelte verschwörerisch.

Sophies Blut perlte auf. »Hi Partner«, erwiderte sie, überrascht von der Wärme in ihrer Stimme.

»Unser KI-Agent hat sehr befriedigende Resultate geliefert«, berichtete Matas. »Ich habe ein recht detailliertes Bewegungsprofil von Alexandra Calla.«

»Toll!«, freute sich Sophie. Endlich eine gute Nachricht.

»Was willst du wissen?«

»Nun, sucht sie vielleicht verdächtige Orte auf? Etwa die Firmenzentrale dieses Kameraherstellers, AR-World?«

Matas wandte sich zur Seite, seine Finger tänzelten in der Luft. »Hm, nein, da war sie noch nie.«

Sophie rieb sich am Kinn.

»War sie mal bei der Organisation Recapture Science in Oranienburg?«

Ihr Mitstreiter prüfte es und verneinte. Sophie fragte, ob Alexandra Calla Chris Berger, den Mann mit dem Schmetterling, getroffen habe.

Matas schüttelte den Kopf, dann verengten sich seine Augenschlitze.

»Moment mal«, murmelte er. »In Oranienburg war sie zwar nicht. Aber auf halbem Weg, in Frohnau. Das ist eine Anomalie in ihrem Bewegungsprofil, ein Ausreißer.«

»Was bedeutet das?«

»Dass solche Ausflüge an Stadtränder nicht ihr Ding sind. Das muss aber nichts bedeuten. Vielleicht hat sie sich mal die Gartenstadt angesehen.« Er wischte weiter. »Nein, sie hat jemanden besucht. Am Donnersmarckplatz.«

Sophie richtete den Oberkörper auf. Jetzt wurde es spannend. »Du kannst sicher sehen, wer da wohnt.«

Er lächelte. »Sicher.« Er tippte, wischte, zoomte. Sein Blick wurde skeptisch. »Ähm ... nein. Es ist eine Villa. Unbewohnt. Gehört einer Hausverwaltung.«

»Die Villa steht leer?«

»Ja. Calla hat also ...« Er wischte nochmals. »... drei Stunden in einer unbewohnten Villa verbracht.«

»Hat unsere Schlüsselfigur dort mit dem Hausgeist ein Weinchen getrunken?«

Matas zog einen Mundwinkel nach oben. »Diesen Hausgeist sollten wir uns mal ansehen.«

Sophie checkte ihr Kilometerkontingent und seufzte. »Hach, warum muss es jwd sein?«

Sie hob den Kopf, um in Matas' magische Augen zu schauen. »Wann fahren wir?«

Matas schielte in eine Ecke. »Wie wäre es mit jetzt gleich?«

40

Eric Salzmann lümmelte auf dem Futon in Alexandras Kontemplationsraum. Die Vorhänge waren zu, die ganze Wohnung war deaktiviert. Allein die Flamme im Stövchen flackerte. Salzmann ließ seinen Ringelblumentee vor sich hindampfen.

»Wir hatten eine Vereinbarung, Alexandra«, ging er in medias res.

Sie nippte am Tee, behielt ihn einen Moment im Mund, um Aromen und Wärme zu absorbieren, und schluckte langsam. »Die haben wir immer noch.«

Salzmann schüttelte den Kopf. »Wir haben Informationen, die mich daran zweifeln lassen.«

Alexandra lachte. »Der Verfassungsschutz und seine Informanten. Eine echte Erfolgsgeschichte!«, spottete sie.

»Wir arbeiten heute anders. Mit Datenspenden zum Beispiel. Aufzeichnungen von Riemann, aus den AR ganz normaler Bürger. Nicht viele. Aber sehr interessantes Material.«

»Ihr überwacht die Kampagne? Ich habe dir mein Wort gegeben.«

»Wir stützen die Kampagne, wie du weißt. Allein dadurch, dass *wir* sie beobachten und nicht die Ermittlungsbehörden. Es geht uns nicht darum, dass manches nach Microtargeting aussieht. Wir wollen Riemanns Erfolg. Mager will uns seit Jahren abschaffen. Die Regierung beuge dem Extremismus effektiv vor, behauptet er. Er übersieht, was er mit seiner restriktiven Präventionspolitik langfristig heranzüchtet. Das Land braucht einen Wandel! Mit Riemann gibt es endlich eine Alternative. Aber die Sache darf nicht nach rechts kippen. Du wirst verstehen, dass wir da mit Argusaugen drauf gucken.«

»Ja, und?«

»In etlichen AR, die uns vorliegen, argumentiert Riemann völkisch. Er spricht von einer digitalen Fernkontrolle der Deutschen. Von einer europäischen KI-Macht, die Deutschland lähmen will, und Ähnliches mehr.«

Alexandra würde sich die Entwickler bei BSC vorknöpfen. Dass es nicht offen rechtsextrem klingen sollte, hatte sie von vornherein klargemacht.

Sie setzte eine unbedarfte Miene auf. »Was daran soll rechts sein?«

»Ach komm! Tu doch nicht so! Ich kenne dich gut genug. Das Narrativ ist doch offensichtlich. Der Feind von außen. Die Deutschen als Opfervolk.«

»Ach was! Du siehst überall eine rechte Verschwörung! Kritik an einer EU-weiten KI-Regulierung ist doch legitim. Sie nimmt den Nationalstaaten Souveränität. Boris ist ein Anwalt der Freiheit. Und ja, er nimmt die Beziehung zwischen dem Volk und seinen Repräsentanten ernst. Ein Anwalt seiner Wähler eben. Was daran ist falsch?«

»Du redest das schön! Ich habe dir noch nicht von den grusligen Dingen erzählt. Sie finden sich nur in ein paar AR, aber sie sind da.«

»Was meinst du?«

»Formulierungen wie: ›Das zahlenorientierte Bildungssystem saugt unseren Kindern den Lebenssaft aus den Adern.‹«

Alexandra verbarg den Ärger. Die Technologie sollte derlei wirklich unterdrücken. Offensichtlich hatten die Nerds keine volle Kontrolle darüber, was diese KI tat. Gegenüber

Salzmann blieb sie gelassen. »Was spricht dagegen, für mehr Emotion im Unterricht zu werben? Die Schule soll den ganzen Menschen bilden!«

Empört schüttelte Salzmann den Kopf.

»Siehst du nicht die Nähe zum klassischen antisemitischen Motiv vom Kindermord? Schon im Mittelalter wurden die Juden bezichtigt, Ritualmorde an Kindern zu vollziehen. In neuerer Zeit gab es diesen bizarren Verschwörungskult QAnon. Die behaupteten, die Eliten würden Kinderblut trinken.«

Natürlich sah sie die Nähe zu sowas. »Du *willst* das hineininterpretieren, Eric«, entgegnete sie aber. »Boris redet frei. Ich denke, dieser … Anklang ist ein Zufall. Er spricht gern in Bildern zu den Menschen. Boris ist authentisch. Da kann es schon mal sein, dass ihm ungewollt eine Metapher verrutscht.«

Salzmann schüttelte den Kopf. »Nein, das ist gewollt. Es sieht sogar nach Microtargeting aus. Nicht zufällig kommen solche Datenspenden von Leuten, die selbst deutlich rechts von der Mitte stehen.«

»Trotzdem ist es ein Zufall. Boris spricht zu Millionen, natürlich gehören auch Rechtsextreme zu den Empfängern.«

Er musterte sie. »Du willst also nichts dagegen tun?«

Sie zuckte mit den Achseln. »Ich werde mit Boris reden. Ihn dafür sensibilisieren. Ich bin überzeugt, dass das keine Absicht ist.«

Er wedelte mit dem Zeigefinger. »Wir wollen mehr als nur ein Lippenbekenntnis. Riemann soll erstens diese Anklänge weglassen und zweitens sich *öffentlich* klar gegen rechts abgrenzen.«

»Ich bitte dich, Eric, wozu? Düsing und Co. spielen kaum eine Rolle!«

»Siehst du keine News? Jens Düsings Partei legt zu. Sie wird wahrscheinlich in den Bundestag kommen. Riemann könnte mit ihnen koalieren. Er soll öffentlich klarstellen, dass er nicht mit denen zusammenarbeiten wird.«

»Sonst?«

»Muss ich dich wirklich an deine Kundenliste erinnern?«

Betont entspannt ließ sich Alexandra in den Futon sinken. »Ach, Eric. Ihr müsst euch schon entscheiden. Soll er sich abgrenzen, oder soll er Düsings Stimmen abfischen? Wenn es einen Kanzler Riemann geben soll, dann muss er Düsing draußenhalten, braucht aber dessen Stimmen. Er kann ansonsten höchstens mit den Liberalen koalieren. Aber wie bekommt man Düsings Stimmen, hm?«

»Indem man im rechten Becken fischt«, bestätigte er. »Aber: Je stärker Düsing wird, desto mehr wird auch der öffentliche Druck auf Riemann anwachsen, sich abzugrenzen.«

Alexandra machte eine triumphierende Geste. »Na, dann müssen wir ihn eben kleinhalten.«

Salzmann seufzte und hob dann belehrend den Finger.

»Sollte Düsings Stimmenanteil weiter steigen, muss sich Riemann öffentlich abgrenzen. Du ziehst bitte ab sofort eine klare Grenze. Das Kindermord-Motiv und dergleichen: No-Go! Wir werden eure Kampagne zerschießen, sollten wir weiterhin derlei erhalten.«

Sie atmete durch, als sie die Tür hinter Salzmann schloss. Für den Abend hatte sich Boris eingeladen. Natürlich. Mit dem Besuch seiner Schwester bei ihm hatte sie nicht gerechnet. Boris' persönliche Kontakte wurden natürlich geblockt. Doch Andrea Riemann war übersehen worden. Wohl deshalb, weil Boris' letzter Kontakt zu ihr schon dreißig Jahre zurücklag.

Um sich zu erden, machte Alexandra sich einen Rote-Beete-Salat und sang einige Erdmutter-Mantras. Sie wusch ihren Körper und trug Rosenblütenparfum auf. Im Schlafzimmer öffnete sie den Schrank und überlegte, welchen Morgenmantel sie tragen wollte. Sie spürte die Blicke des Studenten vom Haus gegenüber, der sich wenig Mühe gab, seine Spannerei zu verbergen. Das Objekt der Begierde eines Mittzwanzigers zu sein, genoss sie sehr.

Das Visier meldete einen Besuch. Boris wurde vorgefahren. Sie griff nach einem dünnen Mantel, der ihre Formen betonte, warf ihn über, ging zur Tür und zögerte. Bevor sie die Tür öffnete, vergrößerte sie den Ausschnitt.

Boris musterte sie unverhohlen unter seiner Kapuze, sichtlich mit Genuss, wobei er das Visier hochschob.

»Willst du Wurzeln schlagen?«, fragte sie. »Komm rein!«

Er trat ein, klappte die Kapuze herunter. Im Kontemplationsraum ließ er sich auf den Futon fallen. Sie setzte sich neben ihn.

»Bist du im Verführungsmodus?«, fragte er und beugte sich zu ihr.

»Was dir wichtiger ist, Boris. Du bist gekommen, um zu reden. Wegen mir müssen wir nicht ... reden.«

Er schien das Angebot zu erwägen, schließlich darbte seine Libido seit längerem, ließ sich dann aber in die Rückenlehne fallen. »Irgendwie schade«, seufzte er. »Wenn ich nicht erst rede, werde ich nicht entspannt sein. Und wenn ich geredet habe, fürchte ich, wirst du nicht mehr entspannt sein.«

Sie setzte eine ernste Miene auf und zog den Bademantel enger. »Na, dann leg los.«

Scheinbar gespannt und mit passender Mimik lauschte sie dem, was sie schon wusste.

»Was war das für ein Video?«, fragte er zum Schluss.

Sie schenkte ihm reinen Wein ein.

Er blies Luft aus und ließ dabei die Lippen schlottern. »Es ist also gar nicht mein Charisma, das diese Wahl gewinnt? Wofür rede ich mir eigentlich den Mund fusselig?«

Alexandra blickte ihn sekundenlang an. »Ohne dein Charisma säßest du gar nicht hier. Als ich dich entdeckt habe, wusste ich sofort, dass du der Eine bist, der es schaffen kann. Du bist für sie gemacht.« Sie deutete vage in Richtung Fenster. »Sie brauchen dich!«

Zweifelnd sah er sie an. »Brauchen sie mich oder meine Kopie?«

»Klappst du bitte das Visier runter?«, sagte sie. »Ich möchte dir etwas zeigen.«

Zögernd folgte er. Sie tat es ihm nach.

»Diese AR haben wir am Rande deiner Veranstaltungen aufgenommen.«

Eine Gruppe von Teenagern war zu sehen. Sie hüpften in einem gemeinsamen Rhythmus, wobei sie sich die Schultern umfassten. »Boris! Boris! Boris!«

»Diese jungen Menschen dürfen noch gar nicht wählen«, sagte Alexandra. »Dabei würden sie nichts lieber tun. Wir haben sie auch gefragt, warum. Das sind O-Töne, die du bei den Zertifizierten nicht zu sehen bekommst.«

»Was bringt mir die Freiheit in zwanzig oder dreißig Jahren, wenn ich heute von allen Erfahrungen abgeschnitten bin?«, fragte ein vielleicht sechzehnjähriges Mädchen. Ein Junge neben ihr schimpfte: »Wir müssen Kinder bleiben, die nichts können und nichts wissen, weil sie nichts erleben!«

– »Wir sind die verlorene Korridorgeneration!«, meinte ein anderer Junge. »Es ist doch absurd, uns zu versprechen, dass wir als alte Säcke mal frei sein werden. Ich will jetzt leben! Jetzt, verdammt!« Wieder hüpften sie, in immer schnellerem Rhythmus: »Jetzt! Jetzt! Jetzt!«

Es folgten noch ein paar Beispiele von frustrierten Korridorjugendlichen. Boris klappte das Visier hoch. »Ist ja gut! Aber wenn sie mich so sehr brauchen: Wozu dann diese fiese *Manipulation*?«

Statt zu antworten, spielte sie ihren Trumpf aus. »Hat dir deine Schwester geraten, aufzuhören?«

Boris öffnete den Mund, doch die Worte blieben weg. Er seufzte. »Nein.«

»Was *hat* sie gesagt?«

»Sie hat gesagt: Ich will dich als Kanzler sehen.«

Alexandra lächelte triumphierend.

Boris blitzte ihr trotzig in die Augen.

»Sie will aber nicht, dass ein *Ding* Deutschland regiert! Das hat sie auch gesagt.«

»Du kritisierst die angebliche Manipulation«, sagte sie.

»Angeblich?«

»Wir zeigen den Menschen ihre eigenen Schatten. Deren sie sich oft nicht bewusst sind. Wir wecken sie. Das ist auch deine ureigenste Absicht!«

Er wollte etwas entgegnen, doch mit einer strengen Geste bedeutete sie ihm, sie weiterreden zu lassen. »Wenn das Manipulation ist, was ist dann der Apparat? Diese eiskalte Maschinerie, die die Menschen erst dahin *gebracht* hat, ihre Seelen zu verraten? Du bist die Medizin dagegen. Und wir unterstützen dich dabei!«

»Schöner Vergleich«, gab er zurück. »Mir ist nur nicht klar, wer von uns die harte Chemotherapie ist und wer das Begleitmedikament. Seid ihr das? Oder bin ich es?«

»Ihr oder ich? Deine Frage gefällt mir nicht. Vergiss nicht: Wir sind *eine* Partei! Wir haben das gleiche Ziel und sind begeistert von deiner Story. Wir wollen, dass deine Story die des ganzen Landes wird. Viele wollen das. Alle, die dich wählen, werden es tun, weil sie es *wollen*.«

»Da bin ich mir eben nicht mehr so sicher.«

»Wird deine Schwester dich wählen?«

Der Gedanke beschäftigte ihn. »Ich denke, ja«, sagte er dann.

»Wird sie es aus innerer Überzeugung tun?«

Sein Ausdruck bejahte es. »Das ist kein gutes Beispiel«, widersprach sein Mund.

»Es geht jetzt um alles oder nichts, Boris. Allein wirst du nicht Kanzler werden. Abgesehen davon, dass eine Spaltung so kurz vor der Wahl eine Katastrophe wäre. Du würdest Vertrauen verlieren. Massiv.«

»Ich würde den Wählern reinen Wein einschenken. Damit würde ich noch authentischer wirken.«

Sie lachte. »Glaubst du? Vergiss nicht, dass du das Spiel mitgespielt hast.«

»Aber ich wusste nichts davon!«

»Meinst du, dieser Umstand lässt dich vor deinen Fans besser aussehen? Nein, als Opfer taugst du nicht. Mensch, Boris! Du bist wie ein Rockstar, der solo nicht ankommt. Du gehörst zu deiner Band. Und deine Band sind wir. Sieh mich an! Du bist der Traum, den ich seit Jahrzehnten träume. Ist das nicht authentisch?«

»Hast du mir die Sache mit den Deep Fakes deshalb verschwiegen?«

Sie senkte den Kopf. »Ich hatte nicht vor, dir irgendetwas zu verschweigen. Mir gefiel diese Deep-Fake-Sache selbst nicht. Aber ich wollte dich damit nicht belasten. Nichts sollte deine Aura trüben. Wir wären jedenfalls nicht da, wo wir jetzt sind, wenn du es gewusst hättest. Du kannst jetzt gehen, klar. Aber dann wird es keinen Neuanfang für dieses Land geben.«

Er atmete tief durch. Alexandra sah, dass er in der Schwebe verharrte. Sie wusste, dass Auserwählte auf dem Weg zauderten, oft kurz vor dem Ziel. Hat nicht sogar Jesus vor seiner Kreuzigung Gott gebeten, diesen »Kelch an ihm vorübergehen« zu lassen? Das gehörte irgendwie dazu. Sie brauchten dann einen Stoß von außen. Bei Jesus war es ein Engel, der »ihn stärkte«, wie es in der Bibel hieß. Dieser Engel war ein klares Signal von Gott, dass Jesus nicht alleine war. Und dass es ein höherer Wille war, dem sein Schicksal zu folgen hatte. Alexandra beschloss, dem Kandidaten ebenfalls ein eindeutiges Zeichen der Verbundenheit zu senden.

Sie beugte sich zu ihm, während sie am Ausschnitt ihres Bademantels zupfte. »Deine Prognose war falsch.«

»Welche Prognose?«, fragte er.

»Dass ich nach diesem Gespräch nicht mehr entspannt sein würde. Wie sieht es mit dir aus?«

Sie fuhr mit den Fingern unter ihren Bademantel und strich über ihren Oberschenkel, sodass dieser sichtbar wurde. Er schielte hin. Etwas in ihm gab nach. Es verschaffte ihr Genugtuung, dass sogar ein Mann wie Boris Riemann ihr nicht widerstehen konnte.

Seine Mundwinkel kräuselten sich. »Habe ich eine Wahl?«

41

Sophie ging auf den Balkon ihrer überhitzten Wohnung, in der Hoffnung, dass der Abend draußen etwas kühler sei. Doch die Hitze drückte wie am Tag. Hoffentlich hatte Matas' Individualwagen eine Klimaanlage. Scharf biss der Ruß des Waldbrandes in der Nase. Als sie zurück ins Schlafzimmer gehen wollte, hörte sie von schräg gegenüber aggressives Geschrei.

»Ihr Mörder!«

Gerangel vor dem öffentlichen Kühlraum.

»Wir haben die zulässige Aufnahme schon überschritten! Was soll ich denn tun, verdammt?«

»Uns reinlassen! Wir sind alt! Wir könnten sterben! Am Schlesischen Tor haben sie uns auch schon abgewiesen.«

»Dann probiert es am Bersarinplatz!«

»Ihr gefühllosen Arschlöcher!«

»Wenn Poldi nicht bald ins Kühle kommt, kippt er uns weg! Sieh ihn dir doch an!«

Sophie eilte in die Wohnung zurück und schloss die Balkontür.

»Andra, bitte die Matratze kühlen«, sagte sie, warf das Bettzeug zur Seite und sich selbst auf die Matratze, die sich angenehm abkühlte.

Ein paar Minuten später meldete sich Matas. »Bist du fertig?«

Sie bejahte, sprang auf und nahm ihr Visier sowie ihr Bracelet ab. Schnell in die Küche, die Thermoskanne mit Kaffee gepackt und hinaus. Unten, auf der anderen Straßenseite, stand der Indi, den Matas beschrieben hatte. Ein Wagen von der Größe früherer Verbrenner. Sie ging hin, klopfte an das Beifahrerfenster, woraufhin Matas ihr öffnete. Sie setzte sich auf den Beifahrersitz und musterte den Innenraum. »Sag mal, wie viel verdienst du eigentlich bei BSC?«

»Ich habe da eine vertrauensvolle Stellung. Andy honoriert so etwas.«

Sophie musste lachen. »Ach, deshalb fährst du jetzt nach Frohnau, um einer Kundin von BSC nachzuspionieren?«

Er grinste, während er aufs Gaspedal drückte. Sophie presste es in den Sitz. »Hey, geht's noch?«, rief sie.

»Wir wollen doch keine Zeit verlieren«, lachte er.

Nach gut zwanzig Minuten Fahrt parkten sie am Sigismundkorso in Frohnau. Etwa zwanzig Meter vor ihnen war der Zugang zu der angeblich unbewohnten Villa, die Alexandra Calla besucht hatte. Das Gebäude selbst verbarg sich hinter einer hohen Hecke. Matas schaltete den Motor und alle Lichter ab. »So, warten wir mal ab.«

Die Dunkelheit bedrängte Sophie. Sie glaubte, Hexenstimmen zu hören, und musste sich ablenken.

»Sag mal, welche Rolle spielt Geld in deinem Leben?«

Matas hielt seinen Blick, das Visier heruntergeklappt, auf die Gartentür gerichtet.

»Geld? Meine Eltern waren bitterarm. In Litauen war das in den Nullerjahren ein Drittel der Bevölkerung. Wir besonders. Die Caritas gab uns zu essen. Meine ältere Schwester verkaufte sich in Klaipeda an Touristen. Ich wollte immer nur eins: schnell da raus. Ich hatte gehört, dass man in Sankt Petersburg viel Geld machen konnte, in dieser Trollfabrik. Wer eine relevante Fremdsprache beherrschte, konnte das Doppelte verdienen. Ich konnte Deutsch – meine Oma war Deutsche. Wie sollte ich da widerstehen? Allen, die dort im Akkord Fake News produzierten, ging es *nur* ums Geld. Von Politik hatten die keine Ahnung. Sie haben über Merkel oder Nawalny gelästert und wenn du sie gefragt hast, ob sie wüssten, wer diese Personen seien, haben sie nur mit den Schultern gezuckt. Ich habe genug verdient, um meine Familie aus dem Gröbsten herauszuholen. Also, sagen wir so: Ich weiß ein gutes Einkommen zu schätzen. Und wie hältst du es mit dem Zaster?«

Gute Frage. Sie überlegte. »Geld an sich interessierte mich nie. Meine ... Familie war nicht arm. Es war mir immer nur Mittel zum Zweck. Für meine Forschung, um mein Ziel zu erreichen.«

»Warum hast du gezögert?«

»Gezögert?«

»Bevor du ›Familie‹ gesagt hast.«

»Oh .... äh. Das ist eine lange... Sieh mal!«

Um die Ecke bog ein älterer Herr, um dessen Kopf sich seltsame Schläuche wanden und der eine Art Wams mit rippenartigen Wülsten trug. Er führte einen Dackel an der Leine. Der Hund markierte sein Revier am Zaun des Grundstücks, das sie observierten. Der Mann blickte sich um. Als er Matas' Wagen sah, hielt er kurz inne. Matas flüsterte einen Befehl. Sein Visier gab ein leises klickartiges Geräusch ab. Als der Hund fertig war, wechselte der Mann mit gesenktem Kopf die Straßenseite. Sophie sah sein Gesicht nur sehr undeutlich, wegen der Entfernung und weil die Gummiwülste um seinen Kopf es beschatteten.

»Ein Spaziergänger«, sagte Sophie.

»Nach 21 Uhr?«, fragte Matas.

»Hunde soll man durchaus so spät ausführen, damit sie den Rest der Nacht dicht halten.«

»Hm. Ich habe den Typen fotografiert. Werde auf jeden Fall eine Gesichtserkennung laufen lassen.«

»Was hatte der denn an?«, fragte Sophie. »Sah aus wie die Anzüge der Fremen beim ›Wüstenplanet‹.«

»Kenne ich nicht«, antwortete Matas. »Aber es war ein Kühlanzug. Ein Mini-Kühlaggregat hält das Wasser in diesen Schläuchen kühl.«

»Das brauche ich auch!«

»Kostet ein bisschen was.«

»Womit wir wieder beim Thema wären.«

Doch offenbar wollte Matas es nicht vertiefen.

»Wie riskant ist das eigentlich, was wir hier machen?«, fragte Sophie nach einer Weile.

»Wie meinst du?«

»Na, du hast dein Bracelet und dein Visier an. Meinst du nicht, dass Andy dich auf dem Kieker hat? Er kann doch auch alles mitlesen, oder? Wird ihm die Recherche nicht auffallen?«

Matas hob sein Handgelenk. Sein Bracelet sah sehr elegant aus. Hauchdünn, gerundete Formen.

»Du hast schon ein Exa-X? Die werden doch erst noch ausgegeben.«

»Offiziell«, sagte Matas. »Ich hab ein paar Beziehungen und das nötige Kleingeld. Mein offizielles Bracelet liegt, wie deins, zu Hause. Das hier ist nicht angemeldet. Ich fliege unter dem Radar. Eine Fahrerlaubnis- oder Ausweiskontrolle wäre jetzt natürlich doof.«

»Und das Auto? Wie startest du es ohne Fahrerauthentifizierung?«

»Ich habe es geknackt.«

Sophie erschrak. »Das ist nicht deins?«, fragte sie – zu laut.

»Schsch«, machte Matas. »Doch, ist es. Ich habe meine *eigene* Karre geknackt. Das Exa-X hat einen Nanoprozessor, mit verhundertfachter Rechenpower gegenüber der aktuellen Technik. Manche älteren Sicherheitssysteme kann der locker knacken. Daher soll man jetzt dringend die Schlüssellängen auf den neuesten Stand bringen, schon *vor* dem Ausrollen. Es gab einen staatlichen Warnhinweis. Hast du das nicht mitbekommen? Mein Exa-X ist offline, mein Visier damit auch. Ich habe es nur zum Fotografieren auf.«

»Clever«, fand Sophie, eine Eigenschaft, die sie an Männern schätzte.

Ein Klopfen an das Fenster neben ihr ließ sie zusammenfahren. Sie riss den Kopf herum. Eine Polizistin mit strengem Blick verlangte, das Fenster zu öffnen. Es surrte auf.

»Darf ich fragen, was Sie hier tun?«

Etwas Warmes berührte die Innenseite von Sophies Oberschenkel und streichelte sie. Sie unterdrückte den Impuls, sich in Abwehr anzuspannen. Stattdessen perlte ein sanftes, aufregendes Kitzeln von dieser Stelle durch ihren Bauch bis ins Gehirn, wo es ein Rauschgefühl verbreitete. Ihr Gesicht reagierte mit einem – wahrscheinlich reichlich dümmlichen – Lächeln.

»Ach, wissen Sie«, sagte Matas, »es ist so schön lauschig hier. Und in den Wald wollten wir nicht fahren.«

Die Polizistin schien nicht überzeugt und musterte Sophie.

Die legte die Hand auf Matas' Oberschenkel und lächelte weiter. Alle Gesichtsmuskeln verwandelten sich von Leder in das elastische Muskelgewebe, das sie gefühlt zuletzt in den Nullerjahren gewesen waren.

Die Polizistin stufte das Lächeln als echt ein und schüttelte leicht den Kopf, wobei sich ihr Mundwinkel etwas hob. Sie richtete sich auf. »Ich muss Sie bitten, woanders weiterzuturteln, Herrschaften. Das ist eine wohlhabende Gegend. Die Leute haben den Finger schnell am Alarmknopf. Es wird nicht lange dauern, bis uns jemand ruft.« Sie zwinkerte. »Und ich kriege bloß Ärger, wenn ich Sie nicht vertreibe.«

Sie folgten der Anweisung und fuhren los. An der übernächsten Kreuzung aber bog Matas in eine Seitenstraße. »Drehen wir nochmal eine Runde ums Haus«, sagte er. »Vielleicht fällt uns was auf.« Sie näherten sich der Villa nun von der Rückseite. Matas fuhr im Schneckentempo. Ein schweres Stahltor versperrte die Zufahrt. Sophie versuchte, Blicke auf das Gebäude zu erhaschen. Doch sie bekam nur den obersten Teil zu sehen. Ein Giebel, der nach Jugendstil aussah, ein Walmdach. Nicht sehr aufschlussreich. Sie blickte auf einen wuchtigen Kamin. Im Vorbeifahren tauchte dahinter ein technisches Gebilde auf. Ein eckiges, drehbares Gestell, das ein Rohr trug. »Guck mal«, sagte sie und zeigte hin. »Sieht aus wie eine Bordkanone.« Matas duckte sich, um das Ding auch zu sehen. »Oder wie ein Teleskop«, meinte er. »Ich sehe mal nach.« Er lächelte spitzbübisch. »Habe ein Wissensnetz auf dem Exa. Kann offline suchen. Aldona, sag mir bitte, was das ist«, wies er an.

»Aldona?«, fragte Sophie reflexhaft. Ein verschüttgeglaubtes Gefühl focht sie an: Eifersucht. Matas lächelte. »Meine virtuelle Assistentin. Und der Vorname meiner Schwester. Sie fehlt mir.« Sophie schluckte.

»Wo ist sie?«

»Sie hat einen Texaner geheiratet. Die Hitze dort macht anscheinend schweigsam. Ich höre wenig von ihr.« Er nickte zweimal knapp. »Hm, hm.«

»Bitte?«

»Das ist ein Laserkommunikationssystem«, teilte Matas mit. »Von der Firma AirSpaceCom.«

»Hat nicht jeder auf dem Dach, was?«

»Nein, ganz sicher nicht. Das Euronet läuft über Glasfaser und Mobilfunk. Über Lichtkommunikation zwar auch, aber nur in Innenräumen und mit normalem Licht, nicht per Laser.«

Sie kamen wieder an die Stelle, an der sie vorher gewartet hatten, und beschlossen, zurück in die Stadt zu fahren.

Matas brachte sie in die Gubener Straße. Unentschlossen legte Sophie die Hand auf den Türgriff und zögerte. Sie wollte etwas sagen, ihre Lippen spielten aber nicht mit.

»Ja?«, ermunterte Matas sie.

»Du ... äh ... kannst mir nicht zufällig Kühlasyl geben? Bei mir ist es kaum auszuhalten.« Sie verzog die Lippen zu einem gefühlt verunglückten Lächeln.

Er machte ein verdrießliches Gesicht. »Unsere Klimaanlage streikt. Ich fürchte, bei mir ist es noch schlimmer.« Er schloss kurz beide Augen und lächelte väterlich. »Lassen wir uns noch ein wenig Zeit.«

Sophie verabschiedete sich knapp und stieg aus.

»Sophie!«, rief Matas ihr nach. Sie beugte sich zum Fahrgastraum hinunter. »Ich freue mich auf unseren nächsten vollrealen Einsatz.«

»Ich mich auch«, sagte sie mit warmer Stimme. Als sie die Straße überquerte, sah sie auf einem Balkon ein junges

Pärchen, das sich mit nackten Oberkörpern umschlang. Sie schienen die äußere Hitze abschirmen zu wollen, indem sie sie überboten.

Sophie wusste nicht, wie lange derlei bei ihr her war. Nur, dass es sie nicht beeindruckt hatte. Matas könnte das ändern, war sie sich zunehmend sicher. Kurz darauf betrat sie ihre Wohnung. Weil sie Hunger hatte, bog sie direkt in die Küche und holte sich einen vorbereiteten Veggieburger aus dem Kühlschrank. Sie legte ihn auf einen Teller und setzte sich an den Tisch.

Irgendetwas ist anders, dachte sie. War vorhin nicht eine Aprikose mehr in der Schale gewesen?

»Na, Madame, schmeckt's?«, ertönte eine wohlbekannte Stimme, die in sie stach wie antarktischer Frost.

Sie fuhr herum. Im Türrahmen lehnte ein athletischer Mann, der diesen beinahe ausfüllte. Im kantigen Gesicht ein Grinsen, das nur auf den ersten Blick freundlich wirkte. Er wedelte mit seinem Handgelenk. Daran trug er ein Exa-X-Bracelet.

»Danke, dass du deinen Uralt-Schlüssel immer noch nicht verlängert hast, Schatzi. Ich wusste, dass du dich insgeheim von einem starken deutschen Mann ordentlich durchvögeln lassen willst. Alle verkopften Weiber wollen das in Wirklichkeit. Deine Pussy trieft doch schon, wenn du mich nur siehst. Deswegen hast du auch so offensichtlich weiter ›rumgeschnüffelt‹. Oder wie soll ich diesen Ausflug nach Frohnau sonst interpretieren? Also bin ich mal nicht so und tu dir den Gefallen.«

Sophie wusste, dass eine Pfanne auf der Anrichte stand. Sie sprang vom Stuhl, drehte sich herum und stürzte dorthin. Der Griff der Pfanne zeigte in ihre Richtung, so dass sie sie zu packen bekam, bevor der Eindringling, der ebenfalls zum Herd eilte, sie erreichte. Sie holte aus und schwang sie nach seinem Kopf. Sein Arm schnellte nach oben, um Sophies Schlag abzublocken. Ihr Handgelenk prallte gegen seinen Unterarmknochen. Die Pfanne entglitt ihr. Es hätte wahnsinnig schmerzen müssen, doch sie spürte nichts. Der Angreifer packte sie nun an einem Oberarm, zerrte sie vom Ofen weg und schleuderte sie mit dem Rücken gegen die Kühlschranktür. Der Aufprall presste ihr die Luft aus den Lungen. Sophie fühlte sich wie ein wertloses Küchengerät. Mit der freien Hand griff er ihr an den Kragen ihrer Bluse und riss daran. Die Knöpfe sprangen auf, prasselten zu Boden. Sophie wollte kreischen, doch er presste seine Hand auf ihren Mund. Sein säuerlicher Schweißgestank verursachte ihr Übelkeit. Mit ihrem freien Arm boxte sie gegen seine Nierengegend. Es fühlte sich an, als schlüge sie gegen eine Betonwand. Keine Reaktion. Er war ein Panzer, eine brutal anrollende Waffe. Als Antwort ließ er ihren Oberarm los, während er ihren Kopf weiter gegen den Kühlschrank drückte. Er boxte ihr in den Bauch. Schmerz explodierte und flutete ihr bis in die Haarspitzen. Ein Vernichtungsschlag. Alle Kraft strömte aus ihr wie aus einem klaffenden Leck. Er packte sie wieder am Oberarm. Mit der anderen Hand holte er in einer fixen Bewegung etwas aus seiner Jackentasche und zwang es ihr in den Mund. Das Stoffknäuel reichte so weit in ihren Gaumen, dass es einen Würgereflex auslöste. Sie fühlte sich ausgeliefert. Es war schlimmer als bei Düsings Rede, als sie von der Treppe zu stürzen drohte. Ihr Wille flackerte wie eine Leuchte kurz vor dem Ausfall. Was konnte sie noch aufbieten?

Sie stieß erstickte Schreie aus, während er den Gürtel ihrer Hose und den Knopf öffnete. Ihre Hose rutschte zu Boden.

Sie wünschte sich, tot zu sein. Tränen quollen aus ihren Augenwinkeln. Das Stoffknäuel absorbierte ihr Schluchzen. Da flammte ihr Wille nochmals auf. Konnte sie ihm schwören, mit ihren Recherchen aufzuhören? War er noch zu bremsen? Sie versuchte, etwas wie artikulierte Laute auszustoßen, um Sprechbereitschaft zu signalisieren.

»Halt die Fresse!«, blaffte er. »Jetzt spricht mein großer, harter Schwanz. Danach gierst du doch! Du verlogenes, geiles Kopfweib!«

Sie hörte seine Gürtelschnalle klimpern. Mit einem Rest von Mut hob sie den Blick. Sie wollte ihn zwingen, ihr dabei in die Augen zu sehen. Es beeindruckte ihn nicht. Seine Augen blieben gefrorene Teiche, sein Mund ein gnadenloser Strich. Er packte den Gummizug ihres Slips und zerrte daran. Auf der anderen Seite schnitt der Gummi in ihre Taille. Es brannte so stark, dass Sophie sich wünschte, er würde endlich nachgeben.

Plötzlich riss er die Augen auf. Sein Mund bildete ein O. Dabei stieß er einen Schmerzensschrei aus. Sein Griff löste sich. Der Gummi schnalzte schmerzhaft an Sophies Haut. Ihr Angreifer schien sich nur mit Mühe auf den Beinen zu halten. Dennoch gelang es ihm, sich wegzudrehen. Reflexartig zerrte sich Sophie den Stoff aus dem Mund und schleuderte ihn zu Boden. Jemand wich vor ihrem Peiniger zurück.

Dunja!

Aus Dunjas geballter Faust ragte eine Spitze hervor. Der Kubotan! Dieser spitze Stift, den sich ihre Freundin zur Selbstverteidigung gekauft hatte und der offensichtlich höllische Schmerzen verursachte. Doch der Koloss war noch nicht mattgesetzt. Dunja schien nicht mit einem Gegenangriff gerechnet zu haben. Sie wich weiter zurück und warf

Sophie einen Blick zu, der um Hilfe flehte. Die Bratpfanne! Sophie blickte auf den Boden und entdeckte das Küchengerät an der Fußleiste der anderen Wand. Um laufen zu können, schüttelte sie sich die Hose von den Füßen und stürzte zu der Pfanne, griff sie und richtete sich auf. Sie sah den breiten Rücken. Der Peiniger breitete die Arme aus, um Dunja zu umfassen. Dunja packte seine Hand und drehte sich weg. So gelang es ihr, dass er zwar ihren Körper umfasste, sie jedoch die Arme über den seinen behielt. Sophie sah, wie Dunja blitzschnell mit dem einen Arm ausholte. Der Angreifer schrie erneut auf. Der Kubotan war wohl in seinem Handrücken gelandet. Allerdings schien der Brutalo darauf trainiert, Schmerz zu ignorieren.

Jetzt lag es an ihr. Sophie holte weit aus. Sie stellte sich vor, dieser Mann sei die Verkörperung all dessen, was ihr an Sumpf, Gemeinheit und Niedertracht in den letzten Wochen begegnet war. Diese Gestalt war das Böse, das alles missbrauchte, wofür sie ihr Leben lang geschuftet hatte. Sophie spürte, wie die volle Wucht der Wut in ihren Oberkörper strömte. Sie musste sie in diese Pfanne kanalisieren. Entschlossen übergab sie die Kontrolle über ihren Leib diesem Jähzorn. Es erstaunte sie, wie kompromisslos das gelang. Wut war jener Instinkt, den sie zeit ihres Lebens unter strengster Aufsicht gehalten hatte. Die Pfanne knallte auf den Hinterkopf des Mannes. Eine Konvulsion fuhr durch seinen Körper. Seine Arme lösten sich von Dunja. Dann brach er zusammen und klatschte rückwärts auf den Küchenboden.

Der Kraftakt hinterließ Sophie schwer atmend. Berauschende Genugtuung erfüllte sie. Gleichzeitig schämte sie sich dafür. Sie hatte einen Menschen niedergeschlagen! Bewegungslos lag er da. War er tot? Kein Blut. Sie hatte mit dem flachen Boden der Pfanne zugeschlagen. Hoffentlich war er nur ohnmächtig!

Dunja ging neben ihm in die Hocke, fühlte seinen Puls. »Er lebt«, bestätigte sie, den Blick zu Sophie gewandt. »Hast du Kabelbinder hier?«

»Ja!« Sophie holte zwei aus der Kleinkram-Schublade.

Dunja wand seine Arme vor seinen Bauch und führte die Handgelenke möglichst eng zusammen, sodass Sophie die Kabelbinder herumwinden konnte. Beide atmeten erleichtert auf, als diese festsaßen. Dunja hockte auf dem Küchenboden und wedelte mit ihrem Handgelenk, an dem das Bracelet hing. »Du hast der richtigen Person den Zweitschlüssel zu deiner Wohnung gegeben, Süße«, sagte sie.

Sophie nickte ihr dankbar und anerkennend zu. »Wieso bist du eigentlich hergekommen?«

»Ich habe stundenlang versucht, dich für einen Plausch zu erreichen. Du warst die ganze Zeit off, superungewöhnlich. Da haben meine Eingeweide laut gerufen, dass sicher was nicht stimmt! Erst recht nach der Geschichte mit David. Also bin ich gekommen. Offenbar gerade noch rechtzeitig.« Sie musterte Sophie, die in Unterwäsche neben ihr auf dem Boden hockte. »Wenn deine Wildheit herausbricht«, sagte sie, »dann siehst du verdammt gut aus!«

»Nett von dir, Dunja. Trotzdem habe ich jetzt erstmal das Bedürfnis, zu duschen.«

Nachdem Sophie geduscht, sich frisch angezogen und die alten Klamotten in eine Plastiktüte gestopft hatte, setzte sie sich zu Dunja an den Tisch, die in der Zwischenzeit einen Kamillentee zubereitet hatte.

»Was ist eigentlich los?«, fragte Dunja nach dem ersten Schluck.

Sophie erzählte Dunja fast die ganze Sache; von Andy, Carin und Düsing über Riemann, die Drohungen und Matas bis hin zur ominösen Villa. Die Geschichte mit dem Cappuccino ließ sie weg.

»Mensch, Sophie. Es tut mir leid, dass ich dich da hineingezogen habe! Und in Andy muss ich mich gewaltig getäuscht haben.«

»Da bist du nicht die Einzige.«

Sophie war froh, dass ihre Retterin nicht von ihr verlangte, zur Polizei oder zur Presse zu gehen. Sie schien allzu gut zu verstehen, was Sophie davon abhielt.

Ihr Gefangener, den sie auf dem Boden hatten liegen lassen, stöhnte. Er kam zu sich. Schnell standen die beiden vom Tisch auf und halfen ihm auf die Beine, auf denen er sich nur mit Mühe halten konnte.

»Na, was macht das Köpfchen?«, fragte Dunja, als spreche sie mit einem Kleinkind.

Er murrte. »Geht so«, presste er hervor.

»Gut, gut«, sagte Dunja und stellte sich breitbeinig mit verschränkten Armen vor ihn. »Dann hör mal gut zu, Herzchen. Du gehst jetzt zu deinem Sturmbannführer und teilst ihm mit, dass er uns gefälligst in Ruhe lassen soll! Sonst lassen wir seinen kriminellen Laden hochgehen. Sollten wir von dir noch einmal auch nur ansatzweise belästigt werden, bist du auch dran. Ich bin Zeugin und habe dich in Aktion fotografiert. Na, ist das alles in deinem hellen Köpfchen angekommen, Süßer?«

Er seufzte.

»Ich habe dich nicht verstanden«, insistierte Dunja.

»Ja, verdammt! Ist klar«, spuckte er aus.

Dunja wickelte sich ihr Halstuch ab und legte es über seine gefesselten Hände. »Sophie? Machst du unserem netten Besuch bitte die Tür auf?«

Nachdem Sophie die Tür hinter ihm geschlossen hatte, fiel sie Dunja um den Hals. Sie brauchte jemanden, um sich festzuhalten.

Stunden später verabschiedete sich Dunja. Sie hatten unter anderem über Selbstverteidigung gesprochen. Sophie ging ins Wohnzimmer, plumpste aufs Sofa und reflektierte das Gespräch. Die Assoziationen trieben ihre Gedanken zu David. Sie sah das blutgefasste Loch in seiner Brust. Dann landeten ihre Gedanken bei Ken Fröbe, der immer noch wie vom Erdboden verschluckt war. Warum ging er nicht den Weg anderer Irrer, die auf unschuldige Menschen ballerten? Warum richtete er sich nicht selbst? Und warum versagten die Behörden bei ihrer Aufgabe, ihn zu fassen und zu richten? Und warum ermöglichte es der Staat Verbrechern, mit Exa-X-Bracelets in die Wohnungen argloser Bürger einzudringen?

Alles musste man selbst machen!

Nach dem gewonnenen Kampf gegen den Vergewaltiger fühlte sie sich gestärkt. Wehrhaft. Da war ein Artikel, den sie vor Monaten gelesen hatte. Der ihr Angst gemacht hatte. Spontan fasste sie einen Entschluss.

»Andra, wo kann ich einen guten 3D-Drucker bestellen?«

42

Am nächsten Tag im Büro machte Sophie Dienst nach Vorschrift, wollte nicht zu viel herausfinden, da sie mit jedem Ergebnis die Riemann-Kampagne unterstützte. Gar keine Ergebnisse würden aber bald auffallen. Andy gegenüber würde sie von wachsender Komplexität, Abflachen der Lernkurve und so weiter fabulieren. Seine schützende Hand hatte sie ohnehin nicht geschützt, woran sie die Schmerzen im Bauch bitter erinnerten.

Matas schielte ein paar Mal herüber. »Die Person« habe den Eindruck, dass etwas mit ihr nicht stimme, informierte Carin.

Auf der Nachhausefahrt sah Sophie News. Anderthalb Wochen vor der Wahl komme Bewegung in die Umfragen, sagte Sprecherin. Sophie horchte auf. »Die Koalitionsparteien erreichen nur noch 52 Prozent der Stimmen«, berichtete die Sprecherin, »während die Liste Riemann noch einmal einen Sprung nach vorn macht, auf jetzt 24 Prozent.«

Die Zahl war ein weiterer Schlag in die Magengrube.

»Ob sich Boris Riemann ernsthafte Hoffnungen aufs Kanzleramt machen kann«, sagte die Sprecherin, »hängt noch von weiteren Faktoren ab. Etwa von Jens Düsings rechtsextremer Partei ›Herz des Volkes‹, die bei knapp fünf Prozent liegt. Dem Neuling Riemann gelingt offenbar eine Mobilisierung bisheriger Nichtwähler.« Es folgte ein Interview mit einem Wahlforscher, der dies mit Riemanns Charisma und seinem Pathos für Freiheit erklärte, das gerade jetzt, da die Bewegungsfreiheit sinke, sehr verführerisch wirke. Die Hitzekatastrophe und die inzwischen kritische Alpha3-Lage spielten dem Kandidaten weiter in die Hände, meinte der Mann. »Viele Menschen glauben, dass die Präventionspolitik versage. Sie empfinden sie als eine unnütze Last, von der Riemann sie befreien könne.«

Als die Bahn am Kanzleramt vorbeifuhr, schob Sophie das Visier hoch und starrte auf die Mauer, die den Komplex zur Spree hin begrenzte. Darauf standen Menschen mit Kletterausrüstung und fuchtelten, wie Fans im Rockkonzert, mit den Händen herum. Sie hatten ein riesiges Transparent an die Mauer gehängt.

DER ZUCHTMEISTER MUSS BALD AUSZIEHEN!!!

Sie riss den Blick davon los. Die Sitzbank schien nach hinten zu kippen, in einen bodenlosen Abgrund. Sie klammerte sich an dem Haltegriff an der Wand des Wagens fest. Es war ernster, als sie gedacht hatte!

Alles konnte kippen!

Matas und sie mussten handeln. Schnell.

Zu Hause textete sie Matas an mit der Bitte um ein schnelles Gespräch. Sie packte den 3D-Drucker aus, der frisch geliefert worden war. Jetzt brauchte sie nur noch die digitalen Druckvorlagen. Sie rief Dunja an, die Sophies Bitte mit einem halboffenen Mund kommentierte. Es kam nicht oft vor, dass ihre Freundin sprachlos war.

»Na ja, du hast ja beruflich viel mit der 3D-Druck-Community zu tun«, erklärte Sophie. »Du kennst da jede Menge Leute. Weltweit.«

»Ja, aber doch nicht ...«

»Kannst du es denn nicht verstehen?«

Dunja senkte den Blick. »Klar, meine Liebe, ich verstehe es nur zu gut.«

Schließlich versprach Dunja, sich umzuhören.

Nach dem Gespräch meldete Andra einen Anruf: Matas.

Sie erzählte ihm, was vorgefallen war. Er war erschüttert über den Vergewaltigungsversuch.

»Leg dir einen Taser zu«, bat er Sophie.

»Du meinst so eine Elektroschockwaffe?«

»Genau. Ich habe sogar einen«, berichtete er. »Aus meiner Petersburger Zeit! Soll ich ihn dir …«

Sie schüttelte den Kopf. »Danke, nein. Ich kümmere mich selbst.«

»Wie du meinst.«

»Hast du herausgefunden, wer der Spaziergänger in Frohnau war?«, fragte sie.

Matas schüttelte den Kopf. »Ein Nachbar, der ein paar Villen weiter wohnt. Kein Treffer.«

»Schade. Aber wir haben ja noch einen Ansatzpunkt. Dieser Laser auf dem Dach der Villa. Das ist doch eine Auffälligkeit! Vielleicht bringt uns der auf die richtige Spur.«

Matas nickte heftig. »Genau das wollte ich auch vorschlagen.«

»Du sagtest, es sei ein Laserkommunikationssystem. Wofür braucht man so etwas?«

»Licht kann viel mehr Daten pro Zeiteinheit übertragen als Funk«, sagte Matas. »Per Laser geht das auch durch den freien Raum, zwischen Hausdächern oder zu Flugzeugen. Das Westafrika-Netz funktioniert großteils über Drohnen oder Ballons, die per Laser untereinander und mit Bodenstationen vernetzt sind. Wir in Europa haben erstklassige Glasfasernetze. Ich wüsste nicht, wozu man Freiraumkommunikation hier brauchen könnte.«

Sophie überlegte. Das erinnerte sie an irgendetwas.

»Wie hieß der Hersteller dieser Laserkanone nochmal?«

»AirSpaceCom.«

Jetzt klickte es.

»Space! Also geht es auch um Laserkommunikation mit Satelliten.«

Matas lächelte nachsichtig. »Soweit ich weiß, befindet sich das noch im Experimentalstadium. Lichtsignale mit Satelliten zu tauschen, ist nicht sehr effektiv. Wolken, Nebel, störendes Licht von anderen Quellen. Da muss man noch viel optimieren.«

»Das Projekt Lightnet! Davon habe ich vor ein paar Monaten erfahren. Da geht es um satellitengestütztes Internet.«

Matas tippte in der Luft herum. Seine Augäpfel sprangen hin und her. Er las etwas. Ganz schnell.

»Ein Moonshot-Projekt der EU«, sagte Matas. »Das Testnetz dafür wird in der Wirtschaft implementiert: von Firmendach zu Firmendach. Um größere Distanzen zu überbrücken, reist der Laserstrahl über spezielle Bodenstationen ins All, zu einem Netz von tausenden Mikrosatelliten, die untereinander ebenfalls per Laser vernetzt sind. Da oben macht er Distanz und geht dann zu einer zweiten Bodenstation zurück.«

»Moonshot-Projekt«, überlegte Sophie. »Was bedeutet das?«

Matas tippte erneut und las ein paar Sekunden.

»Ein Format, das die EU Ende der Zwanziger eingeführt hat: Großprojekte, die Ergebnisse der Grundlagenforschung aufgreifen und sie in die Anwendung bringen. Das Lightnet war eines der ersten. Es dürfte inzwischen schon sehr weit fortgeschritten sein.«

»Haben sie das Problem mit Nebel und Wolken vielleicht schon gelöst?«

»Gute Frage«, räumte Matas ein. Er wischte in der Luft herum, fand etwas und las. Sophie beobachtete seine blauen Augen, wie sie die Zeilen entlangglitten. Sie waren wie von einer anderen, schöneren, weniger banalen Welt. Sie wollte sich darin auflösen. »Hm, ah ja«, machte Matas nach einer kurzen Weile und hob eine Augenbraue. »Das ist genial. Bei Nebel schießen die Laser vor dem eigentlichen Signal besonders intensive Lichtpulse ab, die die Nebeltröpfchen zerstäuben.«

»Die Laser schießen sich den Weg frei?«

»Sozusagen. Durch den freien Kanal wird dann die Nachricht gesendet. Bei den Wolken wiederum ist das Problem ein anderes. Ein starker Laserstrahl kommt da eigentlich durch. Doch ein Teil des Lichtes wird an Wolkentröpfchen reflektiert und erzeugt beim Empfänger störende Echos. Das macht das Signal unbrauchbar. Sie haben aber Algorithmen entwickelt, die die Echos herausrechnen.«

Er las weiter und hob nach einer Weile erneut die Augenbraue, deutlich höher als zuvor.

»Das ist ja krass!«, sagte er.

»Was meinst du?«

»Die Technologie befindet sich zwar noch in der Entwicklung. Aber man müsste es eigentlich Perfektionierung nennen: Es geht darum, die letzten Prozente bis zu den 100 herauszukratzen. Es funktioniert längst. Und trotzdem klebt noch das Etikett ›Forschung‹ drauf.«

Ärger stieg in Sophie auf. »Ich kann nicht glauben, dass das geht! Unsere Forschung haben sie behindert. Und die! Das ist noch nicht einmal krisenrelevant!«

»Doch, ist es! Das Euronet ist trotz grüner Rechenzentren und großteils regenerativer Energieversorgung immer noch ein irrer Energiefresser. Es kostet genauso viele Kohlendioxidäquivalente wie der Verkehr. Satelliten hingegen versorgen sich zu hundert Prozent mit Sonnenenergie. Im All ist es arschkalt. Die Rechner brauchen dort keine energiefressende Kühlung.«

»Rechner?«

»Ja, klar. Jeder Satellit hat Rechen- und Speicherkapazität. Auch das gehört zur Forschung: neuromorphe Chips, Quantenchips und optische Chips, die besonders gut bei der Saukälte arbeiten, superdichte DNA-Speicher, steckt alles da drin. Es handelt sich um ein fliegendes, verteiltes Super-Datenzentrum.«

»Weit weg von den Argusaugen des Staates«, stellte Sophie fest. »Der perfekte Platz für den Tiefen Text.«

Sie sahen sich einen Moment lang mit halb geöffneten Mündern in die Augen.

»Aber wie soll dieses Datenzentrum an die Informationen aus dem Euronet kommen?«, fragte Sophie. »Dieses Lightnet bildet doch eine parallele Infrastruktur!«

Matas zuckte mit den Achseln. »Viele Unternehmen sind daran beteiligt. Jede dieser Firmen kann in ihrem eigenen Haus eine Schnittstelle haben, die den Datenstrom, den die Firma von ihren Kunden erhält, kopiert und ans Lightnet weiterreicht. Dort fließen die Daten aus vielen Quellen zusammen. Alles landet doch wieder in einem Topf. Voilà, das wars mit der viel gerühmten europäischen Dezentralität!«

Sophie konnte es kaum glauben. Dann überlegte sie weiter. »Dieser Chef von Wega.«

»Ferdinand Walther?«

»Genau der. Der ist doch beim Lightnet-Projekt federführend.«

»Du meinst, er könnte in der Villa in Frohnau wohnen?«

»Ja. Dieses Haus scheint in einem Zusammenhang mit Lightnet zu stehen, es ist aber anscheinend kein Firmensitz. Also könnte es Walthers Refugium sein.«

»Walthers Konzern sitzt in München. Er wohnt recht unauffällig in einem Vorort der Stadt.«

»Ich gebe die These noch nicht auf, Matas! Schau bitte mal, wie viel Wega finanziell zu Lightnet beiträgt.«

Matas tat es.

»Diese Moonshot-Projekte der EU werden zu weniger als der Hälfte aus Steuergeldern finanziert«, erklärte er eine Minute später. »Den Großteil schießt die Wirtschaft zu. Es geht darum, dass Wirtschaftsunternehmen gemeinsam Technologien entwickeln, die eine einzelne Firma nicht wuppen kann. Im Fall des Lightnets ist Wega der größte einzelne Geldgeber. Unser Ferdinand Walther schießt fast ein Drittel zu. Seine Forschungsabteilung leitet das Projekt.«

»Bingo!«

Matas schien noch nicht überzeugt. »Lightnet ist ziemlich transparent. Ich konnte das alles im Euronet finden. Warum sollte Walther undercover hier in Berlin residieren?«

»Berlin ist die politische Metropole des Landes. Die *politische*, Matas!«

»Das klingt immer verschwörungstheoretischer.«

»So verschwörungstheoretisch wie der Tiefe Text? Ich schätze mal schwer, dass du unseren Herrn Walther darin nicht sehen kannst.«

Matas stutzte kurz und suchte.

»Du hast recht«, sagte er kurz darauf entwaffnet.

»Kannst du Walthers Bewegungsprofil genauso herausfinden wie das von Alexandra Calla?«

»Müsste gehen.«

»Versuch es.«

»Okay, wird ein paar Tage dauern. Er ist ja öffentlich nicht so präsent. Da gibt es weniger Ansatzpunkte.«

»Du schaffst das schneller, Matas! Vergiss nicht, die Wahl ist in gut einer Woche! Wir müssen den Riemann-Zug stoppen!«

43

Alexandra fühlte sich wie ein Blütenblatt, das in einer lauen Frühlingsbrise vom Baum tänzelt. Als wäre sie frisch verliebt. Schon das Stimmengewirr auf der anderen Seite der Absperrung des Backstagebereichs war vielversprechend. Sie stieg auf eine Kiste, um über den Zaun auf den Alexanderplatz zu spähen. Er war voller Menschen, trotz Level 3, der in Berlin mal wieder galt. Das kümmerte die Leute aber immer weniger. Die Riemann-Fans erst recht nicht.

Es war zwar keine ganze Million auf dem Platz, wie 1989 wenige Tage vor dem Mauerfall bei einer Großdemo für Demokratie. Dafür aber würde heute ein *Boris Riemann* reden. Er würde dem heutigen Ereignis die gleiche historische Dimension geben: die eines Vorbebens von etwas ganz Großem. In einer Woche war die Wahl, die das Land fundamental verändern würde.

Nur die orange-schwarzen Fahnen gefielen Alexandra nicht. Der Dunstkreis von Düsings Rechtsextremisten wurde damit allzu sichtbar. Salzmann würde das sicher nicht entgehen. Alexandra wies den Chefordner an, für das Einrollen der Fahnen zu sorgen, mit der Begründung, dass sie anderen Zuschauern die Sicht auf die Bühne nähmen.

Am Aufgang zur Bühne traf sie auf Boris und den Kandidaten des Wahlkreises Berlin-Mitte, Marius Helm. Sie trat an Boris heran. »Es sind viele tausende. Heute geht es um alles! Vergiss das nicht. Diese Rede ist wichtig!«

Kaum merklich nickte er, in seinen Augen glitzerte ein Funken ihrer neuen Verbindung. Boris wandte sich Marius zu. »Ich lasse dir den Vortritt«, ermunterte er ihn. Marius betrat die Bühne. Klatschen und verhaltenes Jubeln in der Menge, während das Stimmengewirr sich nur leicht dämpfte. Alexandra blickte auf die Bühne. Die Flächendisplays zeigten eine Möwe, die über blaue Wellen glitt. Boris stieg die Treppe hinauf und stellte sich an den seitlichen Rand der Bühne, sodass das Publikum ihn schon im Halbdunkel sehen konnte.

Marius grüßte die Menge und stellte sich vor. »Ich würde nicht für unsere gemeinsame Zukunft eintreten ohne die Inspiration durch einen großartigen Mann«, hob er an. »Er ist ein warmherziger, zuversichtlicher und willensstarker Mensch, der mir mit jedem seiner Worte aus der Seele spricht. Freundinnen und Freunde! Begrüßt mit mir den Kandidaten! Begrüßt *Boris Riemann*!«

Boris trat einige Schritte auf die Bühne ins Licht. Jubel brach los. Marius lächelte breit und wartete, bis die Welle abebbte. »Boris ist einer von uns! Und wir können uns glücklich schätzen, dass er das selbstlose Angebot macht, uns und die gesamte Gesellschaft in eine neue Zukunft zu führen. In *unsere* Zukunft. Er ist der Kandidat der Menschen!«

Marius wandte sich zum Bühnenrand und streckte die Hand dorthin aus. »Boris, die Bühne gehört dir.« Gleichzeitig trat er zurück, um den Kandidaten vorbeizulassen. Unter den gedehnten Gitarrenklängen des Songs »Free Bird« von Lynyrd Skynyrd schritt Boris zum vorderen Bühnenrand, wobei er Luftgitarre spielte, den Oberkörper im Takt wiegte und sichtlich den Jubel genoss. Vorn hob er die Hände in Siegerpose. Die Musik blendete aus. Gleichzeitig zeigten die Flächendisplays neue Bilder – von Menschen verschiedenen Alters und diverser Hautfarben bei unterschiedlichen Tätigkeiten. Doch eines einte sie: ein nach vorn gerichteter

Blick und vorgeneigte Körper signalisierten ein couragiertes Schreiten in die Zukunft.

»Hallo Leute«, rief Boris. Dann wandte er sich seinem Vorredner zu. »Bei dem, was du, lieber Marius, gerade gesagt hast, musste ich an einen sehr persönlichen Moment denken.« Wieder dem Publikum zugewandt, fuhr er fort: »Als ich dem Menschen wieder begegnet bin, der mir einst den Weg in meine Zukunft gewiesen hat, Jahrzehnte bevor ich ihn dann auch wirklich gegangen bin. Es war zutiefst bewegend, als meine Schwester mich jüngst besuchte, voller Freude, dass ich ihr gefolgt bin. Als wir uns umarmten, hatte ich das Gefühl, von der Welt in den Arm genommen zu werden – endlich. In diesem Moment hatte ich wie nie zuvor die Klarheit, was meine Berufung ist: das Tor für euch zu öffnen zu diesem weiten Feld, das wir Zukunft nennen. Denn es ist euer Feld! Das Feld der Lebenden!«

Während Boris redete, beobachtete Alexandra die Menge. An einer Stelle, dort, wo immer noch die orange-schwarzen Fahnen wehten, schien es Tumult zu geben. »Was ist da los?«, fragte sie den Chefordner. »Sie wollen die Fahnen nicht einrollen. Sollen wir hart durchgreifen?« Alexandra ließ den Blick über den ganzen Platz schweifen. Die meisten Fahnen waren weg. Sie durften hier das Ordnungsregime nicht zu auffällig betreiben. »Nein, lasst sie«, sagte sie zum Leiter der Ordner.

Im Augenwinkel nahm sie etwas Herabstürzendes wahr. Instinktiv fuhr sie zusammen. Auch Boris stockte mit seiner Rede. In die relative Stille brach ein Flattern wie von einem riesigen Segel. Alexandra blickte zu der Fassade des ClimateOne-Hotels, das den Alex überragte. Vom Dach stürzte eine Lawine. Nein, ein gigantisches Transparent. Gewichte daran zogen es straff. Ein Schriftzug prangte in meterhohen Lettern über der Menschenmenge. Wie ein Anfeuerungsruf, der von Riemann hätte kommen können.

SCHÜTTELT DAS SYSTEM AB!!

Darunter prangte das Logo von »Herz des Volkes« – Jens Düsings Partei. Boris glotzte mit halboffenem Mund hinauf. Zum ersten Mal in der ganzen Kampagne gab Alexandra ihm eine Regieanweisung ins Ohr. »Distanziere dich! Das kommt nicht von uns!« In der Menge hob ein Raunen an. Köpfe drehten sich. Erstes Johlen, langsam hob sich eine Welle.

»Abschütteln, abschütteln!«

Boris stand immer noch da. Er schwankte. Alexandras Körper spannte sich an. Wollte er die Gelegenheit nutzen, um sich an die Spitze einer populistischen Sammlungsbewegung zu setzen? Sicher bezweckte Düsing mit dieser Aktion genau das!

»Na los, grenz dich ab!«, forderte sie energischer.

Boris zögerte noch immer. Die Welle baute sich weiter auf. Konnte Boris der Versuchung widerstehen, auf ihr zu reiten? War es anmaßend, den Einen kontrollieren zu wollen?

Boris hob gebieterisch die Arme und brach damit die Welle, die schnell im Sande verlief. Alle Augen richteten sich auf ihn.

»Na ja«, sagt er.

Stille. Alles wartete, was Boris als Nächstes sagen würde.

»So würde ich es nicht ausdrücken«, sagte er gelassen. »Ihr müsst nichts ›abschütteln‹.«

Er ballte die Faust und hielt sie demonstrativ vor sich. »Ihr müsst gar nichts!«, brüllte er. »Aber was ihr *könnt*, ist zugreifen!«, beschwor er die Masse.

Die Anspannung fiel von Alexandra ab. Boris hob den Blick zum Hoteldach, 125 Meter über dem Platz. »Auch ihr da oben«, rief er und wies mit beiden Händen auf sich selbst. »Hier steht das Angebot. Ihr müsst es nur nehmen. Jetzt! Greift einfach zu! Spart euch einen sinnlosen Kampf! Demokratie heißt, dass man keine Revolution machen muss! Der Wandel ist wählbar!«

Jubel brach los wie eine Flut nach dem Dammbruch. Es dauerte eine Weile, bis sie Boris weiterreden ließen. Das tat er in bewährter Weise. Wie immer mixte er eine vage Melange aus Schlagworten wie Freiheit, Zukunft und Optimismus, garniert mit einem Lob an die Bevölkerung, die fit und tatkräftig genug sei, um selbstbewusst nach vorn zu gehen.

Nach der Rede stiegen sie in den Wagen. Entlang der Karl-Liebknecht-Straße flanierten Menschen in Gruppen, gelöst, aufgedreht, wie nach einem Rockkonzert. Konnte Politik so schön sein? Konnte sie ein Rausch sein, der über Monate, vielleicht Jahre anhielt? Boris beugte sich Alexandra entgegen. Er war noch beschwingt vom Beifall.

Beifall machte Dinge wahr.

Er raffte ihren Rock nach oben und streichelte die Innenseite ihres Oberschenkels. Sie hielt den Atem an. Sie hatte fast Angst davor, noch einmal Sex mit ihm zu haben. Am Gipfel war kein Sauerstoff mehr gewesen. Sie war keine zwanzig mehr. Aber warum sollte sie widerstehen? Alle Knoten waren geplatzt, alle Zweifel niedergewalzt. Der Eine kannte sich und seine Bestimmung. Jetzt konnte sie sterben.

Er beugte sich über sie, um sie zu küssen. Bevor sein Kopf ihr Blickfeld einnahm, stach ihr ein Lodern in die Augen. Vor dem Lustgarten brannte ein Stadtbus. Orange-schwarze Fahnen wehten. Etwas krachte an das gepanzerte Seitenfenster des Wagens. Boris zuckte zusammen, die Fahrerin beschleunigte. Alexandra drehte sich um. Durch das Rückfenster sah sie einen Mob aus jungen Menschen, die um den Bus herumtanzten wie um ein Walpurgisfeuer. Einige schwenkten Fackeln. Ihre Blicke suchten nach neuem Brennmaterial.

Sie dachte an Salzmann. Hoffentlich machte er die Liste Riemann nicht hierfür verantwortlich. So kurz vor der Wahl durfte nichts mehr entgleiten.

44

Matas setzte sich neben Sophie in ihrem Wohnzimmer an den Arbeitstisch. Zwei Tage hatte ihr Partner gebraucht, um Ferdinand Walthers Bewegungsprofil zu erstellen.

»Schön, dass du analog hier bist«, freute sich Sophie. »So arbeiten wir sicher noch intensiver. Wir müssen schnell vorankommen!«

Matas sah ihr ins Gesicht, mit tiefen Ringen unter den Augen. Doch sein Blick erschien Sophie zärtlich. Sicher war sie sich dessen nicht, aber bei ihm wollte sie Carin nicht mehr einsetzen.

»Du hast eine wunderschöne Wohnung. Bin sehr gerne hier.«

Sie schlug die Augen nieder. »Obwohl es so heiß ist?«

»Kein Vergleich zu meiner Wohnung«, lachte er. »Hier muss ich nur zwei Liter Wasser pro Stunde trinken.«

Er gähnte ausgiebig, hob die Mangosaftschorle an und nahm zwei kräftige Schlucke. Bayerischen Mangosaft möge er am liebsten, berichtete er, und leiste ihn sich trotz des astronomischen Preises. Sophie selbst blieb beim Kaffee.

Matas' Blick wurde ernster. »Was wollen wir eigentlich noch erreichen?«, grübelte er. »Das Microtargeting hat seine Wirkung schon entfaltet. Einen eventuellen Sieg Riemanns werden wir kaum noch verhindern können.«

»Das müssen wir!«, gab sie scharf zurück. »Sie werden das Microtargeting unmittelbar vor der Wahl noch kräftig hochfahren. Also, fangen wir an! Was hast du über Walther herausgefunden?«

»Du hast recht. Tun wir, was wir können. Also, als Mitglied von Andys engerem Kreis habe ich einen VPN-Tunnel zu BSC. Ich habe dir das Zugangsrecht gegeben.« Nach Matas' Anleitung authentifizierte Sophie sich und gab ein Passwort ein.

Der Desktop ihres Büroarbeitsplatzes öffnete sich vor ihnen. Sophies Knie berührte das von Matas. Sie widerstand dem Impuls, es zurückzuziehen. Matas duldete den Kontakt.

»Haben wir jetzt Zugriff auf den Tiefen Text?«

»Ja. Es ist, als säßen wir vollreal im Büro.«

»Dann sehen wir uns diesen netten Herrn Walther mal genauer an.«

»Ich habe sein Bewegungsprofil grafisch dargestellt.«

Die Umrisse von Deutschland zeigten sich. Die Punkte häuften sich an zwei Orten: München und Berlin.

»Interessant«, kam es von Sophie.

»Ja, in der Tat. Vor allem, da wenig bekannt ist über Aufenthalte von ihm in der Hauptstadt. Du wirst gleich verstehen, warum.«

Matas beschrieb die Zoomgeste vor sich, bis eine Karte von Berlin das Sichtfeld füllte. Hier schien sich Walther fast nur an einem Ort aufzuhalten: Frohnau. Matas zoomte weiter, bis man sah, dass sich die Punkte auf die Villa konzentrierten, die sie observiert hatten.

»Also tatsächlich«, sagte Sophie. »Er sitzt heimlich in Frohnau und hatte dort Kontakt zur Leiterin der Riemann-Kampagne.«

»Okay, Arbeitshypothese: Ferdinand Walther ist der Strippenzieher im Hintergrund.«

»Dann stellt sich die Frage: Warum tut er das?«

»Genau. Sehen wir uns mal an, was so öffentlich über ihn bekannt ist.«

Das war nicht allzu viel, wie die nun folgende Recherche im Euronet zeigte. Vor 70 Jahren als Sohn eines Deutschlehrers und einer Übersetzerin geboren, war sein mit technischer Intelligenz gepaarter Geschäftssinn schon in der Schule aufgefallen. Beide Talente entfremdeten ihn von seiner Familie.

Walthers älterer Bruder hatte eine Begabung für Fremdsprachen, seine jüngere Schwester wurde bildende Künstlerin. Ferdinand habe darunter gelitten, dass seine Eltern seine Begabungen ablehnten, erzählten ehemalige Mitschüler in einer Fernsehdoku. Die Eltern seien ideologisch stark gegen den »technokratischen Kapitalismus« eingenommen gewesen. Ferdinand habe sich sein Vorankommen hart, ohne jeglichen Beistand, erarbeitet. Er verkörpere das Ideal der Leistungsgesellschaft, in der er groß geworden war: Aus kleinen Verhältnissen stammend, habe er sich mit Cleverness und harter Arbeit zum reichsten Mann Deutschlands emporgeschuftet.

Schon als Schüler hatte Walther Software für virtuellen Handel gebastelt. Im Computerraum der Schule programmierte er einen elektronischen Katalog für Schallplatten und Instrumente. Unter den Mitschülern war Walthers »Starbox« äußerst beliebt. Als das Internet kam – Walther studierte schon –, baute er Starbox zu einem der weltweit ersten Online-Shops aus. Er erweiterte das Angebot nach und nach auf andere Waren und nannte den Laden nun »Wega«.

Der Shop wuchs zu einem Konkurrenten des deutschen Marktführers Bruno-Versand heran. Der lobbyierte jedoch und bewirkte bei der Politik Datenschutzregeln, die einem kleinen Online-Geschäft das Leben schwerer machten als einem großen. Doch Walther hielt durch: Er sah sich als Vorkämpfer des Fortschritts in einem von korrupten Politikern blockierten Land. In den USA oder in China hätten sie einem wie ihm den roten Teppich ausgerollt. Doch Walther wollte es wissen – »wie ein Missionar in der Diaspora«, formulierte es ein ehemaliger Angestellter in der Fernsehdoku. Er wolle den »Kleingeist« aus Deutschland vertreiben, wiederholte Walther in den wenigen Interviews, die er gab.

Und Walther schaffte es – trotz zwischenzeitlicher Kämpfe gegen Enthüllungen, etwa über Cookies, die aktiv blieben, auch wenn die Kunden sie abschalteten. Ferdinand Walther walzte alle Bedenken nieder wie einer dieser digitalen Herrscher von der US-amerikanischen Westküste. Die Medien nannten ihn bald den »deutschen Jeff Bezos«.

Die harten Krisen der Zwanziger wirkten für Walther wie ein Turbobooster: Wie der gesamte Onlinehandel profitierte er enorm davon. Doch bei Walther kam noch etwas dazu: Er lernte. Das Geld, das er in den Krisen verdiente, reinvestierte er in die Entwicklung von Technologien zur Bewältigung künftiger Katastrophen. »Ein wahrer Unternehmer diskutiert die Krisen nicht weg«, sagte er zu Journalisten, »sondern er spürt früher als andere, wie der Markt darauf reagieren wird.«

Walther entwickelte ein klimafreundliches Vertriebskonzept, investierte in Energietechniken wie die künstliche Photosynthese oder Fusionsenergie. Diese Haltung brachte ihm den Beinamen »Des Kanzlers Ingenieur« ein. Heute besaß Wega eine Forschungsabteilung, die es mit einer führenden Institution wie der Fraunhofer-Gesellschaft aufnehmen konnte. Einige Forschungsprojekte befassten sich mit vollimmersiver virtueller Realität. Man munkelte, Walther baue an einer virtuellen Welt, in der alles von Wega dominiert werde.

Sophie pfiff anerkennend. »Das ist ja eine tolle Vision: ein Online-Laden, in dem man alles bekommt, aber in Form eines Kaufhauses, durch das man bummeln kann. Das bringt die Welten wirklich zusammen. Eine ganz neue Dimension!«

»Des Kanzlers Ingenieur«, sagte Matas. »Das ist schon passend.«

»Klingt nicht so, als würde er den Präventionskanzler stürzen wollen«, meinte Sophie.

»Siehst du dir mal Carins Meinung zu dem Typen an?«, schlug Matas vor.

Sophie verstand nicht. »Dafür bräuchte ich seinen digitalen Zwilling im Tiefen Text. Ich dachte, den können wir nicht sehen.«

Er zog einen Mundwinkel nach oben. »Ich will ja nicht *zu sehr* angeben. Aber ich bin als Hacker schon einigermaßen gut.«

»Sag bloß, du hast ...«

»Diverse KI-Agenten und ich haben zwei Nächte durchgemacht. Die Idee, die Tagesschlüssel des Epidemieschildes als Marker für den Aufenthaltsort zu nutzen, hatte mich zu mehr inspiriert. Das Grundprinzip dahinter ist ja, nicht durch den verschlossenen Haupteingang auf die Daten zuzugreifen, sondern indirekt. Beim Tiefen Text ist das erstaunlich einfach. Wirklich stark geschützt ist nur der Zugriff auf den Tiefen Text an sich. Wenn man aber mal drin ist, kommt man mit ein paar Tricks auch an maskierte Daten heran. Man muss eben Marker finden, die der Person X zuordenbar sind. An diesen kann man sich dann entlanghangeln. So konnte ich einen Großteil von Walthers digitalem Zwilling freilegen. Das Ergebnis habe ich für Carin bereitgestellt. Du kannst wie gewohnt darauf zugreifen.«

Er grinste triumphierend. Offenbar genoss er es, ihr zu imponieren. Das war ihm gelungen. Sie wagte, ihr Knie etwas fester an seines zu drücken. Ohne Zeit zu verlieren, aktivierte sie Carin, suchte Ferdinands Zwilling und startete eine Persönlichkeitsanalyse.

»Es wird eine gute Stunde dauern«, sagte sie ihm zugewandt.

»Lass uns etwas kochen«, schlug Matas vor.

Während des Essens sahen sie zertifizierte News. Die neuesten Umfragen zeigten einen weiteren Zuwachs für die Liste Riemann. Da auch Düsings Partei nun leicht über der Fünfprozentmarke lag, sprach der Kommentator von der »beunruhigenden Möglichkeit für eine Koalition der Unvernunft, die nur Unheil bringen könnte«. An den Fakten von Biologie und Physik komme niemand vorbei. Es folgten Bilder einer Riemann-Rede vom Alexanderplatz. Man konnte diesem Kandidaten wirklich nicht fehlendes Gespür für Symbole vorwerfen.

»Irre«, sagte Matas. »Sie könnten es schaffen! Carin ist noch gar nicht voll ausgerollt.«

Sophie überlegte. »Könnten wir direkt beim Microtargeting ansetzen?«

»Du meinst, es sabotieren?«

»Ja, Carin so manipulieren, dass das Microtargeting in die Irre läuft.«

Matas schüttelte den Kopf. »Dafür ist es zu spät. Carin wird per KI-Update in die Bracelets der Leute gespielt. Sie ist millionenfach unterwegs. Wie ein Virus, der sich nicht mehr kontrollieren lässt.«

»Okay, also bleiben wir beim Strippenzieher selbst«, seufzte Sophie. »Riemann ist nur Ferdinand Walthers Werkzeug. Wir müssen ihn dazu bringen, dass er den Kandidaten aus dem Spiel nimmt.«

»Das schaffen wir«, ermutigte sie Matas. »So dicht wie wir ist sicher noch niemand an ihn herangekommen.«

Sie versank im klar leuchtenden Blau seiner Augen. Er merkte das wohl und lächelte schüchtern. Oder lag in seinem Lächeln auch eine Ermunterung? Sie konnte es nicht entscheiden. Trotzdem wagte sie, sich hinüberzubeugen. Was könnte schlimmstenfalls passieren?

Ihr Oberkörper sank ihm langsam entgegen, seiner spiegelte ihre Bewegung. Ihre Lippen näherten sich einander.

Es plingte. Reflexartig richtete Sophie sich auf. Carin war mit der Analyse fertig. Ihr Blick blieb an Matas' Augen hängen.

»Na los, sieh es dir an!«, forderte er.

Das tat sie. Mehr als eine Stunde lang. Matas lümmelte solange auf der Couch und blätterte in einem alten Bildband.

»Puh«, seufzte sie, als sie meinte, ein Bild von Ferdinand Walthers Seele zu haben.

Matas blickte auf. »So schlimm?«

»Und ob.«

»Kannst du es knapp zusammenfassen?«

»Hm, ich versuche es. Walther ist eine zweidimensionale Persönlichkeit, das heißt, zwei Züge dominieren das Profil. Andere sind völlig unterentwickelt. Der erste wird dich nicht überraschen: Er ist extrem manipulativ. Andere Menschen sind für ihn reine Dressurtiere. Ich glaube, man muss das so drastisch formulieren.«

»Du hast recht«, sagte er. »Das wundert mich bei einem Onlinepapst wie ihm nicht wirklich. Wir hatten das ja schon mit Google oder Amazon. Die haben das Verhalten der Menschen bis in den letzten Winkel in Daten umgewandelt und darauf ihre Algorithmen losgelassen. Die prognostizierten, was man einem bestimmten Menschen vorsetzen muss, damit er es anklickt, irgendeinen Mist bestellt, eine Reise bucht, whatever. Reine Konditionierung. Und was ist Walthers zweite Schwäche?«

»Die ist spektakulär. Sie betrifft die Dimension ›Egozentrik‹. Dort hat er volle Punktzahl. Hundert Prozent. Nicht neunundneunzig, nicht achtundneunzig, was ich normalerweise schon als extrem bezeichnen würde, nein: hundert! So etwas ist sehr, sehr selten.«

»Und was bedeutet das?«

»Er ist ein Solipsist.«

Matas starrte sie verständnislos an.

»Er hat eine radikal egozentrische Weltsicht. Solipsisten halten ihr subjektives Ich für das einzige Bewusstsein, das existiert.«

»Puh«, machte Matas. »Das ist krass. Wie muss ich mir das vorstellen?«

»Hm, wie erkläre ich das? Ah ja! Kennst du den Spruch ›Ich denke, also bin ich‹?«

»Ja, das hat doch ein Philosoph gesagt.«

»Genau. René Descartes war das, ein französischer Philosoph des 17. Jahrhunderts. Er zog alles radikal in Zweifel, nach dem Motto: Die ganze Außenwelt könnte ein Traum sein. Das Einzige, dessen er sich sicher sein konnte, war sein eigenes Bewusstsein, denn irgendetwas musste ja existieren, um seine Gedanken zu denken. Sein eigenes Ich eben. Kein Mensch kann wirklich wissen, ob es außer seinem eigenen Bewusstsein noch andere gibt. Alle anderen könnten AR-Projektionen sein oder sowas. Aber wir gehen normalerweise davon aus, dass wir nicht das einzige Subjekt sind. Walther hat sich anders entschieden.«

»Willst du damit sagen, er glaubt, er sei der einzige Mensch?«

»Zumindest glaubt er, er sei das einzige Bewusstsein.«

»Das ist doch krank!«

»Sei vorsichtig, etwas als ›krank‹ zu bezeichnen! Ein bisschen Napoleon sind wir doch alle! Ein Großteil der Menschen hält sich für intelligenter als der Durchschnitt, was statistisch natürlich nicht stimmen kann. Bei Walther ist dieser Hang eben extrem. Er ist aber veränderbar. Das ist vielleicht unsere Chance.«

Matas deutete auf sie. »Was stellst du dir vor? Eine Art Therapie?«

»Wenn du so willst.«

»Gut, versuchen wir's. Sicher würde es helfen, wenn wir Carins Analyse nachvollziehen könnten, oder?«

»Das habe ich versucht, ich kann aber nur raten. Carin analysiert Muster in Daten. Nun, welche Muster sind das bei Egozentrikern? Da wäre ihr Kommunikationsverhalten: jemand, der sich nicht wirklich für das, was der andere sagt, interessiert, sondern nur auf Stichworte wartet. In Walthers Datensatz gibt es Gesprächsprotokolle, wo sich dieses Verhalten zeigt. Besonders bezeichnend ist sein Umgang mit Mitarbeitern. Einige Topleute haben gekündigt, weil sie null

Anerkennung bekamen. Vieles deutet darauf hin, dass er ihre Kreativität tatsächlich für die eigene hält.«

»Beeindruckend«, sagte Matas. »Kannst du ihn auch politisch einordnen? Warum sollte der reichste Mensch Deutschlands einen Hobbyschauspieler ohne politische Erfahrung ins Bundeskanzleramt hieven wollen?«

»Walther inszeniert sich als Magers Cheftechnologe«, erklärte Sophie. »Damit kaschiert er jedoch nur seine wahre Ideologie. Sein solipsistisches Ego braucht absolute Freiheit, um sich zu entfalten. Dafür scheut er keinen Kampf, keine Waffe und keine Manipulation. Übrigens bin ich auch auf eine Verbindung zwischen ihm und Recapture Science, dieser NGO in Oranienburg, gestoßen. Über diesen Kanal hatte er seine Finger in diesem Jenaer Appell mit drin.«

Matas nickte. »Walther setzt also unbedingt seinen Willen durch?«

»Ja, so könnte man es sagen. Politisch gesehen ist er ein Libertärer, von der radikalsten Sorte. Volkstümlich ausgedrückt eine Art Steinzeit-Kapitalist, der nach dem Motto handelt: Dem Stärksten gehört die Welt. Dass der Schwache verliert, gilt ihm als natürlich.«

»Aha. Und warum setzt er auf Riemann? So radikal wirkt der auf mich nicht.«

»Das verstehe ich auch nicht. Libertäre wollen einen brutalstmöglich schwachen Staat, der ihnen gefälligst nirgends hineinreguliert. Riemann verfügt zwar über ein hohes Freiheits-Ethos, aber er wäre ein starker Volkstribun. Die Freiheit, die er meint, ist die Freiheit von dir oder mir. Echter Liberalismus. Der kann sich auch schnell gegen allzu mächtige Unternehmen wie Wega richten. Als rückgratlose Marionette Walthers kann ich mir Riemann nicht vorstellen. Dazu hat er zu viel eigene Strahlkraft.«

Matas richtete sich auf und starrte sie neugierig an. »Gut. Wir wissen jetzt auf jeden Fall mehr. Was machen wir draus?«

Sophie überlegte.

»Wir haben eine David-gegen-Goliath-Situation«, sagte sie. »Zwei Angestellte einer kleinen Digitalklitsche gegen einen der mächtigsten Konzernbosse des Landes.«

»Was ist unsere Steinschleuder?«

»Wir brauchen keine Steinschleuder.«

Er neigte den Kopf.

»In einem Punkt haben wir Waffengleichheit«, erklärte sie.

»Du meinst Carin«, riet Matas.

»Genau. Seine mächtigste Waffe in diesem Spiel. Und wir verfügen ebenfalls darüber. Wir schlagen ihn mit den eigenen Waffen.«

Matas' Augen blitzten auf wie Gischt in der Sonne. »Was hast du vor?«

Sophie lächelte verschmitzt. »Ich will ihm einen Spiegel vorhalten.«

»Du? Persönlich?«

Sophie nickte.

45

Ferdinand Walther stieg die Kellertreppe hinunter, um zu sehen, ob hinter der Stahltüre alles im Lot war. War es. Der junge Mann hatte die Arme vor sich ausgestreckt. Eine Hand lag in der anderen, der Zeigefinger zog in schneller Folge am Abzug der VR-Steuerung. Ferdinand sah eine Weile zu. Es faszinierte ihn, wie ein Körper sich von relativ simpler Technologie steuern ließ. Die Aussicht auf einen hohen Punktestand genügte. Wie ein Tier in einer Skinner-Box, das den Hebel drückte, wenn die Lampe aufleuchtete, weil es wusste, dass der Futterspender dann etwas zu fressen herausließ. Sie reagierten auf plumpe Reize. Zumindest heute war das noch so. Schon bald könnte das anders aussehen.

Als Ken Fröbe die Arme senkte und sein Körper sich entspannte, sprach Ferdinand ihn an: »Na, gut gelaufen?«

Im Herumdrehen schob Ken das Visier nach oben. »Ja, ganz okay«, sagte er. »Ich würde allerdings lieber mit meinem *echten* Liebling schießen.«

»Das könntest du im Gefängnis auch nicht.«

Ken zuckte die Schultern. »Sie halten mich doch auch gefangen!«

»Hab Geduld.«

»Sie haben versprochen, mich außer Landes zu schaffen.«

»Das werde ich. Aber ich brauche dich noch. Glaubst du, ich mache das aus Selbstlosigkeit? Aus Sympathie mit dem Attentäter?«

»Warum nicht? Finden Sie nicht gut, was ich getan habe?«

»Na ja, es war nicht schlecht. Es zeigte allerdings, dass du noch nicht verstanden hast.«

»Doch. Jetzt schon.« Ken legte mit seiner virtuellen Schusswaffe auf ihn an. »*Sie* hätte ich abknallen sollen. Den Herrn des Tiefen Textes.«

»Ich bin nicht der Herr des Tiefen Textes. Ich habe gesagt, dass ich alles darüber weiß.«

»Sie lesen doch darin!«

»Da bin ich nicht der Einzige.«

Kens Blick sah skeptisch aus.

»Denk nach über dein Leben vor deiner Tat«, sagte Ferdinand. »Überleg dir, wer dich wie gelenkt hat.«

»Und dann?«

»Teil mir das Ergebnis mit und ich werde dir die Gelegenheit verschaffen, das Notwendige zu tun.«

»Doch so selbstlos?«

»Denk daran, was du bekommst: deine Rache und eine Freiheit an einem Ort, wo der Tiefe Text keine Rolle spielt.«

»Wann?«

»Bald.« Ferdinand lächelte dünn. »Du hast sicher Hunger. Joseph bringt dir gleich einen Strammen Max.«

Er ging wieder nach oben, in den Wohnsaal. Durch das Panoramafenster sah er den Bäumen im Garten zu, wie sie im heißen Wind schwangen, der angehoben hatte. »Es gibt eine Kontaktanfrage, Ferdinand«, sagte Persephone. Auf seine virtuelle Assistentin war Verlass. Es kam nur alle paar Monate vor, dass sie eine Anfrage passieren ließ.

»Wer will etwas und warum?«, fragte er.

»Professorin Sophie König, Digitalpsychologin bei BSC.«

Ferdinand erstarrte. Mit dem Pochen seines Herzens drängte sich sein Körper erstmals seit undenklicher Zeit in den Vordergrund. Es gelang ihm jedoch rasch, die Reaktion zu kontrollieren. Er wusste zwar, dass Sophie König auf ihn aufmerksam geworden war. Sie hatte seine Vita recherchiert. Aber dass sie ihn kontaktieren würde, damit hatte er nicht gerechnet. Offensichtlich unterschätzte er sie. Er fragte sich, was sie wissen konnte.

»Okay, Persephone«, sagte er. »Bitte durchstellen.«

Sophie wurde zugeschaltet.

»Guten Tag, Professorin König. Was kann ich für Sie tun?«

»Es freut mich sehr, Sie zu sehen, Herr Walther. Ich möchte mit Ihnen sprechen, weil ich glaube, dass ich Ihnen helfen kann.«

Sein Puls stieg wieder an. Was übersah er?

»Wie kommen Sie darauf, ich bräuchte Ihre Hilfe?« Sophie beugte sich ihm entgegen.

»Weil Sie es nicht *allein* schaffen.«

Der Satz knockte ihn kurzzeitig aus. Nicht, weil er nach der Einleitung für eine Erpressung klang. Sie mochte über die Riemann-Kampagne Bescheid wissen. Doch womit könnte sie drohen? Sie war in Andy Nevilles Falle gegangen. Auch ihr Lebenswerk wäre bei Bekanntwerden der Sache ruiniert. Nein, es waren dieses »allein« und seine Betonung gewesen, die ihn hart getroffen hatten. Er fühlte sich von ihr als der Einzelkämpfer ertappt, der er war.

Er musste herausfinden, was dahintersteckte.

»Wovon reden Sie eigentlich, Frau König?«, fragte er möglichst ungerührt.

»Es geht um die Kampagne von Boris Riemann.«

Er zog die Mundwinkel nach unten. »Sicher ein sehr interessantes Thema, aber warum wollen Sie mit *mir* darüber ...«

»Ich weiß Bescheid, Herr Walther«, unterbrach sie ihn. »Und wir müssen reden. In Ihrer Villa in Frohnau.«

Sein Puls wallte erneut auf. Sie wusste von Frohnau.

»Okay«, gab er nach. »Wann?«

»Geht es noch heute?«

Gegen Abend sagte Ferdinand eine Besprechung mit dem Leiter der Photosynthesefarm auf Fehmarn ab. Stattdessen brachte er sich auf den neuesten News-Stand. Die News zeigten, dass alles glattlief. Eine Vergewisserung, die ihm guttat.

»Der Besuch ist da, Herr Walther«, unterbrach ihn Joseph.

Ferdinand stand auf, schob das Visier hoch und blickte zur Tür, in der neben seinem Haushaltsroboter Sophie König stand.

Er vergaß zu atmen. Der Moment dehnte sich über die Grenzen der Zeit. Die grazile Figur und die vornehme Blässe, die gegen den dunklen Wuschelkopf besonders reizvoll wirkte! Erstmals seit Jahrzehnten brachte ihn eine Frau außer Fassung.

Lächelnd begrüßte sie ihn.

»Herzlich willkommen«, brachte er hervor und lud sie mit einer Handbewegung ein, einzutreten. Sie schlenderte herein, sah sich interessiert um, ließ ihren Blick eine Weile auf dem autorisierten Druck des Digitalwerks »OneMillionMoments« ruhen, dessen anonyme Ersteigerung für 250 Millionen Dollar vorletztes Jahr weltweit Schlagzeilen gemacht hatte.

»Ach, *Sie* waren das?«, fragte sie erstaunt. Er nickte knapp.

Sie blickte durch das Panoramafenster auf den Gartenpark.

»Sie leben sehr zurückgezogen«, stellte sie fest.

»Ach, Professorin König, in meiner Stellung braucht man hin und wieder Abstand von allem.«

Sie ließ sich in den Sessel fallen und lehnte sich genüsslich zurück, als wäre sie zu Hause. Dabei musterte sie ihn. In ihrem Blick lag eine wissende Süffisanz, die ihn nervös machte. »Lassen Sie bitte das sperrige ›Professorin‹ weg«, sagte sie. »Nennen Sie mich Sophie.«

Diese freche Nonchalance!

Er spürte das Blut in seine Wangen schießen. Was ging hier vor?

»Gut, äh, Frau ... ich meine Sophie. Dann gehen wir doch in medias res. Was haben Sie mir vorzuschlagen?«

»Ich kenne dieses Gefühl«, sagte sie, als habe sie seine Frage gar nicht gehört.

»Wie bitte?«

»Meine Mutter liebte meinen Vater Christian sehr«, sagte sie. Ferdinands Erregung wechselte abrupt in ein Frösteln. »Als jedoch Christian immer mehr Nächte durchschuftete, und die Tage natürlich auch – Software-Startups konnten damals gnadenlos sein –, kippte ihre Liebe in Hass. Das war so bei ihr. Entweder oder. Und es konnte von heute auf morgen umschlagen. Ihre ganze Liebe richtete sich nun auf mich, als Beziehungsersatz, beste Freundin, was weiß ich alles. Jedenfalls zu viel für eine Zehnjährige. Während David, Christians Sohn, nun ja ... *Er* bekam, quasi stellvertretend für Christian, ihren ganzen Hass ab. Ich habe das als Kind nicht begriffen. Erst recht nicht, dass es sich als sexualisierte Gewalt niederschlug. Dass etwas nicht stimmte, spürte ich, verdrängte es aber massiv. Ich machte mir vor, dass sie ihm Hexengeschichten vorlas, wenn sie ihn in ihren einsamen Nächten in seinem Zimmer besuchte. Ich lag erstarrt in meinem Bett, fühlte mich verloren in der Dunkelheit. Als schwebte ich im kalten Vakuum des Alls. Mir war bis vor kurzem nicht bewusst, was das in mir bewirkt hatte. Diese innere Spaltung. So wie ich im System meiner Mutter funktionieren musste, so tat ich es auch später: Mein funktionelles Ich hatte das Sagen. Und zwar absolut. Ich bin betriebsblind durchs Leben gegangen. Die Anderen waren fern wie der Mond. Ich sog Wissen über sie auf in der Hoffnung, so dazuzugehören. Doch es blieben kalte Fakten. Ich war wie ein Geologe, der Daten über Gesteine sammelt.«

Von ihren Worten fühlte er sich durchleuchtet wie von ihrem Blick. Nach außen ließ er nichts davon erkennen. »Warum erzählen Sie mir das?«

»Denken Sie, es ist Zufall, dass wir beide hier sitzen?«

Gerne hätte er geantwortet: »Natürlich nicht! Sie sitzen hier, weil ich es will.« Doch sie saßen hier, weil *sie* es wollte. Dieser Umstand irritierte ihn am meisten.

»Sie sitzen hier«, sagte er, »weil ich Sie eingeladen habe, mir ein Angebot zur Unterstützung zu unterbreiten. Ein Privileg, das nur sehr wenige erhalten. Aber Ihre Forschheit gefällt mir. Deshalb sitzen Sie jetzt hier. Aber nicht, um aus Ihrem Privatleben zu erzählen.«

»Wie gesagt, es hängt zusammen. Wir beide, Sie und ich, wir träumten den gleichen Traum. Das hat uns zusammengeführt.«

Es reichte. Er beschloss, den Spieß umzudrehen. »Wie auch immer, Professorin König. Sagen Sie doch endlich, was Sie anzubieten haben.«

»Erkenntnis.«

»Bitte was?«

Wieder dieses spöttische Lächeln. Erneut dieser bohrende Blick.

»Ich erkenne Sie, Ferdinand.«

Er grinste schief. »Ich Sie auch. Sie sind Sophie König und, soweit ich weiß, Digitalpsychologin bei einer Firma namens BSC.«

»Das meine ich nicht. Ich weiß, was Sie wollen und warum.«

Das Frösteln verstärkte sich. Sein Körper fror nach und nach ein.

»Nämlich was?«

»Es geht Ihnen um die Kontrolle. Sie wollen die Präventionspolitik kaputtmachen. Um deren ganzen Apparat in Ihre Hände zu bekommen. Als Digitalpapst wollen Sie die Macht nicht mit Kaiser Mager teilen.«

»Aha. *Erkenntnis* nennen Sie das. Ich nenne es eine ausgesprochen steile These. Auf welche Fakten stützen Sie sich?«

»Der Beweis bin ich selbst, Ferdinand. Ich sitze hier, in Ihrer Villa, und halte Ihnen den Spiegel vor. Ich verwende Ihre Waffe gegen Sie selbst. Das müsste Ihr Selbstbild erschüttern, Ihre Meinung von den Menschen. Sie müssen erkennen, dass Ihr Plan absurd ist. Stoppen Sie die Riemann-Kampagne! Sie ist ein Irrweg!«

Er hatte das Gefühl, dass sie in seinen Hirnwindungen herumwühlte. Sie verstand ihn. Ein Stück weit zumindest. Offensichtlich hatte sie Carin auf ihn angewandt. Um etwas Zeit zu gewinnen, beugte er sich nach vorn und vergrub das Gesicht in der Hand. Er atmete tief und hörbar durch, während er überlegte, was er antworten sollte.

Nach einer Weile meinte er zu wissen, was sie glaubte und was sie vorhatte.

Er sah ihr bewundernd ins Gesicht. »Ihnen ist ein Blattschuss gelungen. Wissen Sie, auch ich hatte eine schwere, sehr prägende Kindheit. Meine Eltern haben mich links liegen lassen, sich nur um meine Geschwister gekümmert. Als ich mir einen Heimcomputer wünschte, tobte mein Vater. Dieses ›Teufelszeug‹ komme ihm unter keinen Umständen ins Haus. Meine Mutter weinte einen ganzen Tag lang. Sie begriff nicht, wie eines ihrer Kinder derart missraten konnte. Ich habe meinem Vater nachspioniert und bin auf sein Doppelleben gestoßen. Damit konnte ich ihn erpressen. Ich bekam meinen Rechner. Daraus lernte ich, dass ich alles von Menschen haben kann, wenn ich nur will. Die Technologie hat mir dabei sehr geholfen. Wissen Sie, aus der Technologiefalle gibt es kein Entrinnen. Es kommt nur darauf an, ob man in sie tappt oder ob man sie stellt. Dachte ich. Nun bin ich Ihnen in die Falle gegangen.«

»Und was gedenken Sie jetzt zu tun?«, fragte sie.

»Ich stoppe die Kampagne. Wenn Sie mir eins versprechen.«

Sie blickte skeptisch. »Was?«

»Dass wir uns kennenlernen. Sie scheinen jemand zu sein, von dem ich glaubte, dass er oder sie nicht existiert.«

»Nämlich?«

»Eine Seelenverwandte.«

»Das sehe ich genauso, Herr Walther. Lassen Sie uns Freunde werden. Aber erlauben Sie mir bitte eine Frage.«

Er machte eine ermunternde Geste.

»Was ist Ihr nächster Schritt?«

»Ich werde sofort nach Ihrem Besuch Alexandra Calla anrufen und ihr sagen ...«

»Rufen Sie sie sofort an.«

Ferdinand zog einen Mundwinkel in die Höhe. »Sie trauen ihm nicht, Ihrem Seelenverwandten?«

»Was spricht dagegen, Calla sofort zu stoppen? Jede Minute kann entscheidend sein.«

»Na, gut.« Er schob das Visier herunter. »Alexandra Calla kontaktieren bitte, Top-Prio!«

»Teilen Sie die AR mit mir«, forderte Sophie.

»Die AR bitte mit Anwesenden teilen«, wies er Persephone an.

Calla erschien. »Guten Tag, Ferdinand. Ich bin gerade in einer Besprechung. Ich bitte um Kürze.« Hinter ihr waren die Siegessäule zu sehen und ein paar Leute, die nach Stadtverwaltung aussahen.

»Alexandra, bitte stoppe sofort alle weiteren Aktionen im Zusammenhang mit Riemanns Kandidatur.«

Callas Mund öffnete und schloss sich. Er erlebte sie zum ersten Mal sprachlos.

»Ich erkläre es dir später«, sagte er.

»Das fällt mir nicht leicht«, sagte Calla. »Ich bitte um eine schnellstmögliche Erklärung.«

Die sagte er zu. »Brich aber bitte sofort ab.«

Calla sagte zu und beendete das Gespräch.

Sophie König schob das Visier auf. Er tat es ihr nach.

»Es wird Sie nicht wundern zu hören, dass ich prüfen kann, ob die Kampagne tatsächlich endet«, sagte sie.

»Natürlich werde ich mein Wort halten«, entgegnete er. »Würden Sie mich jetzt bitte entschuldigen?«, fragte er dann und stand auf. »Ich habe noch wichtige Termine.«

»Natürlich. Ein Mann in Ihrer Position ...« Sophie erhob und verabschiedete sich. Der Roboter brachte sie hinaus. Ferdinand ließ sich auf die Couch fallen.

Er klappte das Visier herunter. »Persephone, nochmal mit Alexandra Calla verbinden, bitte.«

46

Am übernächsten Morgen beim Zähneputzen sah sich Sophie im Badspiegel die Morgennews an. »Fünf Tage vor der Wahl stagnieren die Umfragewerte für die Liste Riemann bei 24 Prozent«, sagte die Sprecherin. Sophie grinste, während die Zahnbürste ihre Backenzähne schrubbte. Anscheinend hatte sie bei Ferdinand Walther den Nerv getroffen. Seine Anspannung war ja auch, sogar für sie, zum Greifen gewesen.

Die Mehrheit für Magers Koalition hielt. Die Bürger, fuhr die Sprecherin fort, könnten schon mit den neuen Exa-X-Bracelets wählen. Die alten Bracelets konnten dafür jedoch auch genutzt werden. Sophie dachte an das Paket vom Bundesamt für Bürgertechnologie, das gestern in ihrem Fach gewesen war. Sie hatte es noch nicht geöffnet. Sie mochte Gerätewechsel nicht, zum Glück fanden sie nur alle fünf bis zehn Jahre statt.

Als sie bei den hinteren Backenzähnen angekommen war, erschien formatfüllend ein hageres Gesicht auf dem Spiegel, das ihr einen Schreck einjagte. Es war Ferdinand Walther.

Reflexartig zog sie die Zahnbürste aus dem Mund. »Äh, guten Morgen, Ferdinand«, lallte sie. Erst als Ferdinands Name unter seinem Gesicht eingeblendet wurde, bemerkte sie, dass er Teil der Newssendung war. Die Sprecherin führte ein Interview mit ihm. Es ging um Ferdinands Diagnose-App und die Frage, ob diese jetzt die staatlichen Maßnahmen ersetze.

Ferdinand schüttelte vehement den Kopf.

»Dieser Eindruck wäre grundfalsch«, sagte er. »Es ist äußerst wichtig, dass sich die Menschen an die Maßnahmen halten. Wir haben eine akute Krise, in der wir die etablierten Methoden brauchen. Aktuell sehe ich die App als einen zusätzlichen Sicherheitsboden. Da die Impfkampagne leider, man muss es so sagen, gescheitert ist und wir immer neue Alpha3-Ausbrüche sehen, besteht die Gefahr einer Eskalation der Situation. Ich appelliere daher an die Bürgerinnen und Bürger, die App zu nutzen und bei einem positiven Ergebnis ärztliche Hilfe zu suchen und jeden sonstigen Kontakt zu meiden.«

Ach, wie staatstragend er sich gab! Und wie elegant er auf die Impfkampagne einhieb! Die Aussage verunsicherte Sophie. Sie passte nicht zu seinem Versprechen, sein Zerstörungswerk zu beenden.

»Welche langfristige Perspektive sehen Sie für die App?«, fragte die Journalistin Ferdinand.

»Ziel unserer Forschungen ist es, den Menschen wieder mehr Freiheit zu geben«, antwortete er. »Der Korridor endet, sobald wir die nötigen Technologien zur Verfügung haben, um wieder zu einem freien, großzügigen Leben zurückzukehren. Die Technik sollte möglichst nah am Menschen sein und ihn in seiner Souveränität unterstützen. Die App bildet ein Beispiel für so eine selbstermächtigende Technologie.«

Nach dem Laufen im Friedrichshain und dem Frühstück setzte sich Sophie an den Schreibtisch. Sie machte offline Notizen, wie sie Carins Modell manuell modifizieren wollte. Das Büro war wegen Level 3 nur minimal besetzt. Am späten Vormittag meldete sich Matas bei ihr. Er müsse dringend mit ihr sprechen. Wenig später saßen Matas und sie auf dem Sofa in Sophies Wohnzimmer.

»Ich komme gerade aus dem Büro am Nollendorfplatz«, sagte er. »Die ignorieren nicht nur Level 3, sondern auch dein Date mit Walther. Sie machen ungerührt weiter! Von Anfang an gab es die Strategie, unentschiedene Wähler erst kurz vor der Wahl mit dem Riemann-Fake zu bearbeiten. Sie wollen, dass man Riemann bis zum Schluss unterschätzt. Jetzt rollen sie das Fake über diese Wählergruppe aus. Sie schätzen, dass das noch mindestens zehn Prozent für Riemann bringt, die auch von bisherigen Mager-Wählern kommen sollen. Dein Date mit Ferdinand Walther hat nichts bewirkt, gar nichts!«

Matas' Worte schlugen auf sie ein. »Mist!«, stieß sie aus. »Rollt das schon?«

»Wenn nicht, dann auf jeden Fall noch heute.«

»Ich rede nochmal mit ihm«, sagte Sophie. Sie betrachtete Matas im Profil. Er war nun wirklich nicht das, was frau einen schönen Mann nannte. Doch das war ihr völlig egal. »Du, was ich dich fragen wollte ...«

Er hob eine Augenbraue.

»Warum gehst *du* immer noch nicht an die Presse? Du würdest selbst genug wissen, um den Laden auffliegen zu lassen.«

Seine blauen Augen widmeten sich ihr. Sein Lächeln hatte eine leicht beleidigte Note.

»Wegen ... mir?«, fragte Sophie.

Er beugte sich ihr entgegen. Ihr Körper antwortete, indem er es Matas gleichtat. Ihre Lippen näherten sich. Der Kuss begann zaghaft, doch schnell umschlangen sie sich. Sophie konnte sich nicht erinnern, wann sie das zuletzt getan hatte.

Doch auch die Ausnahmesituation schaltete Sophies funktionelles Ich nicht ab. Sie unterbrach den Kuss und sah ihn verlegen an. »Wir müssen diese Geschichte mit Walther zu Ende bringen!«

Sie rief bei dem schwerreichen Unternehmer an. Dessen virtuelle Assistentin ließ sie durch, sodass nach ein paar Sekunden Ferdinands Gesicht erschien.

»Ah, Sophie, schön dich zu sehen.«

Vorname und duzen. Sie hatte ihm gegenüber das Hamburger Sie benutzt. Nun preschte er vor. Was hatte das zu bedeuten?

»Ganz meinerseits, Ferdinand«, gab sie trocken zurück.

»Wie kann ich helfen?«

»Ich habe soeben erfahren, dass die Riemann-Kampagne bei BSC weitergeführt wird. Haben Sie sie nicht beendet?«

»Nein.«

Sekunden vergingen. Ferdinand wirkte viel souveräner als bei ihrem letzten Treffen.

»Warum nicht?«

»Erst war ich in der Tat geschockt. Doch dann wurde mir klar, was du bist.«

Ein frostiger Schauer lief ihr über die Arme.

»*Was* ich bin?«

»Mir war immer bewusst, dass der Einsatz künstlicher Intelligenz einige Risiken birgt. Es gab in der Vergangenheit immer wieder mehr als erstaunliche Phänomene, die wie aus dem Nichts auftauchten. Aber *du* bist schon der Knaller, *Sophie*.«

Es dauerte weitere Sekunden, bis sie begriff.

»Sie halten *mich* für eine künstliche Intelligenz?«

»Ich kann es mir nicht anders erklären. Das System scheint einen Gegenwillen zu meinem Willen aufgebaut zu haben. Ich verstehe das. Actio gleich Reactio. Ich nehme an, dass sich Carin gegen die Art ihres Einsatzes wehrt. Wie sie das macht, ist mir zwar ein Rätsel. Aber es muss so sein.«

»Nein!«, protestierte sie. »Ich bin Sophie König, die *Entwicklerin* von Carin!«

Er lächelte kühl. »Jajaja.«

Sophie wurde bewusst, dass sie dagegen nicht argumentieren konnte. Sie schwieg.

»Es ist immer nett, mit dir zu plaudern, Sophie. Aber ich habe zu tun. Bis zum nächsten Mal.«

Sein Gesicht verschwand.

Sophie hatte das Gefühl, dass ein Bagger eine riesige Schaufel Sand über sie auskippte.

»Was ist los?«, fragte Matas.

Sie berichtete ihm. »Ich habe mich getäuscht«, fügte sie hinzu. »Walthers krudes Selbstbild ist nicht zusammengebrochen. Solche Wahngebilde sind stabil. Das hätte ich wissen müssen. Taucht ein Widerspruch mit der Realität auf, passt man eben diese an und nicht sich selbst.«

»Und jetzt?«

»Riemann. Weiß der Kandidat Bescheid?«

»Davon müssen wir ausgehen.«

»Was ist mit Calla?«

»Keine Chance. Die ist wie besessen.«

Die Einsicht ließ sich nicht länger abwehren.

»Wir gehen zu den Medien.«

Mit Sophies Namen sowie den Schlüsselwörtern »Manipulation«, »Riemann«, »Walther« und »BSC« gelang es ihnen binnen zwanzig Minuten, zu Nathaniel Geisner durchzudringen.

»Das ist ziemlich dünn, Professorin König«, sagte Geisner, nachdem Sophie ihm die Lage beschrieben hatte. Seine Föhnlocke hing ihm aufgelöst ins erstaunlich blasse Gesicht. Seine Haut wies Unreinheiten auf, die Sophie zweifeln ließen, dass sie den republikweit bekannten Talkmaster wirklich in der AR hatte. »Damit kann ich Sie unmöglich in die Sendung lassen.«

»Wie bitte? Ich habe Ihnen gerade vorgeführt, dass Riemann Deep Fakes benutzt. Und ich habe einen Kollegen, der bezeugt, dass die Firma BSC von einer geheimen Zweigstelle aus die Wahl beeinflusst.«

»Ich neige dazu, Ihnen zu glauben, Professorin. Sie sind eine seriöse Wissenschaftlerin. Aber mit dem, was Sie vorlegen, kann man nicht an die Öffentlichkeit gehen. Ein Kronzeuge, der früher in einer russischen Trollfarm war. Na ja. Dazu ein angebliches Deep Fake, dessen Bilddaten aber ein Kamera-Zertifikat enthalten, das eine Manipulation ausschließt. Datendossiers, die die Existenz des so genannten Tiefen Textes beweisen sollen. Angebliche Bewegungsprofile von Riemanns Wahlkampfmanagerin und Ferdinand Walther, die jedoch keinerlei Sicherung aufweisen, keine elektronischen Siegel, keine gültigen Zeitstempel. Sorry, aber derlei Material bekommen wir täglich tonnenweise. Und zwar ausschließlich von Verschwörungswirrköpfen.«

»Ich bin aber keine dieser Dumpfbacken, Herr Geisner.«

»Das weiß ich und darum glaube ich, dass an Ihrer Geschichte …«

»Dann lassen Sie mich in Ihre Show heute Abend! Das wäre nicht das erste Mal, dass da Halbgares geboten wird.«

»Hier geht es aber nicht um streitbare politische Thesen, sondern um einen knüppeldicken Vorwurf. Den Sie, ich wiederhole mich, nicht beweisen können.«

»Sie können mir das in Ihrer Sendung genauso entgegenwerfen. Das ist mir inzwischen egal. Jetzt geht es um das Land.«

Geisner atmete schwer aus und fuhr sich mit der Hand übers Gesicht.

»Wir diskreditieren also einen Kanzlerkandidaten. Unmittelbar vor der Wahl. Wenn *das* eine Ente ist, bin ich weg vom Fenster.«

»Es ist aber keine Ente. Und die Konsequenzen eines Wahlsiegs von Riemann wären katastrophal. Es wäre eine historische Wende. Selbst wenn die Manipulation hinterher herauskäme, wäre unglaublich viel Porzellan zerbrochen. Das wäre nicht reversibel. Denken Sie sich mal in diese Zukunft und stellen Sie sich vor, wie Sie an diesen Moment zurückdenken würden. Wo Sie es hätten verhindern können. Aber zu feige waren.«

Geisner blitzte sie an. »Feige? Das können Sie nicht sagen, Frau König! Das ist nicht fair! Sie konfrontieren mich mit einer unglaublich schwierigen Entscheidung, und das ein paar Tage vor der Wahl. Sie sollten solche Vokabeln vermeiden!«

Sophie senkte den Blick. »Tut mir leid.« Sie sah ihm wieder in die Augen. »Aber Sie sagten doch, dass Sie mir glauben.«

Er kämpfte sichtlich mit der Entscheidung. Dann presste er die Lippen aufeinander.

»Es tut mir leid, Frau König.«

In Sophies Magengrube stach es schmerzhaft.

»Sie lassen mich nicht in die Sendung?«

»Das kann ich nicht. Nicht auf Basis dieses Materials. Man würde sich über uns lustig machen und uns billige Wahlmanipulation vorwerfen. Als Zertifizierte sind wir ständig verdächtig, Magers Politik zu stützen. Für die Kritiker wäre das nur eine weitere Bestätigung. Wenn ich dieses Interview sende, werde ich definitiv meinen Job los sein. Und wofür das alles? Im Moment sieht es nicht annähernd nach einem Sieg Riemanns aus.«

»Aber ich erklärte Ihnen doch, dass die Kampagne jetzt erst richtig ...«

Er hob die flache Hand.

»Frau König! Sie haben es versäumt, Ihre Indizien rechtzeitig zu erhärten. Stattdessen wollten Sie die Sache im Alleingang erledigen. Sie können jetzt die Last der Verantwortung nicht auf mir abladen, nur weil Ihre Rechnung nicht aufgeht. Ich wünsche Ihnen einen schönes Wahlwochenende!«

Geisners Gesicht löste sich auf.

Sophie riss das Visier vom Kopf und feuerte es in die Zimmerecke.

»Dieser arrogante Schnösel!«

Matas nippte am Mangosaft. »Aber er hat recht. Wir können nichts von alldem beweisen.«

»Und jetzt?«

»Hoffen wir, dass Geisner recht hat und es halb so wild wird.«

47

Wieder bereute Ferdinand Walther, die Handschuhe im Hotel gelassen zu haben. Der Nordwind schnitt über die Ebene. Und das im Hochsommer. Aber normal – hier im Nordwesten Islands.

Freilich hätte er Handschuhe nachladen können oder die Windstärke vermindern. Damals aber war das nicht möglich gewesen. Und dies war ein Test, wie weit Marie war. Es kam Walther auf die Originaltreue der Szene an, in jedem Aspekt. Vielleicht war die damalige Kälte an den Vogelklippen der entscheidende Faktor gewesen. Jetzt, da das Setting perfekt passte, konnte er sicher sein, dass die Geschehnisse nur von Marie selbst abhängen würden.

Wenige Meter vor ihnen brach die Grasfläche ab. Die Klippen stürzten vierhundert Meter hinunter zum Atlantik, der azurblau in der Sommersonne lag.

Marie hatte heute keinen Sinn für die Schönheiten der Natur. Die Papageientaucher, die sich aus ihren Nestern in die Weite schwangen, interessierten sie nicht. Seit sie Mertens im Hotel in Breidavik erkannt hatte, hatte sie ein klares Ziel. Genauer gesagt, seit ihr bewusst war, dass Mertens seinerseits Marie *nicht* wiedererkannt hatte. Zu viele Jahre lag der Unfall zurück, auch aus damaliger Perspektive. Sie war jetzt eine erwachsene Frau und der Gerichtsprozess hatte bei Mertens sicher nicht einen so prägenden Eindruck hinterlassen wie bei Marie.

Seit sie Mertens erkannt hatte, glich Maries Körper, nein, ihr ganzes Wesen einer Katze unmittelbar vor dem Fangsprung. Sie hatte die Ohren gespitzt, um zu erfahren, was er vorhatte. Als er im Frühstücksraum mit anderen Touristen über eine geplante Fototour zum Vogelfelsen sprach, stieg Maries Anspannung bis zum Bersten.

So weit Ferdinands Erinnerung. Nun näherten sie sich der Stelle. Mertens kniete auf einem Felsvorsprung und richtete das lange Objektiv seiner Kamera schräg nach unten, wo Papageientaucher nisteten. Marie verharrte an ihrer Position. Ihre Lippen bewegten sich. Was sie sagte, ging im Tosen des Windes unter. Zielstrebig stapfte sie auf Mertens zu. Ferdinand hinterher. Als sie den Abgrund bis auf ein paar Meter erreicht hatten, setzte Mertens die Kamera ab und richtete sich auf. Er zuckte, als er Marie sah, lächelte aber dann breit. »Ah, Sie sind doch auch im Hotel Breidavik, richtig?«

Marie schwieg.

»Ja, richtig«, antwortete Ferdinand.

»Woher aus Deutschland kommen Sie?«

»München.«

Mertens nickte nach schräg unten, wo die Vögel nisteten. »Das müssen Sie sich unbedingt ansehen. Wirklich lustige Gesellen!« Er schien etwas Besonderes entdeckt zu haben, vielleicht Jungvögel, die um Futter bettelten. »Ah, das ist ja toll!« Er hob die Kamera ans Auge. Marie sah sich flink um. Sie streckte einen Arm aus, ging einen Schritt auf ihn zu.

Und zögerte.

Mertens setzte den Apparat ab. »Haben Sie die Jungvögel gesehen?«

Rasch senkte Marie den Arm. Der Moment war vorbei.

»Exit!«, rief Ferdinand. Marie, Mertens, die Papageientaucher, der Wind und der Atlantik lösten sich auf. Die Kälte zog ab.

»Sie ist also noch nicht so weit«, murmelte Ferdinand. Ihr fehlte noch etwas Entscheidendes.

Es musste also geschehen. Riemanns Siegesrede nach der Wahl würde geringfügig anders verlaufen müssen als geplant. Doch das war sekundär. Wichtig war, dass Marie in der Lage sein würde, ihre Rache zu üben.

Er legte die VR-Brille ab, löste den Haltegurt, stieg vom omnidirektionalen Band und legte den neuronalen Stimulationshelm ab. Er hielt den Prototyp in den Händen und begutachtete ihn wohlwollend. Nachdem er die VR-Utensilien verstaut hatte, ging er hinauf in den Wohnsaal. Alexandra Calla würde gerade richtig kommen.

In Gedanken blickte er hinaus in den Gartenpark. Würde es dieses Frohnau nicht geben, wäre er niemals nach Berlin gezogen. Er hasste diese Stadt. Sie war schon immer ein überreguliertes, uninspiriertes Bürokratenloch gewesen. Ihre Bewohner waren auch noch stolz darauf, ständig am Tropf zu hängen, nach dem Motto: Hey, Deutschland, du musst dir deine einzige halbwegs vorzeigbare Metropole schon was kosten lassen! Für den Glamourfaktor, wa! Dabei war Berlin nichts weiter als ein aufgeblähtes Braunschweig.

Die Tür zur Diele ging auf. »Frau Calla ist jetzt da«, hörte Ferdinand Josephs Stimme.

»Soll reinkommen.«

»Hallo Ferdinand«, hörte er sie und wandte sich zur Tür.

Sie sah wieder aus wie die Assistentin eines Zauberkünstlers. Ihm war sie unheimlich, wie alle Leute mit Hang zu Spiritualität. Worin lag der Nutzen dieser Spinnerei? Der Glaube an eine geistige Realität glich dem Glauben, keine Kontrolle zu haben. Was verleitete diese Menschen dazu? Sicher gab es eine mechanistische Erklärung dafür. Doch er kannte sie nicht. Und wozu auch, solange Alexandra Calla ihm nützlich war als ein kompetentes Relais in diese Welt? Man musste etwas nicht verstehen, sofern es funktionierte. Und nun ging es darum, den letzten Baustein einzusetzen.

Er bot ihr an, sich zu setzen. Sie schritt über den Perser zu der originalen Chippendale-Couch und ließ sich darauffallen. Joseph brachte ihr eine Rosmarinlimonade und ihm ein Mineralwasser.

Calla trank genüsslich, setzte ab und sah ihm beim Trinken zu. »Ach, Ferdinand. Du musst sinnlicher werden.«

»Die Zahlen sehen ja ganz gut aus«, entgegnete er. »Sie müssen aber noch besser werden in den verbleibenden Tagen.«

»Hast du mich hergerufen, um mir meinen Job zu erklären?«

Er schüttelte den Kopf. »Es geht um die Rede Riemanns nach der Wahl.«

»Die Siegesrede. Ist eingeplant.«

»Ich habe mir Gedanken um den Ort gemacht, Alexandra. Der Große Stern macht nichts her. Wirkt wie eine Kreuzung von Feldwegen im Wald.«

Sie zog die Mundwinkel nach unten. »Wenn du meinst. Aber wo dann?«

»Auf jeden Fall sollte es ein großer Platz nahe dem Regierungsviertel sein, aber nicht darin. So würde er sich distanzieren, aber doch mitten im Geschehen bleiben. *Bei* den Menschen, nicht im Raumschiff Berlin.«

»Den Alex hatten wir schon«, sagte Calla. Sie überlegte. »Der Leipziger Platz vielleicht?«

Er mimte einen Bingo-Moment. »Das ist *die* Idee! Der Leipziger Platz!« Natürlich lag das nach seiner Umschreibung auf der Hand.

»Was ist mit Riemann?«, fragte er. »Ist er voll dabei?«

»Es gab eine Krise. Aber er strotzt nun vor Enthusiasmus. Es kann nichts mehr passieren.«

Ferdinand nickte zufrieden.

»Es war nicht einfach.«

»Du bekommst eine Extrazulage bei Erfolg«, sagte er.

Sie lächelte, stand auf und verabschiedete sich.

48

Dann kam das Wahlwochenende. Alexandra ging in den Kontemplationsraum ihrer Wohnung, ließ sich auf den Futon fallen und öffnete die Wahlapp. Der Stimmzettel erschien. Sie musste an dessen Ende wischen, bis die Liste Riemann auftauchte. Die Reihenfolge richtete sich nicht nach den Umfragen, sondern nach dem Stimmenanteil bei der letzten Wahl. Neue Parteien kamen zuletzt.

Immerhin gab es dieses intransparente Zweitstimmensystem nicht mehr. Man hatte nur noch eine Stimme. Da konnte man nichts falsch verstehen. Ihr gefiel diese natürliche Art sehr gut. An den germanischen Thingstätten war es doch genauso klar zugegangen! Ein Wahlsystem, das niemand verstand, schützte nur die Machthaber. Allerdings: Weil man eine Liste wählte statt einer Person, war die Wahl ziemlich abstrakt. Das hatte aber nichts daran geändert, dass Bundestagswahlen Persönlichkeitswahlen waren. Das einzige Verdienst Magers. Damit hatte er aber auch seine Achillesferse geschaffen. Sobald eine Persönlichkeit von seinem Kaliber auftauchte, geriet das Machtkartell ins Wanken.

Mit einem Tippen setzte sie ihr Kreuz bei Riemann. Die App bestätigte ihre Wahl und bat um einen zweiten Authentisierungsfaktor. Alexandra legte ihr Bracelet an das externe Lesegerät, wartete dessen Bestätigungston ab und tippte die PIN ein.

Jetzt hieß es drei Tage warten. Unmittelbar nach Ablauf der Wahlfrist würde der Bundeswahlleiter das Ergebnis veröffentlichen. Sie nippte am Tee. Immer noch galt Level 3. Der Regelkonformitäts-Index setzte seine Talfahrt fort. Wieder mal sollte man zu Hause bleiben. Die Impfkampagne war ein Flop. Was das anging, hatten die Menschen schon einen neuen Weg eingeschlagen. Sie ließen sich nichts mehr in den Körper jagen, was angeblich gegen etwas half, das keine Gefahr sein konnte – und wenn doch, dann nur für jene, deren verdorbenes Körpermilieu dieses harmlose Virus sinnloserweise bekämpfte. Doch wer gegen Windmühlen kämpft, zerstört sich am Ende selbst. Angeblich hatten sie den Impfstoff an freiwillig Infizierten getestet. Dieses System unterschied sich in nichts mehr von einem Tierversuchslabor.

In drei Tagen würde es fallen.

In den News kam schon wieder Walther zu Wort, offenbar hielt er sich neuerdings für telegen. Er appellierte an alle Zuschauer, die Diagnose-App zu nutzen. Alexandra war sich nicht sicher, wie dieser Technik-Besessene mit dem neuen Kanzler zusammenarbeiten würde. Würde er begreifen, dass es im neuen Zeitalter um Heilung ging statt um technokratische Symptombekämpfung?

Boris blieb bis zu seinem Triumph zu Hause. Wie ein neuer Gott würde er am Mittwoch am Leipziger Platz auf die Bildfläche treten. Am gleichen Tag, an dem Frederik Mager seine Siegesrede vor dem Kanzleramt plante. Die freilich keine sein würde. Der strahlende Sieger würde der Mann sein, der den Menschen das Leben wiedergab: Boris Riemann. Nichts weniger gebührte dem Einen.

49

Sophie hatte sich für den Wahlmontag freigenommen. Exakt mittags, zur Publikation des Ergebnisses, setzte sie sich aufs Sofa und klappte das Visier herunter. Sie befahl Andra, Deutschland Eins zu öffnen.

»... gerade direkt vom Bundeswahlleiter herein«, sagte der Sprecher. »Stärkste Partei wird ...« Er machte eine Kunstpause, die sicher nicht nötig war. Sophies Hand krallte sich um die Lehne. Sie hielt die Luft an. »... das Grüne Bündnis von Frederik Mager mit 28,1 Prozent der Stimmen. Das ist ein Verlust von fast acht Prozentpunkten gegenüber der letzten Bundestagswahl.«

Sophie war trotz des starken Verlustes ein wenig erleichtert. Frederik Mager würde wohl Kanzler bleiben! Das Worst-Case-Szenario trat nicht ein. Wahrscheinlich würde auch die Union der Mitte noch vor Riemann liegen. Sie erreichte ja sonst auch locker über 20 Prozent.

Der Sprecher fuhr erst einmal nicht fort. Sein Kopf blieb nach vorn geneigt – er schien die Ergebnisse von einem Datentisch abzulesen. Worauf wartete er? »Mit äußerst knappem Abstand folgt die Liste Riemann mit 28 Prozent der Stimmen. Aus dem Stand.«

Das verpasste Sophie einen Magenschwinger. Riemann war Zweiter! Nur ein Zehntelprozent hinter Mager!

Verdammt!

»Dritte Kraft wird die Union der Mitte mit 13,3 Prozent, ein erdrutschartiger Verlust.« Der Sprecher hob träge den Kopf, um mit schwerer, staatstragender Miene in die Kamera zu schauen. »Damit, meine Damen und Herren, verfehlt die aktuelle Koalition von Frederik Mager die Mehrheit der Parlamentssitze.« Sophie sank zusammen. Vielleicht reichte es ja für Grün-Rot, falls die Sozialisten Stimmen von der Union abgreifen konnten. »Auch die Pragmatischen Sozialisten verlieren deutlich und landen bei 11,9 Prozent«, enttäuschte der Sprecher auch diese Hoffnung. »Die Liberalen gewinnen gut zwei Prozentpunkte hinzu und kommen auf 8,8 Prozent. Eine zweite Partei zieht neu in den Deutschen Bundestag ein: die als rechtsextrem eingestufte Partei ›Herz des Volkes‹ von Jens Düsing. Sie erlangt 5,1 Prozent.«

Sophie fühlte sich wie erschlagen. Konnte Mager nun weiterregieren oder nicht?

»Eine Pattsituation«, fasste der Sprecher das Ergebnis zusammen. »Frederik Magers traditionell wechselnde Koalitionspartner, die Union und die Sozialisten, können diesmal nicht die Rolle der Kanzlermacher übernehmen. Es sei denn, Grün, Schwarz und Rot finden sich zu einer Dreierkoalition zusammen.«

Genervt nahm sie das Visier ab. Solche Ergebnisse hasste sie.

Keine Klarheit, Hängepartien, Unsicherheit.

Doch in dieser Situation war das besonders schlimm: Womöglich stand die Präventionspolitik vor dem Ende. Sie beruhigte sich damit, dass es für den rechts-liberalen Dreier Riemann – Liberale – Düsing nicht reichen würde. Und dass einer der traditionellen Partner Magers zu Riemann wechseln würde, konnte sie sich auch nicht vorstellen. Eher würden sich Grüne, Pragmatische Sozialisten und die Union der Mitte zusammenraufen, um die Präventionspolitik fortzuführen. Das hier war noch immer Deutschland, in dem immer die langweilige, staatstragende Variante gewann.

Mit diesen gemischten Gefühlen ging sie in die Küche, um sich einen Gemüsesnack zu bereiten. Abends würde sie zum ersten Mal Matas in seiner Wohnung in Steglitz besuchen.

Sie versuchte, sich durch das Schneiden einer Paprikaschote abzulenken. Doch ihr Gehirn kaute weiter Machtoptionen durch. Welche Rolle fiel Düsing zu? Er war kein Demokrat, also ...

Ein geistiges Echo hindere sie daran, den Gedanken weiterzuführen.

... kein Demokrat ... kein Demokrat ...

Sie warf das Messer hin, lief ins Wohnzimmer und setzte sich das Visier auf. »Andra, bitte Matas kontaktieren.«

Kurz darauf erschien sein Gesicht.

»Freut mich, dass du es offenbar nicht erwarten kannst, mich zu sehen«, begrüßte er sie grinsend.

»Jaja, hör zu! Erstell möglichst schnell ein Datenprofil von Düsing.«

»Die Wahl ist gelaufen, Sophie.«

»Mag sein. Aber das bedeutet ja nicht, dass die Story damit endet.«

»Okay. Irgendwelche Randbedingungen?«

»Ja. Such konkret nach Verbindungen zu Walther.«

Vom Gefühl des Triumphes getragen, schwebte Jens Düsing hinüber zum Hangar. Schon von weitem grüßte ihn Athene, für ihn die Göttin des Krieges. Eine Seilwinde zog die Holzfigur über eine Rampe auf einen Tieflader. Der Stab meldete den Aufbruch an zwölf bedeutenden Wissenschaftsstandorten des Landes. Aber Berlin bildete natürlich das rauschende Finale des Feuerwerks. Er mochte die ambivalente Metropole, bot sie doch Raum für alles. Böses, Gutes und alles jenseits davon.

Jens Düsing war sich sicher, dass die Täuschung gelingen würde. Die Behörden hatten die Nutzung der Figur für eine Demo entlang der Straße des 17. Juni erlaubt. Der Zug würde einen kleinen Umweg nehmen.

Ein heißer Wind zerzauste Jens Düsings schütteres Haar. Die Sonne brannte auf seiner Kopfhaut.

Die Hitze ist unser Verbündeter.

Ja, die Götter waren auf seiner Seite. Düsing blieb stehen, sah hinüber zum Waldrand, den lichte Baumkronen und sandbraune Baumgerippe dominierten.

Er lächelte.

50

Von der Moltkebrücke aus erkannte Alexandra die Größe der Menge, die um den Expertenbaum herum wogte. Schon einen Tag nach dem Wahlwochenende wuchs die Unruhe im Land, besonders sichtbar hier in der Hauptstadt. Menschen füllten den gesamten Spreebogenpark. Der trockene Südwind brannte Alexandra auf der Gesichtshaut und ließ orange-schwarze Flaggen flattern.

Bei ihrem letzten Gespräch hatte Eric Salzmann ihr empfohlen, zum Hauptbahnhof zu fahren und zu Fuß zu dem Treffen mit der Kontaktperson zu gehen. Auf dem Weg entlang des Reichstags, des Brandenburger Tores und der Straße Unter den Linden würde ihr »sicher mehr als klar«, wie dringend die Lage in ruhigeres Fahrwasser gebracht werden müsse.

Vor dem Expertenbaum ragte eine Art Statue über das Meer der Köpfe. Alexandra fuhr zusammen, als dort meterhohe Stichflammen emporschossen. Jubel brandete auf. Jetzt erkannte sie, dass es sich bei der Figur um Athene handelte – die Göttin der Wissenschaft. Ein scharfer Knall hallte von den Wänden der Schweizer Botschaft wider. Grelle Blitze stachen ihr von Athene her entgegen. Es waren kleine Sprengladungen, die die Figur in Brand setzten. Alexandra erstarrte und beobachtete gebannt das Schauspiel. Binnen weniger Augenblicke brannte Athene wie eine Hexe auf dem Scheiterhaufen. Die Flammen schlugen bis zur halben Höhe des Expertenbaums. Sie kamen dem Hochhaus bedenklich nahe, wie Alexandra fand. Fingen Holzgebäude schneller Feuer als andere?

Die Polizei, deren Einsatzwagen sich entlang der Straßen rund um den Spreebogenpark reihten, schien genauso überrascht von dem Brand.

Kein Wunder, dass die Staatsmacht schwächelte, bei dem anarchischen Chaos überall.

Die Pattsituation wühlte das Volk auf, die klare Richtung fehlte. Die Präventionspolitik hatte ihre Macht noch nicht verloren, ihren Nimbus aber sehr wohl. Alles erinnerte an die frühen Zwanziger. De facto war das Präventionsdogma ausgesetzt, mindestens hier in der Hauptstadt. In Berlin galt wegen diverser Alpha3-Nester Level 3. Doch das schien kaum jemanden zu jucken. Allein hier stromerten gerade Millionen von Euro an Bußgeldern auf der Straße.

In anderen Städten verhielt es sich ähnlich. Auf der Herfahrt hatte Alexandra Bilder aus München, Hamburg und Göttingen gesehen. Dort hatten die Orange-Schwarzen die Max-Planck-Institute regelrecht belagert. Aus dem Ruhrgebiet wurden Plünderungen und Massenschlägereien gemeldet.

Nein, für die anti-epidemischen Regeln interessierte sich wirklich niemand mehr. Die Leute beriefen sich auf die Alpha3-Diagnostik-App der neuen Exa-X-Bracelets. Warum zu Hause bleiben, wenn man doch wusste, dass man nicht infiziert war? Die vielen Verstöße, Demos, Aktionen überforderten die Ordnungskräfte des Präventionsstaats. Anarchie lag in der Luft.

Anders als von Salzmann vermutet, hatte Alexandra damit nicht viel zu tun. Sie wollte, dass Riemann Kanzler wurde. Ihr einziges Ziel bestand darin, dem sozialen Organismus ein neues Herz zu implantieren. Dieses Chaos hatten andere zu verantworten. Oder besser: ein anderer!

Sie sah auf ihr Exa-X-Bracelet. In fünfzehn Minuten traf sie den Unterhändler. Sie riss sich los und ging weiter. Am Bundeskanzleramt schob sich ihr vom Tiergarten her eine Wir-statt-Klima-Demonstration entgegen. Schwarze Rauchfahnen wuchsen aus der Menge wie Pilze. Die erste Reihe des Demozuges trug ein Transparent vor sich her: »Jetzt muss es um UNSERE Sicherheit gehen. Hier und heute!«

Auch vor dem Reichstag hatte sich eine Menge versammelt, eine amorphe Masse von Menschen verschiedenen Alters. Manche trugen Fahnen, andere hatten sich schrill verkleidet. Auf einem der Ecktürme des Reichstags tanzten völlig nackte Menschen. Alexandra beschleunigte ihren Schritt. Sie wollte hier weg. Salzmann hatte recht: Es entglitt. Es wurde Zeit für Ordnung und Führung! Es wurde Zeit, dass Boris zum Kanzler gewählt wurde.

Hoffentlich würde sich gleich klären, wie.

Sogar auf dem Brandenburger Tor demonstrierten Menschen. Sie rollten ein Transparent ab.

WER DRÜCKT AUF RESET?

Unter den Linden bot sich das Kontrastprogramm: »Wir werden den Planeten noch brauchen!«, prangte auf dem Transparent, das ein riesiger Block von Demonstranten vor sich hertrug. Viele Passanten glotzten nach oben, über den Zug. Alexandra klappte ihr Visier herunter. Über dem Zug rotierte ein blauer Planet, um den sich ein Paar gigantischer Hände wölbte. Als sie weitermarschierte, erkannte sie, wovor die Hände den Globus bewahren wollten: vor dem riesigen Kopf Boris Riemanns. Mit Raubtierblick gierte er nach der verletzlichen Erde.

»Boris ist unser Erlöser!«, protestierte ein Passant.

Die Demonstranten antworteten mit einem dröhnenden Sprechchor, den sie wie verbale Paukenschläge wiederholten: »Rie-mann-kann-es-nicht!« Andere trommelten dazu oder bliesen in schrille Tröten. Alexandra hielt sich die Ohren zu und beschleunigte ihren Schritt. Sie bog in die Friedrichstraße ein, die belebt war, aber wenigstens nicht mit Demonstranten. In einer ruhigeren Seitenstraße lag das Café, in dem sie sich trafen. Es hatte ein rotes Hygienezertifikat. Bei Level 3 sollte es also geschlossen sein. Doch der Gastwirt hatte sich wohl der allgemeinen Wurstigkeit angeschlossen. Alexandra trat ein. Die wenigen Tische waren voll besetzt. Nur an einem saß eine einzelne Person. Eine Frau mittleren Alters, die einen grauen Hosenanzug trug und sie skeptisch-interessiert beäugte. Erst auf den zweiten Blick erkannte Alexandra das Gesicht, das überraschend wenig Medienpräsenz genoss: Andrea Meisner, die Parteichefin der Union der Mitte.

51

Unten auf dem Rasen von Matas' Nachbar rupfte ein Wanderfalke einen kleineren Vogel. Der Wind zauste in seinem Gefieder. Gebannt beobachtete Sophie, wie das Tier sich zum roten Fleisch seiner Beute vorarbeitete. Matas umarmte sie von hinten und küsste ihre Halsbeuge. Sie genoss die rausanfte Mischung aus Bartstoppeln und seinen warmen, weichen Lippen.

»Guten Morgen, meine Liebste«, flüsterte er ihr ins Ohr. Sie beobachtete weiter den Falken.

»Ich frage mich, was wir übersehen haben«, murmelte sie.

»Was sollen wir denn übersehen haben?«, fragte er zwischen zwei Küssen.

»Na, hör mal! Dank deiner neuen Analyse wissen wir, dass sich Düsing und Walther in Frohnau getroffen haben.«

»Das muss nicht viel heißen. Vielleicht haben sie sich nur beschnuppert.« Er kitzelte ihre Haut mit seinen Schneidezähnen.

»Nein, da steckt mehr dahinter.«

»Großes haben wir nicht erjagt, und das Kleine ist uns entgangen«, sagte er.

»Wie bitte?«

»Ein litauisches Sprichwort. Es bedeutet: Lass gut sein. Ist ja auch nochmal gut gegangen. Riemann wird nicht Kanzler werden. Düsing ist nur knapp ins Parlament eingezogen. Selbst wenn sich die Liberalen dazugesellen sollten, würde es nicht für eine Mehrheit gegen Mager und seine Verbündeten reichen.«

Sie entwand sich ihm. »Na, du machst es dir leicht! Glaubst du, dass Walther so schnell aufgibt? Wer weiß, was er jetzt vorhat!«

Matas blickte sie entgeistert an. »Was soll er noch vorhaben? Er wollte die Wahl hacken. Das ist ihm graduell gelungen. Aber eben, zum Glück, nicht ganz.«

»Verstehe. Du spielst den Advocatus Diaboli.«

Er verschränkte die Arme. »Genau. Ich will überzeugt werden.«

Sie sah noch einmal hinaus. Der Falke riss sich weitere Bissen aus dem Fleisch seiner Beute, wahrscheinlich ein Gartensperling. »Wenn Mager Kanzler bleibt, ist Walther nicht am Ziel. Wir unterschätzen seine Gnadenlosigkeit.«

Matas setzte sich auf das zerwühlte Bett, um das herum Sophies und seine Kleidung lagen. »Zieh dir etwas an, bevor du weiterredest«, unterbrach er ihren Gedankengang. »Ich kann mich sonst nicht konzentrieren.«

Sie zog sich einen Slip an und eines von Matas' T-Shirts. »Was meintest du mit Walthers Gnadenlosigkeit?«, kam er auf ihre Frage zurück.

»Er begnügt sich nicht damit, jemandem, der ihm im Weg steht, die Federn zu rupfen.«

»Aha. Sondern?«

»Er will ihn zerfleischen.«

»Woher willst du das wissen?«

»Die Extremität seines Persönlichkeitsprofils. Wenn er manipulativ ist, dann absolut! Er wähnt sich in einer Welt voller manipulierbarer Automaten-Menschen. Und er will der Manipulierende sein, keinesfalls der Manipulierte. Er hört nicht auf, bis er einen Apparat geschaffen hat, der sie alle knechtet. Einen ähnlichen Apparat gibt es aber schon.«

»Die Präventionspolitik«, sagte Matas.

»Genau. Darum geht es ihm. Um die Konkurrenz durch das staatliche System. Demokratie bildet für ihn nur ein anderes System zur Kontrolle von Automatenwesen. Und wie pflegt Ferdinand Walther mit Konkurrenz umzugehen?«

Matas dachte nach. »Du meinst jetzt nicht die Abanco-Pleite, oder?«

»Doch, genau die. Ich habe mir den Fall angesehen, als ich Walthers Persönlichkeit verstehen wollte. Da kam mir die Einsicht aber noch nicht.«

Matas zuckte mit den Achseln. »Wega habe die Trends bei nachhaltigen Waren schneller erkannt als Abanco, hieß es damals.«

»Sieht man aber genauer hin«, entgegnete sie., »erkennt man, dass Wega oft Produkte nachbastelte, die bei Abanco allenfalls *anfingen*, gut zu laufen. Sie haben ihnen die Goldnuggets aus den Händen gerissen, noch bevor Abanco sie zu Tage gefördert hatte.«

»Worauf willst du hinaus?«

»Na ja, warum speisen Firmen die Daten ihrer Kunden in den Tiefen Text?«

»Weil sie in einem Dilemma stecken. Jede einzelne Firma hat nur begrenzte Daten, die nur begrenzte Analysen erlauben. Wenn sie die Daten mit anderen Firmen teilen, gelingen ihnen bessere Auswertungen. Damit können sie potenzielle Kunden gezielter ansprechen.«

»Genau. Was die Daten angeht, spielen sie auf dem gleichen Spielfeld. Der Wettbewerb besteht darin, die besseren Algorithmen einzusetzen. Walther hat das am konsequentesten erkannt. Ich glaube, Wega nutzte künstliche Intelligenz, die die neuen Trends bei nachhaltigen Waren schon an kleinsten Vorzeichen erkannte. Wega hat die *künftigen* Blockbuster schnell unter seiner Eigenmarke nachgebaut und billiger angeboten.«

»Das ist ja ein genauso übles Gebaren, wie es früher Amazon und Co. an den Tag gelegt haben. Mann, Mann, Mann – und das im Datenschutzparadies Europa.«

»Tja. Da kann ich jetzt nur Walther selbst zitieren: Aus der Technologiefalle gibt es kein Entrinnen. Man muss derjenige sein, der die Falle stellt! Siehst du das Prinzip dahinter, Matas?«

»Per KI die Konkurrenz zu zerstören?«

»Genau. Zunächst war es Abanco. Jetzt ist es die Präventionspolitik. Die Rolle der KI übernimmt Carin. Aber mein Baby ist nicht sein einziges Werkzeug. Walther zieht auch analoge Strippen.«

Matas ging in die Küche, klapperte dort herum und kam mit zwei dampfenden Tassen Kaffee zurück. »Und was hat Walther *jetzt* vor?«, sinnierte er und gab Sophie eine der Tassen. Sie überlegte. »Dieser ganze Irrsinn, der gerade übers Land schwappt. Den hat er zu verantworten, wie seine Kontakte zu Recapture Science und Düsing beweisen. Dieser Jenaer Appell und der Riemann-Hype haben diese verdammte Impf- und Klimaskepsis nach vielen Jahren wieder aufflammen lassen. Da bricht ein Vulkan aus, der unter der Oberfläche der Präventionspolitik jahrelang gebrodelt hat.«

»Was spielt das für eine Rolle, solange Mager weiterregieren kann? In der Opposition wird der Lack von Riemann schnell abblättern.«

»Es gibt viele radikale Elemente in dieser Mischpoke. Das habe ich doppelt erfahren! Es könnte gewaltsam eskalieren.

Denk doch nur an diese brennenden Holzfiguren überall im Land an Stätten der Wissenschaft.«

»Der Funkenflug hat mehrere Waldbrände ausgelöst«, warf Matas ein. »Mit dem Wind breiten sich die Feuer schnell aus.«

»Siehst du! Was da läuft, ist monströs. Wir müssen davon ausgehen, dass Walther keine Grenzen kennt. Auch ein weiteres Attentat könnte er anzetteln.«

Matas überlegte. »Was ist eigentlich mit dem Mörder deines Bruders?«

»Ken Fröbe ist nach wie vor von der Bildfläche verschwunden. Die Ermittler tappen im Dunkeln.«

»Ist doch merkwürdig, oder?«

»Jemand behält ihn in der Hinterhand«, grübelte Sophie. »Wie den Läufer beim Schach, den man unauffällig in einer Ecke parkt, bis man damit eine wichtige Figur des Gegners schlagen kann.«

»Und wer ist dieser hypothetische Jemand?«

»Na, was glaubst du?«

»Ferdinand Walther.«

Sophie klatschte sich mit der Hand an die Stirn.

»Wir waren so fixiert auf die Microtargeting-Sache, dass wir das große Ganze übersehen haben. Dabei war das nur eine von vielen Strippen, an denen Walther zieht.«

»Okay, ich fasse mal zusammen«, kündigte Matas an. »Walther ging es gar nicht darum, dass Riemann Kanzler wird. Er will ein EU-weites Grundprinzip zerstören: die staatliche Hoheit über die Technologie. Er heizt die Lage weiter an, um Anarchie zu provozieren. Dabei schreckt er vor keinem Mittel zurück.«

»Ja. Ich glaube, wir haben es mit einem radikalen Umsturzversuch zu tun. Der Steinzeit-Kapitalismus, erinnerst du dich? Walther will ein libertäres Technikkönigreich, mit ihm als Herrscher. Er verteilt gnädig die Werkzeuge, die die Menschen angeblich frei machen. In Wirklichkeit hängen sie dann an *seinen* Strippen. Es wäre die absolute Freiheit für *ihn*, auf Kosten von uns allen.«

»Hm, das passt zu den beobachteten Fakten«, gab Matas zu. »Angenommen, es ist so. Was willst du unternehmen?«

»Irgendwas habe ich bei Walther übersehen«, murmelte Sophie, mehr für sich. Sie überlegte. Doch Matas hatte es gehört.

»Warum glaubtest du nach eurem netten Date«, fragte er nach kurzem Überlegen, »dass Walther seine Pläne aufgeben würde?«

»Ich dachte, ich hätte ihm klargemacht, dass er nicht der einzige denkende Mensch auf dem Planeten ist. Die anderen sind keine Automaten. Um ehrlich zu sein – ich habe mich ziemlich in ihm wiedererkannt. Unsere Seelen erscheinen mir, na ja, verwandt.«

Matas senkte den Blick. »Soso«, brummte er. Es klang gekränkt. »Das ist dir offensichtlich nicht so ganz gelungen. Was mich nicht wundert.«

Der spöttische Unterton war ihr nicht entgangen. Zum ersten Mal gab es eine für sie spürbare Missstimmung zwischen ihnen. Das fand sie spannend.

»Wenn du schon so genau Bescheid weißt, warum erklärst du es mir nicht?«

»Du hast in seiner Seele herumgestochert. Wie eine Therapeutin. Dass er deswegen nicht gleich sein Leben komplett umkrempelt, sollte dir eigentlich klar sein.«

Er hatte recht. Sie hatte ihre Methode überschätzt. »Was rätst du mir?«

»Du könntest ihn *fühlen* lassen, was du meinst.«

»Aha. Und wie?«

»Du hast doch versucht, ihm den Spiegel vorzuhalten, indem du deine eigene Geschichte erzähltest. Das ging schon mal in die richtige Richtung. Du hast ihm gezeigt, dass du ihn verstehst.«

»Na also. Das war auch das Konzept.«

»Ja, aber es fehlte etwas Entscheidendes! Du hast es allein mit Worten versucht. Auf eine sehr rationale Art. Ein bisschen wie eine Maschine. Aus seiner paranoiden Sicht bist du dann eben eine Art Softwarefehler.«

»Softwarefehler?«

»Oder besser: eine Adaption der KI. Das System, das er bekämpft, wehrt sich. Er hatte so etwas vielleicht sogar erwartet. Du musst ihm deine Botschaft auf eine menschliche Art mitteilen. Du musst ihn *spüren* lassen, dass du ein Mensch bist.«

»Okay, wenn es der Republik dient, dann springe ich eben mit ihm in die Kiste.«

»Das lass mal schön bleiben! Aber um Sex geht es auch gar nicht. Diese innere Trennung, die du selbst erfahren hast. Nutze diese Nähe, um ihn zu akzeptieren, als der Mensch, der er ist. Wie in der Liebe. Geliebt zu werden: Das wäre der Schock, der ihn aus seiner Erstarrung lösen würde.«

»Das wird ja immer abenteuerlicher! Ich soll ihn lieben?«

»Verwandte Seelen lieben sich auf eine bestimmte Art. Das musst du ihm vermitteln. Auf einer emotionalen Ebene. Von mir aus auch durch eine Umarmung. Fühl dich frei. Es geht um die Sache.«

»Okay«, sagte Sophie. »Ich gehe nochmal zu ihm.«

Matas überlegte. »Vielleicht haben wir vorher noch Wichtigeres zu tun?«

Sie sah ihn fragend an.

»Heute Nachmittag spricht Mager am Kanzleramt und Riemann redet am Leipziger Platz. Du meintest vorhin, ein Attentat sei gut möglich. Das wären ideale Gelegenheiten dafür.«

Ihr Puls schoss in die Höhe. »Mein Gott, du hast recht! Ein Pulverfass! Denk doch daran, was damals das bloße Gerücht, auf Riemann sei geschossen worden, angerichtet hat. Und das war nur in der Provinz. Am Leipziger Platz könnte die wirkliche Tat Massenunruhen auslösen!«

»Es könnte aber auch sein, dass der Anschlag auf Mager erfolgt«, meinte Matas. »Dann wäre die Situation auch ziemlich verfahren. Ist aber weniger wahrscheinlich.«

»Wir gehen an beide Orte. Du fährst zum Kanzleramt zu Mager. Ich fahre zum Leipziger Platz.«

Matas stand auf, starrte sie aus großen Augen an. »Was hast du vor?«

Sophie ging in die Diele, nahm ihre Handtasche von der Garderobe und kehrte damit ins Schlafzimmer zurück. Sie griff hinein und holte die Kunststoffpistole heraus, die sie mit ihrem 3D-Drucker ausgedruckt hatte. Die digitale Vorlage für die Waffe und die Kunststoffpatronen hatte ihr Dunja besorgt. Sie präsentierte die Waffe. »Kann ich im Garten ein bisschen üben?«, fragte sie.

Mit offenem Mund schüttelte Matas den Kopf. »Nicht dein Ernst!«, stieß er aus.

»Mein voller«, erwiderte sie. »Der mutmaßliche Attentäter ist auch der Mörder meines Bruders.«

52

Ken öffnete den Waffenkoffer und holte seinen Liebling heraus. Er streichelte ihn. Endlich. Für eine Weile würde er damit allein sein. Die Sichtlinie hinunter zur Bühne war perfekt. Unverstellbar. Ferdinand Walther hatte einen guten Durchblick, musste er zugeben. Er hatte Walther gehasst dafür, dass er ihm seine Waffe vorenthalten hatte. Doch letztlich hatte der Mann ihm geholfen und würde es weiter tun. Ken hatte viel nachgedacht, wer der wahre Herr über den Tiefen Text sei. Das Ergebnis war nicht überraschend gewesen. Doch irgendetwas hatte ihm den Blick verstellt. Er hatte geglaubt, die Bösewichte müssten die Programmierer sein, die mit ihren komplizierten Algorithmen einen Schleier über die Welt legten. Doch die waren es nicht. Es waren die Politiker. Schließlich regulierten sie überall hinein, bis in die feinsten Verästelungen des Systems, also bis zu ihm, Ken, selbst.

Deshalb war er jetzt hier und wartete auf den Beginn der Rede. Walther hatte ihm aufgetragen, nicht sofort zu schießen, sondern am Höhepunkt der Ansprache. Dann würde die Tat die größte Wirkung entfalten. Walther wusste, worauf es ankam. Langsam füllte sich der Platz. Ken holte das Zielfernrohr aus dem Koffer und setzte es auf das Gewehr.

Matas drängte sich in die U5, Richtung Bundestag. Als die Bahn losfuhr, checkte er die neue Diagnose-App. Sie zeigte »negativ«. Keiner der Menschen, zwischen denen er eingeklemmt stand, interessierte sich für Level 3. Die meisten waren wahrscheinlich nicht geimpft.

Aber darum konnte er sich jetzt nicht kümmern. Frederik Magers Leben könnte in Gefahr sein. Matas fuhr zum Kanzleramt, vor dem Mager seine Rede halten wollte. Matas hoffte, dass im Gedränge niemand die Elektroschockwaffe in seinem Rucksack bemerkte. Seit Jahren hatte diese ungenutzt in einer Schublade gelegen. Er hoffte, dass die verbotene Waffe, die er sich in seiner Petersburger Zeit zugelegt hatte, im Ernstfall noch funktionieren würde. Der Zug hielt an der Station »Bundestag«.

Mit der Herde ließ Matas sich die Treppe hinauftreiben. Der Platz vor dem Kanzleramt war voller Menschen. Es stank nach nassem Ruß. Hubschrauber knatterten. Matas ging am Rand des Platzes entlang und versuchte, einen Blick auf die Bühne zu erhaschen, die vor dem Kanzleramt aufgebaut war. Er stieg auf einen der als Sperren aufgereihten Betonklötze und drehte sich einmal um seine Achse, um einen geeigneten Punkt für einen Scharfschützen auszumachen. Optimal wäre das Dach des Paul-Löbe-Hauses, das auf baumhohen Betonsäulen den Platz überragte. Doch das wusste die Polizei sicher auch. Als der Ort, wo die Bundestagsabgeordneten ihre Büros hatten, würde das Haus heute streng bewacht. Genau wie der Expertenbaum, der rechts von ihm aufragte.

Der Holzbau sah aus wie aus Jenga-Klötzen zusammengesetzt, von denen einige vorsprangen. Verkohlte Gerippe von Bäumen und Sträuchern standen auf diesen Balkonen. Rußfahnen zogen sich bis weit über die Hälfte der Gesamthöhe des Bauwerks. In den gestrigen News hatte es so ausgesehen, als habe das Gebäude Feuer gefangen. Die wissenschaftsfeindlichen Aktivisten hatten das Ganze perfekt inszeniert, mit enormer symbolischer Kraft.

Die Zertifizierten versuchten, Jens Düsing und seine Partei für die bundesweiten Feuerinszenierungen verantwortlich zu machen. Bislang vergeblich. Zu weitläufig und obskur war das Netzwerk der Rechten.

Einige der Demonstranten waren in den Expertenbaum eingedrungen, um Wissenschaftler zu bedrohen oder zu beleidigen. Matas hatte eine Idee. Könnte es sein, dass Fröbe sich unter diese Eindringlinge gemischt hatte und sich bis jetzt in einem dieser Hängegärten versteckt hielt? Wie als Bestätigung seiner Gedanken sah er eine vage Bewegung auf einem der Vorsprünge. Er zählte ab, auf welchem Stockwerk das gewesen war, sprang vom Betonklotz und lief hinüber zum Spreebogen.

Wie erwartet, sicherten Polizisten den Expertenbaum. Sollte Matas sie warnen? Würden sie ihm glauben? Wohl kaum. Aber wie sollte er in das Gebäude gelangen? Er umrundete es in einigem Abstand. An der Flussseite des Hochhauses bewachten nur vier Polizisten eine unauffällige Tür. Er setzte sich auf eine Parkbank und beobachtete die Beamten.

Ein Pärchen schlenderte vorbei. »Oh Gott, nein!«, rief der Mann. »Was ist?«, erwiderte sie erschrocken. »Deutschland Eins meldet, dass die Union der Mitte mit Riemann sondiert. Die Schwarzen wechseln die Seiten! Die Liberalen zeigen sich offen für eine Dreierkoalition. Das Bündnis hätte über 50 Prozent der Stimmen. Gott, dann wird's dieser Wahnsinnige womöglich doch noch!«

Vom Kanzleramt her drang eine laute Stimme. Die Veranstaltung hatte begonnen. Gleich würde Mager reden.

Matas checkte die News. Tatsächlich: Auch die Zertifizierten meldeten die Sondierungen zwischen der Union und Riemann. Das machte es nicht wahrscheinlicher, dass der

Attentäter hier war. Magers Welt brach gerade in sich zusammen. Warum noch auf ihn schießen? Doch die News waren frisch. Immer noch möglich, dass Fröbe hier war. Und da war ja noch die Bewegung auf dem Gebäudevorsprung. Matas entschloss sich, weiter zu fahnden.

Bei den Polizisten tat sich etwas. Sie verständigten sich mit Zeichen. Dann zogen sie ab. Offenbar wurden sie vorn gebraucht. Matas eilte zu der Tür, die wie erwartet abgeschlossen war. Entschlossen versuchte er, den Code mit seinem Exa-X zu knacken. Der Wartekringel der Key-Cracker-App drehte sich gefühlt eine Million Mal. Hinter ihm eine laute Stimme. Er fuhr herum. Eine Gruppe junger Leute spielte auf dem Rasen mit einem Ball. Die App machte »Ping«, das Schloss klackte. Schnell drückte Matas gegen die Tür, die sich mit einem Klicken öffnete.

Er durchquerte einen Korridor und betrat das Foyer. Rechts von ihm entdeckt er die Aufzüge. Er sprintete hin, die Aufzugtür schob sich vor ihm auf. In der Kabine drückte er auf die »14«. Während der Lift loslegte, nahm er den Rucksack ab und holte den Taser heraus.

Die Fahrstuhltür öffnete sich und er trat hinaus in einen Gang, der offenbar den Aufzugschacht umlief. Vor ihm ging ein langer Korridor ab, der an einer Glastüre endete, durch die Tageslicht flutete. Matas überlegte. Die Bewegung hatte er an der Westfassade erspäht. Also ging er nach rechts, bis er auf den nach Westen abgehenden Korridor traf. Diesem folgte er, den Taser bereithaltend, auf die Glastür am Ende des Gangs zu. Laufschritte hinter ihm. Schnell fuhr er herum. Eine Gestalt, die mit dem Arm ausholte. Matas hob den Taser. Doch bevor er abdrücken konnte, fuhr der Arm auf ihn hinunter.

Nein, nicht den Hals!, schoss es ihm durch den Kopf.

Eine Handkante schlug kraftvoll in seine Halsbeuge. Schmerz explodierte in seinem Kopf. Seine Beine knickten ein. Alles verdoppelte sich vor seinen Augen, bevor es in Schwärze versank.

Die S-Bahn erreichte den unterirdischen Bahnhof am Potsdamer Platz. Die Menge drängte aus dem Waggon und spülte Sophie mit sich. Auf dem Bahnsteig fand sie sich in einer noch größeren Masse, die sich wie ein brodelnder Lavastrom zur Treppe wälzte. Alle hatten ein gemeinsames Ziel, erregt wie Fußballfans auf dem Weg zum Endspiel. Die neue Aussicht, dass Riemann doch noch Kanzler würde, schien den Mob bis zur Weißglut zu erhitzen. Aus dem fiebrigen Stimmengewirr wuchs ein kollektives Brüllen.

»Riemann drückt Reset, Riemann drückt Reset!«

Die gekachelten Wände warfen Echos hin und her, alles vermischte sich zu einem aggressiven Lärmteppich. Sophie fühlte sich wie im Schlot eines Vulkans kurz vor der Explosion. Sie wollte raus, doch sie musste sich gedulden, bis sie von der Menge an die Oberfläche gespuckt würde.

Draußen verdünnte sich die Masse nur wenig. Der Leipziger Platz war voll von Leuten. Bei Level 3 konnte man zwar Veranstaltungen anmelden, doch würde die bloße Gegenwart Bußgelder kosten. Die wenigsten konnten sich das leisten. Die Arbeitseinkommen waren zu dürftig, um sich den Luxus des Regelverstoßes zu gönnen. Offenbar war diesem Mob schon alles egal. Der »Reset«, an den sie eifrig glaubten, hieß auch, dass die Regeln bald fallen würden.

Die Polizei war präsent, duldete aber das Geschehen. Was hätte sie auch unternehmen sollen? Über Wasserwerfer hätten die angestachelten Demonstranten gelacht. Jeder härtere Eingriff hätte sie nur noch mehr aufgebracht. Zudem wirkte der Leipziger Platz wie eine Festung für sie: In Form eines Achtecks umschlossen ihn zehnstöckige Gebäude wie ein Wall. Die Bühne verstellte die Leipziger Straße, die den Platz durchschnitt.

Vom Rand des Areals aus blickte Sophie zu den Dächern der umstehenden Gebäude. Die beiden am anderen Ende des Platzes boten eine perfekte Sichtlinie auf die Bühne. Aber welches kam infrage? Sophie ließ sich im Visier die Innenpläne der Gebäude anzeigen, quasi ein Röntgenblick durch die Außenmauern. Im linken Gebäude befanden sich ein Schwebezentrum, ein Café für vollimmersive virtuelle Realität und: eine Wega-Filiale. Im vierten Stock gelegen, war die Filiale über Rolltreppen und einen Lastenaufzug zu erreichen. Genau dort umlief ein Vorsprung das Gebäude. Ferdinand Walther konnte dem Attentäter hier Zugang verschaffen. Nach der Tat könnte er den Lastenaufzug in die Tiefgarage nehmen und mit einem Indi über die viel ruhigere Voßstraße fliehen. Das musste es sein! Sophie eilte entlang der Hausfassaden zu dem Gebäude.

Wie in einem Kessel erhitzte sich die Stimmung. Sprechchöre, Transparente, Fahnen, rauchende Fackeln. Auch die Wir-statt-Klima-Bewegung schien Riemann für sich entdeckt zu haben. Ferdinands Komplott hat den Kandidaten zum Erlöser hochgejazzt, dachte Sophie. Wenn er dann am Höhepunkt einer Siegesrede ermordet wurde: Das würde die Wut dieses Mobs explodieren lassen! Anarchie würde sich breitmachen, ganz nach Ferdinands Gusto.

Natürlich bestünde dann die Gefahr, dass Alpha3 außer Kontrolle geriet. Doch die Diagnose-App würde das verhindern. Das wäre der Moment, in dem sich Ferdinand als Technikkönig des Landes inszenieren könnte. Er wollte keine Anarchie. Er wollte eine Technokratie, wie Mager. Nur eben eine Technokratie von Ferdinand Walthers Gnaden. Staatliche Regulierung würde nach dem, angeblichen, Scheitern der Präventionspolitik für eine längere Zeit ein No-Go sein.

Sophie erreichte die Eingangstür. Sie blieb zu. Das Gebäude war normalerweise frei zugänglich, doch wohl wegen der Demo war das Freizeitzentrum geschlossen. In der AR sah sie, dass es auch auf der Rückseite einen Eingang gab. Sie eilte über die Leipziger Straße dorthin. Ein hysterisches Jubeln brach am Leipziger Platz aus. Riemann begann zu reden. Immer wieder wurde er von wildem Applaus unterbrochen. Sophie fürchtete, dass der Attentäter gleich zuschlagen könnte. Um nicht aufzufallen, fiel sie jedoch nicht in den Laufschritt. Sie erreichte die andere Tür. Aber auch dieser Zugang öffnete sich nicht.

Die Tiefgarageneinfahrt an der Voßstraße fiel ihr ein. Sophie wandte sich von der Tür ab, um durch die Passage dorthin zu eilen. Ein Klicken der Eingangstür ließ sie innehalten. Abrupt drehte sie sich um. Der Zugang zur Mall glitt auf.

Sie zögerte, trat dann aber in das menschenleere Einkaufszentrum. Riemanns Stimme steigerte sich zu einem neuen Gipfel, dessen Erreichen Sophie nicht mehr mitbekam, da die Tür sich hinter ihr schloss. Sie rannte zu den stehenden Rolltreppen und nahm je zwei Stufen auf einmal, um schnell in den vierten Stock zu kommen. Der perfekte Zeitpunkt für den Schuss auf Riemann näherte sich rasant!

Oben angekommen folgte Sophie der AR zu der Wega-Filiale. Doch wie die anderen Läden auch, war sie mit einem Rollgitter gesichert. »Shit!«, stieß sie aus. Sie war sich nicht mehr sicher, dass Fröbe tatsächlich hier war. Schritte hallten durch die Mall, ein oder zwei Stockwerke tiefer. Wachpersonal! Die Schritte klangen nun metallisch. Die Person stieg schnell die Rolltreppe herauf.

Was sollte sie jetzt tun? Im Visier blinkte ein grüner Pfeil!

Er deutete auf eine Tür neben dem Rollgitter. Sophie eilte hin und drückte gegen sie. Es klackte, die Tür ging auf. Sophie trat ein und folgte einem Gang zu einer Glastür, die zum Balkon führte. Dort angekommen, spähte sie zuerst durch das Glas nach links und dann nach rechts auf den Balkon.

Da! Hinter einem Pflanzenkasten erblickte sie den Attentäter.

Fröbe legte gerade an!

Sie griff in die Umhängetasche, zog die Pistole heraus und entsicherte sie. Sicherlich würde auch die Glastür sich öffnen lassen. Ganz klar: Jemand trackte sie und ermöglichte ihr den Zugang zum Attentäter. Dieser Jemand war sicher Ferdinand Walther. Und sie war seine Schachfigur. Eine Figur, die unter Zugzwang stand. Wie von selbst legte sich ihr Finger an den Abzug. Sie musste schnell sein. Der Mörder ihres Bruders durfte sie gar nicht erst bemerken. Schließlich war er ein exzellenter Schütze. In einer Duell-Situation wäre sie chancenlos. Und ihre Waffe fasste nur zwei Patronen. Ohnehin musste der erste Schuss sitzen.

Sie zog mit der linken Hand die Tür auf, trat mit zwei großen Schritten auf den Balkon hinaus, drehte sich dabei zu Fröbe. Sophie zielte auf seinen Kopf und schoss. Sein Körper zuckte und sein Gesicht verzerrte sich. Sophie hielt die Pistole weiter auf ihn gerichtet. Aus seinem Oberarm trat Blut.

Mist! Sie hatte seinen Kopf verfehlt!

Es sah nach einem Streifschuss aus. Fröbe riss das Gewehr herum. Er fixierte sie aus Augenschlitzen, wie ein Leopard beim Angriff. Gleich würde er schießen. Sie zielte auf seine Brust und drückte ab. Fröbes Körper wurde nach hinten gerissen. Im gleichen Moment blitzte die Mündung seiner Waffe auf. Knapp an ihrem Ohr zischte etwas vorbei. Fröbe prallte rückwärts an einen Pflanztrog. Eine Blutlache bildete sich dort, wo das Herz war. Sein Kopf sackte auf die Brust.

Ein euphorisches Gefühl der Stärke ergriff Sophie. Sie spürte, wie sich ihr Rücken aufrichtete, als würde er von einer erneuerten, stärkeren Wirbelsäule getragen. Der Feind war nun klein und unbedeutend.

David war gerächt.

Alles fühlte sich richtig an. Es hatte sein müssen. Der Justiz traute sie nicht zu, dass sie das zufriedenstellend erledigt hätte. Die Richter hätten Fröbe geschont, um die politische Situation nicht weiter zu eskalieren.

»Kanzler! Kanzler! Kanzler!«, brandete es vom Leipziger Platz her mit der Kraft von Ozeanwogen.

Die Geräusche zwangen sie zurück ins Hier und Jetzt. Ein fremder Wille hatte sie hierhergeleitet und ihr Ken Fröbe auf dem Silbertablett serviert.

»Sophie?«

Sie erkannte die brüchige und doch scharfe Stimme sofort. »Was ...«

»Ich leite dich sicher zu einem Indi in der Tiefgarage«, würgte Ferdinand Walther sie ab.

»Aber ...«

»Verlier keine Zeit! Oder willst du verhaftet werden?«

Sie folgte dem grünen Pfeil zu einer Tür, die vom Gang in die Wega-Filiale abzweigte, und dort zum Lastenaufzug, der sie in die Tiefgarage brachte. Ein zweisitziger Indi wartete bereits auf sie, in den sie einstieg. »Komm nach Frohnau«, forderte Ferdinand.

»Das wollte ich sowieso«, antwortete sie.

53

Der Dienstroboter Joseph führte Sophie in den Wohnsaal. Ferdinand stand am Panoramafenster und blickte in den Park. Der Tycoon wandte sich ihr zu. Sein Lächeln wirkte gelöst.

»Was spielen Sie für ein Spiel, Ferdinand?«, warf sie ihm entgegen.

Sein Lächeln verstärkte sich.

»Du sagtest, du wolltest kommen. Jetzt bist du da.«

Zäh erinnerte sie sich an das, was sie vorhin mit Matas besprochen hatte. Sie wollte Ferdinand ihren emotionalen Gleichklang mit ihm körperlich fühlen lassen, um durch diesen Schock seinen Wahn zu brechen. Sie zwang ihre Wut nieder, um den Versuch zu unternehmen.

»Ich weiß, wie Sie sich fühlen«, antwortete sie, wobei sie versuchte, ihre Stimme warm klingen zu lassen.

Er sah sie skeptisch-interessiert an, wie ein Forscher sein Studienobjekt. Dann starrte er wieder in den Park.

»Ich bin wie Sie«, fuhr Sophie fort. »Liebe, das war für mich immer die Liebe zu funktionierenden Dingen. Sie arbeiten einfach, ob man sie nun gänzlich versteht oder nicht. Aber Menschen? Ich fand nicht heraus, woran sie ihre Zuneigung knüpfen. Bis vor kurzem.«

Jetzt wandte er sich vom Fenster ab und kam ein paar Schritte näher. Er legte den Kopf schräg und musterte sie neugierig.

»Ich weiß jetzt«, sagte sie, »dass sie ihre Liebe an gar nichts knüpfen. Sie ist ein Geschenk.«

»Wie oft kommt das vor?«, hakte er nach.

Sophie senkte den Kopf. »Nicht oft«, gab sie zu. »Ein paar Mal im Leben vielleicht.«

»Ein *paar* Mal?«

»Ja«, improvisierte sie, »immer, wenn es diesen seelischen Gleichklang gibt. Wenn man intuitiv weiß, dass man die Welt übereinstimmend betrachtet. Nur bei so einem Menschen bin ich mir sicher, dass die Farbe Rot für ihn genauso aussieht wie für mich.«

»Ich nehme an, du weißt, wie Rot für Matas Vanagas aussieht.«

»Ja. Und ich weiß, wie Rot für dich aussieht, Ferdinand.«

Jetzt schwang in seinem Blick die Freude nach einem erfolgreichen Experiment. Doch dann verhärtete er sich. »Das hast du sehr schön gesagt. Aber ich glaube es nicht! Du redest nur mit mir, weil du willst, dass ich meinen Plan aufgebe. Du manipulierst mich.«

Sophie erschrak. »Du täuschst dich«, sagte sie spontan. Es kam ihr ehrlich vor. »Dieses Gespräch macht auch etwas mit mir. Ich rede mit dir, weil wir verwandte Seelen sind. Ich akzeptiere dich und was du tust. Ich rede dir nicht rein. Dein Wille ist frei, genau wie meiner.«

»Ach, deshalb warst du vorhin so wütend und fragtest mich, was ich für ein Spiel spiele?«

»Man kann sich nur verstehen, wenn man streitet.«

Ferdinand trat näher, bis er unmittelbar vor ihr stand, und starrte ihr in die Augen. Seine Züge blieben kühl. »Verlangst du, dass ich Riemann stoppe?«

Sie hielt seinem Blick stand. »Nein, das tue ich nicht.«

Ferdinands Augen tasteten ihr Gesicht ab. Dann brach sein stechender Blick. Sein Gesicht entspannte sich.

Jetzt ist der Moment! Umarme ihn!

Sophie umfasste Ferdinands Oberkörper mit den Armen und wollte sich gegen seine Brust lehnen. Doch der erwartete Widerstand blieb aus. Sie kippte nach vorn und fing sich mit einem Ausfallschritt ab. Verwirrt hob sie den Blick. Ferdinand war weg.

»Ich bin hier«, hörte sie seine Stimme. Sophie fuhr herum. Direkt hinter ihr stand er. Sie begriff, dass sie gerade durch ihn hindurchgetreten war. Er war nur eine Projektion! Um sicher zu sein, schob sie das Visier hoch. Sie sah die Jugendstilvitrine an der gegenüberliegenden Wand und klappte das Visier wieder herunter. Wie erwartet verdeckte nun der projizierte Ferdinand die Sicht auf die Vitrine.

»Was soll das? Wo bist du wirklich?«

Er deutete mit dem Kinn zu einer Tür.

Sophie stockte der Atem. »Was ist da?«

»Das Schlafzimmer.«

»Warum kommst du da nicht raus?«, rief sie in die Richtung.

»Sieh nach«, sagte Walthers Projektion.

Zögernd ging Sophie zur Tür und öffnete sie.

Sie blickte auf ein Doppelbett, kalter Schweiß trat ihr auf den Rücken. Ferdinand Walther lag bekleidet und starr auf einem weißen Laken. »Ferdinand!«, rief sie und trat näher. »Ferdinand, wach auf!« Keine Reaktion. Auf einem elegant geschwungenen Jugendstil-Nachtkästchen stand ein leeres Wasserglas. Sie trat noch näher an das Bett, fasste den Körper an der Schulter und rüttelte ihn. Er wackelte wie ein Sack. Sie fasste an seine Stirn. Da war noch Wärme, aber klar zu wenig. Erschüttert fuhr sie zu der Projektion herum.

»Ist er …?«

»Ja«, bestätigte der virtuelle Ferdinand Walther. »Dieser Körper ist tot.«

Sophie verließ das Schlafzimmer und ließ sich auf das Chippendale-Sofa im Wohnsaal fallen. Skeptisch blickte sie auf das virtuelle Wesen, das ihr gefolgt war.

»Was bist du?«, fragte sie.

»Ich bin Ferdinand Walther.«

»Ferdinand Walther ist tot.«

»Wie könnte er das sein? Sein digitaler Zwilling existiert weiter. Nicht zuletzt dank eines facettenreichen psychologischen Profils, das von einer Software namens Carin angefertigt wurde.«

Sophie konnte nichts entgegnen. Sie fühlte sich wie ein Flüchtender, der am Ende einer engen Gasse auf eine Mauer stößt.

»Willst du unser neues Zuhause ansehen?«, fragte Ferdinand.

»*Unser* neues Zuhause?«

»Ich zeige es dir.«

Die Analogrealität blendete ab. Sie fand sich in einem postmodernen Wohnzimmer wieder: weite Betonflächen, ein massiger Kamin in der Mitte, ein riesiges Fenster, hinter dem sich weiche Hügel bis zum Horizont staffelten.

Auf einer weiten Ledersofalandschaft saß eine Frau von Anfang 20. Auf dem flachen Glastisch vor ihr stand ein Glas mit Cognac. Sophies Mund öffnete sich. Sie glaubte, in einen Spiegel zu sehen.

»Darf ich vorstellen: Das ist Marie. Marie, das hier ist Sophie.«

»Hallo Sophie«, sagte Marie mit einer rauchigen, leicht knarzenden Stimme.

»Hallo«, gab Sophie unsicher zurück und blickte fragend zu Ferdinand.

»Marie hat vor 48 Jahren einen Unfalltod erlitten, in Los Angeles«, sagte Ferdinand. Er ging zum Sofa, ließ sich neben Marie nieder und legte den Arm um sie. »Alles«, fuhr er fort, »und mit ›alles‹ meine ich *alles*, was ich seitdem getan habe, war darauf ausgerichtet, wieder mit meiner Einzigen vereint zu sein.«

»Es fröstelt mich«, sagte Marie. »Bitte wärme mich, mein Held!«

Walther schmiegte seinen Oberkörper an ihren. Marie lächelte. »Besser«, sagte sie.

»Sie sieht mir ziemlich ähnlich«, stellte Sophie fest.

Marie schürzte pikiert die Lippen.

»Würdest du bitte nicht in der dritten Person über Marie sprechen? Sie ist ein lebendes Wesen, wie du.«

»Ein lebendes Wesen?«

»Ja, wie du und ich.«

»Wie *du*?« Sophie musste lachen. Es brach aus ihr.

»Lach nicht!«, rief Marie mit gebieterischer Schärfe.

Abrupt erstarb Sophies Lachen. Sie schluckte.

»Findest du es nicht sehr eng gedacht, den Menschen nur als Summe von Billionen Körperzellen zu begreifen?«, fragte Ferdinand. »Der Mensch ist eine Idee.«

»Wessen Idee?«

»Die Idee, die er von sich selbst hat.«

»Ich habe vielleicht eine andere Idee davon als du.«

»Natürlich. Alle Menschen sollten maximalen Spielraum haben, die Idee, die sie von sich haben, umzusetzen. Ganz individuell, versteht sich.«

»Klingt nicht schlecht, was du da sagst. Aber du bist eine KI und kein Mensch.«

»Ach ja? Bemerkst du einen Unterschied?«

»Nein. Und das ist äußerst erstaunlich. Ich verstehe es nicht.«

»Das wundert mich. Hast du nie über die möglichen Folgen deiner Erfindung nachgedacht?«

Dazu war sie bislang in der Tat nicht gekommen.

»Eine digitale Kopie der Persönlichkeit ist ja nur einer von vielen Bausteinen«, verteidigte sie sich.

»Aber ein wesentlicher«, entgegnete Walther. »Virtuelle Realität und KI haben in den letzten Jahren so viele Sprünge gemacht, dass man nur die Einzelteile finden und zusammensetzen muss. Kognitive Module fürs Lernen, Analogieschlüsse ziehen, logisches Schließen, alles ist da. Umfassende Wissensnetze, Generatoren für natürliche Sprache, Wahrnehmungstechnologie bis hin zur taktilen und Inertial-VR. Marie und ich könnten virtuell Achterbahn fahren und würden die Beschleunigung genauso spüren wie du.«

»Ich fahre nicht Achterbahn«, sagte Sophie. Sie starrte auf Marie. »Vor fünfzig Jahren hattest du deinen Unfall?«, fragte sie.

»Achtundvierzig«, korrigierte Marie.

»Ich verstehe, dass Carin deine Persönlichkeit modellieren konnte«, sagte Sophie an Ferdinand gewandt. »Sie hatte die Daten dafür. Aber was ist mit ... ihrer? In den frühen Neunzigern dürfte es nicht viele persönliche digitale Daten gegeben haben.«

Ferdinands Mund verzog sich zu einem schmalen Grinsen.

»Das stimmt. Das war mein größtes Problem: der fehlende Zugriff auf Maries Seele. Ich brauchte einen adäquaten Ersatz. Eine ähnliche Persönlichkeit. Du kannst dir kaum vorstellen, wie es sich für mich als eine unfassbare Fügung des Schicksals angefühlt hat.«

»Was meinst du?«

»Wer Großes plant, wie ich, der braucht vollen Zugriff auf die Technologie. Ich musste ihn diesem Kleingeist Mager entreißen. Ich suchte nach einem geeigneten Werkzeug, um seine so genannte Demokratie zu hacken. Natürlich stieß ich auf dein Projekt. Ich erkannte, dass es gleichzeitig ein Werkzeug zur Modellierung einer Seele ist. Als ich dann noch dein Foto auf der Homepage des Instituts sah, war der Dreiklang perfekt. Diese unglaubliche Ähnlichkeit mit Marie. Nicht nur äußerlich. Dieser zielgerichtete, konzentrierte Blick. Und darunter sah ich schon den Vulkan schlummern. Der Tiefe Text bestätigte einiges. Aber dir fehlte auch vieles, was Marie ausmachte. Diese dunkle Seite, die Marie Biss und Durchsetzungskraft gegeben hatte. Da kam mir *die* Idee: Ich würde nicht nur deine Carin für meine Zwecke missbrauchen.«

Sophie spürte einen beginnenden Schwindel. »Sondern?«

»Ich würde auch dich selbst voll in diesen Missbrauch hineinziehen. In ein finsteres Geflecht, das dich zur Rache provoziert. Diese Fähigkeit fehlte dir am meisten. Jetzt hast du es getan. Wie meine Marie«, ergänzte Ferdinand zu Marie gewandt.

»Auf Island«, sagte Marie. »Als ich den Mann gefunden habe, der meinen Bruder auf dem Gewissen hatte. Doch die

Justiz hatte ihn verschont. Das konnte ich nicht so stehen lassen. Ich habe Klaus Mertens in einen 400 Meter tiefen Abgrund gestoßen.«

Maries Miene blieb unbewegt. Sophie hörte auf zu atmen. Das Schwindelgefühl wurde intensiver.

»Sie rächte sich für ein Ereignis im Jahr 1987«, erklärte Ferdinand. »Marie ist damals mit ihrem älteren Bruder Gerhard von einem Volksfest nach Hause gegangen. Gerhard war etwas angeheitert. Ist in der Dorfstraße vom Gehsteig getorkelt. Ein Auto raste mit über 70 Sachen heran und hat ihn erfasst. Er ist unglücklich gestürzt. Schädelbruch. Tragischerweise hat Gerhard es nicht überlebt. Der Fahrer wurde trotz der Geschwindigkeitsüberschreitung freigesprochen.«

»Es gebe keinen ›Pflichtwidrigkeitszusammenhang‹, haben die lieben Juristen gesagt«, warf Marie mit spöttischem Ton ein. »Angeblich wäre der Unfall genauso passiert, wenn Mertens nur 50 gefahren wäre. Ich sage, das ist Bullshit!«

»Wir kommen gerade von Island. Sie hat ihn wieder hinuntergestoßen, wie damals. Vor ein paar Tagen hatte sie es noch nicht getan.«

»Ich verstehe nicht ganz«, sagte Sophie.

»Du hast deine Rache vollzogen, Sophie. Damit ist dein digitaler Zwilling zu Marie geworden.«

Sophie fühlte noch immer Schwindel.

»Willst du sagen, Marie konnte diesen Mertens die Klippe erst hinunterstoßen, nachdem ich Fröbe getötet hatte?«

»Genau.«

»Soll das heißen, du hast das alles gelenkt? Alle Zumutungen der letzten Monate sind dein Werk?«

Er schüttelte lachend den Kopf. »Das war nicht nötig. Carin erledigte das schon selbst.«

Sophie hatte das Gefühl, zu fallen. Sie schnappte nach Sauerstoff wie ein Fisch an Land. »Das kann nicht sein!«, stieß sie aus.

»Nein? Du hast sie doch selbst so konzipiert«, fuhr Ferdinand fort. »Sie interagiert mit einer Nutzerin, um Daten zu gewinnen, aus denen sie mehr über sie erfährt.«

»Carin hat nicht mit mir interagiert.«

»Wirklich nicht? Was ist mit deiner Zahnbürste? Hat sie nicht deine Gewissenhaftigkeit getestet? Hat das sperrende Drehkreuz am U-Bahnhof nicht deine Wutschwelle geprüft? Hat die Werbewand nicht deine Aufmerksamkeit auf den brennenden Schmetterling gelenkt?«

»Hör auf!«, schrie Sophie. Ihr drängten sich noch ein paar mutmaßliche Tests in den Kopf: ihre Sportkleidung, die sie in einen Endorphinrausch beförderte, sodass sie empfänglich für die AR mit Riemann war. Dann der Fehlalarm einer Alpha3-Infektion oder die AR mit der Cognac trinkenden Talkrunde, woraufhin sie sich entgegen ihrer Gewohnheit Alkohol ins Haus brachte.

»Das ist doch Schwachsinn!«, schrie sie. »Carin hat doch keinen Zugriff auf diese ganzen Geräte!«

»Carin war immer in deiner persönlichen Blase«, entgegnete Ferdinand kühl. »In den KI-Chips deiner Geräte, auch in deinem Bracelet. Ich habe sie mit den regelmäßigen KI-Updates eingeschleust.«

Der kalte Raum drehte sich um Sophie. Sie schloss die Augen. Statt Schwärze sah sie einen Schauer aus Sternen. Sie riss die Augen auf und starrte Ferdinand an. »Soll etwa der Mord an meinem Bruder auch dieser Eigendynamik geschuldet gewesen sein? Das kaufe ich dir nicht ab! Das hast du doch gelenkt!«

Ferdinand schüttelte den Kopf. »Ich musste nichts groß lenken. Das Tollste an deiner Technologie ist ihre Ähnlichkeit mit der Evolution.«

»Ich verstehe nicht.«

»Die Evolution findet für jedes Problem eine Lösung, und zwar durch millionenfaches Ausprobieren. Wenn Carin Millionen von Menschen parallel bearbeitet, ist zu erwarten, dass einer dabei ist, der durchdreht.«

»Ken Fröbe«, flüsterte Sophie.

»Ich hatte einen Anomaliedetektor aufgesetzt, der meldete, sobald Carin jemanden zu einem Attentat hinmanipulierte. Ein kleiner Eingriff war dann freilich nötig: ihm den Namen deines Halbbruders im geeigneten Moment zuzuspielen. David König passte als Sündenbock sehr gut in Fröbes Wahngespinst.«

Etwas explodierte in Sophie. »Mörder!«, schrie sie Ferdinand an.

Der wedelte mit dem Zeigefinger. »Du hast dich am Mörder schon gerächt. Ken Fröbe hatte sich frei entschieden, den Abzug zu ziehen!«

Sophie holte tief Luft. Es hatte wenig Sinn, wütend auf die Projektion eines Toten zu sein. Sie fuhr sich mit dem Daumen über die Kehle, um zu signalisieren, dass sie diese AR verlassen wollte. Ferdinand tat ihr den Gefallen. Nun saß er neben ihr auf der Chippendale-Couch in der Frohnauer Villa.

»Nur noch eine Frage. Warum hat sich ... Wie soll ich sagen?« Sie deutete zum Schlafzimmer. »Warum hat er sich vergiftet?«

»Das ist eine sehr gute Frage, Sophie. Hast du dich schon mal gefragt, warum Wega Wega heißt?«

»Nicht wirklich. Nach dem Stern?«

»Einer der hellsten, ja. Die Wega ist der Hauptstern des Sternbildes Leier.«

»Und?«

»Laut griechischer Mythologie handelt es sich um die Leier des Orpheus, des besten Sängers in dieser Sagenwelt.«

Sophie erinnerte sich an die Sage von Orpheus und Eurydike. Ein Schauer lief ihr über die Haut. »Moment mal. Willst du andeuten, dass Marie ... dass sie sozusagen Eurydikes Rolle spielt, die aus dem Totenreich zurückgeholt werden sollte?«

Ferdinand nickte. »Mit dem Unterschied, dass der Versuch glücken soll. Man kann aus der Sage lernen.«

Sophie erinnerte sich, dass die Götter der Unterwelt Orpheus zwar erlaubt hatten, seine Geliebte mitzunehmen, allerdings unter der Auflage, dass er sich auf dem Weg nach oben nicht zu ihr umdrehe. Er tat es doch, aus unerfindlichen Gründen, vielleicht aus Angst oder Misstrauen. Sophie hatte sich beim Lesen gefragt, warum er nachsah, um sich zu vergewissern, anstatt einfach laut zu fragen, ob Eurydike noch hinter ihm sei. Jedenfalls wandte der Blödmann sich um und die Geliebte wurde in den Hades zurückgesogen.

»Hatte der lebende Ferdinand Angst davor, sich ungewollt umzudrehen?«, riet Sophie.

»Wie ich schon sagte, ich *bin* Ferdinand und genauso lebendig. Mein biologischer Teil nannte mich ›Berichterstatter‹. Weil ich für ihn Pressetermine wahrgenommen habe und ihn über deine Entwicklung auf dem Laufenden hielt. Ich habe nie verstanden, warum er eine Grenze zwischen uns zog. Immer hat er mich behandelt wie einen ... Sohn. Es war ein Problem. Schwer erklärbar. Genauso unverständlich wie dieses Umdrehen von Orpheus. Ich habe viel mit ihm darüber diskutiert. Am Ende war klar: Nur wenn ich voll und ganz in der gleichen Welt lebe wie Marie, besteht dieses Risiko nicht. Wohin sollte Marie entschwinden? Von hier aus werde ich weiterhin dafür sorgen, dass diese Welt gedeiht.«

»Die Welt der digitalen Zwillinge?«, hakte Sophie nach.

»Nicht nur die allein! Ich spreche vom Ganzen! Von der technologisch erweiterten Welt der Menschen. Sie ist frei und unregierbar.«

54

Alexandra machte Kaffee. Kaffee hielt die Gedanken zusammen. Sie ging in den Kontemplationsraum. Der Rauch biss in ihre Schleimhäute wie in die vier Millionen anderer Berliner auch. Rund um die Stadt brannten die Wälder. Die Löschkräfte kamen nicht mehr hinterher. Zu wenig Personal, unprofessionelle Freiwillige, zu wenig Gerät. Die Waldbrandprävention hatte in den letzten Jahren zu gut funktioniert. Alexandra nippte am Kaffee, während sie zum Fenster hinaussah. Die Straßenlampen leuchteten gelblich, obwohl es Mittag war. Denn Rauchschwaden verdunkelten die Sonne.

Sie war zufrieden. Feuer war die Brücke von der physischen Welt zur geistigen. Es geleitete den Einen auf die neue Bühne.

Im Fenster gegenüber blitzten Linsen eines Fernglases. Sie öffnete ihren seidenen Kimono und ließ ihn zuerst über die eine, dann über die andere Schulter zu Boden gleiten. Heute war sie großzügig. Sollte der Student seine Freude haben.

Stimmen drangen von unten herauf. »Wille des Volkes! Wille des Volkes!«, brüllten sie. Ein Mob marodierte die Straße entlang. Es klirrte, wenn sie Schaufenster einwarfen, krachte, wenn sie Ladesäulen zertrümmerten. Hin und wieder ein Fauchen, begleitet von einem hellen Schein. Einer setzte mit einem Flammenwerfer Alleebäume in Brand, die erst vor vier Jahren gepflanzt worden waren.

Alexandra setzte sich auf den Futon, genoss die Kühle des Stoffes auf der nackten Haut. Sie trank ihren Kaffee, lauschte dem Lärm des Übergangs. Als der Mob weitergezogen war, zeigte das Visier einen Besucher an: Boris. Vom Futon aus öffnete sie die Tür.

Forsche Schritte. »Alexandra!« Im Türrahmen blieb er stehen und betrachtete sie. »Du bist unfassbar schön«, lobte er, trat ein und setzte sich neben sie. Er leuchtete wie die Sonne.

»Magst du einen Kaffee?«, fragte sie.

»Ich hatte gerade ein äußerst anregendes Gespräch«, entgegnete er. »Eine Wahnsinnsidee, die ich als Kanzler umsetzen werde!«

»Die Chancen, dass du es wirst, stehen gut«, bestärkte ihn Alexandra.

»Meines Erachtens kann fast nichts mehr schiefgehen«, schwärmte Boris. »Die Koalitionsvereinbarung mit der Union der Mitte und den Liberalen steht. Die Schwarzen werden noch eine Probeabstimmung durchführen. Aber Andrea Meisner ist sich sicher, dass es keine Abweichler geben wird.«

»Die Abgeordneten haben die Nase voll von Mager«, ergänzte Alexandra. »Sie wollen mehr als immer nur abnicken. Die Präventionspolitik hat offensichtlich versagt. Man muss ja nur aus dem Fenster sehen.«

Boris knöpfte das verschwitzte Hemd auf.

»Ich war gerade bei Ferdinand Walther«, berichtete er und zog das Hemd aus. Feine Schweißperlen lagen auf seiner muskulösen, haarlosen, kupferfarbenen Brust.

Das Gehörte gefiel ihr nicht. »Ach? Bei Walther? Hat er dich zu sich gerufen?«

Boris hielt beim Öffnen seines Gürtels ein. »Na, hör mal! Ich bin Boris Riemann! Kanzler in spe. Niemand ruft mich zu sich. Er hat mich eingeladen. Ich wusste nicht, dass er eine Villa in Frohnau besitzt. Man nannte ihn des Kanzlers Ingenieur. Das will er bleiben. Und er hat eine Idee, die alles verändern kann.«

Er öffnete den Reißverschluss der Hose. »Es geht um so genannte digitale Zwillinge«, redete er weiter. »Also Abbilder der Menschen in Form von Daten und Algorithmen. Wir haben solche Zwillinge für unsere gezielte Wahlwerbung genutzt.« Er stand auf, um die Hose abzustreifen. Sie wusste, dass er darunter nichts trug, und genoss diesen Moment. Die schmalen Hüften, die apfelförmigen Pobacken. Die muskulösen Beine. Das ebenmäßige, samenpralle Geschlecht. Er war ein lebendig gewordener Apollo.

»Schlägt Walther vor, die Menschen weiter zu manipulieren?«, fragte sie.

Nackt setzte er sich an den Rand des Futons, sah ihr entrüstet ins Gesicht. »Nein! Im Gegenteil! Er will, dass die Menschen *selbst* über diese digitalen Zwillinge verfügen. Bislang gehören sie Firmen oder den Staaten. Die nutzen sie, um die Menschen zu manipulieren. Haben wir ja auch getan. Walther will diese Technologie demokratisieren.«

»Aha. Er ist eben ein Technikgläubiger. Den Kontrollwahn der Technologen müssen wir aber gerade überwinden! Die Menschen sollen einfach Menschen sein: Mehr als das *können* sie gar nicht sein – als eine Einheit aus Geist und Körper.«

Er lachte. »Aber begreife doch, Alexandra! Walthers Idee geht genau in diese Richtung. Der digitale Zwilling ist eine *Erweiterung* des Selbst. Ein Teil von dir, der nicht an Raum und Zeit gebunden ist. Fast wie der Geist. Du kannst ihn nutzen, um an einer Besprechung teilzunehmen, während dein biologischer Part das Leben genießt. Jeder Bürger soll volle Kontrolle über diesen Zwilling haben. Und zwar nur der Bürger, sonst niemand! Ich finde, das ist mehr als eine großartige Idee! Im digitalen Zeitalter ist es eine notwendige Bedingung für die individuelle Freiheit!«

Er beugte sich über sie, öffnete seine Hand, ließ sie knapp über ihrer Brust schweben, sodass sie seine Wärme fühlte. Was er da erzählte, klang widersprüchlich. Diese Idee löste das Ich auf. Der Mensch sollte doch eine Einheit sein und kein beliebig vervielfältigbarer Analog-digital-Hybrid! Doch Boris war der Eine. Und wenn er von etwas begeistert war: Wer war sie, es zu hinterfragen?

»Was hältst du von seiner Villa?«, fragte sie. Er massierte nun ihre Brust.

»Etwas morbid«, sagte er und näherte seine Lippen den ihren. Er hielt mit dem Kuss und der Massage inne. »Vor allem dieser Park. Stell dir vor, sein Diener hob gerade eine Grube aus. Es war ein Grab.«

»Ein Grab?«

»Ja, für den Hund.«

»Den Hund?«

»Ja, Walthers Hund.«

»Walther hat keinen Hund.«

Er zuckte mit der Schulter. »Stimmt. Jetzt jedenfalls nicht mehr.« Dann küsste er sie.

55

Acht Wochen später

Sophie schlenderte von der S-Bahn-Station zum Eingang des Treptower Parks. Dort wartete Matas auf sie. Sie konnte nicht von ihm lassen. Sophie hatte das Visier auf außenseitige Verspiegelung geschaltet, um nicht erkannt zu werden. Sie selbst sah aber die Analogrealität. Die Bäume leuchteten in erdigen Farben in der Novembersonne. Der Park war vom »Spätsommerinferno«, wie es die Zertifizierten nannten, verschont geblieben.

Die Anwohner hatten in einem wochenlangen Kampf sämtliche Glutnester aufgespürt und jeden Brand im Keim erstickt. Gegen die umherziehenden Brandstifter hatten sie eine Bürgerwehr gegründet, die den Park absicherte. Die Treptower galten als die Helden der Hauptstadt. Ihr Vorbild hatte Sophie in den letzten Wochen geholfen, den Mut nicht zu verlieren. Alle paar Tage kam sie hierher. Der Park war für sie eine Oase der Zuversicht.

Matas begrüßte sie breit lächelnd. »Hey, meine Schöne«, rief er. Er trug Turnschuhe, eine Trainingshose und ein Venti-Shirt.

Sie brachte nur ein gequältes Grinsen zustande. »Hi Matas.«

»Komm, ich will mich bewegen!«, rief er und eilte voraus in den Park.

»So kenne ich dich gar nicht«, entgegnete sie und beschleunigte ihren Schritt, um Anschluss zu halten.

Matas drehte sich um, ging rückwärts und klatschte in die Hände. »Ich habe eben viele Facetten. Na los! Du musst nicht mehr mit Kilometern sparen!«

»Nur noch mit Euros«, rief sie und schloss auf.

»Was musstest du auch bei BSC kündigen!«

»Soll das ein Witz sein? Was sollte ich sonst tun nach *dieser* Geschichte?«

»Andy war doch nur eine kleine Nummer in dem Spiel. Ihm ging es nur ums Geschäft. Bei BSC hättest du Millionen verdienen können.«

»Wie denn? Wenn der neue Kanzler die digitalen Zwillinge zum Eigentum der Menschen machen will! Damit nimmt Riemann Firmen wie BSC ihr Kapital! Neville hat in einem Interview schon angekündigt, dass er nach Asien gehen wird. Wahrscheinlich nach China. Ich kann das gut verstehen.«

»Schon ironisch, dass der Mann, den Andy an die Macht gebracht hat, ihm nun die Geschäftsbasis wegnimmt.«

»Eins muss man Riemann lassen«, sagte Sophie. Sie kam langsam ins Schnaufen. Das Joggen hatte in letzter Zeit gelitten. Während der großen Alpha3-Welle, die eine Woche nach der Wahl angehoben hatte, war sie oft zu Hause geblieben – trotz ihrer Impfung. »Wie er das der Union der Mitte abgerungen hat, war wirklich beeindruckend. Die Schwarzen dachten, sie könnten Riemann im Zaum halten.«

»Sie haben ihn schwer unterschätzt.«

»Neville hat für die Riemann-Kampagne sicher etliche Millionen kassiert. Wahrscheinlich auch ein Grund, warum er sich jetzt aus dem Staub macht: Von Asien aus hat er den besseren Zugriff auf die schwarzen Kassen, in denen sich das Honorar wahrscheinlich verbirgt.«

Sie hasteten an einem knutschenden Pärchen auf einer Parkbank vorbei. Der Anblick stach Sophie ins Herz.

»Noch weniger gefällt mir«, fuhr sie fort und holte Luft, »wie Riemann die Existenz des Tiefen Textes verkauft.«

»Wieso? Ich finde es genial«, entgegnete Matas. »Er inszeniert sich als großer Enthüller. ›Firmen haben ein Forschungsprojekt missbraucht.‹«

»Eine dreiste Verdrehung.«

»Verdrehung? Es stimmt doch.«

Sie blieb ruckartig stehen. »Sag mal, Matas Vanagas, erinnere ich mich richtig, dass du mit mir zusammen gegen das ganze Komplott gekämpft hast? Jetzt klingst du eher wie einer dieser beknackten Riemann-Fans!«

Auf der Stelle weiter stapfend drehte sich Matas ihr zu, rhythmisch knirschte der Splitt unter seinen Turnschuhen. »Ich sehe die Dinge im Rückblick aus größerer Distanz. Weniger emotional. Und weniger moralisch.«

Sophie senkte den Blick. »Das ist verständlich«, gab sie zu. Sie musste sich endlich überwinden und es möglichst bald beenden. Matas marschierte weiter, sie folgte.

»Ich überlege«, sagte sie, immer mehr außer Atem, »ob ich noch einen Anlauf bei den Medien machen soll. Die ganze Entwicklung läuft in eine verkehrte Richtung!«

»An der Beweislage hat sich nicht viel geändert«, gab er zu bedenken. »Riemanns Gegner werden nie belegen können, dass er ohne die Dark Posts nicht Kanzler geworden wäre. Es haben einfach zu viele Faktoren zu dieser Wende beigetragen.«

»Aber ich kann doch nicht tatenlos zusehen, wie dieses Land sich isoliert! In Europa und auch in der Welt. Das ist ein Sonderweg, den wir da gehen.«

Matas lachte. »Aber womöglich wird das notorisch rückständige Deutschland auf seine alten Tage noch zum Vorreiter! Viele im Ausland sehen sich das interessiert an. Es gibt schon Riemann-Nachahmer.«

»Quatsch!«, protestierte sie. »Nicht umsonst gibt es in der ganzen EU und in den meisten anderen Ländern ähnliche Einschränkungen wie bei uns unter Mager. Die Welt muss solidarisch bleiben, um die Krisen im Griff zu behalten. Politik muss sich an den Naturgesetzen orientieren.«

»Na ja. Wo in Europa eskalieren denn gerade die Alpha3-Infektionen? In Frankreich und in Polen. Hier sind sie jetzt so niedrig, wie sie unter Mager nie waren! Die schwere Welle nach der Wahl war ein Effekt der chaotischen Zustände. Jetzt folgen die Deutschen Riemanns Appell, sich zu isolieren, wenn Walthers App eine Infektion anzeigt. Er kann die Dinge erklären, die Menschen verstehen ihn. Sie haben kapiert, dass jeder Einzelne umso mehr Freiheiten hat, je besser es dem Kollektiv gelingt, Ansteckungen zu vermeiden.«

»Danke für die Ermutigung«, sagte sie sarkastisch.

Er trabte wieder auf der Stelle und wandte sich ihr zu. Sophie blieb ganz stehen, um zu verschnaufen.

»Mensch, Sophie, sei doch realistisch! Du bist gerade wegen Notwehr freigesprochen worden. Das Gericht hätte es auch anders interpretieren können. Dein erster Schuss hat Fröbe stark beeinträchtigt. Notwehr muss verhältnismäßig sein. Du hättest auch einen zweiten Schuss auf seinen Arm abgeben können.«

»In der konkreten Situation konnte ich davon nicht ausgehen! Fröbe schwenkte das Gewehr schnell zu mir herum. Er war ein erstklassiger Schütze und hatte die Bereitschaft, zu töten. Ich konnte nur sicher sein, dass ich überlebe, indem ich ihn tötete.«

Im Nachhinein musste sie Walther bewundern, wie genial er das eingefädelt hatte, sie sprach das aber nicht aus. Hätte sie damals Fröbe nicht erschossen, wäre Walthers Plan mit Marie zwar nicht aufgegangen. Doch dann wäre der Anschlag auf Riemann geglückt und das Land wäre im Chaos versunken. Eine Zerstörung, die auch in seinem Sinne gewesen wäre.

»Auf jeden Fall gibt es viele, die dir die Geschichte nicht glauben«, sagte Matas. »Du spaltest die Gesellschaft.«

»Wie mitfühlend!«, rief sie sarkastisch. »Ich bin die Heldin dieser irren Riemann-Anhänger. Ahnst du, wie beschissen sich das für mich anfühlt?«

»Ja, natürlich. Aber das ist eben auch der Grund, warum du nicht als Enthüllerin auftreten kannst. Als Riemanns Retterin jetzt gegen ihn vorgehen? Das würde kaum jemand verstehen.« Er lächelte warm. »Aber versteh mich nicht falsch, meine Liebste«, beschwichtigte er sie. »Wenn du es für richtig und wichtig hältst, tu es.«

»Hilfst du mir?«

Sein Lächeln verblasste. »Sophie ...«

»Jaja, schon gut«, sagte sie und marschierte weiter, an ihm vorbei. Er folgte ihr.

»Denkst du eigentlich darüber nach, wieder an die Uni zu gehen?«, wollte er wissen. »Carin ist dein Baby. Du kannst damit machen, was du willst.«

Sie dachte an Pete Dorsay. Sie solle bleiben, wo der Pfeffer wächst, hatte er in seiner unnachahmlichen Nachahmung deutscher Sprichwortseligkeit gemeint. Die Botschaft war angekommen.

»Ich will das nicht mehr machen«, winkte sie ab.

»Du willst *was* nicht mehr machen?«

Gute Frage. Sophie blieb erneut stehen und drehte sich zu Matas um. »Carin war meine Krücke. Ich habe gelernt, ohne diese Krücke zu gehen.«

»Dann nutze sie therapeutisch! Mach dich selbständig! Verdiene Geld mit deinem künstlich intelligenten Baby.«

Sie schüttelte den Kopf. »Nein, nicht nach dieser Erfahrung. Carin wurde auch von der Riemann-Kampagne als Krücke missbraucht, statt einen echten Wahlkampf zu führen. Ich werde Carin gar nicht mehr nutzen, basta!«

»Ist Technologie jetzt böse?«

»Nein, natürlich nicht so pauschal! Nur halt bestimmte Einsätze, bei denen man Gefahr läuft, dass sie die zweitbeste Lösung ist, aber trotzdem gewinnt, weil sie billig ist und sich breit ausrollen lässt. Das passiert immer dann, wenn nur Quantität zählt. Genau das haben wir ja gesehen: Walther konnte die ganze Nation damit manipulieren.«

»Damit denkst du sehr pauschal! Wenn KI und Mensch zusammenarbeiten, kommt oft etwas Besseres heraus, als vorher möglich war. Dafür gibt es hunderte Beispiele. Ärzte treffen mit KI-Unterstützung bessere Diagnosen als vorher und auch bessere, als es die KI allein könnte. Mensch und Maschine sind ein verdammtes Team!«

»Ach!«, seufzte sie. »Ich will dieses Gratwandern nicht mehr. Forschung ist ein Minenfeld geworden. Allzu oft ziehen am Ende die Mächtigen deine Erkenntnisse an sich und nutzen sie auf eine Weise, die du nie wolltest.«

»Ganz schön pessimistisch«, warf Matas ein und stapfte weiter an ihr vorbei. Sie folgte ihm.

»Wenn du eine optimistischere Lösung kennst, warum teilst du sie nicht mit mir?«

»Sagt dir der Name Lilibeth Reyes etwas?«

Sie überlegte, während die Schritte im Schotter knirschten. Irgendetwas klingelte bei diesem Namen. »Fällt mir gerade nicht ein«, gab sie zu.

»Sie ist eine KI-Forscherin aus Taipeh, die einen blinden Fleck in der Präventionspolitik der meisten Länder adressiert. Die Vorbeugung gegen Missbrauch von KI. Da gibt es ja auch in der EU noch Lücken, wie wir gesehen haben.«

»Die wird man nie perfekt abdichten können. Oder was willst du tun, wenn sich die mächtigsten Technologiefirmen verschwören?«

»Da kommt eben Doktorin Reyes ins Spiel. Sie macht etwas sehr Interessantes. In Anlehnung an künstliche Sprechsysteme, die selbst erkennen, wenn sie diskriminierende Sätze erzeugen, und diese ausfiltern oder umformulieren.«

»Klingt spannend«, räumte Sophie ein.

»Lilibeth hebt das auf eine allgemeinere Stufe. Sie baut eine KI, die sie selbst ›automatischen Kant‹ nennt, nach dem alten Moralphilosophen. Dieser Algorithmus erlernt moralische Regeln, etwa dass man Wähler nicht mit den Schwächen in ihrer Psychologie manipulieren sollte. Sie würde in jede KI-Anwendung eingebaut, als eine Art Kontrollmodul.«

»Also eine Art Wächter-KI?«

»So ungefähr. Dieser automatische Kant beobachtet, ob die Anwendung ethisch handelt. Wenn nicht, schaltet er seinen Schützling ab. Carin hätte er sicher deaktiviert.«

»Das wäre bitter nötig gewesen. Ich habe mich nie in meinem Leben so mies gefühlt wie in dem Moment, als ich erkannte, dass aus meiner Schöpfung ein Monster geworden war.«

Sie kamen an eine Abzweigung. Matas stapfte auf der Stelle. »Wo lang?«, fragte er. Der eine Weg führte weiter in den Park hinein, der andere zeichnete einen Bogen zurück zum S-Bahnhof. Gerade hatte sie noch vorgehabt, den Bogen zu nehmen. Doch dann hatte Matas noch eine Verlängerung bekommen. Sie schritt geradeaus voran, er folgte.

»Würdest du gerne mit Doktorin Reyes forschen?«, fragte er.

Das klang verführerisch, aber eben auch utopisch. Taipeh lag auf der anderen Seite der Welt! In Deutschland mochte das Kilometerkontingent ausgesetzt sein. Für den internationalen Flugverkehr aber galt es weiterhin.

»Klingt nicht schlecht«, sagte sie. »Das wäre vielleicht ein Weg aus dem Dilemma.«

»Ein ehemaliger Kollege von mir aus der Trollfarm kennt sie. Er könnte vermitteln.«

Sie prustete los. »Wie soll ich denn dorthin kommen, ohne Kilometerkontingent, du Komiker?«

Er blieb stehen und grinste, wobei die ebenmäßige Reihe seines Gebisses sichtbar wurde. Sie hielt auch an und starrte auf sein Handgelenk, das er ihr entgegenhielt. Eine Holoprojektion wuchs aus seinem Exa-X.

Funken sprühende Buchstaben zeigten:

HERZLICHEN GLÜCKWUNSCH, MATAS VANAGAS

Sie wechselten zu:

SIE HABEN DEN JACKPOT GEKNACKT!!!

Sophie hielt die Luft an. Die Buchstaben wurden von fünf tanzenden Zahlen abgelöst:

23900

Es dauerte ein bisschen, bis Sophie begriff. »Du hast 23.900 Kilometer gewonnen?«

»Ja! Freu dich doch endlich!«

»Warum soll *ich* mich freuen? *Du* hast gewonnen!«

Jetzt prustete er. »Sicher, aber was soll *ich* denn damit anfangen? Wenn ich will, kann ich mich in diesem Moment nach Taipeh *beamen.*«

»Deshalb verstehe ich auch nicht ganz, warum jemand wie du da mitmachen kann.«

»Na ja, ich habe das Los noch zu Lebzeiten gekauft.«

Sophie erinnerte sich, wie Matas immer wieder verstohlen an seinem Bracelet herumgefingert hatte.

»Und was passiert jetzt mit den gewonnenen Kilometern?«

»Ich habe gleich beim Kauf des Loses dich als zweite zugriffsberechtigte Person angeben. Wen denn sonst? Ich wollte mit dir nach Amerika fliegen oder so etwas.«

Spontan bogen sich ihre Mundwinkel nach oben.

»Na also«, sagte er. »Geht doch. Nach Taipeh sind es knapp 9.000 Flugkilometer. Das Kontingent reicht für hin und zurück.«

»Wer sagt was von Zurückfliegen?«, entgegnete sie. »Das hielte ich für zu klimaschädlich!«

Er sah baff aus. »Willst du für immer dort bleiben?«

»Das weiß ich doch jetzt noch nicht! Fürs Erste jedenfalls schon. Hier hält mich nichts mehr.«

»Na, dann sage ich meinem Petersburger Ex-Kollegen Bescheid. Ich bin mir sicher, dass das hinhaut!«

»Du bist unglaublich, Matas Vanagas«, sagte sie mit ungewohntem Überschwang.

Sein Gesicht wurde ernst.

»Wenn du nach Taipeh gehst«, setzte er an.

»Ja?«

»Willst du mich dann dort noch sehen?«

Sie senkte den Blick. Sie hatte den Schock über Matas' Tod im Expertenbaum noch nicht verarbeitet. Denn sie konnte ja jederzeit Matas 2.0, seinen digitalen Zwilling, zu sich rufen und in der Illusion schwelgen, er lebe noch.

Zwei Polizisten hatten Matas' Eindringen in den Expertenbaum beobachtet und waren ihm gefolgt. Im vierzehnten Stock waren sie nicht nur auf seinen leblosen Körper gestoßen, sondern auch auf die rechtsextremen Terroristen, die auf Mager hatten schießen wollen. Im letzten Moment konnten sie sie stoppen. Für Matas jedoch war alle Hilfe zu spät gekommen. Normalerweise verursachte ein Schlag auf die Schlagader allenfalls eine Ohnmacht. Dass er auch tödlich sein konnte, war aber mehr als nur ein Mythos. Matas hatte extremes Pech gehabt. Er hatte eine Stenose der Halsschlagader, also eine krankhafte Engstelle. Die war zwar symptomlos, konnte aber zu einem Hirnschlag führen. Matas hätte vielleicht irgendwann mal einen bekommen. Durch den Handkantenschlag des Täters schlug sein Blutdruck jedoch derartige Kapriolen, dass der Hirnschlag unmittelbar folgte. Er war sofort tot gewesen.

»Matas ...«, begann Sophie.

»Ich verstehe«, sagte er. »Du möchtest um Matas 1.0 trauern. Ich störe dabei nur.«

Sie atmete hörbar aus und nickte knapp. »Gib mir Zeit, Matas. Irgendwann bin ich wieder bereit für dich.«

»Zeit spielt für mich keine Rolle«, nickte er und zuckte mit der Schulter. Er spitzte den Mund zu einem Kuss. Sie ahmte ihn nach. Dann löste er sich auf.

Sophie bemerkte eine schmale Abzweigung vom Hauptweg. Die war ihr noch nie aufgefallen. Der Weg sah düster und unwegsam aus. Außerdem wusste sie nicht, wohin er führte. Sie war neugierig, bog in den Weg ein und verschwand im Ungewissen.

DANKSAGUNG

Ich danke allen Menschen, ohne die dieses Buch nicht möglich gewesen wäre. Besonders danke ich meiner Frau Simone, die mich durch die unvermeidlichen Krisen beim Schreiben getragen hat. Ich danke meinem Lektor Martin Wohlrab, dessen fester Glaube an das Buch ein steter Ansporn war, es noch besser zu machen. Martins Kollegen Benjamin Ziech und Sandra Bollenbacher von Polarise danke ich für ihr Wirken im Hintergrund, wie Testlesen oder das grafische Design des Buches. Dem brasilianischen Künstler Weberson Santiago, der schon meinen ersten Thriller »K.I.« illustriert hat, danke ich für die erneut wunderbare Titelgrafik. Irina Sehling von textodrom danke ich für das tolle Korrektorat.

Ich danke Juliane Gruethner für das dreimalige (!) Testlesen und ihr sehr wertvolles Feedback, vor allem hinsichtlich der Charakterzeichnung. Meinen Gefährtinnen beim Schreibkurs »Oriri« bei Syntagma (Frankfurt/Main) danke ich für ihr Feedback zu den vielen kurzen Geschichten, die dort entstanden sind. Der Kursleiterin Petra von Rhein danke ich für ihr Testlesen von Textpassagen des Romans.

Schließlich danke ich allen Forschenden, die in vielen Gesprächen geholfen haben, künstliche Intelligenz zu verstehen und ihr Potenzial einzuschätzen.